COLIN FORBES

DAS TOR
ZUR HÖLLE

Roman

Aus dem Englischen
von Günter Pauske

PAVILLON VERLAG
MÜNCHEN

PAVILLON TASCHENBUCH
Nr. 02/0151

Titel der Originalausgabe
YEAR OF THE GOLDEN APE

(Der Titel erschien bereits unter dem Titel »Tafak«
in der Allgemeinen Reihe mit der Band-Nr. 01/5360.)

Umwelthinweis:
Dieses Buch wurde auf
chlor- und säurefreiem Papier gedruckt.

Taschenbuchausgabe 05/2001
Copyright © by Marion von Schröder verlag GmbH,
Düsseldorf
Der Pavillon Verlag ist ein Unternehmen der
Heyne Verlagsgruppe, München
http://www.heyne.de
Printed in Germany 2001
Umschlagillustration: Picture Press/Corbis
Umschlaggestaltung: Nele Schütz Design, München
Gesamtherstellung: Elsnerdruck, Berlin

ISBN: 3-453-18528-5

INHALT

Für Jane

Erster Teil

DIE TERRORISTEN

1

Im Januar wurden im Nahen Osten zwei schwere Attentate verübt.

Während der eben erst gekrönte, dreißigjährige König von Saudi-Arabien eine seiner zahlreichen Frauen liebte, wurde ihm mit solcher Wucht ein Messer in den Rücken gestoßen, daß es noch tief in den Körper der unter ihm Liegenden eindrang und ihr durchs Herz ging. Im gleichen Augenblick übernahm ein angeblicher Vetter des Ermordeten offiziell die Regierungsgewalt und verkündete, *er* werde keine Ruhe geben, bis arabische Soldaten durch die Straßen Jerusalems patrouillierten. Die plötzliche Unruhe im Nahen Osten legte sich nach dieser Erklärung sofort: Der König hatte das Herz auf dem rechten Fleck, war er doch entschlossen, den Staat Israel zu vernichten. Die eigentliche Hauptfigur in diesem Drama war der Mann, der alles geplant hatte: Scheich Gamal Tafak. Unverzüglich riß er das Öl- und das Finanzministerium an sich, während sein Vorgänger, wie viele andere Gemäßigte, Hals über Kopf das Land verließ. Tafak, ein ebenso brillanter wie fanatischer Mann, war von einem fest überzeugt: Um Palästina zurückzugewinnen, mußten die Araber rücksichtslos jene Waffe gegen den Westen einsetzen, die ihnen der Zufall in die Hand gegeben hatte — das Öl.

Und so wurde im Januar, als der Winter besonders streng wütete, für Europa der Ölhahn zugedreht. Tafak besuchte die westlichen Metropolen persönlich; seinen nervösen Gastgebern teilte er mit, daß, anders als 1973, die arabische Welt diesmal nicht zu Kompromissen bereit sei.

»Jegliche Unterstützung Israels, und sei es auch nur mit einem Glas Wasser, hat zu unterbleiben«, warnte er die europäischen Außenminister. »Solange diese Forderung nicht erfüllt ist, setzen wir die Öllieferungen für Europa und Amerika um fünfzig Prozent herab. Wir verhängen den Blockadezustand . . .«

Tafak befand sich in London, als der ägyptische Staatspräsident, ein liebenswürdiger, politisch weitsichtiger Mann, dem zweiten Attentat zum Opfer fiel. Junge Soldaten erschlugen ihn im Schlaf. Die Soldaten aber standen unter dem Kommando des Obersten Selim Sherif, der dem sterbenden Präsidenten mit Pistolenschüssen persönlich den Rest gab und sich wenige Stunden später zum neuen Präsidenten Ägyptens ausrufen ließ. Der Kairoer Bevölkerung versicherte er in einer Rede vom Balkon des Palastes: »Der Verräter, der sich mit unseren Feinden an einen Tisch gesetzt hat, ist tot. Im Westen nennt man uns Affen. Denen werden wir die Macht des Affen zeigen . . .«

Sherif bezog sich auf den Artikel eines empörten Washingtoner Zeitungskorrespondenten, der von ganz bestimmten autokratischen Scheichs sprach als von ›Goldenen Affen, die in ihren Schatzkammern Reichtümer anhäufen, während ihr Volk noch ein Wüstendasein führt . . .‹ Sherif, in Sachen Propaganda äußerst geschickt, benutzte die Wendung, als sei die ganze arabische Welt beschimpft worden.

Was der Westen am meisten gefürchtet hatte, war geschehen. Die gemäßigten arabischen Politiker mußten das Feld räumen, die Extremisten schwangen sich in den Sattel.

Kurz nach Oberst Sherifs Machtübernahme wurde Scheich Gamal Tafak auf einem Bankett in London deutlich. Seine Rede rief unter seinen Gastgebern Bestürzung hervor.

»Anders als 1973 werden diesmal keine Nationen ausgenommen und bevorzugt. Der Westen in seiner Gesamtheit soll leiden, wie wir in Palästina leiden, wo eine fremde Rasse Araber unterdrückt, ihr Land raubt und sie zu Flüchtlingen macht, zu Staatenlosen ohne Heimat, ohne Hoffnung . . .«

Das Jahr des Goldenen Affen hatte begonnen.

2

Bis zum März hatte die fünfzigprozentige Drosselung der Ölzufuhr Europa, Amerika und Japan paralysiert. Der Preis für ein Barrel Öl war auf dreißig Dollar geklettert. Gold, wie stets Barometer für internationale Krisen, kostete bereits an die fünfhundert Dollar pro Unze. Und Scheich Gamal Tafak teilte den Amerikanern vor seinem Rückflug von Washington nach Saudi-Arabien überdies mit, eine Lockerung der Restriktionen sei nicht zu erwarten.

Was vielen ein Alptraum war — die Zerstörung Israels —,

schien anderen eine herrliche Vision. Gamal Tafak, ein stattlicher Mann mit dunklem Haar und Bart, sah diese Vision fast schon erfüllt. Unter dem Oberkommando von Oberst Sherif würden in wenigen Monaten die arabischen Armeen vorrücken, den Feind niederwerfen und das Land besetzen. Der Eroberung sollten scharfe Maßnahmen folgen — drei Millionen Israelis sollten Palästina für immer verlassen.

Tafak hatte es schlicht darauf abgesehen, den Westen im kritischen Augenblick schachmatt zu setzen, so daß Israel im Existenzkampf der Waffennachschub versagt blieb. Und während der Scheich durch das Fenster der Düsenmaschine blickte, die eben die Ägäischen Inseln überflog, wurde ihm die Ironie des Schicksals bewußt. Das Gelingen des Plans nämlich, der ihn zum berühmtesten Araber des 20. Jahrhunderts machen würde, hing zunächst einmal von zwei Europäern ab — einem Engländer und einem Franzosen . . .

Jean Jules LeCat, zweiundvierzig, hatte eine abenteuerliche Vergangenheit; sein gegenwärtiges Leben war bescheiden, seine Zukunft hoffnungslos. Er war klug genug, das zu begreifen, und deshalb erleichtert, als eine Woche nach seiner überraschenden Entlassung aus dem Pariser Santé-Gefängnis Gamal Tafaks Vertrauensmann in Algier diskret an ihn herantrat. Ahmed Riad bot LeCat zweihunderttausend Dollar für die Ausführung eines Massakers.

»Offiziell wird der englische Abenteurer Winter das Unternehmen leiten«, erklärte Riad. »Sie, LeCat, haben die Aufgabe, die Geiseln zu töten. Wir glauben nicht, daß Winter dafür der geeignete Mann ist . . .«

»Garantiert nicht«, erwiderte LeCat. »Ich habe zwei Jahre lang im Mittelmeerraum mit ihm zusammengearbeitet, bevor ich verpfiffen wurde und sitzen mußte. Den Winter kenne ich genau. Der ist zimperlich . . .«

Was Riad vorschlug, wäre einem normalen Sterblichen barbarisch vorgekommen. LeCat jedoch war Grausamkeit gewöhnt und betrachtete die Angelegenheit gleichsam klinisch. Er wurde für ein hohes Risiko entsprechend hoch bezahlt, und damit war die Sache für ihn entschieden.

LeCat war die Frucht einer kurzen Liaison zwischen einer Araberin und einem französischen Armeehauptmann. Als das

Kind 1933 im algerischen Constantine zur Welt kam, nahm der Vater es seiner Geliebten weg. Sie gab sich mit den paar hundert Franc zufrieden, die er ihr unter der Bedingung zusteckte, daß sie ihren Sohn nie wiedersähe. Hauptmann LeCat nahm Urlaub und brachte das Baby nach Frankreich.

Der Geburtsschein für den jungen Jean Jules wurde in Toulon ausgestellt, nachdem der Hauptmann dort eine alte Freundin überredet hatte, sich als seine Frau auszugeben. Die recht welterfahrene Dame amüsierte der kleine Schwindel — vor allem, da Hauptmann LeCat verheiratet war, wenn er auch von seiner Frau getrennt lebte. Ein Arzt lieferte gegen eine hübsche Summe das für die Behörden erforderliche Papierchen über die Entbindung, und so wurde aus Jean Jules LeCat ein reinrassiger Franzose.

Erzogen wurde der Junge dann von einer Tante in Algier — und weil die Frau des Hauptmanns wie durch einen glücklichen Zufall bald nach der Anmeldung der Geburt bei einem Autounfall ums Leben kam, brauchte die Tante nicht einmal in den wahren Sachverhalt eingeweiht zu werden. Siebzehnjährig trat LeCat 1950 in die Armee ein. Zu seiner raschen Beförderung kam es während des blutigen Algerienkrieges.

Der Krieg war für LeCat das richtige Element. Mit siebenundzwanzig war er Spezialist im Aufspüren von Terroristen. Wer ihm ins Netz ging, wurde gefoltert, bis er zu »singen« begann. Es dauerte gar nicht lange, und LeCat bekleidete den gleichen Rang wie früher sein Vater. »Wer Terroristen fangen will, muß lernen, wie ein Terrorist zu denken«, lautete einer seiner Lieblingssprüche. Später fügte er eine weitere Maxime hinzu: »Man muß selbst Terrorist werden ...«

Sein Vater starb noch während des furchtbaren Krieges. Auf dem Totenbett — und das war ein folgenschwerer Fehler — enthüllte er Jean Jules die Wahrheit über seine Herkunft. »Deine Mutter war ein arabisches Mädchen aus der Kasbah ...« Weiter kam er nicht. Der junge LeCat, stolz auf das französische Blut in seinen Adern und voller Verachtung gegen die Männer, die er gefangennahm und wie Tiere folterte, schlug dem Sterbenden mit dem Handrücken hart ins Gesicht. Zwei Tage lang war Jean Jules ohne Schlaf geblieben; auf seinem Uniformrock sah man noch das Blut von den gnadenlosen Gefechten in den Hügeln. Als sich der Schock löste, den ihm die Enthüllung seines Vaters versetzt hatte, war der alte Mann bereits tot. LeCat ließ den Arzt kommen, der ohne Zögern den Totenschein ausstellte. Der Patient hatte ja im Sterben gelegen.

Danach wurde LeCat im Kampf gegen die Terroristen noch verbissener, noch fanatischer. Als erfahrener Sprengstoffexperte setzte er all sein Können daran, das Gelände, soweit irgend möglich, mit Minen zu verseuchen. Bauernhäuser, Stallungen, selbst die Wasserströge für das Vieh konnten bei der geringsten Berührung in die Luft fliegen.

Auf den kommandierenden Offizier blieb LeCats finstere Entschlossenheit nicht ohne Eindruck.

»Sie scheinen ja jeden Araber in Nordafrika umbringen zu wollen, Hauptmann . . .«

»Dann, *mon colonel*, gäbe es wenigstens keine Terroristen mehr«, erwiderte LeCat.

Als General de Gaulle beschloß, Algerien die Unabhängigkeit zu geben, revoltierte die OAS, eine Geheimorganisation der Armee, die geschworen hatte, Algerien dem Mutterland zu erhalten. LeCat schloß sich den Rebellen an. Seine Maxime ›Man muß Terrorist werden‹ wurde Wirklichkeit. Nun war er Terrorist. Hätte es in Algerien zwei Dutzend Männer seines Schlages gegeben, de Gaulle wäre womöglich gescheitert. LeCat verwandelte Algerien in ein Minenfeld, aber eben nur zur Hälfte . . . Als das Spiel aus war, flüchtete er nach Ägypten.

LeCat sprach außer Französisch und Englisch auch fließend Arabisch. Es fiel ihm daher nicht schwer, in Ägypten unterzutauchen. Er änderte seinen Namen und betonte überall, gegen die OAS gearbeitet zu haben. Seinen Unterhalt und die Freundschaft gewisser Araber, darunter auch Ahmed Riad, verdiente er sich mit Reisen nach Tel Aviv, wo er gegen die Israelis spionierte. Außerdem erwarb er sich den Ruf, für ein Mordkommando immer der geeignete Mann zu sein.

Zehn Jahre lang trieb LeCat so dahin, im Nahen Osten, im kanadischen Quebec, in den Vereinigten Staaten, ständig in kriminelle Aktivitäten verwickelt und stets auf dem Sprung, bevor man ihn fassen konnte. 1972 kehrte er ans Mittelmeer zurück, wo er sich gemeinsam mit dem Engländer Winter auf recht profitable Schmuggelgeschäfte einließ. Zwei Jahre lang ging alles gut. Dann aber wurde er in Marseille verhaftet und wegen Schmuggels und gewalttätigen Widerstandes bei der Festnahme zu einer langen Haftstrafe im Santé-Gefängnis in Paris verurteilt.

Später unter geheimnisvollen Umständen entlassen, wurde er von einem Algerier in Empfang genommen, der ihm ein Flugticket nach Algier überreichte sowie etwas Geld und die Adresse des Cafés, in dem er dann mit Ahmed Riad zusammentraf.

Riad erklärte ihm, es käme darauf an, einen Zwischenfall zu inszenieren, der den Westen in helle Empörung versetzen würde. Was Riad verschwieg: Scheich Gamal Tafak wollte die zu erwartenden, wütenden Proteste auf seine Weise nutzen, um die arabischen Ölstaaten dahin zu bringen, den Ölstrom nicht nur weiter zu drosseln, sondern gänzlich zu stoppen. Mit der völligen Lähmung des Westens aber würde der Weg frei für den endgültigen Schlag, die Vernichtung Israels.

Im März des Jahres, das später als Jahr des Goldenen Affen bekannt wurde, leitete LeCat die erste Phase des Unternehmens ein. Er machte sich daran, die Herstellung eines nuklearen Sprengkörpers zu organisieren.

Man schrieb den 10. März. Wie in vielen Ländern kam auch in Frankreich das Leben allmählich ins Stocken. In Nantes schritt Jean-Philippe Antoine, ein kleiner, selbstgenügsamer Mann von fünfunddreißig Jahren, zuversichtlich über die Straße. Schließlich blieb er stehen, blickte sich vergewissernd um und drückte an der Haustür eines Zahnarztes die Klingel. Die Tür wurde einen Spalt geöffnet, ein Augenpaar starrte ihn an. Antoines Gelassenheit war dahin.

»Um Gottes willen, lassen Sie mich hinein . . .« Das Augenpaar verschwand. Die Tür wurde ein wenig weiter geöffnet, gerade so weit, daß Antoine hineinschlüpfen konnte. In der Diele stehend, blinzelte er unsicher; denn obwohl es zehn Uhr morgens war, herrschte hier im alten Haus ein trübes Dämmerlicht, und eine Lampe brannte nicht. Die Tür wurde hinter Antoine zugeschoben und der Schlüssel herumgedreht. Als er den kurzwüchsigen, breitschultrigen Mann sah, der ihn eingelassen hatte, begannen seine Lippen leicht zu zittern.

»Sollten wir uns nicht beeilen?« fragte er. »Wohin muß ich jetzt . . .?«

»Sie sind nervös?« unterbrach ihn LeCat, der sich eine Gitane ansteckte. Im Schein des aufflammenden Streichholzes sah Antoine das Gesicht, ein brutales Gesicht, das Erfahrungen ausdrückte, wie sie nur wenige Menschen kennen. Ein Schnurrbart hing bis über die Winkel des breiten Mundes herunter, und die gegen die Streichholzflamme halbgeschlossenen Augen musterten aufmerksam Antoine, der eine Antwort schuldig geblieben war. »*Oui*, Sie sind nervös, mein Freund. Gehen Sie die Diele entlang und durch die Tür. Dort wartet ein Mann, der Sie zum Auto bringen wird.«

»Aber«, sagte Antoine und geriet unwillkürlich ins Stammeln, »ich . . . ich habe es mir anders überlegt. Ich . . . ich kann bei dieser Sache nicht mitmachen.«

»Sie werden wohl müssen«, sagte LeCat und blies eine Rauchwolke von sich. »Denn, sehen Sie, die da drin sind bereits tot . . .«

Er wies zu einer halbgeöffneten Tür, die aus der Diele hinausführte, und packte Antoines Arm. »Geben Sie mir alles, was Sie bei sich haben, und dann ein bißchen *Bewegung*, verstanden!?« Er nahm Antoines Personalausweis an sich, die Brieftasche, ein Schlüsselbund, ein Notizheft, eine Füllfeder. »Und jetzt den Ring, den Sie am Finger tragen . . .«

»Die Brieftasche brauche ich . . .« Gleichzeitig protestierend und gehorchend, zog Antoine den Ring vom Finger. »Der ist aus Gold . . . und in der Brieftasche sind tausend Franc und einige Fotos . . .«

LeCat griff nach dem Ring. »Ein goldener Ring könnte die Explosion überstehen. Die Brieftasche wird vielleicht ein paar hundert Meter weit geschleudert.« Er schob den Personalausweis hinein. »Hoffentlich findet man genügend Fragmente, um Ihre Identität bestätigen zu können. Wäre doch ausgezeichnet, nicht wahr?« Im trüben Licht der Diele schob sich sein Gesicht näher an Antoine heran, den ein Frösteln überlief. »Wie gesagt, mein Freund, die sind bereits tot. Gehen Sie also!«

Gefügig verschwand Antoine durch die Tür, auf die LeCat zuerst gedeutet hatte. Der ehemalige Armeehauptmann wartete eine Sekunde und trat dann durch die andere Tür, die ins Behandlungszimmer des Zahnarztes führte. Auf dem Stuhl saß ein Patient im Mantel, ein kleiner, schlanker Mann von etwa gleicher Körpergröße und Figur wie Jean-Philippe Antoine. Sorgfältig streifte LeCat den Goldring auf einen Finger der schlaffen Hand, die auf dem Schoß des Patienten ruhte. Der Kopf des Toten war nach vorn gesackt. Auf dem hinteren Teil des Schädels zeichnete sich eine faustgroße, blutige Stelle ab.

Die Sprechstundenhilfe lag auf dem Fußboden, Gesicht nach unten, Beine eingezogen, weißer Kittel verknittert. Im Behandlungszimmer war es kalt; schon seit Tagen gab es im Haus kein Heizöl mehr. Frost versperrte den Blick durch das Fenster auf den Hintergarten. LeCat stopfte Antoines Habseligkeiten in die Taschen des toten Patienten, die er zuvor geleert hatte. Dann blickte er sich noch einmal im nüchternen Zimmer um.

Der Zahnarzt, in weißem Kittel und dunklen Hosen, lag ausgestreckt vor dem Behandlungsstuhl. Wie die Sprechstundenhilfe und der Patient war auch er tot. Eine Viertelstunde vor Antoines Eintreffen war dieses erstarrte Tableau noch voll Leben gewesen. Der Zahnarzt, der den neuen Patienten behandelte, konnte nicht ahnen, daß dieser Fremde, der kurz vor Antoine angemeldet war, ein schäbiger kleiner Taschendieb aus Paris war.

Sorgfältig hatte LeCat in Montmartre nach dem richtigen Mann gesucht, jemand, der Antoine in Größe, Körperbau und Alter glich und einfältig genug war, sich für ein paar Franc bei einem Zahnarzt zur Behandlung anzumelden. LeCat hatte dem Taschendieb weisgemacht, der Zahnarzt habe etwas mit der Sprechstundenhilfe, und die sei seine, LeCats, Frau. Er brauchte einen Zeugen, nein, nicht für seine Aussage vor Gericht (davor wäre der Taschendieb, seiner Vorstrafen wegen, zurückgeschreckt), sondern um sicherzugehen, ehe er dem Ehebrecher einen Denkzettel verpasse.

Alles in bester Ordnung, befand LeCat. Einer halb offenstehenden Schublade des Aktenschrankes hatte er einen Stoß Karteikarten mit den Details über die Patienten entnommen und in seine Brusttasche gesteckt. Alles in bester Ordnung, wiederholte er für sich. Dann ging er in die düstere Diele zurück, beugte sich vor und betätigte an einer großen Kiste einen Schalter. Genau drei Minuten bis zur Detonation. Der Sekundenzeiger seiner Armbanduhr rückte unablässig über die Leuchtziffern. LeCat durchquerte die Diele und trat durch die

Hintertür hinaus. Draußen begann er zu laufen, leicht geduckt, so daß er von der anderen Seite der Gartenmauer nicht gesehen werden konnte. Durch eine offene Pforte am Ende gelangte er auf einen gefrorenen Weg und schließlich zu dem Auto, das hinter einem dichten Nadelholzbusch geparkt war.

Der Motor des Renault lief. Hinten saß Antoine neben einer schattenhaften Gestalt. LeCat schob sich hinter das Lenkrad, schloß leise die Tür und warf einen Blick auf die Armbanduhr. Noch sechzig Sekunden... Er brauste davon. Das alte Haus mit der Gartenmauer entschwand. Sie bogen in die Hauptstraße ein, als die mächtige Explosion erfolgte. Antoine stieß einen Schrei aus, den LeCat ignorierte. Eine Stoßwelle traf seitlich auf den Wagen. Doch wieder tat LeCat, als merke er nichts.

Die Zeitbombe, zweihundert Pfund Gelatinedynamit, hatte das Haus völlig zerstört und von den drei Leichen im Behandlungszimmer wenig übriggelassen, das hätte identifiziert werden können. In Nantes wußten sechs Menschen davon, daß Jean-Philippe Antoine für zehn Uhr morgens beim Zahnarzt angemeldet war — er hatte es ihnen selbst gesagt. So konnte gar kein Zweifel daran aufkommen, daß er bei der Explosion umgekommen war. Die Bombe hatte den Körper des Patienten völlig zerschmettert, und für eine Identifizierung des Toten entfiel die sicherste wissenschaftliche Methode: der Vergleich zwischen Gebiß und markiertem Zahnschema — zumal die zahnärztliche Karteikarte sich ja in der Innentasche von LeCats Jackett befand.

LeCat hatte seine Vorkehrungen aus guten Gründen getroffen. Die französische Spionageabwehr (Direction de la Surveillance du Territoire) sieht es gar nicht gern, wenn ein für die nationale Sicherheit wichtiger Mann einfach so ins Ausland geht. Und Frankreich hatte soeben einen vielversprechenden Kernphysiker verloren.

Unter falschem Namen (und mit ebenso falschen Papieren) landeten LeCat und Antoine während eines Schneesturms auf dem Dorval-Airport in Montreal. In dieser Stadt, wo viel Französisch gesprochen wird, fallen zwei Franzosen nicht weiter auf. Ein Auto stand bereit, um sie nach dem Passieren der Paß- und Zollkontrollen unverzüglich weiterzubringen.

LeCat vertraute Antoine einem gewissen André Dupont an, der den Kernphysiker für die Nacht zu einem Motel fuhr. Aber Dupont und Antoine verloren keine Zeit im östlichen Kanada; gleich am nächsten Morgen stiegen sie in einen Zug der Canadian Pacific Railway und reisten durch bis Vancouver an der Küste des Stillen Ozeans, wo sie sich zu einem Haus in der Dusquesne Street begaben.

LeCat aber traf, ohne seinerseits eine Minute zu vergeuden, mit dem Amerikaner Joseph Walgren zusammen, den er 1968 in Denver kennengelernt hatte. Walgren, ein Mensch mit rundlichem Gesicht, hatte seinen Beruf als Buchhalter an den Nagel gehängt, als er sein Bankkonto mit anderer Leute Geld aufgebessert hatte. Seither verdiente er sich seinen Unterhalt nicht eben auf juristisch einwandfreie Weise. Vierundzwanzig Stunden nach der Ankunft in Montreal überquerte LeCat zusammen mit Walgren in einem Auto die Grenze zu den Vereinigten Staaten. Ihr Ziel war Illinois, wo Walgren sich gut auskannte. Den Mann, der den nuklearen Sprengkörper herstellen sollte, hatten sie. Jetzt brauchten sie noch das Material.

3

Auszug aus der aktuellen Sendung »60 Minuten« des CBS (Columbia Broadcasting System) am 10. August 1973:

Dr. John Gofman: Jeder einigermaßen fähige Physiker, der die Universität mit Erfolg absolviert hat, könnte nach meinem Dafürhalten in kürzester Frist eine Methode entwickeln, um in einer Bombe Plutonium zu verwenden . . .

Carole Bannermann fuhr auf Teufel komm raus. Und dabei war der Highway fünfzehn Kilometer vor der Stadt Morris in Illinois von Sturzgüssen überflutet, und noch immer peitschte unablässig der Regen. Die Lichtkegel der Scheinwerfer tasteten wie gegen einen wallenden Vorhang. Da Carole aber nicht zu spät zur Party kommen wollte, dachte sie nicht daran, das Tempo zu drosseln. Die Tachonadel zeigte auf 90 Stundenkilometer, zehn mehr, als überhaupt erlaubt war.

Es war neun Uhr abends, an einem Tag im März, und der Highway schien leer und verlassen. Seit der Benzinrationierung fuhr abends kaum jemand mehr aus. Doch Energiekrise hin, Energiekrise her — der blonden Carole war's egal. Zwanzig ist man schließlich nur einmal, und sie wollte ihr Leben genießen. Tiefer drückte ihr Fuß das Gaspedal, die Tachonadel kletterte zitternd höher, und der Regen klatschte in breitem Schwall gegen die Fenster.

Aber so leichtsinnig Carole sein mochte, sie fuhr äußerst konzentriert, und sie konnte sich auf ihr blitzschnelles Reaktionsvermögen verlassen. Plötzlich entdeckte sie im Dunkel vor ihren Scheinwerfern ein Licht. Da schwenkt einer eine Taschenlampe, dachte sie. Verdammt, muß sich denn so ein verrückter Anhalter ausgerechnet hier mitten auf die Straße stellen? Sie verringerte das Tempo, machte sich jedoch gefaßt, es sofort wieder zu erhöhen, sobald sie den Mann deutlich genug ausgemacht hatte, um ihm ausweichen zu können. In der Dunkelheit einen Wildfremden vom Highway auflesen? Der Kerl war wohl nicht ganz bei Trost . . .

Während sie die Geschwindigkeit weiter drosselte, bis sie kaum noch über vierzig fuhr, verengten sich ihre Augen: Quer auf der Straße stand, wie sie jetzt vage im Licht der Scheinwerfer erkannte, ein gepanzerter Lastwagen wie eine Barrikade. Vermutlich war er ins Schleudern geraten und hatte sich um neunzig Grad gedreht.

Nun sah Carole auf der Straße auch den Mann, der die Taschenlampe geschwenkt hatte. Er trug einen Helm, eine Lederjacke und Stiefel, was ihm ein paramilitärisches Aussehen verlieh. Offenbar war er der Fahrer oder der Beifahrer. Caroles Bedenken waren sofort zerstreut. Sie hielt an. Der Anblick eines Sicherheitswagens wirkt beruhigend, etwa wie der eines Polizisten. Der Mann kam auf den Wagen zu. Da er im Licht der Scheinwerfer blieb, konnte sie ihn deutlich erkennen.

Die obere Gesichtshälfte allerdings war durch eine Art Visier verdeckt. Doch, obwohl beruhigt, schien Carole an einer so abgelegenen, einsamen Stelle Vorsicht ratsam. Sie ließ für alle Fälle den Motor weiterlaufen. Während der Mann herantrat und sich mit dem Ellbogen auf das Dach des Wagens stützte, kurbelte sie das Fenster herunter. Sie bemerkte seinen kurzen Blick in den Fond ihres Wagens.

Er war eher klein und breitschultrig. Der Regen tropfte vom Visier auf seine ledergeschützte Brust. Einige Sekunden blickte er wortlos auf Carole herab. Unwillkürlich tastete ihr Fuß nach dem Gaspedal.

»Wir gerieten plötzlich in eine Überschwemmung«, erklärte der Mann. »Jo hat zu scharf gebremst, bei dem Regen ist der Wagen ins Schleudern gekommen, und jetzt stehen wir da; der Motor will nicht mehr anspringen . . .«

Seine Stimme klang irgendwie eigentümlich. War das nicht ein ausländischer Akzent? Was erwartete der Kerl überhaupt von ihr? Hilfe konnte er doch jederzeit über Sprechfunk anfordern; die Sicherheitswagen hatten doch alle solche Apparate.

Der Mann handelte, während sie ungewiß zögerte. Die schwere Taschenlampe krachte mit voller Wucht auf ihre Schläfe. Sie war sofort tot.

Einen Augenblick betrachtete LeCat die zusammengesackte Leiche. Dann öffnete er die Tür, zerrte die Tote halb aus dem Auto und lehnte ihren Kopf gegen das Lenkrad. Er richtete sich wieder auf. Dreimal blitzte seine Taschenlampe in Richtung des geparkten Lastwagens.

Ein zweiter gepanzerter Lastwagen fuhr mit genau 80 Stundenkilometern durch den Regen. Ed Taglia, der Fahrer, hatte seinen Helm neben sich auf den Sitz gelegt. Sein Beifahrer Bill Gibson dagegen hielt sich strikt an die Dienstvorschrift und trug seinen Helm wie immer auf dem Kopf.

»Verdammte Geschwindigkeitsbegrenzung«, sagte Taglia, während er angespannt durch die Windschutzscheibe starrte. »Erst Schnellstraßen bauen und dann dieses Schneckentempo. Scheißaraber . . .«

»Das ist eben die Energiekrise.«

»Scheiß was auf die Energiekrise. Ich will nach Hause . . .«

»Bei unserer Fracht sind achtzig Sachen genug«, meinte Gibson. Er war der Ältere. »Stell dir nur vor, du baust einen Unfall, der Wagen platzt auf, und die Ladung . . .«

Taglia schwieg verdrossen. Gibson war fünfzig, da wird ein Mann leider alt. Langsamer mit den Weibern, mit den Autos, mit allem. Verdammt, daß heute abend ausgerechnet Gibson mit ihm fahren mußte. Wäre Taglia allein gewesen, er hätte voll auf die Tube gedrückt. Zum Teufel mit dem Wenn und Aber . . .

Durch die Windschutzscheibe, die vom prasselnden Regen geradezu überflutet wurde, entdeckte er ein Stück voraus ein auf und ab tanzendes Licht. Bevor er sprechen konnte, warnte Gibson schon leise: »Aufgepaßt! Nicht halten! Fahr langsam ran, bis wir sehen, was los ist!«

»Hör auf, mir Vorschriften zu machen! Ich weiß selbst, was zu tun ist . . .«

Genau wie Carole Bannermann verringerte er die Geschwindigkeit, während er sich der Taschenlampe näherte, die in der Mitte der Straße auf und ab geschwenkt wurde. Mit einer Hand langte er nach seinem Helm, setzte ihn auf, machte den Kinnriemen fest. Gibson schaltete die Funksprechanlage ein und hielt das Mikrofon in der Hand: »Angel One ruft Roosevelt. Angel One ruft Roosevelt.« Er wiederholte den Satz mehrmals, ließ dann ein ärgerliches Grunzen hören. »Muß am Unwetter liegen. Morris meldet sich nicht. Das verdammte Ding ist voller Störungen.« Taglia saß mit vorgebeugtem Kopf, ganz angespannte Wachsamkeit. Plötzlich pfiff er durch die Zähne. »Das ist ja einer von uns . . .«

Im Licht der Scheinwerfer bot sich den beiden Männern eine häßliche Szene. Ein gepanzerter Wagen stand quer über die Straße; seine Motorhaube war in die hintere Tür eines grünen Dodge gerammt. Die vordere Tür des Personenwagens stand offen, und ein blondes Mädchen lag halb in, halb neben dem Auto auf dem Rücken ausgestreckt, mit dem Kopf gegen das Steuer. Das Bild erregte sofort Gibsons Mißtrauen — der klassische Köder für einen Überfall — ein gestellter Unfall mit einem scheinbar verletzten Mädchen. Zwei Dinge sprachen allerdings dagegen. Zum einen der gepanzerte Laster, der bis zu einem gewissen Grad zu garantieren schien, daß die Sache astrein war; zum andern . . . das Mädchen im grünen Dodge sah nicht sehr lebendig aus.

»Fahr näher ran«, befahl Gibson und beugte sich dicht zur Windschutzscheibe. Das Licht der Scheinwerfer glitt über das blonde Mädchen, Gibson sah ihr Gesicht. Auf seinen Wink bremste Taglia. Im selben Augenblick tauchte hinter dem anderen Laster eine behelmte Gestalt hervor.

»Was hältst du von der Sache?« fragte Taglia.

»Alles klar. Schau dir bloß der ihr Gesicht an.« Er öffnete die Tür. »Versuch noch mal, Roosevelt zu erreichen.«

Der Sicherheitsmann mit Helm und Visier wartete im Regen, während Gibson aus dem Wagen auf die Straße sprang. Er hielt eine Hand auf dem Rücken. Hinter dem Steuer griff Taglia nach dem Mikrofon, kam jedoch wegen der Störungen nicht zur Zentrale durch.

Der Behelmte, dessen Gesicht Gibson wegen des Visiers nicht richtig erkennen konnte, sagte mit zittriger Stimme: »Ich schwöre, die hatte ihre hundertzwanzig Sachen drauf. Und das bei dem Wetter. Ich habe den Wagen erst gesehen, als es schon zu spät war.«

»Läßt sich denken«, meinte Gibson. »Die jungen Leute sind unglaublich leichtsinnig. Natürlich ist sie tot, wie?«

»W-weiß ich nicht«, stammelte der Behelmte. Offenbar befand er sich noch im Schockzustand. »Mir war so, als hätte ich an ihrem Hals was gespürt ... den Puls, meine ich. Das Schlimme ist, daß wir nicht zur Zentrale durchkommen. Die atmosphärischen Störungen heute abend ... wir schaffen's einfach nicht.«

»Geht uns genauso.« Gibson wandte den Kopf, um zu sehen, ob Taglia inzwischen Erfolg gehabt hatte, als sich etwas in seinen Unterleib bohrte. Er schaute an sich herab und erblickte den 45er Colt, da drückte der Mann mit dem Helm auch schon ab. Die Wucht des Schusses schleuderte Gibson gegen den gepanzerten Wagen. Taglia, der noch immer das Mikrofon hielt, starrte ungläubig aus dem Fahrerhaus. Der Behelmte feuerte zweimal auf ihn, dann richtete er den Colt nochmals auf den zusammengesackten Gibson. Beide Männer waren binnen fünfzehn Sekunden tot. Hinter dem anderen Laster tauchte LeCats Komplize auf. Er lief auf den Franzosen zu. »Ich habe ihnen dazwischengefunkt ... die sind nicht zu ihrer Zentrale durchgekommen ...«

»Schon gut, Walgren. Los, wir müssen dieses Ding aufkriegen.« LeCat fand die Schlüssel in Gibsons Hosentasche. Er öffnete die Rücktür des gepanzerten Lasters. Auf beiden Seiten des Laderaums waren stählerne Behälter aufgestapelt. Jeder trug eine Beschriftung. Bald hatte LeCat, was er suchte. Mit einem Schraubenschlüssel begann er, das stabile Vorhängeschloß aufzustemmen. »Paß auf die Straße auf«, befahl er Walgren. Vorsichtig hob er den Deckel hoch und leuchtete mit seiner Taschenlampe hinein. In dem Behälter befanden sich zwei große Stahldosen, beide mit Schaumgummi gegen Erschütterungen geschützt.

LeCat schob seine Hand unter den Henkel und zog eine der Dosen hervor. Als er bemerkte, daß der Amerikaner unwillkürlich einen Schritt vom Wagen zurücktrat, lächelte er säuerlich. »Angst, *mon ami?* Dieses Zeug ist so harmlos wie Milch, bis unser Freund Antoine sich damit beschäftigt hat. Eine Fünf-Kilo-Dose, hat er gesagt, sei mehr als genug . . .«

Er ließ die eckige Dose in einen dickwandigen Karton gleiten, den Walgren auf den Boden des Laderaums gestellt hatte. Die Maße stimmten genau.

Die Dose trug die gleiche Aufschrift wie der Stahlbehälter, in dem sie gesteckt hatte: *GEC, Morris, Illinois. Sehr gefährlich — Plutonium.*

Noch in derselben Nacht gelangte das Plutonium an Bord eines Sportflugzeuges über die Nordgrenze der Vereinigten Staaten. Geflogen wurde die Maschine von Walgren, der während des Krieges bei der US Army Airforce gedient hatte. Als südlich der Grenze die Großfahndung der Polizei endlich auf Touren kam, befand sich die Stahldose bereits in einem Auto auf ihrem Weg quer durch Kanada nach Vancouver. Aus Sicherheitsgründen unterbrach LeCat die Reise für einige Tage und versteckte die Dose in einem Haus in Winnipeg. Als feststand, daß die Royal Canadian Mounted Police ihrerseits keine Fahndung einleitete, setzte er die Reise fort.

Antoine mußte zwei Wochen lang auf die Dose warten, doch der französische Physiker hatte ohnehin alle Hände voll zu tun. Er richtete sich im Keller des Hauses in der Dusquesne Street ein Labor ein. LeCat hatte veranlaßt, daß ihm alles Nötige geliefert wurde. Das Haus selbst hatte Walgren mit großer Sorgfalt ausgesucht.

Der Kernphysiker hatte seine Vorbereitungen eben abgeschlossen, als ihm LeCat an einem Spätabend Ende März das Plutonium brachte.

Für die Herstellung des nuklearen Sprengkörpers benötigte Antoine sieben Monate.

Während dieser Zeit verließ er das Haus in der Dusquesne Street kein einziges Mal. Er arbeitete zwölf Stunden am Tag. Sein einziger Gehilfe war Varrier, ein ehemaliger OAS-Ingenieur. Er fertigte nach Antoines Instruktionen Behälter und Einzelteile aus Metall an. Außer diesen beiden Männern hielt sich in dem Haus noch der vierundvierzigjährige André Dupont auf, der LeCat und Antoine bei ihrer Ankunft in Kanada zusammen mit Walgren abgeholt hatte. Dupont fungierte als Koch und Mädchen für alles. Die meisten Männer hätten sich mit einem so klosterähnlichen Dasein kaum abgefunden, doch Antoine war ein Wissenschaftler, dessen einziger Lebensinhalt in seiner Arbeit und in der Lektüre von Marcel Proust bestand. Über das Essen konnte man im übrigen nicht klagen. Dupont hatte in jungen Jahren im Pariser Ritz Kochen gelernt — bis man entdeckte, daß er eine nicht mehr ganz junge, aber sehr wohlhabende Dame, die im Hotel wohnte, zu erpressen versuchte.

Die Dose, die LeCat in Illinois erbeutet hatte, enthielt fünf Kilogramm reprozessiertes Plutonium. Es war auf dem Transport zu einem Atomkraftwerk gewesen. Antoines Aufgabe bestand darin, einen nuklearen Sprengkörper zu konstruieren, in dem die Ladung Platz hatte. Die Öffentlichkeit, die von dem riesigen Werk gehört hatte, in dem die erste Atombombe hergestellt worden war, mochte glauben, daß zur Fertigung eines atomaren Sprengkörpers eine ähnliche Anlage notwendig sei. Doch der ungeheure Aufwand war nur nötig gewesen, um das Plutonium verwendbar zu machen. Der Inhalt der erbeuteten Stahldose hingegen war bereits gebrauchsfertig.

Als Lohn für seine gefährliche Arbeit sollte Antoine außer dem Betrag von fünfzigtausend Dollar einen Paß erhalten, mit dessen Hilfe er später in der Provinz Quebec ein neues Leben anfangen konnte. Als Einzelgänger genoß er wahrscheinlich sogar seine siebenmonatige Isolierung.

Nach LeCats detaillierten Anweisungen konstruierte er einen Apparat, der äußerlich einem größeren Koffer glich. Tatsächlich verstaute er ihn am Ende in einem Koffer mit besonders verstärkten Wänden. Die Außenseiten dieser Tarnhülle beklebte Antoine mit Hoteletiketts aus den verschiedensten Teilen der Welt, die André Dupont beschafft hatte. Die Plutoniumladung steckte in einem dickwandigen Stahlmantel, der die Sprengkraft bis zu einem Höchstmaß steigern sollte. Das Ganze wog fast zweihundert Pfund. Doch ein Mann von so außergewöhnlicher Kraft wie LeCat konnte den Koffer über kürzere Strecken tragen, als ob es sich um ein normales Gepäckstück handle.

Als Antoine seine Arbeit in der zweiten Oktoberhälfte beendete, wurde LeCat umgehend informiert. In einer Maschine der BOAC flog er von London direkt nach Vancouver.

»Erklären Sie mir, wie es funktioniert«, befahl LeCat, als sie im Kellerlabor vor dem geöffneten Koffer standen.

»Dies hier setzt den Auslöser in Gang . . .«

»Ich werde noch einen Zeitmechanismus einbauen müssen . . .«

»Nun, dann würde ich vorschlagen . . .«

LeCat achtete nur auf den ersten Teil von Antoines Erklärung. Als Sprengstoff- und Minenexperte wußte er von vornherein, wie er so eine Sache anzugehen hatte. Er brauchte nur die Bestätigung, daß es auch in diesem Fall richtig war. Schließlich handelte es sich um eine Bombe, deren Gewalt ausreichte, um eine Stadt mittlerer Größe zu vernichten.

Antoine war vorsichtig genug gewesen, LeCat nicht zu fragen, welchen Zwecken der von ihm konstruierte Sprengkörper eigentlich dienen sollte. Überdies war er ziemlich sicher, daß die Bombe für viel Geld entweder an Israel oder an einen der arabischen Staaten verkauft würde. Er versuchte, sich als einen gewöhnlichen Waffenlieferanten zu betrachten, der sich vor der Konkurrenz in acht nehmen mußte — wenn er das Gewünschte nicht lieferte, so tat das ein anderer. Das war nun einmal der Lauf der Welt, und wenn er im Dienst seiner Regierung geblieben wäre, so hätte er nie im Leben die stattliche Summe von fünfzigtausend Dollar zu Gesicht bekommen.

»Sie reisen noch heute ab«, sagte LeCat unvermittelt. »Nach Einbruch der Dunkelheit holt Sie ein Wagen ab.«

Antoine fühlte sich überrumpelt. Mit einem so plötzlichen Aufbruch hatte er nicht gerechnet. Eine Sorge stieg in ihm auf — nicht zum erstenmal. »Die fünfzigtausend Dollar . . .«

»Die bringe ich in ein paar Stunden her. Im übrigen wollen wir nicht, daß Sie dieselbe Route nehmen wie seinerzeit — quer durch Kanada. Ich werde Sie auf Umwegen mit dem Auto in die Vereinigten Staaten bringen. In Seattle nehmen Sie den Zug nach Chicago und reisen von dort aus wieder nach Kanada. Danach existieren Sie für uns nicht mehr.«

Antoine, in seinem Fach überaus beschlagen, begriff nicht

recht, weshalb soviel Aufwand nötig war. Andererseits beeindruckte ihn die Komplexität des Plans. Eine Frage allerdings blieb. »Komme ich denn ohne Visum in die USA?«

»Natürlich! Sie vergessen, daß Sie mit Ihrem neuen Paß kanadischer Staatsbürger sind. Und Kanadier können die Grenze überqueren, sooft sie wollen — sie müssen nur ihren Paß vorzeigen . . . Bis heute abend also.«

LeCat verstaute den schweren Koffer im Auto und fuhr zur Anlegestelle der Fähre. Dann setzte er nach Victoria über. Er fuhr per Taxi zu dem Pier, wo der Trawler *Pêcheur* vor Anker lag, und verbrachte einige Stunden an Bord. Die meiste Zeit unterhielt er sich mit dem französischen Kapitän. Außerdem genoß er eine nicht endenwollende, typisch französische Mahlzeit.

Es war bereits Nacht, als er mit einem anderen Koffer wieder das Haus in der Dusquesne Street erreichte.

»Wenn Sie wollen, können Sie es natürlich nachzählen«, sagte er zu Antoine. »Wir haben aber noch eine lange Fahrt vor uns . . .«

Fünfzigtausend Dollar. Antoine öffnete einige der Hundert-Dollar-Päckchen und blätterte sie durch. Amüsiert betrachtete LeCat die Mischung von Verlegenheit und Erleichterung, mit der Antoine feststellte, daß offenbar alles stimmte. Er klappte den Koffer zu und steckte den Schlüssel in seine Brieftasche. »Es ist wohl besser, wenn ich das Geld nach und nach auf ein Konto einzahle«, meinte er. -

»Gewiß«, sagte LeCat freundlich. »Bewahren Sie den Rest in einem Schließfach auf. Falls Sie jetzt fertig sind, können wir . . .«

Vor dem Haus wies er auf den Kofferraum des Autos. Doch Antoine schüttelte den Kopf. Es sei ihm lieber, den Koffer auf dem Rücksitz neben sich zu haben. LeCat zuckte die Schultern, setzte sich ans Steuer und ließ den Motor an. Sie fuhren in der Dunkelheit nach Osten — in die Berge. Dupont und Varrier, der Ingenieur, blieben zurück, um die Laborgeräte wegzuschaffen, die Antoine zuvor abmontiert und verpackt hatte.

Am Ufer eines abgelegenen Sees hielt das Auto. LeCat schoß Antoine dreimal durch die Brust. Er beschwerte die Leiche mit Ketten, die er im Kofferraum unter einer Zeltplane versteckt hatte, legte sie in ein Boot und ruderte weit hinaus. An einer

Stelle, wo der See gut dreißig Meter tief war, wurde der Tote ins Wasser gestoßen. LeCat kehrte zum Auto und zu dem Koffer mit den fünfzigtausend Dollar zurück.

Er hatte nicht die Absicht, das Geld für sich selbst zu verwenden. Er war mit Ahmed Riad, der ihm in Algier seinen Auftrag erteilt hatte, übereingekommen, daß diese Summe als ›Heuer‹ für die französische Besatzung des Trawlers *Pêcheur* dienen sollte: ein Drittel davon gleichsam als Vorschuß, die restlichen zwei Drittel, wenn der Trawler seinen endgültigen Zweck erfüllt hatte.

Als LeCat zur *Pêcheur* zurückkehrte, wartete Dupont bereits. Kisten mit den Laborgeräten waren in einer Barkasse verstaut, die um Mitternacht auslief. Die Kisten wurden ebenso versenkt wie die Leiche des Mannes, der die Geräte benutzt hatte. LeCat, ein wahrer Perfektionist, überprüfte alles bis ins kleinste.

Dupont hatte es genau genommen. Während LeCat mit Antoine in die Berge gefahren war, hatte er alle Räume, in denen sich der Physiker aufgehalten hatte, von oben bis unten durchgewischt, so daß keine Fingerabdrücke mehr vorhanden waren. Dann war er mit einem Staubsauger von einem Zimmer zum anderen gegangen, um — besonders intensiv natürlich im Keller — jedes Partikelchen zu entfernen, das für polizeiliche Untersuchungen aufschlußreich sein konnte. Es war ein Staubsauger genau der Art, wie ihn die Polizei benutzte, und er wurde zusammen mit den Gerätekisten ins Wasser geworfen.

Allerdings war es kaum wahrscheinlich, daß während der nächsten drei oder vier Monate im Haus der Dusquesne Street ein Polizist auftauchen würde. LeCat hatte es vorsorglich für ein ganzes Jahr gemietet. Am folgenden Morgen überprüfte er noch einmal persönlich jeden Raum. Dann schloß er das Haus ab und fuhr mit Dupont zum Trawler zurück.

Kognaklieferung erhalten.

So lautete der Text des Telegramms, das LeCat an eine Pariser Adresse schickte. Von dort gelangte die Botschaft auf Umwegen zu Scheich Gamal Tafak, der sich in Jeddah in Saudi-Arabien aufhielt. Das Wort ›Kognak‹ bedeutete ›nuklearer Sprengkörper‹. Tafak hatte schon zwei ähnlich verschlüsselte Botschaften von LeCat erhalten. Die erste meldete Antoines ›Tod‹ in Nantes, die zweite die Erbeutung des Plutoniums.

Einen Tag, nachdem er das dritte Telegramm aufgegeben hatte, flog LeCat nach Europa zurück. Das war im November. Und es wurde Zeit, den Engländer Winter in das Unternehmen einzuschalten.

4

Winter.

Über die entferntere Vergangenheit dieses englischen Abenteurers wußte anscheinend niemand etwas. Eines Tages war er wie aus dem Nichts auf der Bildfläche erschienen, ein Mann auf der Suche nach einem Job, der viel Geld brachte — steuerfrei — und aufregend genug war, um jenes Gefühl der Langeweile abzuwehren, von dem er ewig bedroht schien. Er traf LeCat zum erstenmal in Tanger.

Sein wirklicher Name war unbekannt, und keiner stand ihm je nahe genug, um ihn beim Vornamen zu nennen, wie immer der lauten mochte. Die Unterwelt am Mittelmeer, wo er sein Geld verdiente, kannte ihn als Winter.

Er war Anfang dreißig, über einsachtzig groß und eher schmal gebaut. Seine Schritte hatten etwas Federndes. Der kalte Blick seiner braunen Augen verunsicherte alle, die mit ihm zu tun hatten. Sein abweisendes Verhalten unterband von vornherein jede Vertraulichkeit. Doch wer ihn kennenlernte, wußte nach wenigen Minuten, daß dieser eisige Mann gerissen, klug und umsichtig war. Er hatte eine fast hypnotische Ausstrahlung. Mochte er ein Abenteurer sein, er schien stets genau zu wissen, was er tat.

LeCat hatte damals einen Partner gesucht, dem er vertrauen konnte. Deshalb kam von seinen sonstigen Komplizen keiner in Frage. LeCat erläuterte Winter, worum es ging. Der Engländer führte das Problem mit wenigen Worten auf den Kern zurück. »Sie wollen Zigaretten von Tanger nach Neapel schmuggeln? Fangen Sie gar nicht erst mit Motorbooten und Jachten an — die benutzt jeder. Machen Sie was Neues — nehmen Sie einen Trawler.«

»Einen Trawler?« LeCat war verblüfft. Von der Bar, wo die beiden Männer zusammen saßen und Wein tranken, konnte man den Hafen von Tanger überblicken. »Das ist doch verrückt — ein Trawler ist langsam. Den kann jeder einholen.«

»Sicher. Aber warum sollte ihn jemand einholen wollen?«

In zehn Minuten hatte Winter einen Plan ausgearbeitet, den neuen Dreh beim Zigarettenschmuggel — sehr profitabel, wie sich erweisen sollte. Der Engländer hatte recht: Die italienischen Behörden wußten genau, nach welchen Schiffen sie Ausschau halten mußten — nach Motorbooten und schnellen Jachten nämlich. Winter schlug die Anschaffung eines Trawlers mit einem Fassungsvermögen von rund 1000 Tonnen vor, in dem sich mit Leichtigkeit so etwa einhundert Tonnen Zigaretten unter achthundert Tonnen Fisch verstecken ließen. Man würde nicht versuchen, die eigentliche Fracht auf übliche Weise nachts in kleinen Booten an Land zu schaffen. Vielmehr solle das Schiff am hellichten Tage in den Hafen von Neapel einlaufen, wie ein harmloser Fischkutter. Wer würde bei einem Trawler Verdacht schöpfen? Schließlich war doch allgemein bekannt, daß man zum Schmuggeln ein schnelles Boot brauchte . . .

Als Winter das Gespräch auf die finanziellen Aspekte brachte, gestand LeCat, daß er für das französische Syndikat arbeitete — eine Gruppe von Geschäftsleuten in Marseille, die es mit der Legalität nicht immer so genau nahmen. Wenig später kaufte LeCat mit dem Geld, das ihm das französische Syndikat zur Verfügung gestellt hatte, einen Trawler von entsprechender Größe, die *Pêcheur*. Die Besatzung bestand hauptsächlich aus früheren OAS-Terroristen. Der Schmuggel brachte hohe Gewinne und verlief völlig reibungslos — bis das italienische Syndikat ein warnendes Grollen hören ließ.

»Eines Nachts werden uns diese Burschen vor der italienischen Küste abpassen«, meinte LeCat. »Sie meinen, daß wir in ihrem Revier wildern. Und sie haben so eine Art, schnell und für immer mit Störenfrieden fertig zu werden. . . .«

In der Bar über dem Hafen von Tanger arbeitete Winter einen zweiten Plan aus, der dem französischen Syndikat vorgelegt wurde, und wiederum zeigten sich die führenden Köpfe beeindruckt — für LeCats Geschmack sogar ein wenig zu sehr. Der Engländer hatte für die Rückfahrt von Neapel nach Tanger den Schmuggel von wertvollen Kunstwerken organisiert, die in Italien gestohlen waren. Gewisse amerikanische und japanische Millionäre zahlten schwindelnd hohe Preise für die Gemälde.

Winter ließ den vorderen Mast des Trawlers entfernen und über einem der drei Laderäume eine Plattform bauen. Auf dieser Plattform konnte ein Alouette-Hubschrauber mühelos landen und starten. LeCat murrte zwar wegen der Kosten, doch die Bosse des französischen Syndikats schoben seine Einwände beiseite, was seine Sympathie für Winter nicht gerade erhöhte.

Die *Pêcheur* fuhr weiterhin ohne Zwischenfall zwischen Tanger und Neapel. Über den Hubschrauber auf dem Hauptdeck wunderte sich niemand mehr, seitdem Winter einem italienischen Zollbeamten gegenüber beiläufig erwähnt hatte, daß es sich um eine neue Technik beim Fischen handle — der Hubschrauber spüre aus der Luft Fischschwärme auf.

Dann kam der Tag, an dem die Konkurrenten vom italienischen Syndikat zuschlugen.

Die *Pêcheur* befand sich etwa zwanzig Meilen von der italienischen Küste entfernt, als Winter durch sein Fernglas ein Motorschiff ausmachte, das mit hoher Geschwindigkeit näher kam. Die Männer an Bord waren bewaffnet und gaben auf die Funksignale der *Pêcheur* keine Antwort. Zusammen mit André Dupont, dem ausgekochtesten von LeCats einstigen OAS-Kameraden, stieg Winter in den Helikopter — wo er gelernt hatte, einen Hubschrauber zu fliegen, wußte natürlich niemand. Beim ersten Anflug auf das Motorschiff warf Dupont Rauchbomben auf das Deck, beim zweiten hielt Winter die Maschine knapp zwanzig Meter über dem in Rauch gehüllten Schiff, während Dupont zwei Thermitbomben fallen ließ. Innerhalb von Sekunden stand das Schiff in Flammen, und die bewaffneten Schmuggler saßen in ihren Rettungsbooten. Als Winter wieder auf der *Pêcheur* landete, mußte er die ganze Macht seiner Persönlichkeit einsetzen, um LeCat davon abzuhalten, die Boote voll hilfloser Männer zu rammen. Der Engländer erschien auf der Kommandobrücke, als der Franzose dem Kapitän gerade die entsprechenden Befehle gab.

»Kurs ändern! Direkt auf sie zu! Rammen!«

»Kurs beibehalten«, sagte Winter zum Kapitän, ohne auch nur die Stimme zu heben. Er wandte sich zu LeCat. »Zweck der Aktion ist es«, erklärte er, »unseren Widersachern zu zeigen, daß es nicht ratsam ist, sich mit uns anzulegen. Diese

Männer sind Sizilianer — wer sie tötet, löst eine Vendetta aus. Sie werden es ohnehin schwer haben, lebendig nach Hause zu kommen.« Schon im Begriff, die Brücke zu verlassen, drehte er sich noch einmal zum Kapitän um. »Falls Sie den Kurs ändern«, sagte er freundlich, »breche ich Ihnen den Arm . . .«

Der Zwischenfall war in doppelter Hinsicht bedeutungsvoll. Einerseits konnte Winter die Erfahrung nutzen, als es später um viel mehr ging. Zum anderen wurde die breite Kluft sichtbar, die LeCat und Winter voneinander trennte, wenn Menschenleben ins Spiel kamen. Der Engländer schreckte vor Töten zurück — er wollte es um jeden Preis vermieden sehen, außer wenn es absolut unvermeidlich war. Für den Franzosen hingegen war es so alltäglich wie das Zähneputzen.

Wenige Monate später zog Winter sich aus dem Schmuggelgeschäft zurück; er ahnte, daß ein solcher Erfolg nicht ewig währen konnte. Er ließ sich in Tanger nieder und genoß das Leben, das ihm seine Gewinne ermöglichten. Die Luxussuite, die er in einem der beiden besten Hotels bezog, teilte er zuerst mit einer jungen Engländerin, später mit einer Kanadierin. Beiden Mädchen erklärte er gleich zu Anfang, daß die Ehe seiner Meinung nach eine ausgezeichnete Einrichtung sei für andere. Während er sich in Tanger einen guten Tag machte, brach 1973 die erste Ölkrise aus.

Nicht ohne einigen Zynismus beobachtete er, wie die Araber Europa herumkommandierten und den verschreckten Außenminister vorschrieben, was sie haben konnten und was nicht. Ihre Dreistigkeit nötigte ihm Bewunderung ab. Weniger rühmlich fand er allerdings die weltweite Reaktion, die Jagd nach Öl um jeden Preis. Er persönlich wäre anders mit den neuen Machthabern verfahren.

Seine Vermutung, daß dem Schmuggelunternehmen nicht ewig Erfolg beschieden sein könne, wurde bestätigt; LeCat, der die Aktion auch auf die französische Mittelmeerküste ausgedehnt hatte, wurde in Marseille mit einer Ladung erwischt und verhaftet — doch erst nach einer wilden Hetzjagd durch die Straßen, wobei er einem Gendarmen ein gebrochenes Bein und einem zweiten einen Schädelbruch verpaßte. Er wurde vor Gericht gestellt, zu einer langen Gefängnisstrafe verurteilt und in die Pariser Santé eingebuchtet. Später hörte Winter, daß der Franzose unter geheimnisvollen Umständen entlassen worden sei. Er nahm die Nachricht mit einem Schulterzucken auf. Er rechnete nicht damit, LeCat je wiederzusehen.

Dank seiner Verbindungen erfuhr er später, daß die *Pêcheur*, die vor LeCats Festnahme ausgelaufen war, mit unbekanntem Ziel die Meerenge von Gibraltar durchquerte. Er ahnte jedoch nicht, daß LeCat das Schiff mit arabischem Geld dem französischen Syndikat hatte abkaufen können. Der Trawler überquerte den Atlantik, fuhr dann durch den Panamakanal und nach Norden an der kalifornischen Küste entlang, bis er schließlich im Hafen von Victoria anlegte. Die *Pêcheur* befand sich knapp einen Monat in kanadischen Gewässern, als man an Winter herantrat.

Der Engländer wußte seit mehreren Wochen, daß er beobachtet wurde. Diskret zog er Erkundigungen ein, wobei ein wenig Geld den Besitzer wechselte. Er erfuhr, daß die Männer, die ihn beschatteten, Araber waren. Da keine seiner Unternehmungen je die Feindseligkeit der Araber erregt haben konnte, nahm er an, daß man ihm einen Vorschlag zu machen gedachte. In dem Zusammenhang fiel auch der Name Ahmed Riad.

Daß zwischen Riad und Scheich Gamal Tafak irgendeine Verbindung bestand, wenngleich die beiden Männer nie zusammen in der Öffentlichkeit auftraten, war Winter bekannt. Was Winter inzwischen über die westliche Welt dachte, ließ sich auf einen einfachen und brutalen Nenner bringen: Der Westen hatte den Willen zum Überleben verloren. Als die Scheichs das für den Westen unentbehrliche Öl das erstemal gedrosselt hatten, waren die führenden Politiker Europas in Panik geraten. Wie kopflose Hühner hatten sie verzweifelt versucht, alles Öl aufzukaufen, das sie bekommen konnten. Sie zahlten jeden Preis, der bei den Konferenzen der OAPEC (Organisation of Arab Petrol-Exporting Countries) festgesetzt wurde, und bereiteten den Scheichs, die auf Staatsbesuch kamen, einen Empfang, als seien es die Herren der Schöpfung. Winter sah die Flammenschrift an der Wand und traf seine Entscheidung — er mußte einen großen Coup landen und aussteigen.

Er wollte eine Million Dollar. Damit würde er trotz Inflation für alle Zeit ausgesorgt haben. Für eine derartige Summe gab es aber in den siebziger Jahren nur eine Quelle — die Ölscheichs. Und daher hatte Winter durchaus ein offenes Ohr für Riad, als dieser im November an ihn herantrat — unter der Bedingung, daß Riad eine Million zu zahlen bereit war.

Die beiden Männer saßen auf dem Dach eines Hauses in Tanger, und nach einem rund halbstündigen Gespräch hatte es für Riad ganz und gar nicht den Anschein, als sei der Engländer auf den Handel erpicht.

»Ich soll mich auf eine Sache einlassen, die den meisten Männern unmöglich vorkäme«, bemerkte Winter eisig.

Riad, ein Mann mit hartem Gesicht, war eher klein und rundlich. Unter den Achseln seines westlich geschnittenen Leinenanzugs hatten sich große Schweißflecken gebildet. Winter hatte es geschickt arrangiert, daß sein Gesprächspartner mit dem Gesicht zur Sonne saß. Doch es war nicht nur die Hitze, die den Araber zum Schwitzen brachte: Er fühlte sich in Gegenwart des Engländers unbehaglich.

Winter hattte ihn gleich zu Beginn des Gesprächs gezwungen, seine Karten weitgehend aufzudecken; er weigerte sich, über die Sache zu sprechen, solange er nicht klar wisse, was bei der ganzen Angelegenheit seine Rolle sein solle. Riad versicherte ihm ein wenig hastig, kein anderer als Winter selbst werde die ganze Sache leiten; LeCat, an den man bereits herangetreten sei, werde ihm unterstellt.

Man beabsichtige, die USA und Großbritannien unter Druck zu setzen, damit sie keine Waffen mehr an Israel lieferten. Zu diesem Zweck wolle man vor der kalifornischen Küste ein englisches Schiff kapern und damit einen amerikanischen Hafen anlaufen. Dort wolle man ein Waffenembargo gegen Israel fordern. Die britischen Besatzungsmitglieder würden bis zur Erfüllung der Forderung als Geiseln festgehalten.

Winter begriff sofort, daß es sich hier um ein geschickt ausgeklügeltes Politspielchen handelte. Da offenbar das Leben ausländischer Staatsbürger auf dem Spiel stand, würden die Amerikaner sich scheuen, eine unnachgiebige Haltung einzunehmen — sollten sie es dennoch versuchen, konnte man hundertprozentig damit rechnen, daß die englische Regierung intervenierte. »Natürlich steht ganz außer Frage, daß den Geiseln kein Haar gekrümmt werden wird«, fuhr Riad fort. Auch das klang durchaus plausibel: Bestimmte arabische Politiker versuchten, einen Keil zwischen Großbritannien und die USA zu treiben; es konnte ihnen also kaum daran gelegen sein, England gegen sich aufzubringen.

»Ihre — beziehungsweise LeCats — Vorstellung, wie man ein Schiff kapert, ist natürlich absurd«, erklärte Winter im weiteren Verlauf des Gesprächs. Und schon entwickelte er den Plan, den er sich während des Zuhörens zurechtgelegt hatte. Das Glitzern in Riads Augen verriet ihm, daß er einen vollen Erfolg verbuchen konnte.

Winter nutzte seine Chance sofort: »Ich soll mich auf ein Unternehmen einlassen, das die meisten Männer für unmöglich halten würden ... also muß der Preis auch angemessen sein.«

»Angemessen?« Riad blinzelte in die Sonne. Man hatte ihm gesagt, daß der Engländer knochenhart verhandeln konnte.

»Angemessen — in meinem Sinne«, sagte Winter kühl. »Sonst ist es das Risiko nicht wert. Mein Preis für die Leitung des Unternehmens ist eine Million Dollar.«

»Unmöglich!« Riad fuhr halb von seinem Stuhl hoch.

»Sie wollen gehen?« erkundigte sich Winter mit ausdruckslosem Gesicht.

»Völlig unmöglich«, wiederholte Riad, während er sich langsam auf seinen Sitz zurücksinken ließ. »Über eine derart horrende Summe brauchen wir gar nicht erst zu verhandeln ...«

»Sehr richtig. Ich bin auch nicht willens, darüber zu verhandeln. Entweder Sie sind einverstanden — oder Sie lassen die Sache sein.«

»Sie beleidigen mich ...« Riad saß auf der Stuhlkante, wie zu sofortigem Aufbruch bereit. »So wie Sie haben sich früher alle aus dem Westen benommen — bis sie entdeckten, daß sie ohne Öl zum Sterben verurteilt sind — und das Öl gehört uns ...«

»Das Öl gehört nicht Ihnen. Es war nur so, daß Ihre Vorfahren ihre Zelte zufällig an der richtigen Stelle aufgeschlagen haben. Aber dann mußten immer noch wir kommen, um es zu finden und zu fördern.« Winter goß sich schwarzen Kaffee nach und deutete dann auf die Kanne. »Wenn Sie noch etwas wollen ... es ist genügend da.«

Sie müssen mich wirklich sehr dringend brauchen, dachte er. Die Araber wurden immer anmaßender. Ja, manchmal schien es, als gäbe es für die Scheichs außer ihrem Stolz gar nichts mehr. Eine gefährliche Kombination — eine allesbeherrschende Macht und ein geradezu wilder Stolz. Begriff der Westen das nicht?

»Wir sind bereit, ein Vermögen für Ihre Mitwirkung zu zahlen«, sagte Riad steif. »Wir bieten Ihnen sechshunderttausend Dollar. Keinen Cent mehr.«

»Über die Summe von einer Million gibt es nichts zu verhandeln«, erklärte Winter eiskalt, und Riad senkte den Blick. Langsam dämmerte ihm, daß es dem Engländer mit seiner Forderung völlig ernst war. »Sie können die Summe doch nicht von sich aus willkürlich festsetzen«, widersprach er mit einem Hauch von Empörung. »Sie arbeiten für uns — und daher legen wir die Bezahlung fest . . .«

»Ganz recht.«

»Wie bitte?«

»Sie müssen wissen, was Sie sich leisten können.« Die Unterstellung, er verfüge womöglich nicht über genügend Geldmittel, ließ Riad kaum merklich zusammenzucken. »Allerdings«, fuhr Winter fort, »kann ich Ihnen nicht recht glauben. Die Leute, die Sie hergeschickt haben, sind so reich, daß sie nicht einmal kehrtmachen, wenn sie auf dem Weg zur Bank eine Million verlieren . . .«

»Das ist ein Vermögen . . .«

»Für Sie vielleicht . . .«

»Sie beleidigen mich schon wieder . . .«

»Dann scheren Sie sich zum Teufel und lassen Sie mich in Ruhe«, herrschte ihn Winter an. »Ich frage mich ohnehin, ob ich mich auf diese Sache einlassen soll — das Risiko ist unglaublich hoch.«

Die Heftigkeit des Ausbruchs bestürzte Riad. Er hatte das Gefühl, Winter sei im Begriff, ihm endgültig eine Absage zu erteilen. Und voller Schreck erinnerte er sich an das, was Gamal Tafak beim letzten Zusammentreffen zu ihm gesagt hatte.

»Wir brauchen diesen Engländer, Ahmed — ein Engländer kann im Westen operieren, ohne Verdacht zu erregen. Unsere Spione hingegen werden von den westlichen Sicherheitsdiensten sorgfältig beschattet. Sie können höchstens beobachten, was sich auf der Ölszene tut, weiter nichts. Außerdem handelt es sich um ein englisches Schiff, das gekapert werden soll. Du mußt mit Winter handelseinig werden, selbst wenn du eine ganze Woche dazu brauchst und ihm am Ende die volle Summe bietest . . .« Eine Woche? Sie saßen erst seit gut einer halben Stunde hier auf dem Dach, und Riad zitterte innerlich bereits vor Wut und Angst — Wut über die Art, in der Winter ihn behandelte; Angst bei dem Gedanken, daß ihm der Engländer womöglich durch die Lappen ging.

»Bis siebenhunderttausend kann ich gehen«, sagte er.

»Das können Sie in der Tat . . .« Winter drückte seine Zigarette auf der Untertasse aus. »Und Sie können mit dem ersten Flugzeug nach Jeddah zurückfliegen und dort melden, daß Sie es nicht geschafft haben.«

»Die Verhandlungsführung ist absolut ganz und gar nicht meine Sache . . .«

Der Engländer sah ihn wortlos an, doch seine eisige Miene zeigte deutlich genug, was er von dieser Behauptung hielt.

»Ich muß nachfragen«, fügte Riad hinzu.

Winter warf einen Blick auf seine Armbanduhr und legte das Geld für den Kaffee auf den Tisch.

»Sie können doch nicht erwarten, daß so etwas innerhalb einer Stunde entschieden wird . . .«

Winter stand auf und knöpfte sein Jackett zu.

»Eine Million . . . das war die Höchstsumme . . .«

Die Verhandlung hatte genau fünfunddreißig Minuten gedauert.

Man kam überein, das Geld auf einer Beiruter Bank zu deponieren. Winter war überzeugt, daß es nach Abschluß des Unternehmens bei keiner Bank im Westen sicher wäre. Er erhielt einhunderttausend Dollar für Spesen und eine Pariser Telefonnummer, unter der er LeCat erreichen konnte. Am nächsten Tag flog er nach Paris.

Am Morgen des dritten Novemver nahm er in einer Wohnung am linken Seineufer im Verlauf einer erbitterten Auseinandersetzung LeCats Pläne auseinander und ersetzte sie durch seine eigenen. Der Franzose war findig und gerissen bei der Durchführung eines fertigen Planes — den Plan selbst konnte er nicht entwickeln.

»Sie glauben wohl, Sie sollen Piraten spielen!« war Winters

knapper Kommentar zu LeCats Vorschlägen. »Ihr Vorschlag, auf See mit einem Frachtschiff zu kollidieren, ist blanker Unsinn. Wir müssen auf jeden Fall einen Öltanker kapern. Da ist die Besatzung relativ klein. Etwa dreißig Mann. Außerdem gibt es genügend Treibstoff an Bord — und eine Plattform, wo wir mit dem Hubschrauber landen können, während sich der Tanker auf See befindet . . .«

Winter ging die Liste der Terroristen durch, die LeCat angeworben hatte. Einen Teil der Männer kannte der Engländer aus den Schmuggeltagen der *Pêcheur*, und manche von ihnen waren wenig nach seinem Geschmack, gewalttätige Galgenvögel, die besser in Algerien gefallen wären. Doch es war zu spät, das Ruder jetzt noch herumzureißen. Stunde Null für das Kaperunternehmen war der Januar.

»Passen Sie auf, daß Sie die Leute unter Kontrolle behalten«, sagte er zu LeCat. »Den Geiseln darf kein Haar gekrümmt werden.«

»Das hat mir Riad bereits gesagt«, erwiderte der Franzose mit halbgeschlossenen Augen.

Am folgenden Tag flog Winter von Paris nach London. Als erstes überzeugte er sich davon, daß eine französische Bank weisungsgemäß fünfundzwanzigtausend Dollar an eine Bank in der City überwiesen hatte. Dann ließ er sich ein Scheckbuch geben und fuhr in einem Taxi nach Mayfair zu den Immobilienmaklern in der Mount Street. Dort fand er in einem Schaukasten, was er suchte: ein Glanzfoto mit dem Text: ›Prächtiges Herrenhaus in East Anglia. Für sechs Monate zu vermieten.‹ Nach einem kurzen Gespräch mit dem Makler besorgte er sich einen Leihwagen und fuhr nach East Anglia, wo er in King's Lynn übernachtete.

Am nächsten Tag zeigte ihm der örtliche Vertreter des Londoner Maklers das Anwesen. Es entsprach genau Winters Vorstellungen. Das Gebäude, Cosgrove Manor, war von einem riesigen Park umgeben, und die insgesamt zwanzig Morgen entzogen das Haus jedem Einblick von der Straße.

Winter unterschrieb den Mietvertrag sofort. Seine Familie, so erklärte er, käme in wenigen Wochen aus Australien nach. Die Miete für sechs Monate zahlte er im voraus mit einem Scheck auf den Namen George Bingham.

Tags darauf fuhr er nach London zurück, wo er, wieder unter dem Namen George Bingham, in Brown's Hotel in der Albemarle Street ein Zimmer buchte. Dann brachte ihn ein Taxi zu Lloyd's, der weltbekannten Transport- und Versicherungsgesellschaft.

Winter, im Tweedanzug und mit randloser Brille, gab sich als Schriftsteller aus, der gerade für ein Buch über die Ölkrise recherchiere.

Nachdem er ein paar Erkundigungen über Schiffsbewegungen eingezogen hatte, studierte er das *Shipping Register*, eine täglich erscheinende Veröffentlichung, die die augenblickliche Position aller Schiffe auf See verzeichnet. Winter brauchte mehrere Stunden, um alle Schiffe herauszusuchen, die gerade an der amerikanischen Westküste entlangfuhren. Als er schließlich das Gebäude verließ, war er ziemlich sicher, sein Zielobjekt gefunden zu haben. Am nächsten Tag flog er über die Polarroute direkt nach Los Angeles und von dort in einer anderen Maschine weiter nach San Francisco.

Er wurde von Joseph Walgren erwartet, dem fünfzigjährigen ehemaligen Bücherrevisor, der vor acht Monaten bei dem Lastwagenüberfall LeCats Komplize gewesen war — davon wußte Winter allerdings nichts. Der Amerikaner war durch ein Telegramm von LeCat angewiesen worden, Winter vom International Airport abzuholen. Es kam sofort zu einer Auseinandersetzung wegen des preiswerten Hotels, das Walgren dem Engländer vorschlug.

»Zu billig«, erklärte Winter mit Nachdruck, während sie in die Stadt hineinfuhren. »Wer in einem sehr teuren Hotel übernachtet, gilt bei der Polizei als anständig. Das ist auf der ganzen Welt so. Ich werde ein Zimmer im Huntington auf der California Street nehmen . . .«

Drei Tage lang hielt er den robusten Walgren in unaufhörlicher Bewegung. Auch sich selbst gönnte er keine Atempause. Er war ständig im Auto unterwegs, um sich mit San Francisco vertraut zu machen. Er fuhr hinaus zum Ölhafen Oleum, durchstreifte das ganze Marin County nördlich der Stadt und mietete schließlich, als Walgren schon aufatmen wollte, weil er meinte, das Programm sei bewältigt, ein Motorboot, mit dem er, sorgsam ausspähend, die Küstenlinie der Bucht abfuhr. Ehe er San Francisco verließ, gab er dem Amerikaner genaue Instruktionen, die unter anderem einen kurzen Abstecher Wal-

grens nach Mexiko umfaßten. Er stellte ihm eine größere Geld-
summe zur Verfügung und reiste am vierten Tag nach Kanada
ab.

Ein kurzer Besuch galt dem Trawler *Pêcheur*, der immer
noch im Hafen von Victoria lag. In aller Eile vergewisserte
sich Winter, daß die kanadische Hafenbehörde am langen Aufenthalt des Schiffes nichts auszusetzen fand. LeCat hatte das
Problem zufriedenstellend gelöst. Mit Hilfe arabischen Geldes
war nicht nur die *Pêcheur* angekauft, sondern auch ein Unternehmen gegründet worden, das sich mit der biologischen Er-
forschung der Meereswelt befaßte. Das World Council of
Marine Biological Research hatte seinen Sitz in der Rue St.
Honoré in Paris. Es wurde pro forma von einem Franzosen
namens Bernard Oswald geleitet.

Meeresforschung war der letzte Schrei in der Wissenschaft,
und so schöpften die kanadischen Behörden keinerlei Verdacht,
daß der Trawler immer noch in ihrem Hafen lag. Zudem gab
Winter jetzt die gleiche beruhigende Erklärung ab, die schon
bei dem italienischen Zollbeamten gewirkt hatte: ». . . eine neue
Technik. Wir spüren Fischschwärme aus der Luft auf . . .«

»Ehe wir zu den Galapagos-Inseln aufbrechen, wird ein
Sikorsky-Helikopter eintreffen . . . Bestimmte Stellen, die wir
erforschen wollen, lassen sich nur per Hubschrauber erreichen.« Der kanadische Hafenbeamte fand, daß der britische
Meeresbiologe George Bingham ein sehr umgänglicher Mensch
war. Und jetzt begriff er auch erst so recht, warum die *Pêcheur*
immer noch im Hafen lag — sie wartete auf die Ankunft des
Hubschraubers.

Den Kauf und die Lieferung des Sikorsky-Helikopters hatte
Winter in San Francisco arrangiert. Ein Freund Walgrens — ein
erfahrener Hubschrauberpilot — sollte die Maschine nach Kanada fliegen. Vierundzwanzig Stunden nach seiner Ankunft in
Victoria war Winter bereits auf dem Wege nach Alaska.

Er verbrachte drei Wochen in Anchorage, der größten Stadt
dieses Staates, die am Cook Inlet liegt, einem Meeresarm, wo
das erste Öl in Alaska entdeckt wurde. Heutzutage denkt man
in diesem Zusammenhang eher an das weite Gelände von
North-Slope, doch als Winter in Anchorage weilte, kam das
einzige Öl, das von Alaska über zweitausend Seemeilen nach
Kalifornien geschafft wurde, aus dem Cook Inlet. Im Pendel-

verkehr transportierten Tanker — darunter auch ein britischer — das lebenswichtige Öl nach San Francisco.

Während seiner langen Reise hatte Winter überall gesehen, in welchem Ausmaß die von General Tafak beschlossene fünfzigprozentige Drosselung der Ölzufuhr den Westen lähmte. Wegen Treibstoffmangels trafen Flugzeuge fast immer verspätet ein; die Straße, an der sein Hotel lag, blieb ab zehn Uhr abends ohne Beleuchtung; durch Stromausfall lagen plötzlich oft ganze Städte im Dunkeln. Aber wirkungsvolle Gegenmaßnahmen schien es noch nirgends zu geben.

Anfang Dezember kehrte Winter nach Europa zurück. Beim Eintreffen in Paris war seine erste Frage an LeCat: »Ist über das Unternehmen schon irgend etwas durchgesickert?«

»Bisher nicht«, erwiderte der Franzose. »Doch ich habe sicherheitshalber in mehreren Ländern Leute eingesetzt, die die Ohren offenhalten . . .«

Sie unterhielten sich auf französisch, eine der vier Sprachen, die Winter fließend beherrschte. Winters Frage war von grundlegender Bedeutung. Bei einem geheimen Unternehmen solcher Größenordnung sickert früher oder später unweigerlich etwas durch. In gewisser Weise befanden sie sich also in einem Wettlauf mit der Zeit: Das Unternehmen mußte in die entscheidende Phase treten, bevor Uneingeweihte davon Wind bekamen.

Winter betrachtete die aufgestellten Horchposten als Informanten, falls über die Sache Gerüchte aufkommen sollten. LeCat betrachtete die Angelegenheit mit anderen Augen: Falls er von jemand hörte, der herumzuschnüffeln begann, gäb's eine drastische Reaktion. Wer dumm genug war, sich einzumischen, mußte eliminiert werden.

5

Larry Sullivan war etwa so alt wie Winter: zweiunddreißig. Es gab auch sonst Ähnlichkeiten. Wie Winter war Sullivan ein Einzelgänger, und das war ein Grund dafür, daß seine Karriere bei der Spionageabwehr der Kriegsmarine ein abruptes Ende gefunden hatte. Leutnant Sullivan hatte etwas gegen Idioten

— selbst wenn sie im Admiralsrang standen. Als man ihm vorsichtig andeutete (er haßte Leute, die sich in vorsichtigen Andeutungen ergingen), daß seine weitere Beförderung davon abhänge, ob er etwas flexibler werde, teilte er seinem Vorgesetzten recht unflexibel mit: »Ich pfeife auf den Job.«

Aufgrund seiner Ausbildung und Erfahrung fiel es ihm nicht schwer, bei Lloyd's den Posten eines Ermittlers zu bekommen. Diese einzigartige Organisation ist, anders als die Kriegsmarine in Friedenszeiten, in ihren Methoden keineswegs konservativ. Hinter der Fassade traditioneller Wohlanständigkeit schreckt man auch vor den übelsten Tricks nicht zurück, wenn man ohne sie nicht weiterkommt. Nur die Briten konnten eine solche Institution schaffen, die — und das zu Recht — weltweit den Ruf absoluter Integrität genießt. Larry Sullivan war für Lloyd's jedenfalls wie geschaffen.

Knapp einsachtzig groß und von leichtem Körperbau, besaß er ein schmales Gesicht, das sehr liebenswürdig wirken konnte. Frauen fanden sein dichtes, dunkles Haar so attraktiv, daß er den Gedanken an eine Ehe immer wieder beiseite schob. Seine Aufgabe bei Lloyd's war genauso beispiellos wie die Organisation selbst. Er hatte bei zweifelhaften Versicherungsansprüchen zu ermitteln, die manchmal für ein einziges Schiff bis zu 20 Millionen Pfund ging, konnte sich bei seinen Nachforschungen jedoch auf keinerlei amtliche Autorität stützen. Er war ganz auf seine Schläue angewiesen. Er hatte niemanden, der mit ihm arbeitete, und konnte niemand Befehle geben — doch das hatte auch seine Vorteile: Er brauchte nicht allzu zimperlich in der Wahl seiner Methoden zu sein. Beziehungen und Freunde waren für sein Geschäft unerläßlich, und er knüpfte Kontakte, die weit über seine Branche hinausgingen. Er kannte zum Beispiel Polizeioffiziere in allen Teilen der Welt und stand auf vertrautem Fuße mit den Beamten der Interpol, deren Konferenzen er mit großer Aufmerksamkeit folgte. Seine Beharrlichkeit wurde geradezu sprichwörtlich. »Tun wir ihm schon den Gefallen, sonst werden wir ihn nicht los«, flüsterte man sich häufig hinter seinem Rücken zu. Nachdem ihn Lloyd's an einen ihrer Kunden, Harper Tankships, ausgeliehen hatte, begann er im Januar, dem Gerücht nachzugehen.

Am Sonntag, dem 5. Januar, befand sich Sullivan laut Eintragung in sein Tagebuch abends in Bordeaux. Er klapperte die Seemannskneipen ab. Wenn überhaupt irgendwo etwas herauszubringen war, dann dort. Sullivans Aufzug war nicht eben elegant. Unter seinem schäbigen Mantel trug er einen schmuddeligen Sweater und eine fleckige Hose. Seine Verkleidung täuschte die Männer, mit denen er sprach, keinen Augenblick, aber so war es ihnen weniger peinlich, mit ihm gesehen zu werden.

Hafenkneipen wie das Café Bleu finden sich in aller Welt. Wie Zirruswolken in zehntausend Meter Höhe schwebten bläuliche Rauchschwaden in mehreren Schichten übereinander, so dicht, daß das Lampenlicht kaum durchdringen konnte. Die Luft war voll von einem üblen Gemisch aus Alkohol, Zigarettenqualm und Schweiß.

Es verblüffte Sullivan immer wieder, daß Seeleute, die wochenlang auf Schiffen zusammengepfercht gewesen waren, an Land offenbar nichts Eiligeres zu tun haben, als eben den Zustand wiederherzustellen, und das in einer Atmosphäre, in der von allen chemischen Elementen der Sauerstoff den geringsten Anteil hat. »Kognak«, sagte er zu Henri, dem Kellner, »und für eine kleine Information zahle ich vielleicht noch was drauf . . .«

»Ja?« Henri, ein dicker Mann in weißer, erstaunlich sauberer Jacke, stellte ein Glas Kognak vor ihn hin. »Wir haben Sie lange nicht gesehen, Mr. Sullivan . . .«

»Es gibt da eine britische Reederei, Harper Tankships. Ich hab' so was gehört, daß die Harper-Schiffe vielleicht Ärger kriegen.«

»Davon weiß ich nichts.« Henri nahm ein Tuch und wischte über die Theke. Leise sagte er: »Fragen Sie Georges — den mit der Baskenmütze am Ende der Bar . . .«

»Frage du ihn lieber.«

Henri zuckte die Schultern und ging zu einem kleinen Mann hinüber. Er sprach kurz mit ihm, kam zurück, hob wieder die Schultern. »Georges hat von dem Gerücht auch noch nichts gehört . . .«

»Und warum hat er es plötzlich so eilig?«

»Wer weiß, Monsieur. Vielleicht muß er auf sein Schiff zurück . . . vielleicht hat er ein Mädchen . . . was weiß man schon?«

»Na, jedenfalls vielen Dank. *Au revoir.*«

Henri nickte. Einen Augenblick sah er Sullivan nach, der durch die bombenvolle Kneipe zur Tür ging. Dann trat er zum Telefon und wählte eine Nummer. Er kannte da einen Mann, der manchmal was ausspuckte, wenn man ihm meldete, daß einer am Hafen herumschnüffelte . . .

Durch den Spalt der noch nicht ganz geschlossenen Tür bemerkte Sullivan, daß Henri telefonierte. Vermutlich hatte es damit nichts weiter auf sich, doch als der Engländer jetzt durch den Abendnebel schritt, hielt er sich unwillkürlich dicht an der Häuserfront, in möglichst großer Entfernung vom Hafenbekken. Bei der schlechten Sicht konnte man schnell ein Messer im Rücken haben, und ließ sich eine Leiche besonders mühelos beiseite schaffen, hier, wo das brackige Hafenwasser drei Meter weiter unten an die Kaimauer klatschte.

Sullivan besuchte an diesem Abend neun weitere Kneipen. Ohne jeden Erfolg.

Am nächsten Tag fuhr er weiter. Langsam arbeitete er sich die Atlantikküste hinauf, von einer Hafenstadt zur andern. Er zog durch Kneipen und Bordelle, stellte überall die gleichen Fragen und erhielt dieselbe negative Antwort. Aber nicht immer: Ein paar Seeleute ließen durchblicken, daß sie vielleicht etwas wüßten. Hier könne man natürlich nicht sprechen. Mit gedämpfter Stimme und einem vergewissernden Blick in die Runde machten sie einen Treffpunkt aus — am Tage, irgendwo. Das wunderte Sullivan nicht. Solange sie belauscht werden können, packen Informanten nicht gern aus. Was ihn wunderte, war nur, daß sie sich diesmal nicht an die Verabredung hielten. Kein einziger.

Bordeaux . . . La Rochelle . . . Brest . . . Le Havre . . . Ostende . . . Antwerpen.

Sie verfolgten Sullivans Route genau. Die Stationen seiner Reise wurden auf einer Landkarte von Westeuropa markiert, die man aus einem Schulatlas gerissen und in der Wohnung am linken Seineufer an die Wand geheftet hatte.

Das erste Zeichen war ein Anruf aus Bordeaux gewesen. »Ein Engländer . . . Sullivan. Fragt überall wegen Harper Tankships . . .«

André Dupont blickte zu LeCat hinüber. Der ehemalige Hauptmann nahm ihm den Hörer aus der Hand, lauschte. Im

Zimmer brannte trübe eine Lampe. In Paris hatte man die Stromspannung weiter herabgesetzt.

»Beim nächsten Mal schenkst du dir den Namen der Firma — falls du nicht willst, daß man dich mit durchschnittener Kehle im Rinnstein findet. Fahr ihm nach . . .«

La Rochelle . . . Brest . . . Le Havre . . .

Jeder dieser Namen wurde auf der Landkarte mit einem Kreis markiert. Auch das jeweilige Datum von Sullivans Besuchen wurde genau vermerkt.

»In Belgien wird er aufgeben und nach England zurückfahren«, meinte LeCat. »Er hat ja nur Nieten gezogen.«

»Wer ist dieser Sullivan eigentlich?«

»Eine Art Detektiv für Lloyd's of London. Er hat da was munkeln hören, weiter nichts. Winter war ja gleich der Meinung, daß irgendwas durchsickern würde. All das schöne Geld, das wir ausspucken müssen, damit keiner redet. Ich wüßte eine billigere Methode, aber du kennst Winter ja . . .«

Ostende . . . Antwerpen . . .

»Er fährt nicht nach England zurück«, sagte André Dupont. »Dafür, daß er bis jetzt nichts rausgekriegt hat, ist er ganz schön ausdauernd. Was machen wir, wenn er nach Hamburg fährt?« Hamburg . . .

Am 9. Januar traf Sullivan in Ostende ein. Am selben Tag kam Ross in Hamburg an.

Mr. Arnold Ross, Generaldirektor von Ross Tankers Ltd., einer auf den Bermudas eingetragenen Gesellschaft, war eine imposante Gestalt. Gut über einsachtzig groß und eher schlank, steckte er in einem dunklen Anzug, der unverkennbar von einem allerersten Schneider stammte. Der Mantel, den er soeben abgelegt hatte, mußte mindestens seine dreihundert Pfund gekostet haben, und die goldenen Manschettenknöpfe . . . Paul Hahnemann, der Direktor der Hamburger Schiffswerft Wilhelm Voß, war jedenfalls beeindruckt.

»Einen 50 000-Tonnen-Tanker würden wir schon gern bauen«, versicherte er seinem Gast.

»Entscheidend sind natürlich Kostenfrage und Liefertermin«, erwiderte Ross, während er durch ein großes Fenster zur Werft blickte. »Sie verstehen, daß ich zunächst die Fühler ausstrecke — und daß in diesem Stadium niemand etwas davon erfahren darf.«

»Selbstverständlich, Mr. Ross. Wir werden strengste Diskretion wahren. An was für ein Schiff denken Sie denn in etwa?«

»Nun, zum Beispiel an die *Chieftain,* die Sie für Harper Tankships gebaut haben . . .«

Paul Hahnemann war nicht der einzige in der Voß-Werft, der von Arnold Ross beeindruckt war. Der mit ausgesuchter Sorgfalt gekleidete Mann, Engländer vom Scheitel bis zur Sohle, sprach in kurzen, knappen Sätzen und zupfte sich immer wieder zerstreut am sauber ausrasierten dunklen Schnurrbart. Die *Chieftain* schien in der Tat das Schiff zu sein, das ihm vorschwebte. Lichtpausen, die jede Einzelheit im Aufbau des Tankers zeigten, wurden auf einem Zeichentisch ausgebreitet, und Ross studierte sie eingehend. Er stellte viele Fragen.

Hahnemann, ein Hüne von Gestalt, dessen Arbeitstag morgens um sieben begann und, wenn er Glück hatte, abends um neun endete, begriff, weshalb der Engländer auf Diskretion soviel Wert legte. Ross hatte es ihm selbst erklärt. »Zehn Jahre lang haben wir in Japan bauen lassen. Wichtige Leute in unserer Firma sind der Meinung, das sollten wir auch weiterhin tun. Bevor ich meinen Vorschlag darlegen kann, muß ich auf jede Frage eine präzise Antwort haben . . .«

Beim Mittagessen taute Ross ein wenig auf. Er sprach von seinem Haus in Yorkshire und von dem Apartment in Belgravia, wo er die Woche über wohnte. Er erzählte von seiner Jagdleidenschaft. Für Hahnemann fügte sich alles in das Bild, das er vom Lebensstil einer gewissen Klasse von Engländern hatte.

Am Nachmittag kam ein Anruf aus der Zentrale von Ross Tankers Ltd. in London. Auch diesmal wurde strikt auf Diskretion geachtet. Die Anruferin nannte nur ihren Namen: Miß Sharpe. Hahnemann reichte den Telefonhörer an Ross weiter, der erneut über eine Lichtpause gebeugt war. Der Engländer sagte ein paarmal ja und ein paarmal nein. Dann legte er auf. »Wenn ich nicht da bin, ist immer gleich der Teufel los«, bemerkte er beiläufig und beugte sich über die Lichtpause.

Um sechs Uhr abends verließ er die Werft, um zu seinem Hotel zurückzufahren. Es war das Atlantic. Zu Hahnemann, der ihm einen vergnüglichen Abend in irgendeinem Nachtklub vorschlug, sagte er: »Ich möchte über das nachdenken, was ich von Ihnen erfahren habe, und mir ein paar Notizen machen. Im übrigen schätze ich Nachtklubs nicht allzusehr . . .« Auch dies fügte sich in das Bild des eher enthaltsamen Engländers, der zwar die ganze Welt bereiste, sich jedoch nur in seinem Haus in Yorkshire wirklich wohl fühlte.

»Und schicken Sie noch keinen Kostenvoranschlag«, wiederholte Ross, als sie sich die Hand schüttelten. »Von meinen Plänen darf man erst wissen, wenn der Weg für mich frei ist. Dann allerdings muß es schnell gehen, Schlag auf Schlag . . .«

»Sie können den Termin festsetzen«, versicherte Hahnemann mit einem Lächeln. »Dann gibt es eine große Kanne starken schwarzen Kaffee und viele Nachtschichten. Übrigens haben wir für Harper noch ein Schwesterschiff der *Chieftain* gebaut, einen Tanker mit dem Namen *Challenger* . . .«

»Sie werden vielleicht von mir hören — in zwei oder drei Monaten.« Ross stieg in sein Auto. Er winkte nicht, wandte nicht einmal den Kopf. In rascher Fahrt fuhr der Wagen mit dem eleganten Engländer durch das Tor.

Paul Hahnemann war keineswegs ein leichtgläubiger Mensch. Als Ross ihm aus London telefonisch seinen Besuch angekündigt hatte mit der Bemerkung, der Deutsche dürfe auf keinen Fall versuchen, sich mit ihm in Verbindung zu setzen, weil die Angelegenheit höchst vertraulich sei, war ihm das nicht ganz unverdächtig erschienen. Die Bitte um Diskretion war zwar nicht ungewöhnlich, doch Hahnemann hielt es grundsätzlich mit der Vorsicht. Kurz vor Ross' Eintreffen auf dem Werftgelände überprüfte er die Angelegenheit.

Er rief bei Ross Tankers Ltd. in London an und bat, Mr. Ross sprechen zu dürfen. Der Anruf wurde von seiner Sekretärin, Miß Sharpe, entgegengenommen. Mr. Ross, so erklärte sie, befände sich gerade auf einer Auslandsreise. Ob sie etwas für ihn tun könne? Mit wem sie spräche? Nein, danke, der Anruf sei privat, erwiderte Hahnemann und legte auf.

Natürlich befand Mr. Ross sich gerade im Ausland, und zwar in Hamburg, wo er eben das Hotel Atlantic verließ, um zur Wilhelm-Voß-Werft zu fahren.

»Daß sich Geld so leicht verdienen läßt . . .« murmelte Judy Brown vor sich hin, nachdem sie auftragsgemäß in Hamburg angerufen hatte. Sie betrachtete ihre Fingernägel. Ehe sie heute abend mit Des ausging, mußte sie noch mal drüberlackieren. Kritisch sah sie sich in der Wohnung um. Sie lag in Maida Vale, und wenn man nach der Einrichtung gehen wollte, so war dieser Mr. Ross eine ausgemacht trübe Type. Abscheuliches Mobiliar, entsetzliche Tapeten. Eigentlich glich das Apartment eher einer dieser Absteigen, die Ehemänner wochenweise mieten, um sich hinter dem Rücken ihrer Frau mit einer Freundin zu vergnügen — sehr schäbig.

War schon ein komischer Job hier. Aber als Aushilfssekretärin hatte Judy Brown so ihre Erfahrungen mit komischen Jobs und komischen Menschen. Nur war diese Sache ganz besonders komisch.

Sie blickte wieder auf das Blatt Papier mit den Fragen, die sie Ross soeben am Telefon gestellt hatte. Er hatte sie ihr vor seiner Abreise diktiert. Es ging um ein Schiff mit dem Namen Mimosa, das sich von Latakia auf dem Weg nach Milford Haven befand, wo immer das sein mochte.

Bei dem Anruf nach Hamburg hatte sie jeweils eine Frage stellen, auf die Antwort von Ross warten und dann die nächste Frage ablesen müssen. Sich selbst mußte sie Miß Sharpe nennen. Sehr komische Sache. Aber kinderleicht. Und gut bezahlt.

Judy war Ross durch eine Agentur vermittelt worden, und er hatte ihr zwanzig Pfund extra versprochen, wenn sie seine Anweisungen genau befolgte. Das Geld solle ihr dann am Freitag per Postanweisung zugehen.

»Sie haben die ganze Woche von vormittags halb zehn bis nachmittags halb fünf hier zu sein«, hatte Ross zu ihr gesagt. »Falls Telefonanrufe kommen, machen Sie eine kurze Notiz und lassen den Zettel auf dem Tisch liegen. Im übrigen könnte es sein, daß meine Frau hier erscheint und Ihnen etwas diktieren möchte.«

»Und das ist alles, was ich zu tun habe?« fragte Judy.

»Nun ja . . .« Ross, ein großer und schlanker Mann mit dicken Brillengläsern, zögerte einen Augenblick. »Sagen Sie meiner Frau nichts von meiner Reise nach Hamburg. Braucht sie nicht zu wissen.« Er gluckste leise. »Eine Geschäftsreise, Sie verstehen schon.«

Ja, Judy verstand. Kleiner Seitensprung mit einer Ausländerin. Bloß dieser Anruf in Hamburg paßte nicht so recht ins

Bild. Das war am Donnerstag. Judy kam jeden Tag, doch das Telefon klingelte nicht, und von einer Mrs. Ross gab es auch keine Spur. Am Freitag rief Ross an. »Wegen der zwanzig Pfund extra — sehen Sie mal in Burkes Adelskalender nach...« Ehe sie etwas sagen konnte, hatte er schon aufgelegt, dieser Flegel. Doch in dem großen, roten Buch, das er ihr genannt hatte, fand sie unter dem Deckel eine nagelneue Zwanzig-Pfund-Note.

Sie blieb bis halb fünf. Kein Telefonanruf und kein Mr. Ross, Gott sei Dank. Wirklich eine ausgemacht trübe Type, fand Judy. Sie verließ die Wohnung und fuhr zur Agentur, wo sie ihren Wochenlohn erhielt. Später kaufte sie sich einen neuen Nagellack. So leicht verdient man Geld...

Antwerpen... Rotterdam... Bremen... Hamburg...

»Jetzt ist er in Hamburg«, meldete André Dupont in der Wohnung am Seineufer und legte den Hörer auf. »Er wohnt im Hotel Berlin. Die Adresse habe ich. Wirklich ein zäher Kerl. Reist von Spanien durch ganz Westeuropa bis fast zur Ostsee...«

»Du übertreibst«, unterbrach ihn LeCat. »Schau dir doch mal die Karte an. Jetzt ist er also in Hamburg. Ruf Gaston noch mal an — ich habe ihn vorausgeschickt — so für alle Fälle. Sullivan wird umgelegt.«

»Das wird Winter aber gar nicht mögen...«

André sprach nicht weiter. Der andere starrte ihn mit zusammengekniffenen Lippen an. André hatte Angst und hätte sich die Zunge abbeißen mögen. Es war nicht angenehm, mit diesem Mann in einem Raum zu sein, und um Sullivans Spur zu verfolgen, waren sie nun schon fast eine Woche zusammen.

»Sullivan wird umgelegt«, wiederholte LeCat. »Und zwar wird Winter davon — wie von manch anderem — nichts erfahren. Außerdem wird es sich natürlich um einen Unfall handeln. Eine Prügelei in einer Seemannskneipe — der Kerl treibt sich doch so gern in Kneipen herum. Bring das in Ordnung, ja?«

Es klang, als gäbe er eine Bestellung auf, für Frischfleisch zum Wochenende etwa. In gewisser Weise traf das auch zu, denn es war Samstagabend.

Es war der Abend des 11. Januar. Sullivan fühlte sich wohler, nachdem er im Hotel Berlin ein Bad genommen hatte. Ein Drink an der Bar, wo kein Seemannskraut und kein Seemannsschweiß die Luft verpesteten, verbesserte seine Laune noch. Zum ersten Male in dieser Woche fiel die ständige Spannung von ihm ab. Er genoß das Abendessen im runden Speisesaal. Die Bedienung war ausgezeichnet, und das zarte Filetsteak schien Sullivan auf der Zunge zu zergehen. Am Nebentisch sprachen zwei deutsche Geschäftsleute über die Ölkrise.

»Diese Araberschweine ... drehen den Hahn noch weiter zu ...«

»Dahinter steckt dieser Mistkerl Tafak. Wahrscheinlich wollen sie wieder gegen Israel losschlagen ...«

Nach dem Essen fühlte Sullivan sich so gestärkt, daß er beschloß, die Suche nach einem möglichen Informanten fortzusetzen, obschon alle Mühe bisher vergeblich geblieben war. Vergeblich? Nein, so ganz stimmte das nicht. Immerhin stand fest, daß an der Sache etwas war. Denn wenn man von Bordeaux bis Le Havre die Atlantikküste abgrast und dann durch Belgien und Holland weiter bis nach Deutschland kommt, immer auf der Suche nach Informationen, dann kann es eigentlich nicht ausbleiben, daß irgendwer versucht, einem für gutes Geld ein glaubwürdiges Märchen aufzutischen — genau *das* aber war ausgeblieben.

Während er seinen Kaffee austrank, dachte er noch einmal über die vergangene Woche nach. Nein, niemand hatte versucht, ihm eine falsche Information zu verkaufen. Noch aufschlußreicher schien jedoch, daß er nicht einmal gefragt worden war, wieviel er denn zahle. Für Sullivan, der sich mit Seeleuten verdammt gut auskannte, gab es dafür nur eine Erklärung: Angst.

Eine erneute fünfzigprozentige Drosselung der Ölzufuhr, unter der die Wirtschaft Europas zusammenzubrechen drohte, war schuld daran, daß es eine geschlagene Stunde dauerte, ehe vor dem Hotel Berlin endlich ein Taxi auftauchte, das Sullivan zur Reeperbahn brachte. Kurz nach Mitternacht gelangte er in dem berühmten Vergnügungsviertel an. Bei seinem letzten Besuch in Hamburg hatte er schon von weitem die strahlende Neonbeleuchtung gesehen. Jetzt war infolge der Energiekrise alles in trübes Dunkel getaucht.

Sullivan stand vor einem Lokal, das sich *New Yorker* nannte, und holte tief Luft. Also los, dachte er, die gewohnte Leier: Rauch, Schweiß, Gestank.

Es war kurz nach Mitternacht. Die Schwaden in der kleinen Kneipe hingen dick wie Sirup. Nur undeutlich ließen sich die Silhouetten der Seeleute erkennen. Knaster aus aller Welt verpestete die Luft, und ein babylonisches Sprachengewirr klang durcheinander.

»Harper Tankships?« fragte Max Dorf, der Mann hinter der Theke. »Noch nie gehört, Mr. Sullivan. Früher habe ich ja so manches erfahren. Aber jetzt macht kaum mal einer das Maul auf.«

»Auch nicht für fünfhundert Dollar?«

»Eine schöne Stange Geld, Mr. Sullivan. Sie haben's doch nicht etwa bei sich?«

»Seh ich so dumm aus?«

Der bullige Seemann mit der Baskenmütze, der auf dem Hocker neben Sullivan saß, kippte plötzlich zu dem Engländer herüber und riß ihn fast um. »Du bist sogar saudumm, Bruder«, sagte er auf deutsch mit starkem französischen Akzent. »Hast eben mein Glas umgekippt.« Er hatte Sullivan vom Hocker gestoßen. Der trat jetzt einen Schritt zurück und schob ein paar der Umstehenden beiseite, um Bewegungsfreiheit zu haben. »Kauf mir ein neues«, fuhr der Seemann fort, »oder ich schlage dir die Zähne ein . . .«

Er schwankte auf seinen kurzen, strammen Beinen, ein stiernackiger Kerl mit breitem Rücken. Die letzten Worte hatte er so laut gebrüllt, daß das Stimmengewirr rundum verstummte. Sullivan brauchte sich nicht umzudrehen, um zu wissen, daß alles neugierig herstarrte, weil man sich von einer Prügelei ein wenig Abwechslung versprach.

»Soll ich Hackfleisch aus dir machen?« fragte der bullige Seemann.

»Laß es lieber nicht drauf ankommen«, erwiderte Sullivan scharf.

Der Franzose machte eine blitzschnelle Bewegung und hielt ein kurzes Messer mit breiter Klinge zwischen den Fingern. Die anderen Männer wichen rasch zurück. Der Betrunkene, plötzlich stocknüchtern, stürzte auf Sullivan zu. Einer der umstehenden Männer grunzte unwillkürlich, als ob er die klaffende Wunde und das spritzende Blut schon vor sich sähe. Für Sekundenbruchteile gewahrte man nichts als wirbelnde Bewegung, und diesmal war es Sullivan, er trat dem Franzosen gegen die rechte Kniescheibe, sprang dann zur Seite, packte seinen Gegner beim Handgelenk, verdrehte es und schmetterte es gegen die Kante der Theke. Der Franzose stöhnte auf. Seine Finger waren gebrochen, das Messer klirrte zu Boden.

Für gewöhnlich war Sullivan ein durchaus friedlicher Mensch, jetzt aber schien er vor Zorn außer sich. Während der Seemann noch versuchte, sich mit der leblosen Hand an der Theke festzuhalten, stieß ihm der Engländer die Beine unter dem Körper weg, wartete, bis er auf den Boden gekracht war, und schleifte ihn an den Fußgelenken um die Theke herum. »Aus dem Weg!« schrie er. Eilig machten ihm die Männer Platz. Er schleppte seinen Gegner, der sich vergeblich zu wehren versuchte, zu einer halbgeöffneten Tür neben der Theke, die er mit den Schultern aufstieß, und zerrte den Franzosen in das Büro von Max Dorf.

Dort ließ er seine Fußgelenke los, zog ihn hoch und warf ihn auf einen mit Papier überhäuften Tisch. Als er den dichten Haarschopf des vor ihm Liegenden packte, erschien Max Dorf in der Tür.

»Hol die Polizei — oder verschwinde«, schrie Sullivan ihn an.

Dorf machte sofort kehrt und zog die Tür hinter sich zu. Sullivan starrte den Franzosen an und begann, die Hand zu drehen, mit der er sein Haar gepackt hielt.

»Pack aus«, sagte er verbissen. »Pack ganz rasch aus, wenn du nicht willst, daß ich dir auch die Finger der anderen Hand breche.«

»Auspacken? Aber ich weiß doch nichts ...«

»Na schön — dann wirst du eben für ein halbes Jahr beide Hände nicht gebrauchen können.« Mit kurzem Ruck riß Sullivans Faust am Haarschopf des Franzosen. »Und jetzt hör mal gut zu. Seit Tagen fahre ich von einer Hafenstadt zur anderen am Atlantik herauf. Du weißt genau, daß ich überall Fragen stelle — und von dir will ich jetzt die Antworten.«

»Ich habe keine Ahnung ...«

Diesmal ruckte Sullivans Faust so hart, daß sich ein dickes Büschel Haare löste. Der Seemann schrie auf. Sullivans Hand packte wieder zu. »Was hat man mit einem von Harpers Tankern vor? Wer steckt hinter der Sache? Wer ist der Drahtzieher? Der Kerl muß Geld wie Heu haben, um damit allen, die reden könnten, das Maul zu stopfen. Also — von wem kommt das Geld?«

»Von den Arabern...« Das Gesicht des Franzosen war aschgrau, er keuchte. »Das hat man mir jedenfalls gesagt. Ganze Säcke voll Geld für dieses Unternehmen...«

»Was für ein Unternehmen? Welcher Tanker?«

»Weiß ich nicht...«, stammelte der Mann. Er schien vor Schmerz halb bewußtlos zu sein. »Bei Gott, ich weiß es wirklich nicht. Irgendein Engländer, Winter, leitet die Sache...«

»Wer ist dieser Winter?«

»Keine Ahnung. Hab ihn nie gesehen. Nur so ein Name...«

Sullivan hatte seinen Griff gelockert, und sofort schöpfte der Franzose Hoffnung. »Kann ich... kann ich vielleicht einen Schluck haben?«

»Aber sicher...:« Sullivan griff nach der halbvollen Flasche Wein, die auf einem Wandbrett stand. Er schmetterte sie gegen die Tischkante und hielt das gezackte Ende gegen das Gesicht des Seemanns. Die Augen des Franzosen weiteten sich vor Entsetzen.

»Ich höre«, sagte Sullivan mit eigentümlich ruhiger Stimme. »Und wenn du weißt, was für dich gut ist, dann sagst du mir alles, was du weißt. Du hast versucht, mich umzulegen...«

»Ich war betrunken...«

»Stocknüchtern warst du«, unterbrach ihn Sullivan leise. »Nur ein Mann mit ganz klarem Kopf hält das Messer so ruhig. Wer hat dir den Auftrag gegeben, mich aus dem Weg zu räumen?« Er schob das gezackte Flaschenende noch näher an das Gesicht des Franzosen heran. Abwehrend hob der Mann die linke, unverletzte Hand.

»Nicht... um Gottes willen... man hat mich aus Paris angerufen... ein gewisser Dupont, für den ich manchmal arbeite... so alles mögliche...« Der Seemann versuchte, mit der rechten Hand zu gestikulieren, und stöhnte auf. »Sie ist gebrochen«, wimmerte er.

»Mich hätte man auf einer Bahre hinausgetragen — zum Leichenschauhaus. Wer überwacht dieses Unternehmen?«

»Paris... habe ich gehört.« Das Gesicht des Franzosen verzerrte sich vor Schmerz, als er auf seine rechte Hand blickte.

»Wer, weiß ich nicht. Nur — Paris ...« Plötzlich verlor er das Bewußtsein. Sein Körper kippte zur Seite, bis er schlaff über dem Tisch lag, den Kopf auf einem Stapel Papier.

Am Morgen des 12. Januar, einem Sonntag, wählte Sullivan die Privatnummer von Pierre Voisin von der Interpol. Der französische Polizeibeamte, ein vermögender Mann und schon deshalb unbestechlich, wohnte in der Rue du Bac, gar nicht weit von jenem Apartment, wo LeCat und Dupont ihr Quartier hatten.

»Wie geht es Ihnen, mein Freund?« erkundigte sich Voisin.

»Heute nacht hätte man mich beinah umgebracht.«

Eine kurze Pause, dann: »Sie stellen eben zu viele neugierige Fragen.«

Sullivans Finger preßten sich fester um den Telefonhörer. Bei Voisin wußte man nie so ganz, woran man war. Oft beschränkte er sich auf Anspielungen. »Wie meinen Sie das?« fragte der Engländer.

»Ich meine nur, daß es Ihr Beruf ist ... Fragen zu stellen, manchmal recht gefährliche Fragen. Es ist Ihnen nichts weiter passiert?«

»Nein. Alles gutgegangen.« Sullivan war sich nicht sicher, ob hinter den Worten des Franzosen nicht doch etwas steckte. »Tut mir leid, daß ich Sie zu Hause stören muß, aber die Sache ist dringend — jedenfalls für mich. Haben Sie schon mal von einem Engländer namens Winter gehört? Wie die Jahreszeit ...«

»Nein, noch nie«, erwiderte Voisin ohne Zögern. »Aber ich kann es nachprüfen, schon heute morgen. Bei uns geht's nämlich rund, wie man so sagt, und ich muß ins Büro.« Er lachte leise. »Einfach unerhört — wenn Franzosen am Wochenende arbeiten. Auch das verdanken wir unseren arabischen Freunden. Wie so manches andere ...«

Sullivan gab ihm die Telefonnummer des Hotels Berlin und legte dann auf. Mit gerunzelter Stirn überlegte er, ob Voisin womöglich diesmal auf etwas angespielt hatte. »... unsere arabischen Freunde ...« Ganz von selbst stellte sich die Assoziation zu den Worten des französischen Seemanns ein: »... arabisches Geld ...«

Es war kaum mehr als ein Strohhalm. Dennoch schien so

etwas wie ein Leitmotiv durchzuklingen — die Araber... Paris. Mit Erleichterung dachte Sullivan daran, daß einer seiner ältesten Freunde, François Messmer von der französischen Spionageabwehr, morgen in Hamburg eintreffen würde. Eine merkwürdige Sache eigentlich. Vor dem Anruf bei Voisin hatte Sullivan mit Messmer telefoniert, der gleichfalls in Paris wohnte. Schon nach den ersten Worten unterbrach ihn der Abwehrmann: Er käme am Montagmorgen ins Hotel Berlin. Sullivan hatte den Namen Winter erwähnt. Offenbar wußte Messmer also irgend etwas über diesen Menschen.

Kurz vor dem Mittagessen klingelte das Telefon. Es war Voisin.

»Über diesen Engländer, dessen Namen Sie mir vorhin nannten, haben wir nichts«, sagte er.

»Auch nicht inoffiziell?« fragte Sullivan.

»Nun, ich habe mich bei ein paar guten Bekannten umgehört, die keine politischen Ambitionen haben...« Der Zynismus klang deutlich durch: Bei Leuten ohne politische Ambitionen konnte man am ehesten damit rechnen, daß sie die Wahrheit sagten. »Aber keiner weiß was. Tut mir leid.«

»Vielen Dank für Ihren Anruf...«

»Seien Sie vorsichtig, Larry. Es gibt Leute, die es gar nicht mögen, daß Sie herumlaufen und Fragen stellen. *Au revoir!*«

Am späteren Nachmittag des Sonntags, eben jenem 12. Januar, während Sullivan in Hamburg auf die Ankunft von François Messmer wartete und Winter auf Cosgrove Manor in East Anglia eintraf, hielt Scheich Gamal Tafak am Rande der syrischen Wüste, rund dreitausend Kilometer von Hamburg entfernt, eine geheime Zusammenkunft ab.

»Ich bin jetzt in der Lage, den Plan zu enthüllen«, erklärte er mit ruhiger Stimme, »den Plan, mit dem wir den westlichen Nationen einen furchtbaren Schock versetzen werden...«

Er hielt inne und musterte seine Gäste, die hier im Zelt um einen niedrigen Tisch saßen: fünf Männer in arabischer Kleidung, die Führer der extremsten Terroristengruppen im Nahen Osten. Draußen blies ein heftiger Wind vom Berge Hermon herunter, und die Zeltplane schlug auf und ab wie die Schwingen eines Geiers.

Die fünf Männer wirkten nicht besonders gefährlich. Drei

von ihnen trugen Brillen und ähnelten eher Universitätsprofessoren, die über einen Studienplan berieten. Doch alle fünf — und auch Gamal Tafak — standen auf der Geheimliste der Israelis, die die Namen all jener enthielt, die eliminiert werden mußten, ehe man im Nahen Osten auf einen dauerhaften Frieden hoffen konnte.

»Ehe unsere Armeen zum entscheidenden Schlag gegen Israel ausholen«, fuhr Tafak fort, »müssen wir den Westen lahmlegen, damit, anders als 1973, dem Feind keine Waffen geliefert werden können. Das läßt sich nur erreichen, wenn wir einen Vorwand haben, den Ölhahn für den Westen ganz zuzudrehen — ja, ganz«, wiederholte er. »Nun ist allerdings vorauszusehen, daß es nicht einfach sein wird, alle arabischen Staaten zu einer gemeinsamen Haltung zu bewegen. Also müssen wir Bedingungen schaffen, unter denen ihnen gar keine Wahl bleibt. Wir müssen die westlichen Länder so provozieren, daß sie uns in ihrer Wut wieder Goldene Affen nennen. Alle arabischen Staaten werden dann dem vollständigen Ölstopp zustimmen.«

»Und wie wollen Sie das erreichen?« fragte der Mann, der rechts von Tafak saß. Sein Gesicht war ernst, fast finster.

»Indem wir einen furchtbaren Zwischenfall inszenieren. Sollte das nicht genügen, die arabischen Staaten zur Solidarität zu bringen — sollte etwa Kuwait sich nicht anschließen wollen —, so müssen auf meinen Befehl hin die Sabotagetrupps, die Sie aufgestellt haben, eingeflogen werden und die Öltürme in die Luft sprengen . . .«

Auf seine Weise konnte Scheich Gamal Tafak durchaus als aufrechter Mann gelten. Der Gedanke, daß sich in Jerusalem die heiligen Stätten der Moslems im Machtbereich der verhaßten Israelis befanden, schien ihm unerträglich. Aber er war auch völlig skrupellos — ein Mann, der nicht davor zurückschrak, die Welt an den Rand des Abgrunds zu bringen, um sein Ziel zu erreichen. Die Möglichkeit einer Katastrophe nahm er in Kauf. Die fünf Männer, mit denen er hier im Zelt zusammensaß, waren nicht nach seinem Geschmack. Eines Tages würde man sie vermutlich beiseite schaffen müssen, wollten die neuen Machthaber in Saudi-Arabien und Ägypten im Sattel bleiben. Es ist das permanente Dilemma des Extremisten: Um sich herum findet er Männer, die noch extremisti-

scher sind als er selbst und auf die er mit Verachtung herab-
blickt. Der Terrorismus schürt sich gleichsam von innen heraus.

»Und auf welche Weise«, fragte der Mann mit dem ernsten,
fast finsteren Gesicht, »soll dem Westen ein Schock versetzt
werden, wenn der britische Tanker gekapert worden ist? Bisher haben wir noch keinerlei Einzelheiten erfahren — wir wissen nicht einmal, wo sich die Sache abspielen soll.«

»Die Einzelheiten werden bei unserem nächsten Treffen zur
Sprache kommen«, erwiderte Tafak. »Für den Augenblick mag
es genügen, wenn ich sage, daß die Aktion mit einer sehr gro-
ßen Bombe zusammenhängt, die eine Stadt zerstören wird.«
Tafak nutzte die Gelegenheit, seinem Hang für theatralische
Abgänge nachzugeben. Er erhob sich. »Ich spreche von San
Francisco.«

6

»Als Scheich Gamal Tafak vor einem Jahr nach Paris kam,
verlangte er die Freilassung eines Verbrechers, Jules LeCat, aus
dem Gefängnis der Santé. Ich glaube, damals hat alles angefangen, Larry . . .«

François Messmer, Angehöriger der Direction de la Surveillance du Territoire — der französischen Spionageabwehr —,
blieb am Ufer der Außenalster stehen, um sich eine neue Gau-
loise anzustecken. Hier konnte man sich vertraulich unterhal-
ten, ohne Lauscher fürchten zu müssen.

An diesem Montag, dem 13. Januar, war es in Hamburg sehr
kalt. Der strenge Winter, noch härter als der vorangegangene
— selbst die Natur schien mit den Scheichs im Bunde —, hatte
die Elbe zufrieren lassen, und auch die Außenalster war von
einer Eisschicht bedeckt. Die beiden Männer hielten ihre dik-
ken Mäntel fest um sich gewickelt, während der beißende
Nordwind ihre Gesichter zu erfrieren drohte.

»Das ging doch wohl zu weit — selbst für einen Scheich«,
meinte Sullivan. »Irgendwo muß es eine Grenze geben . . .«

»Glauben Sie?« Messmer, ein kleiner, gedrungener Mann
über fünfzig, verzog sein Gesicht zu einem zynischen Lächeln.

»Das ist eine Lektion, die die Briten wohl noch lernen müssen. Die Goldenen Affen kennen keine Grenze. Sie haben die Hand an der Kehle der westlichen Welt, und sie werden uns würgen, bis wir verzweifelt nach Luft schnappen – nach Öl. Wenn es um die totale Macht geht, schrecken Extremisten vor gar nichts zurück. Den König von Saudi-Arabien und den ägyptischen Präsidenten haben sie bereits ermordet. Es ist nicht auszuschließen, daß sie den Fanatiker Gamal Tafak durch einen noch größeren Fanatiker ersetzen möchten. Daher sah sich unsere Regierung zum Nachgeben gezwungen, als der mit einer weiteren Drosselung der Ölzufuhr drohte . . .«

»Und setzte einen Verbrecher auf freien Fuß?«

»Nicht offiziell. Offiziell befindet sich LeCat, der seinerzeit in Marseille verhaftet wurde, noch in der Santé, und zwar in Einzelhaft – was nichts anderes bedeutet, als daß ihn niemand zu Gesicht bekommt.« Messmer lächelte säuerlich. »Erinnert an Dumas' Mann mit der eisernen Maske. In der Zelle sitzt irgend so ein armer Teufel, der LeCat genannt wird. Nun ja . . .« Er zuckte die Schultern.

»Und wo kommt dieser Engländer namens Winter ins Spiel?«

»Er ist ein Komplize von LeCat . . .«

Langsam gingen sie durch den Schnee am Alsterufer entlang. Nicht weit von ihnen landete eine Seemöve auf dem Eis. In der Ferne ragten Wohnblocks und Hotels empor. Auf der nahen Straße sah man ein paar Radfahrer, aber kein einziges Auto – das Benzin wurde von Tag zu Tag knapper.

»Erzählen Sie mir etwas über Winter«, bat Sullivan.

»Gern – wenn ich was über ihn wüßte. Leider ist er nichts als ein Name. Es gibt keine Akte, kein Bild, keine Fingerabdrücke. Er kommt einem vor wie ein Geist.«

»Dann erzählen Sie mir etwas über LeCat. Und alles, was im Zusammenhang mit Harper Tankships interessant ist.«

»Harper Tankships? Nie gehört. Was LeCat betrifft, so gibt es einige Gerüchte. Er soll einen Haufen seiner einstigen OAS-Kameraden angeworben haben – Terroristen, Sie wissen schon. Ich nehme an, daß er da die Qual der Wahl hatte, wenn man's so nennen will. Die Männer brauchen alle Geld und träumen immer noch von der alten Zeit, als das Leben ein Abenteuer war.« Messmers Stimme klang sarkastisch. »Er dürfte sich die Crème de la Crème herausgesucht haben – ein Spezialteam auserlesener Schweinehunde für dieses Unternehmen.«

»Haben Sie eine Ahnung, um was für ein Unternehmen es sich handelt?«

»Nein. Das weiß niemand. LeCat befindet sich ja offiziell nach wie vor in der Santé.« Messmer verzog sein Gesicht in unzählige Falten, um den Zigarettenrauch nicht in die Augen zu bekommen. »Sehen Sie, mein Freund, diese Sache mit LeCat ist allen sehr peinlich, und jeder hofft, daß man bald einen Schlußstrich darunter ziehen kann. Soweit ich gehört habe, handelt es sich um ein sehr weit gespanntes und äußerst kostspieliges Unternehmen. Um so etwas auf die Beine zu stellen, braucht man sehr viel Geld – und das haben heutzutage eigentlich nur noch die Araber. Wir jedenfalls nicht.«

»Dann steckt also Paris – ich meine, die französische Regierung – auf keinen Fall hinter der Sache?« erkundigte Sullivan sich vorsichtig.

»Ich glaube nicht, daß die überhaupt wissen, was sich da zusammenbraut. Ich habe gehört, daß man LeCat beschatten ließ – aber er hat den Mann abgehängt. Das war zu erwarten. In seinen Bemühungen um die Bildung einer Terroristengruppe hat man ihn allerdings ungehindert schalten und walten lassen. Wissen Sie übrigens, warum ich gleich sagte, daß ich hierherkomme, um mit Ihnen zu sprechen?«

»Nein. Ich war überrascht.«

»Mein Telefon wird abgehört.« Messmer lächelte säuerlich. »Bald wird es in Frankreich nur noch wenige geben, bei denen das nicht der Fall ist. Wir verwandeln uns in einen Polizeistaat – und ich bin Polizist. Aber man wird mich wohl in absehbarer Zeit in den Ruhestand versetzen. Ich war nämlich so dumm, wegen der Tafak-Affäre zu protestieren, seitdem werde ich beobachtet. Deshab bin ich auch nach Hamburg gekommen – ich möchte, daß jemand weiß, was hinter den Kulissen vor sich geht, Larry, wenngleich die Informationen, die ich Ihnen geben konnte, nur recht spärlich sind.«

»Danke, François.« Sullivan ließ seinen Blick über den Uferstreifen gleiten. »Ich bin viele Tage unterwegs gewesen und habe überall neugierige Fragen gestellt. Aber nirgends hat man versucht, mich davon abzubringen – bis ich nach Hamburg kam. Also dürfte *hier* etwas faul sein. Aber wo genau?«

»Das müssen Sie herausfinden, Larry. Versuchen Sie, Ihrer Regierung klarzumachen, daß die westlichen Länder dem arabischen Druck nicht immer nachgeben dürfen. Doch eben das werden sie tun, eben das . . .«

»Es geht nicht nur um die Ölkontingentierung durch die Araber, sondern auch um die geforderten Preise. Wir befinden uns in einer Situation, die in der Geschichte ohne Beispiel ist. Und in einer solch völlig neuen Lage, da der Westen finanziell ruiniert zu werden droht, müssen wir völlig neue Maßnahmen in Betracht ziehen . . .«

Äußerung des Premierministers aus dem Protokoll einer Sitzung des britischen Kabinetts vom vorhergehenden November.

Während Sullivan und Messmer am Montag, dem 13. Januar, am Ufer der Außenalster miteinander sprachen, befand Winter sich in Cosgrove Manor, jenem Haus, das er zwei Monate zuvor gemietet hatte. Rund achtzehn Kilometer von King's Lynn entfernt und inmitten der zwanzig Morgen Grund und Boden von der Außenwelt praktisch isoliert, war es für den beabsichtigten Zweck ideal geeignet. Außer Winter befanden sich auch LeCat und sein Team von fünfzehn OAS-Terroristen im Haus. Die Phase, die der eigentlichen Aktion vorausging — das Training —, stand kurz vor dem Abschluß.

Der Plan für den Überfall auf den britischen Tanker *Challenger* war bis in alle Einzelheiten ausgearbeitet. Winter hatte aus dem Gedächtnis Skizzen der Lichtpausen angefertigt, die ihm in Paul Hahnemanns Büro vom Schwesterschiff der *Challenger*, der *Chieftain*, vorgelegt worden waren. Diese Skizzen mußte jeder der Terroristen studieren, bis er mit der Konstruktion des Schiffes gründlich vertraut war. Danach nahm Winter einen nach dem anderen in eine Art Kreuzverhör — die Männer mußten sich in Gedanken auf dem Tanker zurechtfinden können, als ob sie bereits an Bord wären.

»Zum Kofferdamm gelangt man durch die Luke auf der Steuerbordseite«, sagte er während einer dieser Prüfungsstunden zu André Dupont.

»Nein — auf der Backbordseite. An Steuerbord voraus befindet sich ja die Landestelle für den Hubschrauber«, widersprach Dupont.

»Was heißt, daß Sie keine Ahnung haben, wie es auf dem Hauptdeck aussieht.« Winter deutete auf seine Zeichnung. »Studieren Sie die Skizze, bis Sie jede Einzelheit auswendig wissen, und fertigen Sie dann aus dem Gedächtnis eine eigene Skizze an ...«

Winter hatte den Salon, der rund zwölf Meter lang war (etwa ein Zwanzigstel der Gesamtlänge des 50 000-Tonnen-Tankers) völlig ausräumen lassen. Auf den saubergeschrubbten Boden zeichnete er mit farbiger Kreide den Grundriß des Hauptdecks. Wieder drillte er jeden Mann einzeln. Er ging mit ihm durch das Zimmer und schärfte ihm die genaue Lage der wichtigsten Punkte ein — Laufsteg, Fockmast, Rohre, Wellenbrecher, Hubschrauberlandeplatz, Ladebäume. Auf das Hauptdeck verwandte er die meiste Zeit: Dort würde der Helikopter ja landen.

Die Männer waren derartige Strapazen nicht gewohnt und waren daher manchmal sehr gereizt. Winter sorgte dafür, daß sie sich allabendlich bei viel Alkohol auf ihre Weise entspannen konnten. Er selbst trank sehr wenig, und so überließ er LeCat, der Unmengen vertragen konnte, die Aufsicht über seine Zechkumpane. Nach einiger Zeit zeigte auch LeCat Symptome der Gereiztheit.

»Ist denn das wirklich alles nötig?« fragte er eines Morgens, als er zusammen mit Winter auf die Rückkehr der Männer vom täglichen Geländelauf wartete. »Beim Zigarettenschmuggeln haben wir die Sache doch auch hingekriegt, ohne soviel Trara zu machen ...«

»Das war auch ein Kinderspiel«, erwiderte Winter kalt. »Wenn die Männer auf dem Hauptdeck des Tankers landen, müssen sie das Gefühl haben, schon einmal dort gewesen zu sein. Innerhalb von fünf Minuten müssen wir das Schiff unter Kontrolle haben — oder wir sind erledigt. Morgen werden wir sie mit den Ausmaßen des Tankers vertraut machen ...«

Auf der riesigen Rasenfläche vor dem Haus wurden — ausgerechnet! — Benzinkanister aufgestellt, die mit einem Lastwagen herbeigeschafft worden waren. Zwei Reihen liefen im Abstand von knapp vierzig Metern rechtwinklig vom Haus weg — das war die Breite der *Challenger*. Vorher hatte Winter von der Freitreppe an zweihundertundfünfzig Meter abgeschritten und kurz vor einer alten Eiche haltgemacht. Dort würde sich der Bug des Tankers befinden. Einige Männer begannen zu murren. Die gewaltigen Ausmaße waren ihnen nicht ganz geheuer.

Eine Doppelreihe von Pfosten, die von der Freitreppe bis zur Eiche reichte, markierte den Laufsteg. Andere Pfosten stellten die Ladebäume und den Fockmast dar. Am Bug auf der Backbordseite kennzeichnete ein Kreis aus Tauen den Hubschrauberlandeplatz. Dann führte Winter die Männer auf das Dach des Hauses, das siebzehn Meter hoch war. Sie standen jetzt gleichsam auf der Brücke der *Challenger* und blickten zur fernen Eiche, dem Bug des Schiffes.

»Der Kahn ist größer, als ich dachte«, räumte LeCat ein.

»Herrgott, das geht aber steil hinunter«, sagte Armand Bazin, ein jüngeres Mitglied der Gruppe, überrascht, als er über die Brüstung schaute.

»In Wirklichkeit ist es noch steiler«, erklärte Winter. »Wir befinden uns hier in siebzehn Meter Höhe, und der Brückenaufbau der *Challenger* ist gut zwanzig Meter hoch. Geht jetzt alle wieder hinunter und versucht, euch mit dem Hauptdeck vertraut zu machen. Und schaut hier herauf– zur Brücke. Sie wird euch wie eine Klippe vorkommen . . .«

Winter sorgte dafür, daß gründlich aufgeräumt wurde, ehe sie Cosgrove Manor verließen. Die Benzinkanister verschwanden in einer Grube im Waldgelände. Die Stangen und Pfähle, die Laufsteg, Ladebäume und Fockmast markiert hatten, ließ er zerspalten und verbrennen. Sorgfältig achtete er darauf, daß jede Spur der farbigen Kreide weggeschrubbt wurde, mit der auf dem Fußboden des leergeräumten Zimmers das Hauptdeck skizziert worden war. Danach kamen Möbel und Teppiche wieder an Ort und Stelle.

Die sonstigen Überreste — hauptsächlich Konservendosen, Flaschen und französische Zigarettenkippen — verschwanden gleichfalls in einem Loch im Wald. Außerhalb des Hauses hatte niemand rauchen dürfen. Diese Maßnahmen fanden LeCats Beifall. Er war beim Verlassen des Hauses in der Dusquesne Street seinerzeit genauso umsichtig vorgegangen. Von dieser Phase des Unternehmens wußte Winter natürlich nichts. Ebensowenig ließ er sich träumen, daß sich an Bord der *Pêcheur* ein nuklearer Sprengkörper befand.

Am späten Nachmittag des 14. Januar zählte Winter die angefertigten Skizzen durch und verbrannte sie. Am folgenden Tag würden sie nach Alaska fliegen.

Da Harper am Montag nicht in der Stadt war, mußte Sullivan bis zum Dienstag, dem 14. Januar, warten, ehe er den Direktor von Harper Tankships in dessen Londoner Büro in der Leadenhall Street anrufen konnte. Während also Winter in Cosgrove Manor zum Aufbruch rüstete, befand sich Sullivan noch immer in Hamburg.

»Große Erfolge kann ich leider nicht vermelden«, sagte er zu Victor Harper. »Doch als ich mich in Hamburg wegen Ihrer Firma umhörte, hat man versucht, mich zu beseitigen — als ob es hier etwas gäbe, was ich auf keinen Fall herausfinden soll. Welche Geschäftsverbindungen haben Sie mit Firmen in dieser Stadt?«

»Gar keine, die in diesem Zusammenhang eine Rolle spielen könnten«, erwiderte Harper mit einem gereizten Unterton in der Stimme. »Finden Sie nicht, daß diese Sache sich zu einer Jagd auf Irrlichter ausgewachsen hat? Und wer ist dieser geheimnisvolle Freund, auf den Sie sich beziehen — der Ihnen die Geschichte über französische Terroristen aufgetischt hat?«

»Das kann ich Ihnen nicht so ohne weiteres sagen — schon gar nicht am Telefon.«

»Ich habe gute Lust, die ganze Sache fallenzulassen ...«

»Haben Sie nie irgendwelche Geschäftsverbindungen nach Hamburg gehabt?«

»Man hat dort ein paar Schiffe für uns gebaut, weiter nichts ...«

»Welche Schiffe?«

»Zwei 50 000-Tonner — zuerst die *Challenger* und dann ihr Schwesterschiff, die *Chieftain*. Beide aus der Wilhelm-Voß-Werft. Der Boß dort ist Paul Hahnemann — feiner Bursche, typischer Deutscher. Er hält den Laden am Laufen wie eine Dampfmaschine. Beide Schiffe wurden auf den Tag pünktlich geliefert. Ich wüßte nicht, wie er Ihnen helfen könnte ...«

»Ich offen gesagt auch nicht. Wo befinden sich diese Schiffe jetzt? Im Nahen Osten?«

»Nein. Die *Chieftain* liegt in Genua auf dem Trockendock, wegen ein paar Reparaturen, und die *Challenger* pendelt zwischen Alaska und San Francisco hin und her. Larry — geben Sie's auf und kommen Sie zurück . . .«

»Vielleicht schau ich heute am späten Nachmittag bei Ihnen vorbei . . .«

Sullivan legte den Hörer auf. Ehe Messmer mit dem Morgenzug nach Paris zurückgefahren war, hatten sich die beiden Männer die Nacht um die Ohren geschlagen. Dieser Paul Hahnemann von der Wilhelm-Voß-Werft konnte ihm bestimmt nichts sagen, warum also noch länger hier herumtrödeln?

Sullivan gähnte wieder und begann, seinen Koffer zu packen.

Die Nachricht erreichte Gamal Tafak über verschiedene Zwischenstationen in der saudiarabischen Gesandtschaft in Damaskus. Von Paris aus ging ein Anruf an einen Mann in Athen, der sich mit Beirut in Verbindung setzte. Von dort gab Ahmed Riad die Meldung nach Damaskus weiter.

Tafak wollte gerade zum Mittagessen, als Riad ihn aus der libanesischen Hauptstadt anrief.

»Exzellenz, KLM Flug 401 von Amsterdam nach Paris ist gerade von Terroristen entführt worden. Das wird Ärger geben . . .«

»Wieso?«

»In dem Flugzeug befinden sich drei höhere Angestellte der Royal-Dutch-Shell, darunter auch einer der Direktoren.«

»Halten Sie mich weiterhin auf dem laufenden.«

Tafak legte auf. Falls jemand das Gespräch abgehört hatte — was zwar unwahrscheinlich, aber nicht ganz auszuschließen war, bei der Art, wie die amerikanischen Nachrichtendienste in aller Welt Telefone anzapfen — so mußte das Gespräch einen harmlosen Eindruck gemacht haben.

Für Tafak jedoch bedeutete der Anruf, daß jetzt das Ablenkungsmanöver eingeleitet worden war. Winter hatte, anstatt wie LeCat überall Horchposten aufzustellen, die Idee gehabt, einige Tage vor Beginn des eigentlichen Kaperunternehmens eine Flugzeugentführung zu inszenieren. Das sollte die Zeitungsleute beschäftigt halten, bis das Kaperunternehmen geglückt war, und auch alle diejenigen ablenken, die doch irgendwie Wind bekommen hatten.

Die Flugzeugentführung war von jenem ernsten, fast finster

blickenden Mann geplant worden, der beim kürzlichen Geheimtreffen in der syrischen Wüste rechts von Tafak gesessen hatte. Während das Hauptunternehmen anlief, sollte die KLM-Maschine von einem Flugplatz zum anderen geschickt werden. Eine Flugzeugentführung schien nach wie vor kein Problem zu sein, und Tafak hoffte, daß es ebenso leichtfallen würde, einen 50 000-Tonnen-Tanker zu kapern.

»Wer einen Anschlag auf einen von Harpers Tankern plant, für den muß die Konstruktion des betreffenden Schiffes von allergrößtem Interesse sein. Können Sie mir sagen, Herr Hahnemann, ob in letzter Zeit irgendwer die Pläne von einem der Harper-Tanker sehen wollte?«

Seiner angeborenen Beharrlichkeit nachgebend, hatte Sullivan sich im letzten Augenblick doch noch entschlossen, in Hamburg zu bleiben und Paul Hahnemann um ein Gespräch zu bitten. Der Nachmittag war bereits weit fortgeschritten; draußen war es so dunkel, daß man nicht einmal den fallenden Schnee sehen konnte.

Sullivan hatte keine Schwierigkeiten gehabt, auf die Wilhelm-Voß-Werft zu gelangen. Zum einen konnte er ein allgemein gehaltenes Empfehlungsschreiben Victor Harpers vorweisen. Zum anderen besaß er natürlich Papiere, die ihn als Ermittler für Lloyd's of London auswiesen. Hahnemann gab sich vorsichtig.

»Eine sonderbare Frage«, gab er mit unbewegter Miene zur Antwort. »Sie sagen, Ihnen seien da vage Gerüchte zu Ohren gekommen — über Harper. Nun, die Welt der Seeleute lebt gewissermaßen von Gerüchten. Das sollten Sie inzwischen eigentlich wissen.«

»Ich ziehe die Frage zurück.« Sullivan lächelte liebenswürdig. »Wie ich Ihnen schon erzählt habe, bin ich eine Woche lang von einer Hafenstadt zur anderen gezogen, um mich überall umzuhören. Vor zwei Tagen hat schließlich jemand versucht, mich in einer Hamburger Kneipe beiseite zu schaffen. Und das bringt mich auf den Gedanken, daß es hier in Hamburg etwas gibt, was ich nicht entdecken soll.«

»Ich wüßte nicht, wie ich Ihnen helfen könnte«, sagte Hahnemann. »Wir lassen nur Leute auf unsere Werft, die in der Lage sind, sich hinlänglich auszuweisen, das haben Sie ja an sich selbst erlebt.«

Sullivan hatte längst begriffen, daß der Deutsche viel zu vorsichtig war, um auf allgemein gehaltene Fragen Auskünfte zu geben. Er wollte konkrete Anhaltspunkte — und dabei wußte Sullivan selbst nicht, wonach er eigentlich suchte.

»Es könnte sein, daß ein Engländer in die Sache verwickelt ist«, sagte Sullivan gedehnt.

»Können Sie mir einen Namen nennen?« erkundigte sich Hahnemann.

»Winter.«

»Winter? Nie gehört.« Der Deutsche verschränkte die Hände über dem Bauch und blickte an die Zimmerdecke. »Wenn Sie mir vielleicht eine Beschreibung geben könnten?«

»Ich habe keine Ahnung, wie er aussieht . . .«

Guter Gott, dachte Sullivan: Unbestimmter geht's nicht.

Gleich würde der Deutsche anfangen, in den Papieren auf seinem Schreibtisch zu blättern, und einen ungeduldigen Blick auf seine Armbanduhr werfen. Die Sache war einfach aussichtslos. »Möchten Sie gerne Kaffee?« Hahnemann drückte auf eine Taste seiner Sprechanlage, bestellte und entschuldigte sich dann. Er blieb etwa eine halbe Stunde lang verschwunden. Sullivan fragte sich unwillkürlich, ob er etwa die Polizei verständigte. Als Hahnemann schließlich zurückkam, folgte ihm eine attraktive junge Dame, die auf einem Tablett Kaffee hereintrug.

»Danke«, sagte Hahnemann zu ihr, »ich gieße schon selber ein.« Er wartete, bis er mit Sullivan allein war. »Entschuldigen Sie, daß es so lange gedauert hat. Ich habe inzwischen mit Mr. Harper in London telefoniert. Es ist Ihnen hoffentlich recht — Papiere sind heutzutage so leicht zu fälschen.«

»Sehr umsichtig von Ihnen«, erwiderte Sullivan. Er war überrascht. Dafür, daß der Deutsche ihm nichts weiter sagen konnte, machte er sich erstaunlich viel Mühe. Hahnemann holte ein Foto hervor und legte es verdeckt auf den Schreibtisch. Dann goß er für Sullivan und sich Kaffee ein.

»Mr. Sullivan«, sagte er, »ich nehme doch an, daß Sie die wichtigsten Leute unserer Branche in London kennen?«

»Die meisten, ja — das gehört zu meinem Job.«

Sullivan vermied es, auf das umgedrehte Foto zu blicken, während Hahnemann wieder hinter seinem Schreibtisch Platz nahm.

»Charles Manders?« fragte er.

»Mit ihm bin ich seit langem gut bekannt . . .«

»Willie Smethwick?«

»Gleichfalls ein guter alter Bekannter . . .«

»Arnold Ross?«

»Wir haben vor einiger Zeit zusammen Mittag gegessen.«

Hahnemann drehte das Foto um und schob es zu Sullivan hinüber. »Kennen Sie das Gesicht? Handelt es sich um Manders, Smethwick oder Ross?«

»Nein, das ist nicht . . .«

». . . nicht Arnold Ross?«

»Aber auf gar keinen Fall! Ross ist ein kleiner, gutgebauter Mann mit einem Gesicht wie ein liebenswürdiger Zwerg. Um diese Jahreszeit befindet er sich meist auf einer Kreuzfahrt nach Westindien.«

»So? Dieser Mann hier hat mich vor fünf Tagen aufgesucht und sich als Arnold Ross von Ross Tankers ausgegeben.«

Fasziniert betrachtete Sullivan das Bild. Es war das einzige, das von Winter existierte — abgesehen von den Paßfotos, auf denen sein Aussehen ebenso häufig wechselte wie sein Name.

Der Mann auf dem Bild wirkte gepflegt und vornehm — er trug einen Bowler-Hut und einen teuren Mantel. Er kam gerade eine Treppe herauf und schien direkt in die Kamera zu blicken, ohne sie jedoch wahrzunehmen.

Wie ein Gardeoffizier, dachte Sullivan. Gepflegter Schnurrbart, steife Haltung, verschlossenes Gesicht. Gütiger Gott, sogar einen zusammengerollten Regenschirm hatte er bei sich. Er sah haargenau so aus, wie sich die westliche Welt einen richtigen Engländer aus der Londoner City eben vorstellt und wie er ja auch existiert — man kann ihn jeden Morgen um halb zehn gemessenen Schrittes an der Bank of England vorbeischreiten sehen. Einen konkreten Anhaltspunkt hatte Sullivan nicht, und trotzdem — er war überzeugt, daß es sich bei diesem Mann um Winter handeln mußte.

»Wie haben Sie diese Aufnahme gemacht?« fragte er Hahnemann.

Der Deutsche musterte ihn ein wenig verlegen, dann lachte

er. »Ich gebe meine Geschäftsgeheimnisse preis. Ich bin ein Sicherheitsfanatiker — wir leben in einer gefährlichen Welt, und immerhin ist es möglich, daß jemand, der meine Kunden nicht so schätzt wie ich, einen Sabotageakt gegen eines der bei uns gebauten Schiffe plant. Wer dies Gebäude betritt, wird deshalb heimlich fotografiert. Auch Sie, Mr. Sullivan. Ich hoffe, daß ich dadurch Ihr Vertrauen in die heile Welt nicht erschüttere — aber nach Watergate und alledem . . .«

»Ganz im Gegenteil, Herr Hahnemann. Mit Ihrer verborgenen Kamera haben Sie mir einen unschätzbaren Dienst erwiesen! Machen Sie jeweils nur eine Aufnahme?«

»Nein, mehrere . . .« Der Deutsche zog einen Umschlag aus der Brusttasche und entnahm ihm eine Anzahl von Fotos. »Das erste Bild ist das beste. Aber auf diesem hier sieht man ihn aus kürzerer Entfernung.«

Winter stand näher zur Kamera. Offenbar hatte er gerade den Treppenabsatz erreicht und wandte sich um. Das Bild zeigte ihn im Profil. Er wirkte kalt und sehr wachsam.

»Wer ist dieser Mann?« fragte der Deutsche.

»Vermutlich ein gefährlicher Terrorist.«

»Es fällt mir schwer, das zu glauben. Er war hier in meinem Büro — saß auf Ihrem Platz.«

»Das ist wahrscheinlich das Geheimnis seines Erfolges«, bemerkte Sullivan trocken. »Daß man es ihm so ganz und gar nicht ansieht, meine ich. Könnte ich von den ersten beiden Bildern drei Abzüge haben, ehe ich Hamburg verlasse?«

»No problem, wie die Amerikaner so gern sagen.« Hahnemann telefonierte kurz und erklärte dann, die Abzüge seien in einer halben Stunde fertig. »Er hat den ganzen Tag lang die Pläne der *Chieftain* studiert und viele Fragen gestellt. Er behauptete, er wolle ein ganz ähnliches Schiff bauen lassen.«

»So, die Pläne der *Chieftain*. Hat er sich auch für das Schwesterschiff interessiert, das Sie für Harper gebaut haben, die *Challenger*?«

»Überhaupt nicht. Soweit ich mich erinnere, habe ich die *Challenger* einmal erwähnt, aber er zeigte nicht das geringste Interesse.«

Das wäre also geklärt, dachte Sullivan. Zielobjekt ist die *Chieftain*, die in Genua im Trockendock liegt und dort einem Sabotageakt mehr oder minder hilflos ausgeliefert ist.

Er würde gleich morgen früh nach London zurückfliegen und Harper aufsuchen, damit der in Italien die entsprechenden Sicherheitsmaßnahmen veranlaßte.

Heathrow Airport, London, Mittwoch, 15. Januar.

12.15 Uhr. Abflug BA 601 nach Montreal, Kanada. An Bord der Boeing 707 befanden sich dreizehn der fünfzehn früheren OAS-Terroristen. Da es in eine Stadt ging, wo auf jeder Straße Französisch gesprochen wird, konnte eine so große Gruppe von Franzosen nicht weiter auffallen. In Montreal sollten die Männer übernachten, um am folgenden Tag in einer anderen Maschine nach Vancouver zu fliegen, der kanadischen Stadt nahe dem Hafen von Victoria, wo der Trawler *Pêcheur* lag. André Dupont sollte sie sofort an Bord des Schiffes bringen, und dort hieß es abwarten, bis Winter aus Alaska eintraf.

Der Engländer war geblieben, bis alle dreizehn durch die Kontrollen waren und in der richtigen Abflughalle saßen. Dann beeilte er sich, rechtzeitig zu seiner eigenen Maschine zu kommen. Ihn begleiteten LeCat und die beiden Terroristen Armand Bazin un Pierre Goussin.

12.45 Uhr. Abflug BA 850 nach Anchorage, Alaska. An Bord der Boeing 707 befanden sich Winter, LeCat, Bazin und Goussin. Vor ihnen lag ein neunstündiger Flug über die Polarroute. Winter und LeCat saßen voneinander getrennt, während Bazin und Goussin benachbarte Sitze hatte. Alle vier reisten in der Touristenklasse, obwohl es Winter ein leichtes gewesen wäre, Tickets für die 1. Klasse zu kaufen. Doch hier kehrte er den Grundsatz um, den er in Hotels zu befolgen pflegte — wohne im besten, und die Polizei hält dich für anständig. In einem Flugzeug fällt ein Passagier der Touristenklasse am wenigsten auf. Während die anderen drei Männer wach blieben, um zu essen, zu lesen und wieder um zu essen, schlief Winter fast den ganzen Flug über. Erst eine halbe Stunde vor der Landung in Anchorage wachte er auf.

13.15. Ankunft BE 613 aus Hamburg. Einer der ersten Passagiere, die aus der Trident stiegen, war Larry Sullivan.

Gleich nach der Ankunft in Heathrow Airport rief Sullivan in seiner Wohnung in Battersea an. Er bereute es sofort. Denn Mrs. Morrison, seine Haushälterin, nannte ihm eine Telefonnummer, die er unverzüglich zurückrufen solle. Kein Zweifel, es handelte sich um Admiral George Lindsay Worth von der Royal Navy, dem es zuzuschreiben war, daß Sullivan den Dienst bei der Spionageabwehr der Kriegsmarine quittiert hatte. Worth arbeitete jetzt im Verteidigungsministerium. Um die Sache möglichst rasch hinter sich zu bringen, wählte Sullivan die Nummer. Worths Sekretärin meldete sich.

»Mr. Sullivan? Sie sind für eine Unterredung vorgemerkt. Und zwar im RAC-Club in der Pall Mall. Um fünfzehn Uhr.«

»Doch nicht etwa heute«, protestierte Sullivan.

»Er hat gesagt, es sei sehr dringend. Sie sollen nach Mr. Worth fragen. Auf keinen Fall den Rang erwähnen . . .«

Fluchend fuhr Sullivan vom Flugplatz zur Pall Mall. Warum hatte er eigentlich nicht nein gesagt? Der Alte sprang ja immer noch mit ihm um, als hätte er es mit einem Marineleutnant zu tun.

Worth, ein energischer, gedrungener Mann von sechzig, wartete bereits in der Halle des Clubs, einem Raum mit hohen Fenstern an beiden Enden und der frösteligen Atmosphäre eines leeren Wartesaals. Es war tatsächlich kalt — eine Heizung schien es hier überhaupt nicht zu geben. Doch einen Admiral, der im Nordatlantik den eisigsten Stürmen getrotzt hat, kann dergleichen natürlich nicht schrecken.

Worth saß in einem sogenannten ›Totenstuhl‹, einem niedrigen, ausladenden Lehnsessel, der häufig von jenen Clubmitgliedern bevorzugt wurde, deren hinfälliges Äußeres auf ein baldiges Ableben schließen ließ.

»Möchten Sie lieber dort drüben sitzen?« fragte Worth und deutete auf einen der Tische. »Dachte ich mir . . .« Mühsam erhob er sich. »Wie geht's Peggy? Soll ja Ihre neueste Freundin sein.«

»Ja, das stimmt.« Wie, zum Teufel, dachte Sullivan, schafft dieser Kerl es bloß immer wieder, mich aus der Fassung zu bringen? »Was soll das eigentlich alles? Ich komme eben von einer Reise zurück und würde mich sehr gerne etwas langmachen . . .«

Über den Tisch hinweg beobachtete ihn Worth aufmerksam und registrierte die Ungeduld in seiner Stimme. »Ich weiß«,

sagte er ruhig. »Sie haben die ganze französische Küste abge-
klappert und überall herumgefragt.«

»Woher wissen Sie das?«

»Kaffee? Nein? Ist vielleicht auch besser — er ist sowieso
nicht warm. Um auf Ihre Frage zurückzukommen: Es gehört
zu meinem Beruf, bestimmte Dinge zu wissen. Ich habe Sie
hergebeten, um Ihnen zu sagen, daß Sie mit dieser Herumfra-
gerei aufhören sollen.«

»Und warum soll ich damit aufhören?«

Admiral Worth lächelte. Genauer gesagt: Er verzog sein Gesicht zu einer Grimasse, die Sullivan als seine Art zu lächeln
auffaßte. »Sie sollten mittlerweile wissen, daß ich keine Fragen
beantworten kann. Diese Unterredung bleibt natürlich unter
uns. Geheimhaltungsvorschriften und so weiter, Sie wissen
schon . . .«

»Das hätten Sie gleich sagen sollen. Ich darf mich jetzt wohl
empfehlen . . .«

»Gedulden Sie sich noch ein paar Minuten. Wie ich sehe,
sind Sie immer noch der gleiche. Es geht um Harper Tankships,
nicht?«

»Es gehört ja zu Ihrem Beruf, bestimmte Dinge zu wissen.«
Der Zorn stieg langsam in Sullivan hoch, doch sein Gesicht
blieb ausdruckslos. »Wenn Sie mir einen vernünftigen Grund
nennen, könnte ich mir vielleicht überlegen, die ganze Sache
fallenzulassen. Aber nur überlegen.«

»Uns ist dieses Gerücht auch zu Ohren gekommen — Sabotage oder dergleichen. Aber das war nur eine Finte — um von
dem abzulenken, was unsere arabischen Freunde in Wirklichkeit vorhatten. In den Zeitungen steht alles. Kaufen Sie sich
nur eine Nachmittagsausgabe.«

»Wovon sprechen Sie?« fragte Sullivan.

»Es ging nicht um ein Schiff, sondern wieder um ein Flugzeug. KLM Flug 401 von Amsterdam nach Paris. Die Luftpira-
ten sind in Schiphol an Bord gegangen. Diesmal ist es ein bißchen was Besonderes — in der Maschine befinden sich nämlich
drei hohe Tiere von der Royal-Dutch Shell, darunter einer der
Direktoren.«

»Und was soll daran Besonderes sein?«

»Sie haben über Funk schon eine Forderung gestellt — die
Royal-Dutch muß irgend etwas tun oder lassen, sonst geht es

ihren Bossen an den Kragen.« Worth musterte Sullivan scharf. »Das Gerücht, dem Sie nachgejagt sind, war also nichts als ein Manöver, um von dieser neuen Flugzeugentführung abzulenken. Die Araber müssen uns einmal wieder ihre Macht beweisen.«

»Und wir werden wieder nachgeben?«

»Man gewöhnt sich an alles.« Unwillkürlich verfiel Worth in den Jargon seiner Schiffskommandantenzeit. »Die haben uns bei den Eiern, und quetschen tun sie gern. Läßt sich nun mal nicht ändern — die britische Regierung hat sich offenbar auf unbestimmte Zeit mit der arabischen Vorherrschaft über den Westen abgefunden.« Mit gekrauster Stirn sah er, wie sich Sullivan erhob. »Können wir uns auf Sie verlassen?«

»Bei unserem letzten Zusammentreffen waren Sie nicht der Meinung, daß man sich auf mich verlassen könne. Ich muß mir die Sache durch den Kopf gehen lassen. Und jetzt entschuldigen Sie mich bitte. Wie ich schon sagte, komme ich direkt vom Flugplatz.« Vor Wut kochend verließ Sullivan den Club. Vor dem Gespräch mit Worth war er fest entschlossen gewesen, Harper vorzuschlagen, die Sicherheitsvorkehrungen für die *Chieftain* in Genua zu verstärken und die Sache dann fallenzulassen — obwohl er immer noch das Gefühl hatte, daß mehr dahinterstecken konnte. Doch wenn er jetzt aufgab, dann sah das so aus, als füge er sich Worths sonderbarer Bitte. Auf dem Weg zu Victor Harper schäumte er innerlich noch immer.

Admiral Worths Ansicht über die Haltung der britischen Regierung traf zumindest für die höchste Ebene nicht ganz zu. Im vergangenen September war der damalige Premierminister überraschend aus Gesundheitsgründen zurückgetreten.

Sein Nachfolger, der es im Zweiten Weltkrieg bis zum Brigadegeneral gebracht hatte, traf umgehend eine Entscheidung, über die in der britischen Presse nicht berichtet wurde. Er ließ einen größeren Teil der schottischen Westküste zum militärischen Sperrgebiet erklären. In der Gegend hieß es, daß ein neuer Truppenübungsplatz angelegt werde. Man wunderte sich nur darüber, daß die Bewohner einer der vorgelagerten Inseln kein Artilleriefeuer hörten, sondern statt dessen häufig Fallschirmspringer sahen — manchmal auch aus Hubschraubern.

Auch die geheime Zusammenkunft zwischen dem Premierminister und General Lance Villiers, dem Chef des Generalstabes, wurde in der Presse nicht erwähnt. Villiers galt als der tüchtigste und energischste Generalstabschef seit drei Jahrzehnten. Er hatte nur noch ein Auge (das linke hatte er 1952 in Korea verloren) und trug deshalb eine schwarze Augenklappe. Seinen Bewegungen haftete etwas eigentümlich Steifes an. Doch sein Verstand gehörte zu den wendigsten im gesamten Vereinigten Königreich. Zu Beginn seiner Laufbahn hatte er bei den Luftlandetruppen gedient.

Sullivan suchte Harper um fünf Uhr in dessen Büro auf. Sie unterhielten sich bei Kerzenlicht, während draußen auf der Straße dicke Schneeflocken fielen. Der Präsident von Harper Tankships, ein rastloser, energiegeladener Mann von fünfzig, beschloß sofort, gleich morgen früh nach Italien zu fliegen, um sich persönlich um die Sicherheitsmaßnahmen für den Tanker *Chieftain* zu kümmern.

»Allerdings«, meinte Sullivan im Verlauf des Gesprächs, »könnte es durchaus sein, daß es gar nicht um die *Chieftain* geht . . .«

»Wie kommen Sie darauf?« fragte Harper barsch.

»Nun, dieser Winter — sofern er der Mann war, der zu Hahnemann kam — hat sich für meinen Geschmack etwas zu offensichtlich nur für die *Chieftain* interessiert. Ich habe so eine Ahnung, daß der Kerl mit allen Wassern gewaschen ist — fragen Sie mich nicht, weshalb.«

»Nun — weshalb?«

»Er ist ein Verbrecher — oder vielleicht sollte man ihn besser einen Abenteurer nennen. Trotzdem hat er es bisher geschafft, nirgends aktenkundig zu werden. Bevor ich zu Ihnen kam, habe ich einen alten Bekannten bei Scotland Yard angerufen. Er hat von diesem Burschen noch nie etwas gehört.« Sullivan beugte sich ein Stück über den Schreibtisch vor. »Niemand kennt ihn, Harper — und um so eine weiße Weste zu behalten, muß man schon ganz schön gerissen sein.«

Die beiden kamen überein, daß Harper auf alle Fälle nach Genua reisen solle. Für den Fall, daß Sullivan während seiner Abwesenheit eine Idee hätte, wurde bei Vivian Herries, Harpers Sekretärin, ein Scheck für die Spesen hinterlegt. Es war ein langer Tag gewesen, als Sullivan nach Hause kam.

Was ihn am nächsten Tag zu weiteren Recherchen antrieb, war vermutlich seine Abneigung, sich auch nur scheinbar von Admiral Worth etwas sagen zu lassen. Mit neuer Tatkraft begann er, alle nur denkbaren Quellen nach Auskünften zu durchforschen. Irgendwo mußte irgendwer doch von Winter gehört haben.

Als erstes versuchte er es bei der Special Branch. Sein Kontaktmann rief ihn später zurück. »Tut mir leid, aber Ihren Winter kennt hier keiner. Da klingelt überhaupt nichts . . .« So wandte Sullivan sich ein zweites Mal an Chefinspektor Pemberton, seinen guten alten Bekannten bei Scotland Yard. Der teilte ihm mit, daß er aufgrund der gestrigen Anfrage, die ihn selber interessiert habe, weitere Nachforschungen angestellt hatte: »Leider totale Fehlanzeige. Auch nicht der leiseste Hinweis . . .«

Er wurde langsam ärgerlich. Er begann, sein Netz weiter zu spannen und führte einige Auslandsgespräche. Seine Anfrage beim FBI in Washington wurde innerhalb einer Stunde beantwortet. »Hier in den Staaten haben wir nichts. Im Hinblick auf die momentanen Vorgänge habe ich mich auch bei den Nachrichtendiensten informiert. Ein Mann namens Winter ist dort nicht bekannt. Haben Sie's schon bei der Interpol versucht?« Ja, versicherte Sullivan, das habe er bereits. Er rief seinen alten Freund Peter van der Byll von der südafrikanischen Polizei an. Auch hier war die Antwort negativ.

Am Nachmittag suchte er jenen Mann auf, den er vor seiner Abreise nach Bordeaux bei Lloyd's of London nicht angetroffen hatte.

»Dieser Job für Harper Tankships scheint gelaufen zu sein«, sagte er zu MacGillivray. »Ich komme einfach nicht weiter. Und das geht mir allmählich auf die Nerven.«

Jock MacGillivray gehörte zu den Leuten, die bei Lloyd's an den Hebeln der Verwaltung saßen. Fragte man ihn, was er eigentlich tat, so erwiderte er in der Regel: »Ich halte den Betrieb in Schwung — kann auch sein, daß der Betrieb mich in Schwung hält. Das weiß man nie so genau.«

Jetzt lehnte er sich in seinem Drehstuhl zurück und warf Sullivan eine Zigarette zu. »Wo fehlt's denn?«

»Ich wollte Sie Anfang des Monats einmal sprechen — da waren Sie aber nicht hier. Mittlerweile weiß ich nicht einmal mehr, wo es fehlt — vielleicht gar nirgends. Ich habe überall gefragt und scheine einer fixen Idee nachzujagen.«

»Mich haben Sie noch nicht gefragt«, erklärte MacGillivray. Er war vierzig und hatte ein sommersprossiges Gesicht, das sich nun zu einem breiten Grinsen verzog. »Mich, den Born aller Weisheit.«

»Richtig. Ich will alles wissen, was Sie während der letzten sechs bis acht Wochen über Harper Tankships gehört haben. Auch das harmloseste Gerücht.«

»Ich habe überhaupt kein Gerücht gehört . . .«

»Na, da haben wir's.«

»Wirklich nichts . . .« MacGillivray blätterte in seinem Kalender. »Außer dem Kerl letzten Freitag. Er schreibt eine Artikelserie über die Ölkrise für eine amerikanische Zeitung. War offenbar schon einmal hier, so vor zwei Monaten, als er an einem anderen Artikel arbeitete. Er wollte irgendwas über Harpers *Chieftain* wissen. Sie liegt in Genua im Trockendock. Er meinte, er würde sie sich vielleicht anschauen.«

»War er das?« Sullivan legte eines der Fotos aus Hahnemanns Geheimkamera auf den Schreibtisch.

MacGillivray betrachtete das Bild unschlüssig. »Ich möchte gern wissen, wie er ohne Schnurrbart aussieht.«

»So sieht er aus . . .« Sullivan hatte am Abend zuvor den Schnurrbart auf dem Profilbild durch weiße Farbe abgedeckt. »Einen Bowler-Hut hat er bei Ihnen wahrscheinlich nicht getragen.«

»Nein«, erwiderte MacGillivray prompt. »Er hatte irgendwas aus Tweed an. Aber das ist er ganz sicher. Um wen handelt es sich?«

»Um Mr. X. Hat er noch ein Harper-Schiff erwähnt?«

»Ja. Die *Challenger*. Er fragte, ob sie genauso konstruiert sei wie die *Chieftain*, oder ob es zwischen den beiden Tankern irgendwelche Unterschiede gäbe. Ich habe ihm erklärt, es seien Schwesterschiffe, und das war's wohl — aber, wenn ich's mir recht überlege, wollte er eigentlich eine Menge über die *Challenger* wissen.«

»Zum Beispiel?«

»Wie groß ihre Besatzung ist, ob sie einen oder zwei Funker hat, was der Kapitän für ein Mann ist. Da ich Mackay kenne, konnte ich ihm eine kurze Beschreibung geben. Aber ich hatte das komische Gefühl, daß er zum großen Teil bereits alles wußte und es nur noch einmal überprüfte. Die *Challenger* macht die Milchmanntour, wie Sie sicher wissen — sie pendelt zwischen Alaska und San Francisco hin und her.«

»Was es auch noch nicht gegeben hat — ein britischer Tanker, der zwischen zwei amerikanischen Häfen Öl transportiert.«

»Den Jones Act von 1920, demzufolge zwischen amerikanischen Häfen nur amerikanische Frachtschiffe verkehren durften, haben sie aufgehoben, als sie merkten, daß sie an der Westküste nicht genug Tanker hatten. Was ist denn nun mit Mr. X?«

»Alles mögliche.« Sullivan nahm die beiden Fotos vom Schreibtisch und stand auf. »In der nächsten Stunde habe ich viel zu tun — Geld holen, meinen Flug heraussuchen . . .«

»Fahren Sie in Urlaub?«

»Genau. Nach Alaska.«

Etwa zur gleichen Zeit hielt Scheich Gamal Tafak in der syrischen Wüste sein zweites Geheimtreffen mit den Terroristenführern ab. Wieder traf er in einer kleinen Kolonne von drei Mercedes-Limousinen ein. In jeder saß außer dem Chauffeur nur eine Person, und zwar vorn auf dem Beifahrersitz. Tafaks Wagen war der letzte. Die wartenden Terroristenführer glaubten, den Grund für diese Vorsichtsmaßnahme zu verstehen. Wer aus dem Hinterhalt eine Bombe auf Tafak schleudern wollte, konnte nie sicher sein, in welchem Auto er gerade fuhr. Der wirkliche Grund für die kleine Wagenkolonne war jedoch ein anderer, und für die Terroristen war das gefährlicher.

Es war Tafak tief zuwider, mit diesen Menschen verhandeln zu müssen. Doch sie konnten ihm gefährlich werden, und deshalb bemühte er sich, sie auf seiner Seite zu halten. Das mochte sich eines Tages ändern, und an diesem Tag würden in den drei Limousinen andere Passagiere sitzen: Männer mit Maschinenpistolen, die den Terroristenführern ein rasches Ende bereiteten. Fürs erste sollten sie sich ruhig an den Anblick der kleinen Autokolonne gewöhnen.

Tafak versuchte, das Treffen so schnell wie möglich über die Bühne zu bringen, und faßte in knappen Worten noch einmal zusammen, was er schon beim vorigen Mal erklärt hatte. Es gehe darum, einen Vorfall zu inszenieren, der den Westen so empören werde, daß Funk und Fernsehen sich in Schmähungen gegen die Araber überböten. Dies wiederum schaffe jene Atmosphäre, in der er, Tafak, alle arabischen Förderländer so unter Druck setzen könne, daß sie den Ölhahn ganz zudrehten. Während der Westen dann völlig gelähmt sei, könne man den Vernichtungsschlag gegen Israel führen. Alles hänge davon ab, was an Bord des britischen Tankers geschehe, sobald man sich seiner bemächtigt habe.

»Winter«, sagte Tafak, »weiß über die endgültige Zielsetzung nichts. Wir brauchen ihn, um den Tanker zu kapern, weil er umsichtiger planen kann als etwa LeCat und weil er als Engländer besser mit der britischen Besatzung fertig wird. Später wird er aus dem Unternehmen entfernt. Während der letzten Phase hat LeCat das Kommando.«

»Und dann?« fragte der Mann mit dem ernsten, fast finsteren Gesicht, der rechts von Tafak saß.

»Die Verhandlungen zwischen LeCat und der amerikanischen Regierung werden aufgrund eines tödlichen Irrtums abgebrochen — irgend jemand wird melden, daß amerikanische Marinesoldaten versucht hätten, den Tanker zu entern.«

»Und dann?«

Tafak erhob sich und wandte sich zum Gehen. »Dann wird geschehen, was in der Geschichte schon so oft geschehen ist. Zum Wohle vieler — nämlich unserer Brüder, die sich danach sehnen, nach Palästina zurückzukehren — müssen einige wenige ihr Leben lassen. Die Geiseln — die Mitglieder der britischen Besatzung — müssen sterben.«

Zweiter Teil

DAS HIJACKING

7

In den Vereinigten Staaten nahm die Energiekrise ebenso wie in Europa allmählich den Charakter eines Kriegszustandes an — Öl in jedweder Form bildete die Munitionsdepots, die der Feind zu zerstören versuchte. Überall auf dem riesigen Kontinent begannen die Lichter auszugehen. Dem Staat Texas, der dem notleidenden Nordosten Öl lieferte, blieb nicht genug für den Eigenbedarf. Der großangelegte Sabotageanschlag, der kurz zuvor die venezolanischen Ölfelder beim Maracaibo-See getroffen hatte, gab der ohnehin verzweifelten Situation eine fast katastrophale Wendung.

Niemand wußte genau, auf wessen Konto die Sabotageakte gingen — die Sprengung der Bohrtürme bei Maracaibo und eines Abschnitts der Pipeline, die vom North-Slope-Gelände in Alaska bis nach Valdez führen sollte. Auch Schlüsselraffinerien in Delaware und in Texas waren in die Luft geflogen — desgleichen in England, Deutschland und Italien. Natürlich vermutete man, daß die arabischen Terroristen dahintersteckten, die auf Weisung der Scheichs vorgingen, denen daran gelegen war, ihr kostbares Öl noch teurer zu verkaufen. Ein Barrel kostete inzwischen fünfzig Dollar, aber nicht etwa frei Haus, sondern in den Häfen der jeweiligen Förderländer.

Das FBI vertrat die Ansicht, daß die Sabotageakte auf das Konto reaktivierter Dissidentengruppen wie etwa der Weathermen gingen. Die Untergrundpresse verteilte Flugblätter — »Zwingt den kapitalistischen Koloß in die Knie! Verbrennt Öl« —. Die Autofahrer, die verzweifelt versuchten, ein paar Liter Benzin zu ergattern, mit denen sie nach Hause fahren konnten, schätzten solche Slogans nicht gerade — doch wer immer an der verzweifelten Lage schuld sein mochte, Amerika und Europa gingen langsam in die Knie.

Die Sabotage auf den Erdölfeldern von Maracaibo hatte zusammen mit den anderen Anschlägen zur Folge, daß die Vereinigten Staaten aus anderen Quellen zehn Prozent mehr Öl brauchten, um die Maschinerie überhaupt noch in Gang zu halten. Diese zehn Prozent konnten nur von den Arabern kommen, und das wußte Scheich Gamal Tafak genau.

Öl wurde wertvoller als Gold. Dementsprechend griff man auch zu besonderen Schutzmaßnahmen. Immer wieder überfiel und entführte die Mafia auf Land- und Fernverkehrsstraßen Tankwagen. Um das zu verhindern, organisierte Washington ein Konvoi-System ähnlich jenen Geleitzügen, in denen während des Zweiten Weltkrieges die alliierten Schiffe gefahren waren. Riesige Kolonnen von Tankwagen mit bewaffnetem Begleitpersonal auf dem vordersten und dem hintersten Fahrzeug wurden zum gewohnten Anblick. Auf den Dächern der Güterzüge, die Öl transportierten, wurden Soldaten mit Maschinengewehren stationiert, und wenn ein Zug nachts auf offener Strecke halten mußte, so tasteten Scheinwerfer das umliegende Gelände ab. Wie in Europa, wo man ähnliche Vorkehrungen traf, befanden sich die Vereinigten Staaten mehr und mehr in einer Art Belagerungszustand.

Raffinerien und Pipelines wurden zu strategischen Punkten, die Tag und Nacht gegen Bombenanschläge geschützt werden mußten. Entlang den Pipelines planierte man in aller Eile Fahrbahnen, auf denen Jeeps mit bewaffneten Männern patrouillierten. Und dennoch kam das Leben in Amerika immer mehr zum Erlahmen, indes der Winter an unerbittlicher Härte zunahm und Schneestürme durch den Mittelwesten und bis nach Nordflorida hinunter wüteten. Der US-Wetterdienst meldete für den Nordosten die tiefsten Temperaturen, die jemals dort gemessen wurden.

In einem verschlossenen Aktenschrank im Weißen Haus lag eine detaillierte Zusammenstellung der Ölversorgungslücke, die zu erwarten war, falls das sibirische Klima andauern sollte. Daraus ging hervor, daß die Vereinigten Staaten mit knapper Not bis zum kommenden Frühjahr durchhalten könnten, vorausgesetzt, die arabischen Förderländer blieben bei der fünfzigprozentigen Einschränkung ihrer Lieferungen. Für den Fall einer weiteren Drosselung ließ sich die Zukunft der Vereinigten Staaten wie auch Europas mit einem einzigen Wort umreißen: Katastrophe.

Rund zehntausend Kilometer entfernt warteten die Terroristengruppen im Nahen Osten auf weitere Instruktionen von Scheich Gamal Tafak. Sie hielten sich für die Sprengung der Ölquellen bereit — falls sich die anderen Scheichs im gegebenen Augenblick weigern sollten, den Ölhahn ganz zuzudrehen.

Als Winter mit Flug BA 850 in Alaska eintraf, schneite es.

Wegen des großen Zeitunterschiedes kam er um 11.45 Uhr in Anchorage an, obwohl er um 12.45 Uhr von London abgeflogen war; es war immer noch Mittwoch, der 15. Januar. In London zeigten die Uhren 20.45. In seiner Wohnung in Battersea hätte man Sullivan beim Kofferpacken beobachten können; am nächsten Tag sollte er nach Anchorage fliegen.

Der Paß, den Winter im International Airport von Anchorage vorzeigte, lautete auf den Namen Robert Forrest. Als Beruf war Geologe angegeben, doch der Einwanderungsbeamte brauchte nicht einmal einen Blick auf das gefälschte Dokument zu werfen, das ihm Winter ganz selbstverständlich entgegenhielt, um zu wissen, daß dieser Mann etwas mit dem North-Slope-Gebiet zu tun haben müsse.

An Anhaltspunkten dafür fehlte es nicht. In einer Tasche des Schaffellmantels, den der Engländer trug, steckte ein zusammengefaltetes Exemplar der Hausmitteilungen einer britischen Erdölgesellschaft. Außerdem trug er ein seismographisches Gerät über die Schulter gehängt. Der Beamte wußte, daß die Geologen solche Geräte benutzten, um die Erderschütterungen nach der Detonation von Sprengladungen zu messen.

»North Slope?« fragte er mit einem breiten Lächeln. »Leute wie Sie brauchen wir, um diesen arabischen Schweinehunden endlich das Öl abzugraben.«

»North Slope allein wird da nicht ausreichen«, erwiderte Winter beiläufig. »Kann man draußen ein Taxi bekommen?«

»Wenn Sie sich beeilen, nachdem Sie durch den Zoll sind. Taxis sind knapp. Sie werden sich in eins teilen müssen . . .«

Beim Zoll wurde Winter ebenso rasch und zuvorkommend abgefertigt. Niemand dachte daran, seinen Koffer zu durchsuchen. Offenbar wollte man ihn nicht länger aufhalten, als unbedingt nötig. Er teilte sich ein Taxi mit LeCat und zwei anderen Passagieren, und der Franzose ließ sich nicht anmerken, daß er Winter jemals zuvor gesehen hatte. Bazin und Goussin folgten in einem zweiten Taxi.

Das Westward war ein typisch amerikanisches Hotel. Es erinnerte an einen hochkant gestellten Schuhkarton und hatte ein Dachrestaurant. Draußen war es fast dunkel. In der Halle brannten nur wenige Lampen. Eine dicke Wolkenbank hing über der Stadt; auf den Straßen versank man knöcheltief im Schneematsch. Eines Tages würde man hier wie überall in

Alaska im Öl geradezu schwimmen. Doch im Augenblick war die Heizung im Hotel entsprechend der behördlichen Vorschriften auf 17 Grad eingestellt.

Unter dem Namen Robert Forrest mietete Winter ein Zimmer im 5. Stock und stellte seine Tasche dort ab. Als er wenig später das Hotel wieder verließ, wartete am Straßenrand ein gemieteter Chevrolet auf ihn. Am Steuer saß Joseph Walgren, der Amerikaner, mit dem Winter zuletzt bei seinem Aufenthalt in San Francisco vor zwei Monaten zusammengetroffen war.

Im Fond des Wagens saß LeCat, den Walgren in einem anderen Hotel abgeholt hatte.

»Fahren Sie mich zum Haus von Swan«, sagte Winter abrupt. »Ich möchte den zeitlichen Ablauf überprüfen . . .«

»Habe ich doch längst getan«, protestierte Walgren. »Stand alles Punkt für Punkt in dem Brief, den ich Ihnen nach Cosgrove Manor schickte . . .«

»Fahren Sie mich zu Swans Haus«, wiederholte Winter. »Ich will mich selbst überzeugen.«

Die erste Phase des Unternehmens war die schwierigste, da konnte am ehesten etwas schiefgehen. Die Schlüsselfigur an Bord eines jeden Schiffes ist der Funker: der Mann, der mit dem Festland in Verbindung steht, wenn es auch noch so weit entfernt ist. Charlie Swan, der Funker der *Challenger*, sollte gekidnappt werden, damit Winter ihn durch Kinnaird, seinen eigenen Mann, ersetzen konnte, ehe der Tanker wieder in Richtung San Francisco auslief.

»Die *Challenger* legt heute abend um sechs im Nikisiki-Ölhafen an«, erklärte Walgren, während sie die Peripherie der Stadt hinter sich ließen. »Genau wie ich es Ihnen in dem verschlüsselten Brief geschrieben habe. Kapitän Mackay wird im selben Hotel wohnen wie Sie, im Westward. Swan, der Funker, übernachtet zu Hause. Morgen um 15.30 Uhr fährt er wieder zum Flugplatz. Dort trifft er sich mit Mackay, der in einem Taxi vom Hotel aus kommt. Dann werden beide von einem Freund Mackays in einer Cessna zum Ölhafen zurückgeflogen.«

»Spielt sich das alles immer unverändert so ab?« wollte Winter wissen.

»Ich habe sie einen Monat lang beobachtet.« Walgren schaltete die Scheibenwischer aus: Es hatte aufgehört zu schneien.

»In dieser Zeit hat die *Challenger* drei Fahrten gemacht — hin und her. Die Zeiteinteilung von Swan und Mackay ist wie ein Eisenbahnfahrplan: da ändert sich nie was. Sie haben an Land so wenig Zeit, daß sie immer dasselbe tun. Das ist schon alles eingefahren. Kinnaird wohnt übrigens im Madison-Hotel. Auf diesem Zettel steht die Telefonnummer — auch die der Swans.« Er umfaßte das Steuerrad fester. »Ich bin froh, daß die Warterei endlich vorüber ist. Morgen schnappen wir uns die Swans, und dann läuft die Sache . . .«

Mit einem Seitenblick auf Winters Gesicht brach er ab. Dieser Brite war wahrhaftig wie ein Eisberg. Mit dem Franzosen hinten konnte man wenigstens ab und zu mal einen heben, wie sich das zwischen Männern gehört. Walgren preßte seine dicken Lippen aufeinander. Nun gut, für dreißig Riesen konnte er auch Winter in Kauf nehmen . . .

Auf den Hügeln lag Schnee. Schwere, graue Wolken hingen über dem Matanuska-Tal. Dort oben hängt noch mehr Schnee, dachte Walgren . . .

»Sie überschreiten die Geschwindigkeitsbeschränkung«, bemerkte Winter kühl.

Walgren fluchte innerlich und drosselte das Tempo auf 80 Stundenkilometer. Kein Mensch hielt sich an die Geschwindigkeitsbeschränkung, solange kein Streifenwagen in der Nähe war. Es begann zu regnen — gleichmäßig graues Nieseln, das die Landschaft rundum beinahe verhüllte. Walgren schaltete die Scheibenwischer ein und beugte sich vor. Das Schweigen im Wagen wurde beklemmend. Er fuhr fast eine Stunde.

»Da vorn liegt das Haus der Swans«, sagte Walgren zu Winter.

»Sie haben fast zehn Minuten zu lang gebraucht«, fuhr der Engländer ihn an.

»Dann drücke ich eben morgen ein paarmal auf die Tube. Swan hält sich immer genau an Tempo 80. Jedenfalls die dreimal, die ich ihm vom Flugplatz hierher gefolgt bin.«

Winter schwieg. Er ließ sich seine Verärgerung nicht anmerken. Es schien unmöglich, Leute zu finden, die präzise arbeiten konnten. Mit LeCat gab es die gleichen Schwierigkeiten. Also mußte er jede verdammte Kleinigkeit selbst überprüfen.

Walgren bog von der Landstraße in einen Seitenweg ein, der durch ein schneebedecktes Tannenwäldchen führte. Sobald sie zwischen den Bäumen waren, wendete er den Wagen. Von der Stelle, wo sie standen, konnten sie das zweistöckige Haus der Swans sehen. Es lag drei- bis vierhundert Meter von der Straße entfernt und hatte eine eigene Zufahrt. Hinter dem Haus stand ein alter Schuppen. Davor parkte ein roter Ford. Nur noch ein einziges weiteres Haus war in der öden, verschneiten Landschaft zu entdecken.

»Friert dem da draußen nicht der Motor ein?« fragte Winter, während er das Fenster herabkurbelte und sein Fernglas einstellte.

»Er hat einen Stromanschluß«, erklärte Walgren. »Dadurch bleibt die Immersionsheizung unter der Motorhaube in Gang. Wenn man das allerdings vergißt, hat man in zwei Stunden statt des Motors einen Eisblock . . .«

Im Wagen begann es kalt zu werden, denn Walgren hatte, um Benzin zu sparen, den Motor abgeschaltet. Aus einem Schornstein des Hauses kräuselte sich bläulicher Rauch senkrecht empor. Der Regen hatte aufgehört, und wie drohend hing der bleigraue Himmel über dem Matanuska-Tal.

»Dieses andere Haus da hinten — wissen Sie etwas darüber?« fragte Winter.

»Gehört den Thompsons, die mit den Swans befreundet sind.« Walgren steckte sich eine Zigarette an. »Manchmal treffen sich die beiden Ehepaare, wenn Swan zu Hause ist — so war's jedenfalls letztes Mal.«

»Sie gehen zusammen aus, meinen Sie?« sagte Winter scharf.

»Nein, sie besuchen einander. Die Swans waren bei den Thompsons. Wenn man nur alle zehn Tage einmal zu Hause ist wie Charlie Swan, dann fährt man nicht in die Stadt. Da langt die Zeit nur für einen gemütlichen Abend mit den Nachbarn.«

»Wie haben Sie das alles herausgefunden?« erkundigte sich Winter neugierig.

»War mal Privatdetektiv, und da kennt man die Schliche. Im übrigen kapiere ich einfach nicht, weshalb wir hierhergefahren sind. Es ist doch abgemacht, daß wir uns die Swans morgen schnappen . . .«

»Nur eine Art Probefahrt«, erwiderte Winter brüsk. Er sah keinen Grund zu erklären, daß auch diese Phase geübt werden mußte. Einige Sekunden lang blickte er noch zum Haus, dann sagte er zu Walgren: »Fahren Sie zur Stadt zurück.«

Am 15. Januar war es in Anchorage um drei Uhr nachmittags bereits dunkel. Walgren setzte Winter in der Nähe des Westward-Hotels ab, und der Engländer nahm in einem benachbarten Restaurant ein verspätetes Mittagessen ein. Um im Hotel so wenig wie möglich gesehen zu werden, aß er dort nur einmal. Walgren, der fastete, weil er ein paar Pfund abnehmen wollte, brachte LeCat zu dessen Hotel und holte daraufhin Armand Bazin ab. Die beiden machten sich auf die lange Fahrt zum Nikisiki-Ölhafen auf der Kenai-Halbinsel.

Es war sechs Uhr abends, als Walgren, nachdem er Bazin zurückgebracht hatte, Winter wieder von seinem Hotel abholte. Sie fuhren zu einer abgelegenen Stelle außerhalb der Stadt. Dort stand auf einer Lichtung inmitten von Nadelbäumen ein alter Schuppen.

»Alles okay«, sagte der Amerikaner zu Winter, als sie hielten. »Diese Fahrt hätten Sie sich wirklich schenken können.«

»Ich überzeuge mich gern selbst.«

Winter trat in den Schuppen, in dem Swan und seine Frau eine Woche lang gefangengehalten werden sollten. Tatsächlich schien soweit alles in bester Ordnung zu sein. Fenster und Türen waren durch neue Vorhängeschlösser gesichert; es gab einen Primuskocher sowie einen ausreichenden Vorrat an Konservendosen, Milch und Fruchtsäften. Die Swans sollten es so gemütlich haben, wie die Umstände irgend erlaubten — dafür sorgten schon die fünf Ölöfen mit Brennstoff für etwa einen Monat. Winter sparte sich die Frage, ob der Amerikaner den stattlichen Ölvorrat geklaut oder auf dem schwarzen Markt erworben hatte.

»Zufrieden?« fragte Walgren leicht sarkastisch, als der Engländer sich zum Gehen wandte.

»Ziemlich. Und jetzt fahren Sie mich schnell zum Hotel, denn bald wird Mackay eintreffen. Aber überschreiten Sie nicht die Geschwindigkeitsbeschränkung . . .«

Was, verdammt noch mal, ein Widerspruch in sich selbst ist, dachte Walgren erbost, während er den Motor auf Touren brachte und zur Straße zurückfuhr. Dies war ein blödsinnig langer Tag, und er war längst noch nicht vorüber. Wenn er

Winter vor seinem Hotel abgesetzt hatte, mußte er zum Flugplatz fahren, um auf die Landung der Cessna zu warten, die Mackay und Swan vom Liegeplatz der *Challenger* in Nikisiki brachte. Danach hatte er Swan zu dessen Haus im Matanuska-Tal zu folgen.

»Ist das wirklich nötig?« maulte er.

»Ohne Swan können wir die Sache gar nicht erst anlaufen lassen. Also müssen wir sicher wissen, daß er heil zu Hause angelangt ist.« Er ließ Walgren in einiger Entfernung vom Westward halten und legte den Rest des Weges zu Fuß zurück. Um nicht zu oft an der Rezeption erscheinen zu müssen, hatte er den Schlüssel zu seinem Zimmer bei sich behalten und ging direkt zum Fahrstuhl. Auf seinem Zimmer warf er einen Blick auf seine Armbanduhr und überprüfte in Gedanken den augenblicklichen Stand der Dinge. 19.00 Uhr. In fünfzehn Minuten landete Kapitän Mackay mit der Cessna auf dem Flugplatz. Walgren würde dort sein und Swan bis nach Hause folgen. Winter zog sich aus und stellte sich unter die Dusche. LeCat vertrieb sich die Zeit auf seinem Hotelzimmer vermutlich in Gesellschaft einer Flasche Kognak. Armand Bazin und Pierre Goussin, die die Swans während der nächsten Tage in dem abgelegenen Schuppen bewachen sollten, befanden sich plangemäß ebenfalls in ihrem Hotel und ließen sich das Essen aufs Zimmer bringen, während sie vorgaben, über Geschäftspapieren zu brüten. Keiner würde in dieser Nacht sein Hotel verlassen — Winter wollte nicht riskieren, daß jemand auf dem vereisten Trottoir ausglitt und sich ein Bein brach. Im übrigen würde er der einzige sein, der in einem Restaurant aß.

Er drehte die Dusche an. Kinnaird, der als Funker für Swan einspringen sollte, hielt sich unauffällig im Madison-Hotel bereit.

Zehntausend Pfund. Jeder Mensch hat eine ungefähre Vorstellung über die Summe, die ihn von den Sorgen und Kümmernissen dieser Welt befreien müßte. Für ›Shep‹ Kinnaird belief sie sich auf zehntausend Pfund.

Er stand am Fenster seines Zimmers im Madison und schob den Vorhang ein Stück beiseite. Durch den Spalt bot sich ein beruhigender Anblick: Die schneebedeckte Straße lag wie ausgestorben; die Beleuchtung, die um zehn Uhr ausgeschaltet wurde, gab nur ein trübes Licht, in dem kein Auto zu erkennen war, von dem aus jemand das Hotel überwachen konnte.

Kinnaird, siebenunddreißig und zum zweitenmal geschieden (beide Frauen hatten sich nicht mit seiner Spielleidenschaft abfinden können), war während der Schmuggelzeit im Mittelmeer Funker auf der *Pêcheur* gewesen. Davor hatte er zum sogenannten Marconi-Funker-Pool gehört und auf der Route zwischen dem Persischen Golf und der amerikanischen Westküste gearbeitet. Jetzt waren die zehntausend Pfund in greifbarer Nähe — als Lohn dafür, daß er für Swan, den regulären Funker der *Challenger*, einsprang.

Knapp anderthalb Kilometer vom Madison entfernt ließ sich James Mackay, der fünfundfünfzigjährige Kapitän der *Challenger*, im Dachrestaurant des Westward-Hotels zu einem späten Abendessen nieder. Er war ein schwergewichtiger Mann mit frischer Gesichtsfarbe, der sich überraschend flink bewegte. Seit fünf Monaten pendelte er mit seinem Schiff zwischen Alaska und San Francisco hin und her und fand die Sache mit der Zeit etwas öde: Von Nikisiki bis San Francisco sind es rund zweitausend Seemeilen, und bei einer Durchschnittsgeschwindigkeit von siebzehn Knoten legte die *Challenger* die Strecke zum Ölhafen Oleum auf der Ostseite der Bucht von San Francisco in wenig mehr als vier Tagen zurück.

Dort wurde ihre kostbare Ladung in zwölf Stunden gelöscht, und dann ging es wieder nach Nikisiki zurück. Nach eineinviertel Tagen war sie wieder vollgetankt. Die Zeit im Hafen hätte sich verkürzen lassen, doch Mackay, der wußte, wie leicht man in diesen Gewässern von einem Wirbelsturm überrascht werden konnte, bestand auf sorgfältigster Wartung. Danach lief die *Challenger* dann erneut in Richtung Süden aus. Eine Tour dauerte insgesamt zehn Tage. So ging das Woche für Woche und Monat für Monat.

»T-Bone-Steak mit Pommes frites und ein Glas Bier«, bestellte Mackay. Er studierte jedesmal eingehend die Speisekarte und bestellte dann immer dasselbe. Mackay war seit zehn Jahren verwitwet und hatte sich in dieser Zeit zum Gewohnheitsmenschen entwickelt. Stets übernachtete er im Westward, das er am nächsten Tag um vier Uhr nachmittags verließ, um zu seinem Schiff zurückzukehren. Um Mitternacht lief der Tanker dann nach Kalifornien aus. »Wenn man immer das gleiche tut«, sagte Mackay gern zu seiner Besatzung, »dann vergißt man auch nichts Wichtiges . . .«

Während er auf sein Steak wartete, sah er sich in dem nahezu leeren Restaurant um. Vier Tische entfernt saß ein großer, schlanker Mann mit einer Hornbrille, der in seine Zeitung vertieft war. Als das Steak kam, begann Mackay, hastig zu essen — eine Gewohnheit, die das Leben an Bord mit sich brachte. Er nahm kaum wahr, daß der Mann mit der Hornbrille das Restaurant verließ, kurz bevor er mit dem Essen fertig war.

Winter blätterte unten in der Hotelhalle in irgendwelchen Prospekten, als Mackay aus dem Fahrstuhl trat und in die Bar ging. Auch dies gehörte zu den Gewohnheiten des Kapitäns, die Walgren beschrieben hatte: Nach dem Abendessen trank Mackay stets ein zweites Glas Bier, ehe er sich frühzeitig oben auf sein Zimmer begab. Im übrigen war der Kapitän auf dem Foto, das Walgren nach Cosgrove Manor geschickt hatte, recht genau getroffen.

Einen Augenblick überlegte Winter, wie es dem Amerikaner gelungen sein mochte, Mackay unauffällig zu knipsen. Dann ging er zum Eingang der Bar, nahm die Hornbrille ab und steckte sie in die Tasche. Mackay saß mit dem Rücken zu ihm und las in einer Illustrierten. Der Barkeeper musterte aufmerksam den Gast, der es sich plötzlich anders überlegt zu haben schien. Er wandte sich um und trat zu einer Telefonzelle.

Dort wählte er die Nummer des Hotels, in dem Bazin wohnte, und wartete, bis das Gespräch durchgestellt wurde. Dies war das letzte, was er heute abend noch zu tun hatte. Bazin meldete sich und versicherte in vorsichtigen Umschreibungen, daß er bereit sei. Im Klartext hieß das, daß er sich sorgfältig im Ölhafen umgesehen hatte, wohin ihn Walgren am Nachmittag gebracht hatte. Und daß ihm Walgren übergeben hatte, was er für den nächsten Tag brauchte: eine Thermitbombe.

8

Am Donnerstag, dem 16. Januar, bog Winter in den Weg ein, der zum Haus der Swans führte, und fuhr durch die Dunkelheit langsam darauf zu. Nichts sollte die Swans beunruhigen, falls sie den Wagen bemerkten. Unter den Rädern knisterte der verkrustete Schnee.

Neben Winter saß LeCat. Pierre Goussin hockte im Fond. Das Auto näherte sich dem zweistöckigen Gebäude bis auf wenige Meter, und der Engländer lenkte es zur Seite, damit es vom Haus der Thompsons nicht gesehen werden konnte. Das Licht der Scheinwerfer strich über einen blauen Rambler, von dem ein Kabel zum Haus lief. Winter hatte von Walgren erfahren, daß Swan einen Rambler fuhr.

Rasch stieg er aus und ging zur Eingangstür. Seine rechte Hand schob sich unter seinen Schaffellmantel und packte den Griff der Skorpion-Pistole, die im Halfter steckte. Da geschah etwas Unerwartetes. Ehe Winter auf die Klingel drücken konnte, ging in der Veranda das Licht an, und Swan, der das Haus programmgemäß eigentlich erst um 15.30 Uhr verlassen sollte, öffnete die Tür. Er hatte einen englischen Regenmantel an und trug einen Koffer.

»Mr. Swan?« fragte Winter.

»Ja...«

»Wenn Sie vernünftig sind, passiert Ihnen nichts.« Winter richtete den Lauf seiner Pistole auf Swans Brust. »Wir wollen nur eben Ihr Telefon benutzen. Ehe wir gehen, werden wir Sie in einem Zimmer einschließen...« Er sprach hastig, taxierte sorgfältig den schlanken, dreißigjährigen Funker, versuchte, seine Reaktionen zu berechnen und ihm, während er einerseits mit der Pistole drohte, durch die Erwähnung des Telefons Sicherheit einzuflößen.

»Wo will der denn hin?« fragte Swan.

LeCat hatte sich an ihm vorbeigedrängt und verschwand im Innern des Hauses.

»Folgen wir ihm doch«, sagte Winter. »Aber hübsch langsam bitte... damit es keinen ärgerlichen Unfall gibt.«

Durch die Diele gelangten sie in ein großes, L-förmiges Wohnzimmer. Die dunkelhaarige, etwa dreißigjährige Frau hielt eine Hand an der Kehle. Ihre Augen waren vor Angst geweitet. LeCat hatte ihr einen Arm auf den Rücken gedreht und hielt die Spitze eines Messers auf ihre Brust gerichtet. Als Swan auf ihn losstürzen wollte, setzte er ihr das Messer an die Kehle.

»Bleiben Sie stehen, oder ich schneide ihr die Gurgel durch!«

»Weg mit dem Messer! Was soll das . . .?« Winter hätte den Franzosen prügeln mögen. Dieser verdammte Idiot hätte es fast auf ein Blutbad ankommen lassen. Winter machte sich Schock und ungläubige Angst der Swans zunutze und wurde, um LeCat auszugleichen, kühl und sachlich. Er legte die Hand auf Swans Schulter und drückte ihn auf einen Stuhl. Ein Mensch, der sitzt, ist weniger angriffslustig, weniger gefährlich.

»Fassen Sie Mrs. Swan nicht so grob an«, befahl er LeCat, »und rücken Sie ihr einen Stuhl her.«

»Wir erwarten Freunde«, behauptete Swan. »Sie können jeden Augenblick kommen.«

»Deshalb sind Sie auch im Mantel, wie?« bemerkte Winter kalt. »Sie wollten gerade zu Ihrem Schiff, der *Challenger*, zurück. Tischen Sie uns also keine Märchen auf . . .«

Er wußte jetzt, wie er den Funker einzuschätzen hatte. Swan war weder ein Dummkopf noch ein Feigling. Sobald er auch nur eine schwache Chance sah, würde er versuchen, die beiden Männer hereinzulegen. Noch stand er unter der Schockwirkung. Sein Gesicht war blaß, und sein Blick haftete auf seiner Frau, die in einem Sessel saß und ihre verkrampften Hände im Schoß hielt.

»Was wollen Sie?« fragte Mrs. Swan mit ruhiger Stimme. Sie hatte sich schneller wieder gefaßt als ihr Mann und stellte Winter die wichtigste Frage.

»Wir wollen den Job Ihres Mannes — für eine Woche.« Um die Atmosphäre etwas zu entspannen, nahm Winter auf einem der skandinavischen Stühle Platz; in diesem Augenblick tauchte Pierre Goussin auf, der von hinten ins Haus gelangt war. »Hinten alles in Ordnung? Gut. Also, Swan, falls Sie den Helden spielen und eine trauernde Witwe zurücklassen wollen, ist das Ihre Sache. Ich möchte, daß Sie Kapitän Mackay im Westward-Hotel in Anchorage anrufen. Sagen Sie ihm, Sie seien krank — eine furchtbare Grippe hätte Sie erwischt. Zum

Glück mache ein Funker vom Marconi-Pool gerade in Palmer Urlaub, und der sei bereit, für Sie einzuspringen. Er weilt eben auf Besuch bei seiner Schwester, die mit einem Amerikaner verheiratet ist, und heißt Kinnaird. Wenn die *Challenger* wieder nach San Francisco ausläuft, wird er Ihren Platz einnehmen.«

»Und was geschieht mit uns?« fragte Swan. Sein Gesicht war noch blaß, doch seine Stimme klang ruhig.

»Sie werden etwa achtzig Kilometer von hier eine Woche lang festgehalten. Bis dahin ist die *Challenger* in San Francisco angelangt, und man wird Sie freilassen.«

»Die Sache haut nicht hin«, widersprach Swan. »Mackay ist bestimmt nicht einverstanden . . .«

»O doch«, unterbrach ihn Winter scharf. »In einer Stunde verläßt er das Westward, um zu seinem Schiff zurückzukehren. Wenn er hört, daß Sie krank sind, werden ihm alle Felle davonschwimmen. Und wenn Sie ihm sagen, daß Sie einen Ersatzmann gefunden haben, wird er heilfroh sein und keine Sekunde zögern, Kinnaird auf Ihr Wort hin zu akzeptieren. Muß ich Ihnen wiederholen, was Sie Mackay sagen sollen?«

»Nein.« Swan wirkte ängstlich und unentschlossen. »Was passiert, wenn ich . . .« Er blickte zu seiner Frau hinüber und brach ab. Er sah LeCat hinter ihrem Sessel stehen. Eigentlich hatte er fragen wollen, was passierte, falls er sich weigerte. Doch er wollte nicht, daß seine Frau die Antwort hörte.

»Was passiert mit Julie — meiner Frau?«

»Sie bleibt die ganze Zeit bei Ihnen. Darauf gebe ich Ihnen mein Wort . . .«

»Na, großartig . . .«

»Charlie . . .« Mit verkrampften Händen beugte Mrs. Swan sich vor. »Tu, was er sagt.« Sie sah Winter an. »Der Mann hier hinter mir wird doch wohl nicht bei uns bleiben — oder?«

»Nein«, erwiderte Winter mit ausdruckslosem Gesicht. »Ich bin ja nicht ganz ohne Gefühl . . .«

»Dann sagen Sie ihm doch, daß er sie nicht so anstarren soll!« rief Swan.

»Gehen Sie zum Fenster«, sagte Winter zu LeCat. Er richtete seine Pistole auf Swan, während er mit der Frau sprach: »Sagen Sie Ihrem Mann, daß er nicht versuchen soll, Mackay zu warnen — das wäre für uns alle schlecht.«

»Charlie«, bat sie, »tu genau, was er sagt ... mir zuliebe«, fügte sie hinzu und meinte: um deinetwillen.

Swan blickte zum Telefon: »Mackay wird Fragen stellen ...«

»Sie sind krank«, wiederholte Winter, »also ist es ganz natürlich, daß Sie's kurz machen möchten. Sie müssen Mackay mit wenigen Worten davon überzeugen, daß Kinnaird zuverlässig ist, daß Sie ihn von früher her kennen, daß seine Papiere in Ordnung sind — das sind sie nämlich durchaus ...«

»Ist der Mann ein guter Funker?« fragte Swan unglücklich. »Das Schicksal eines Schiffes kann vom Funker abhängen ...«

»Er ist absolut zuverlässig und hat früher tatsächlich für den Marconi-Pool gearbeitet«, erklärte Winter. »Mackay sitzt in der Klemme. Er muß um Mitternacht auslaufen und wird sofort einverstanden sein, wenn Sie ihm einen Ersatzmann nennen.« Winter wußte, wie wichtig es war, Swans sachliche Bedenken aus dem Wege zu räumen. »Falls Sie beabsichtigen sollten, Mackay durch irgendeinen Hinweis zu warnen, so bedenken Sie eines: Sie und Ihre Frau bleiben eine Woche lang in unserer Gewalt.«

»Auf welchen Schiffen hat dieser Kinnaird gearbeitet? Das wird Mackay bestimmt wissen wollen ...«

»Ellesmere-Luckman-Linie«, erwiderte Winter ohne Zögern. »Er war zwei Jahre auf dem Tanker *White Cross* und danach drei Jahre an Bord der *Maltese Cross*. Das liegt schon etwas zurück, aber Sie werden so tun, als sei's noch nicht lange her. Die Schiffe verkehren zwischen dem Persischen Golf und der Westküste.«

»Ich weiß.« Swan starrte Winter an. »Was wird Kinnaird tun?«

»Charlie!« beschwor Julie Swan ihren Mann. »Tu um Gottes willen, was er verlangt!«

»Eine verständliche Frage«, erwiderte Winter. »Wir müssen einen Mann in die Staaten einschmuggeln, den die Polizei dort bereits kennt. Es erscheint am sichersten, ihn einfach als Mitglied einer Schiffsbesatzung an Land gehen zu lassen. Kinnaird ist natürlich nicht sein richtiger Name ...«

»Das wird trotzdem Schwierigkeiten geben ...«

Winter warf einen Blick auf seine Armbanduhr. »Los jetzt!

Rufen Sie im Westward an. Und sorgen Sie dafür, daß es klappt – Julie zuliebe.«

Knapp fünf Minuten war es her, daß sie in das Haus eindrangen: lange genug für Winter, um Swan unter Druck zu setzen, aber zu kurz, um den Funker richtig zur Besinnung kommen zu lassen. Er mußte den Anruf erledigen, solange der Schock nachwirkte.

Swan wirkte überzeugend. Um eine Grippe glaubhaft vorzutäuschen, sprach er sogar durch die Nase. Das Gespräch mit Mackay dauerte weniger als drei Minuten. Swan legte auf und wandte sich Winter zu. »Er hat's geschluckt ...«

»Augenblick ...« Der Engländer nahm das Telefon und trug es zu einem Regal auf der anderen Seite des Zimmers. Während er Swan den Rücken zukehrte, wählte er eine Nummer. »Hier Forrest. Rufen Sie an. Sofort!« Er drückte auf die Gabel, wählte eine zweite Nummer. »Hier Forrest. Setzen Sie sich in Bewegung – alles in Ordnung ...«

Der Zeitpunkt dieser beiden Anrufe war von entscheidender Bedeutung. Der erste galt Walgren, der in einer Telefonzelle vor dem Westward-Hotel wartete. Er verständigte inzwischen Armand Bazin, der sich im Nikisiki-Ölhafen mit der Thermitbombe bereithielt. Fünf Minuten später würde Walgren Kapitän Mackay im Westward anrufen. Das zweite Gespräch war mit Kinnaird. Swans ›Ersatzmann‹ befand sich bereits außerhalb von Anchorage, auf dem Weg nach Nikisiki. Als Winter sich umwandte, sah er, daß Swan aufgestanden war. LeCat stand neben ihm und hielt seine Pistole auf das Herz des Funkers gerichtet. So erübrigte sich eine Bewachung Julies.

»Lassen Sie meine Frau doch hier ... sie verrät bestimmt nichts ... nicht, wenn Sie mich mitnehmen ...« Swan versuchte, den Engländer zu überzeugen, doch der schüttelte den Kopf. »Ausgeschlossen. Schon weil Ihre Frau sich zuviel Sorgen um Sie machen würde.«

»Ich bleibe lieber mit meinem Mann zusammen«, sagte Julie Swan und stand auf. Sie blickte Winter fragend an. »Kann ich ein paar Sachen mitnehmen – für mein Gesicht und ...«

»Gottverdammt!« fluchte LeCat.

»Begleiten Sie Mrs. Swan«, befahl Winter, »und passen Sie auf, was sie einpackt – keine Nagelfeilen und dergleichen. Nehmen Sie Swan auch gleich mit.«

Er wartete, bis er allein mit Pierre Goussin war. Der und Bazin sollten die Swans bewachen. Winter mochte zwar beide Männer nicht, doch er mußte zugeben, daß sie für die Aufgabe gewisse Voraussetzungen mitbrachten. Nach dem algerischen Debakel hatten beide einige Zeit in Quebec gelebt und sprachen daher recht gut Englisch.

Winter musterte Goussin, einen etwa vierzigjährigen, finster blickenden Mann. »Sie und LeCat bringen das Ehepaar in Swans Rambler zu dem Schuppen . . .«

»Weiß ich doch längst . . .«

»Es kann nicht schaden, wenn Sie's noch einmal hören. Sie nehmen also den Rambler — der Wagen darf auf keinen Fall hier stehenbleiben, weil das Verdacht erregen könnte. Theoretisch ist Swan zum Flugplatz zurückgefahren. Das Ehepaar wird eine Woche lang bewacht und dann im verschlossenen Schuppen zurückgelassen. Sie fliegen nach Kanada und setzen sich von dort aus mit der hiesigen Polizei in Verbindung, damit man weiß, wo man die beiden finden kann. Wenn den Swans auch nur das geringste passiert, bekommen Sie es mit mir zu tun . . .«

»Was soll denen schon passieren?« fragte Goussin mürrisch, wich Winters Blick jedoch unwillkürlich aus. Der Engländer stutzte — wurde jedoch von weiterem Nachdenken abgelenkt:

LeCat kehrte mit dem Ehepaar zurück. Winter wandte sich an Julie Swan. »Bitte rufen Sie Ihre Nachbarn an, die Thompsons«, sagte er. »Sie sind sehr in Eile — Charlie hat Ihnen gerade gesagt, daß Kapitän Mackay ausnahmsweise bereit ist, eine Frau an Bord seines Schiffes zu dulden. Also fahren Sie jetzt auf der *Challenger* mit nach San Francisco. Das erklärt Ihre Abwesenheit während der nächsten Tage. Ich meine, für die Thompsons.«

»Ich wollte Madge — Mrs. Thompson — heute abend besuchen.«

»Dann sagen Sie ihr jetzt eben, daß leider nichts daraus wird.«

Winter blickte zu LeCat. »Bringen Sie Swan schon zum Auto — wir kommen gleich nach.« Er wartete, bis die beiden verschwunden waren. »Mrs. Swan«, mahnte er, »Sie müssen das einfach richtig hinkriegen — Ihrem Mann zuliebe.«

»Ich tu' mein Bestes . . .«

Er sah, daß sie mit ruhiger Hand die Nummer wählte. Sie hatte Courage, diese Amerikanerin. Eigenartig, aber Frauen kapieren in kritischen Situationen eine Sache oft schneller als die Männer.

Julie Swan spielte die Rolle perfekt. Freudige Erregung klang aus ihrer Stimme — wie glücklich sie sei, ihren Charlie endlich einmal auf dem Tanker begleiten zu dürfen.

»Ausgezeichnet«, sagte Winter, nachdem sie aufgelegt hatte. »Wenn Sie so weitermachen, kann Ihnen gar nichts passieren.«

»Wirklich nicht?« Während sie in ihren dicken Mantel schlüpfte, blickte sie ihn über die Schulter an. »Sie sind Engländer, nicht wahr? Oder sollte ich das nicht fragen?«

»Nein, das sollten Sie nicht.« Er legte die Hände auf ihre Schultern, als sie sich zum Gehen wandte, und bemerkte, wie sie die Lippen aufeinanderpreßte. »Hören Sie«, sagte er, »solange Ihr Mann keine Dummheiten macht, wird Ihnen nichts passieren. Der Mensch, der Ihnen so unangenehm ist, wird durch einen andern ersetzt. Aber vergessen Sie nie, daß Ihre Bewacher bewaffnet sind.«

»Meinem Mann liegt zuviel an mir, als daß er Dummheiten macht, wie Sie das nennen«, sagte sie scharf. Plötzlich begann ihre Stimme zu zittern. »Es hat keinen Zweck — ich habe Angst . . .«

»In einer Woche sind Sie wieder frei.«

»Ich bete für den achten Tag . . .«

Um 15.30 Uhr verließ Kapitän James Mackay in Eile das Westward-Hotel und trat in die Dunkelheit hinaus. Er hatte einen Anorak an und trug einen Koffer. Das Licht der Straßenlaternen verschwamm im Nebel. Mackay lief zu seinem Auto, das an einer Stromuhr stand.

Kaum fünf Minuten nach dem Anruf seines Funkers Swan, der ihm mitteilte, daß er erkrankt sei, jedoch einen Ersatzmann namens Kinnaird gefunden habe, hatte abermals das Telefon geklingelt. Es war Walgren, der Winters Instruktionen durchführte.

Mackay hörte nur eine unverkennbar amerikanische Stimme, die recht undeutlich klang und sich über die schlechte Verbindung beklagte. Der Mann schien sehr in Eile. Hastig berichtete er, daß im Ölhafen unweit der *Challenger* ein Feuer ausgebrochen sei. »Sehen Sie zu, daß Sie so schnell wie möglich herkommen«, sagte der Mann — und hatte aufgelegt, ehe der Kapitän irgendwelche Fragen stellen konnte.

Mackay konnte nicht ahnen, daß er von Winter gerade einer Art Schocktherapie unterzogen wurde. Der Kapitän sollte nur noch den Wunsch haben, so rasch wie möglich zu seinem Schiff zu kommen. Über Kinnaird, Swans Ersatzmann, durfte er gar nicht erst zum Nachdenken kommen.

Mackay gelangte zu seinem geparkten Auto und begann zu fluchen. »Verdammte Gören...« Das Kabel zwischen der Stromuhr und der Immersionsheizung unter der Motorhaube war herausgerissen worden und lag mit dem einen Ende im gefrorenen Matsch. Mackay schloß die Wagentür auf, setzte sich hinters Steuer, probierte es trotzdem — sinnlos, völlig sinnlos. Da war alles eingefroren. Fluchend stieg er aus und schloß die Wagentür ab. Im selben Moment näherte sich ein Auto und bremste dicht neben ihm. Walgren schob den Kopf durchs Fenster. »Ärger?«

»Irgendwer hat das Kabel herausgerissen.«

»Kommt vor«, meinte Walgren mitfühlend. »Liebe Deinen Nächsten! Wo soll's denn hingehen?«

»Zum Flugplatz...«

»Wenn's weiter nichts ist — schnallen Sie sich an, wir starten gleich...«

Mackay kletterte in den Fond, und Walgren gab Gas. Ohne sich um die Geschwindigkeitsbegrenzung zu kümmern, jagte er durch die Dunkelheit. Winters Rechnung ging auf. Der Kapitän hatte nur noch einen Gedanken: Zurück zur *Challenger* und sehen, was los war! Wenn sie rechtzeitig in San Francisco sein wollten, mußten sie um Mitternacht auslaufen.

Der hilfsbereite ›Taxifahrer‹ versuchte mehrmals, ein Gespräch anzuknüpfen, erhielt jedoch nur einsilbige Antworten. Dem Amerikaner war das sehr recht, denn er fühlte sich nicht sonderlich aufgelegt zu einer Unterhaltung mit dem Mann, dessen Auto er fahruntüchtig gemacht hatte und der jetzt sein Passagier war.

Dicke, schwarze Rauchwolken quollen aus dem Feuer hoch; Armand Bazin hatte auf Winters Anruf hin in der Nähe der neuen Raffinerie eine Thermitbombe zur Zündung gebracht. Die amtlichen Stellen zeigten sich erschrocken, doch keineswegs überrascht. Der Sabotageakt fügte sich in das allgemeine Bild, das sich gegenwärtig überall in Europa und Amerika bot.

Während der letzten Stunden vor Auslaufen seines Schiffes hat ein Kapitän alle Hände voll zu tun, um für pünktliches Ablegen zu sorgen. Wenn dazu noch keine fünfhundert Meter vom Liegeplatz seines Tankers entfernt ein Feuer ausgebrochen ist, so gilt seine Aufmerksamkeit bestimmt nicht dem Mann, der für seinen erkrankten Funker einspringen soll.

»Ich bin Kinnaird . . .«

Der Mann trat auf Mackay zu, als er gerade über die Pier auf das Fallreep zueilte, und der Kapitän registrierte flüchtig: etwa Ende dreißig, sauber gekleidet, macht einen ganz tüchtigen Eindruck.

»Kommen Sie an Bord«, sagte Mackay rasch, »und melden Sie sich beim Zweiten Offizier Walsh. Wir sehen uns später . . .«

Kurz darauf war der Kapitän in seiner Tageskajüte und ließ sich vom Ersten Offizier Sandy Bennett Bericht erstatten. »Die Tanks müssen in sieben Stunden voll sein. Voraussichtlich können wir um Mitternacht auslaufen . . .«

»Wenn irgend möglich, möchte ich schon früher weg. Unterrichten Sie für alle Fälle den Hafenmeister. Falls sich das Feuer ausbreitet, laufe ich lieber mit ein paar leeren Tanks aus . . .« Mackay blickte durch das Backbordfenster zu dem Gewirr von Röhren und Leitungen, wo es zwischen dunklen Rauchschwaden rot aufflackerte. Fast sah es aus, als sollte der ganze Hafen in Flammen aufgehen. »Wie hat das denn angefangen?« fragte Mackay.

»Weiß man noch nicht, Sir. Wir haben Glück, daß sich für Swan so rasch ein Ersatzmann gefunden hat.« Bennett schwieg einen Augenblick. »Zufall, Sir?«

»Nicht ganz. Swan kennt den Mann. Kommt vom Marconi-Pool und war gerade bei seiner Schwester in Anchorage zu Besuch. Ist inzwischen übrigens an Bord . . .« Mackays Stimme klang ungeduldig. Damit konnte er sich später befassen.

Sandy Bennett, der Erste Offizier, war achtundzwanzig Jahre alt. Er war mittelgroß, hatte sandfarbenes Haar und dichte, helle Augenbrauen. Sein skeptischer Blick begnügte sich nicht mit dem äußeren Schein. Kapitän Mackay fand, daß sein Erster in seinem Mißtrauen des Guten manchmal etwas zu viel tat.

»Sie haben Swan gesehen, Sir?« fragte Bennett. »Hat er Ihnen diesen Kinnaird vorgestellt?«

»Nein, das hat er nicht.« Mackay ließ den Vorhang los und wandte den Blick von dem beunruhigenden Schauspiel draußen. »Er hat mich von zu Hause im Westward angerufen. Stört Sie daran irgendwas?«

»Nicht direkt, Sir. Ist nur ein so glückliches Zusammentreffen. Swan wird krank, und schon ist ein Ersatzmann zur Hand — ausgerechnet hier in Alaska. Bevor wir auslaufen, werde ich seine Papiere prüfen . . .«

»Das tut Walsh bereits. Aber wenn Sie unbedingt wollen, können Sie es ja gleichfalls tun. Und jetzt, Mr. Bennett, wäre ich Ihnen verbunden, wenn Sie gemeinsam mit mir dringendere Geschäfte ins Auge fassen wollten . . .«

Als Kapitän Mackay in Alaska an Bord seines Schiffes ging, war es noch Donnerstag, der 16. Januar. Tags zuvor war auf dem Heathrow Airport in London alles planmäßig abgelaufen. Die Maschinen landeten und starteten pünktlich, was allerdings eine glückliche Ausnahme war. In den Tagen der zweiten Energiekrise wurden Flugpläne nur noch pro forma aufgestellt; auf den tatsächlichen Flugbetrieb hatten sie normalerweise keinerlei Auswirkungen. Der Tag, an dem Sullivan fliegen sollte, war wieder ganz normal.

Dienstags und donnerstags gehen von London keine Flüge nach Anchorage ab. Sullivan mußte daher am 16. Januar auf einer anderen Route nach Alaska reisen. Um 9.30 Uhr verließ er Heathrow mit Flug BE 742 in Richtung Kopenhagen. Von der dänischen Hauptstadt sollte es um 15.30 Uhr mit Flug SK 989 weitergehen. Die Landung in Anchorage war für 13.15 Uhr Ortszeit vorgesehen.

Planmäßig wäre Sullivan also zwei Stunden, bevor Swan gekidnappt werden sollte, in Anchorage eingetroffen. Zweifellos hätte er sofort Kapitän Mackay im Westward-Hotel aufgesucht. Er wäre dagewesen, als Swan anrief, und hätte zweifellos Verdacht geschöpft. Leider war es aber wieder ein ganz normaler Tag. Wegen Treibstoffmangels startete Flug SK 989 mit zehneinhalbstündiger Verspätung. Als Kinnaird am Fallreep der *Challenger* erschien, befand Sullivan sich noch in

zehntausend Meter Höhe rund sieben Flugstunden von Anchorage entfernt.

»Noch mehr Ärger. Heute geht aber auch alles schief, Bennett . . .«

Mackay reichte seinem Ersten die Meldung, die er aus dem
Funkraum erhalten hatte, und stand breitbeinig auf der
Brücke, die Hände auf dem Rücken verschränkt, den Blick auf
die in der Dunkelheit wachsende rote Glut des Feuers gerich-
tet. Bennett überflog die Nachricht, die gerade vom Londoner
Büro der Harper Tankships gefunkt worden war.

*Miß Betty Cordell, amerikanische Journalistin, kommt am 16.
Januar an Bord der Challenger. Reist nach Oleum mit. Trifft
um 18.10 Uhr von Seattle kommend auf dem Flughafen von
Anchorage ein. Fährt selbst zum Schiff. Bitte um zuvorkom-
mende Behandlung. Harper.*

»Eine Frau«, stieß Mackay zwischen zusammengepreßten Zähnen hervor.

»Anzunehmen, Sir«, meinte Bennett. »Es sei denn, die Amerikaner nehmen es bei der Taufe nicht so genau.«

»Sie versuchen wohl, witzig zu sein?«

»Treffe nur eine Feststellung, Sir«, erwiderte Bennett
respektvoll. »Ich werde Wrigley sagen, daß er eine Kabine her-
richten soll . . .«

»Keine Extrawurst«, schnaubte Mackay. »Sie wird hier an
Bord genauso leben wie wir, ob ihr das nun paßt oder nicht.
Eine Journalistin. Männer gibt's in dem Beruf wohl nicht
mehr, wie? Falls sie im Bett frühstücken will, hat sie Pech gehabt. Das können Sie Wrigley sagen . . .«

Bennett verließ die Brücke, ehe der Kapitän auf den Gedanken kommen konnte, seinen Gefühlen auf andere Weise Luft
zu machen. Dabei war es gar nicht so ungewöhnlich, an Bord
eines Tankers ein weibliches Wesen zu sehen. Viele Reedereien
gestatteten es ihren Offizieren, gelegentlich ihre Frauen mitzu-
nehmen. Doch Mackay, der Witwer war, wollte davon nichts
wissen. »Ein Mann, der nachts Gelegenheit hat, die ehelichen
Annehmlichkeiten zu genießen, ist nicht imstande, in einem
Wirbelsturm Dienst zu tun«, war sein Kommentar zu diesem
Thema. Und nun war ihm von Harper befohlen worden, so ein

verdammtes Frauenzimmer an Bord zu nehmen und sie auch noch zuvorkommend zu behandeln.

Brian Walsh, der Zweite Offizier, hatte das Pech, auf der Brücke zu erscheinen, während der Kapitän noch vor Wut schäumte.

»Auf dieser Fahrt werden wir eine Frau an Bord haben«, informierte ihn Mackay knapp.

»Wirklich, Sir?«

Vermutlich ließ Walsh, ein eingefleischter Junggeselle, in seiner Antwort auf diese niederschmetternde Mitteilung ein wenig zuviel Enthusiasmus durchblicken. Jedenfalls drehte sich der Kapitän langsam herum und musterte seinen Zweiten mit einem unverkennbar kritischen Blick.

»Eine amerikanische Journalistin. Wahrscheinlich hat sie O-Beine und eine Hühnerbrust und trägt eine Hornbrille, die aussieht wie ein Zwillingsgeschütz.«

»Jawohl, Sir.« Walsh, sechsundzwanzigjährig und von jungenhaft gutem Aussehen, schien über das Bild, das sein Kapitän von der Durchschnittsjournalistin entwarf, einigermaßen verblüfft. »Irgendwelche Vorkehrungen, Sir?«

»Vorkehrungen?« Mackays Stimme sprang eine Oktave höher. »Was, zum Teufel, meinen Sie damit?«

»Sollen wir ihr den Zutritt zu bestimmten — äh — Bereichen verwehren?« Walsh erinnerte sich an die Erzählungen seines Vaters über das Leben auf einem Truppentransporter, der auch weibliche Marineoffiziere an Bord hatte. »Wo soll sie essen, Sir?«

»Im Salon, genau wie wir. Könnte natürlich sein, daß sie erst aufkreuzt, wenn wir schon ausgelaufen sind.« Eine leise Hoffnung glaubte Mackay durchaus hegen zu dürfen: Schließlich hatte er Order gegeben, daß die *Challenger* schon um 22.00 Uhr, zwei Stunden vor der normalen Zeit ablegen solle. »Das Londoner Büro«, fügte er grimmig hinzu, »hat uns gebeten, die Dame zuvorkommend zu behandeln. Wahrscheinlich will sie irgendeinen Quatsch über das Leben auf See schreiben.«

»Soll ich den Matrosen vorsichtshalber Bescheid sagen? Ich meine, wegen ihrer Ausdrucksweise und so . . .«

»Nein! Ich mache aus meiner Besatzung doch keinen Haufen Muttersöhnchen, bloß weil eine Frau an Bord ist. Die soll's nur nehmen, wie's kommt.« Mackay warf einen Blick auf die Brückenuhr. »Falls sie's überhaupt noch schafft . . .«

»Ich glaube, da ist sie«, meinte Walsh, der durch das Backbordfenster spähte. »Und bei allem Respekt, Sir, O-Beine hat sie nicht . . .«

Um unter der niedrigen Wolkendecke zu bleiben, flog Winter mit der Cessna in wenigen hundert Meter Höhe über das Cook Inlet hinweg. Es war 22.30 Uhr. Draußen war es stockfinster, und eine Orientierung war daher schwierig. Neben Winter saß LeCat und starrte durch das Seitenfenster hinunter.

»Das da muß das Feuer sein«, sagte er in sein Kinnmikrophon. Je näher sie kamen, desto deutlicher sahen sie es. Zwischen dichten Rauchschwaden züngelten Flammen hoch wie riesige Fackeln. Weiter voraus flackerte es noch wilder; tagheller Schein durchbrach die Dunkelheit. Das Feuer, das Bazins Thermitbombe in der Raffinerie ausgelöst hatte, fraß sich zum Ölhafen vor, wo die Feuerwehrleute aus Anchorage kämpften, es unter Kontrolle zu bekommen.

»Dort ist die *Challenger* . . .«

Selbst dort unten in der Nacht wirkte der Tanker gewaltig; eine schwimmende Plattform aus Stahl, mit 51 332 Tonnen Eigengewicht, 250 m Länge und knapp 40 Metern Breite. Nicht weit vom Heck war der Brückenaufbau zu erkennen — es war die Brücke, die über 7000 km entfernt von Cosgrove Manor dargestellt worden war.

Winter ging mit der Cessna etwas tiefer und hielt direkt auf die Positionslichter zu, die jetzt die Hauptfahrrinne entlangglitten. Außer den Positionslichtern war auch die Deckbeleuchtung des Tankers eingeschaltet, und vom Fockmast erleuchtete ein Bündel Scheinwerfer hell den vorderen Teil des Schiffes — für den sich Winter am meisten interessierte.

»Vorn — auf der linken Seite?« erkundigte sich LeCat.

»Ja, Backbord«, erwiderte Winter. »Das da ist der Landeplatz — der weiße Kreis mit dem Punkt in der Mitte . . .«

»Verdammt klein«, meinte LeCat.

»Groß genug. Außerdem kommen wir das nächste Mal bei Tage.« Wie ein Bomberpilot beim Zielanflug drückte Winter die Nase der Cessna tiefer. Die rhombusförmige Stahlplattform schien sich kaum zu bewegen. »Das da in der Mitte ist der Laufsteg, sehr wichtig, prägen Sie es sich also gut ein. Er führt uns vom Landeplatz direkt zur Brücke . . .«

LeCat beugte sich schweigend vor. Seine Augen schienen wie eine Kamera jede Einzelheit festhalten zu wollen. Unten auf dem Vorderdeck hob jemand den Kopf und spähte, die Augen mit der Hand gegen das gleißende Licht abschirmend, zur Cessna empor. »Das ist der Fockmast mit dem Ausguck«, sagte Winter.

»Sehe ich . . .«

LeCat glich einem Soldaten auf einem Spähtruppunternehmen. Er studierte den Tanker wie eine Festung, die es später zu erstürmen galt. Winter wich dem Radarmast aus, zog die Maschine wieder höher und wackelte dann, während der Tanker unter ihnen kleiner wurde, mit den Tragflächen. Sekunden später hörten sie, durch das Dröhnen des Motors, das Heulen der Schiffssirene. Mackay, in so mancher Hinsicht ein Einzelgänger, ließ keinen Gruß unerwidert — und mochte er noch so seltsam erscheinen.

»Jetzt wissen wir, wie der Kasten aus der Luft aussieht«, sagte Winter. »Das eben war die Kostümprobe — beim nächsten Mal wird's ernst . . .«

In weitem Bogen flog Winter über das Cook Inlet eilig nach Anchorage zurück. Nach der Landung telefonierte er vom Flugplatz aus mit dem wiedereröffneten Konsulat der Vereinigten Arabischen Republik in San Francisco und ließ sich mit Mr. Talaal Ismail verbinden, der bereits auf den Anruf wartete. Winters Meldung war kurz und einfach: Orangenkiste geliefert.

An Bord einer Linienmaschine der North West Airlines verließen sie Alaska um 23.30 Uhr in Richtung Seattle. Walgren saß von ihnen getrennt im selben Flugzeug. Er sollte von Seattle direkt nach San Francisco weiterreisen.

Um 23.45 Uhr traf Flug SK 989 aus Kopenhagen mit großer Verspätung in Anchorage ein. Der erste Passagier, der die Maschine verließ, war Sullivan.

9

Sacht rollend fuhr die *Challenger* mit einer Geschwindigkeit von siebzehn Knoten durch die Nacht. Sie hatte das Cook Inlet hinter sich gelassen und strebte auf ihrem Weg zum fernen San Francisco in den Pazifischen Ozean hinaus. Es war sechs Uhr morgens, und die Besatzung schlief, ausgenommen die Männer im Maschinenraum, der Wachhabende Offizier und der Rudergänger.

Blickte man von dem zwanzig Meter hohen, achtern emporragenden Brückenaufbau herab, so schien das Schiff nur aus dem Deck zu bestehen, einer riesigen Stahlplattform, die bei einer Breite von nicht ganz 40 Metern vom Bug bis zum Heck über 250 Meter maß. Das schier endlose Hauptdeck bildete ein undurchdringliches Gewirr aus Rohren und Ventilen. Nicht weit von der Brücke schützte ein Wellenbrecher jenen Bereich, wo Schläuche angesetzt werden, um die kostbare Ladung zu löschen, sobald der Tanker den Ölhafen bei San Francisco erreichte.

In der Mitte des Hauptdecks verlief bis zur Vorpiek der Laufsteg (auch Laufbrücke genannt). Er war höher gebaut als das Deck selbst, so daß sich die Männer selbst dann dort bewegen konnten, wenn schwere Brecher das Schiff überspülten — was zu dieser Jahreszeit keineswegs selten vorkam. Zu beiden Seiten des Laufstegs ragten nahe dem Brückenaufbau zwei Ladebäume hoch; etwa 170 Meter weiter vorn erhob sich der Fockmast mit dem Ausguck, einer kreisrunden Plattform nahe der Spitze. Nur von diesen drei vertikalen Gebilden wurde die horizontale Linie des Hauptdecks zwischen Bug und Kommandobrücke unterbrochen.

Wie so viele andere Schiffe ihrer Art war die *Challenger* als schwimmender Ölspeicher gedacht — ein Großtank, der in achtzehn kleinere Tanks unterteilt war. Eine Reihe lief durch die Mitte des Schiffes, die übrigen gruppierten sich backbord und steuerbord. Diese Unterteilung des Laderaums war von entscheidender Wichtigkeit, denn nur so ließ sich bei schwerem Seegang die Stabilität und Sicherheit des Schiffes gewährleisten. Hätte sich das ganze Öl in einem einzigen riesigen Tank befunden, so wäre die ungeheure Fülle der hin und her schwankenden und schwappenden Masse eine unmittelbare

Gefahr für das Schiff gewesen. Im übrigen konnte man auf der *Challenger*, dem Wetterbericht vom Freitag, dem 17. Januar, zufolge, mit einer ruhigen und ereignislosen Fahrt rechnen.

Betty Cordell wälzte sich unruhig in ihrer Koje und knipste das Licht an. Es war bereits an die sechs Uhr früh. Seit etwa einer Stunde lag sie wach. Nun ja, dachte sie, die erste Nacht an Bord. Sie stützte sich auf, streckte sich, gähnte. Schließlich stand sie auf. Vielleicht war es ganz interessant, sich um diese Zeit ein wenig auf dem Tanker umzutun. Gab womöglich sogar etwas für eine Story her: *Das Schiff schläft.*

Sie betrachtete sich im Spiegel über dem Waschbecken. Siebenundzwanzig war sie. Mit ihrer schlanken Figur und ihrem kurzgeschnittenen blonden Haar galt sie allgemein als attraktiv. Ihr kühler und distanzierter Blick irritierte die meisten Menschen bei der ersten Begegnung. Viele nannten sie hübsch, aber kalt, und das war ihr ganz recht, denn es schützte sie vor aufdringlicher Kameraderie. Genau wie Winter, wie Sullivan, in gewisser Weise auch wie LeCat war Betty Cordell ein Mensch, der seinen Weg lieber allein geht.

Rasch und ohne große Umstände zog sie sich an: Jeans, Pullover, pelzgefütterter Anorak. Zuletzt entschloß sie sich, doch noch die Zähne zu putzen. Dann nahm sie ihre Kamera und öffnete leise die Kabinentür. Das Schiff ächzte und krängte ein wenig. Betty Cordell schloß vorsichtig die Tür hinter sich und ging den Gang entlang.

Unter der Tür, die das Schild ›Funkerraum‹ trug, drang ein Lichtfetzen hervor — wie sonderbar um diese frühe Stunde. Sie blieb stehen und lauschte einige Sekunden lang dem unregelmäßigen Pochen der Morsetaste; das Geräusch war ihr von früher her vertraut, als ihr Vater sich in ihrem Haus in der kalifornischen Wüste als Amateurfunker betätigt hatte. Sie ging weiter und sah, daß auch unter der benachbarten Kabinentür Licht schimmerte. Sie erreichte den Aufgang und stieg hinauf. Oben begegnete ihr Bennett.

»So früh schon auf den Beinen, Miß Cordell . . .?«

»Bitte nennen Sie mich Betty . . .« Der Erste Offizier gefiel ihr. Sie mochte seine ruhige, sichere Art. »Ich habe mir gedacht, es könnte ganz interessant sein, die Atmosphäre des Schiffes kennenzulernen, wenn noch alles schläft«, erklärte sie. »Für diese Artikelserie, die ich über die Energiekrise schreibe, brauche ich auch einmal eine ausgefallene Perspektive.« Sie lächelte. »Aber ich bin nicht als erste wach — der Funker arbeitet schon.«

»Der Funker arbeitet?« Bennett krauste die Stirn. »Da irren Sie sich aber . . .«

»Ich irre mich keineswegs!« Ihr angeborener Widerspruchsgeist wurde wach. »Ich habe Licht unter seiner Tür gesehen.«

»Vielleicht kann er nicht schlafen. Er ist neu auf dem Schiff.«

»Er arbeitet«, beharrte Betty. »Ich habe doch die Morsetaste gehört.«

»Um diese Stunde gibt's ja gar nichts zu funken . . .«

»Er hat aber gefunkt. Stimmt irgend etwas nicht?«

Wieder runzelte Bennett die Stirn. Ausweichend fragte er: »Wollen Sie zur Brücke hinauf?«

»Wenn ich darf . . .«

»Schon in Ordnung — sagen Sie denen oben, daß ich nichts dagegen habe. Ich komme in ein paar Minuten nach. Oben werden Sie Walsh finden — er hat Wache.«

»Und warum sind Sie dann auf, Mr. Bennett?«

»Konnte nicht schlafen . . .« Er verzog sein Gesicht zu einem freundlichen Grinsen und stieg dann die Treppe hinab. Sie hat recht gehabt, dachte er, als er nicht nur unter der Tür von Kinnairds Kabine, sondern auch unter der zum Funkraum Licht sah. Er blieb stehen und lauschte, doch außer dem Knarren im Holz und dem gedämpften Stampfen der Maschinen war nichts zu hören. Bennett öffnete die Tür.

Der hagere Funker zuckte zusammen, drehte sich blitzschnell auf seinem Stuhl herum und starrte den Ersten Offizier ausdruckslos an. Vor dem Sendegerät lagen ein aufgeschlagenes Handbuch, ein Schreibblock und ein Bleistift. »Sie sollten eigentlich in der Koje liegen, Kinnaird«, sagte Bennett.

»Ich wußte nicht, daß Sie Wache haben.«

»Und ich wußte nicht, daß Sie auf sind. Wenn Sie gebraucht werden, läutet die Klingel in Ihrer Kabine.«

»Ich weiß. Aber ich wollte mich so rasch wie möglich einarbeiten. Das ist doch im Interesse der ganzen Besatzung.«

»Sind Sie mit Swan schon lange befreundet?« Bennett musterte den neuen Mann eingehend und bot ihm dann eine Zigarette an. Kinnaird lehnte dankend ab — er rauche nicht. Ehe er die Frage beantwortete, gähnte er ausgiebig.

»Swan? Sicher, den kenne ich seit Jahren. Hoffentlich erholt er sich bald. Sowas ist gar nicht immer harmlos . . .«

»Kinnaird, was für eine Meldung haben Sie gefunkt . . .?«

Bennett stellte die Frage schnell und überraschend und beobachtete die Reaktion des Funkers genau. Kinnaird wirkte verwirrt: »Ich habe überhaupt nicht gefunkt.«

»Miß Cordell hat es gehört«, erklärte Bennett geduldig. »Sie konnte nicht schlafen, und als sie vor ein paar Minuten draußen auf dem Gang vorbeiging, hörte sie die Morsetaste.«

»Die Morsetaste? Nein — das hier wird sie gehört haben.« Kinnaird griff nach seinem Bleistift und trommelte mit dem Ende ein unregelmäßiges Stakkato auf den Tisch. »Ist so eine Angewohnheit von mir — andere Leute hören Musik beim Funken.«

»Hört sich aber nicht gerade wie eine Morsetaste an.«

»Woher soll sie denn den Unterschied kennen?« Kinnaird klappte das Handbuch zu. »Ich werde mich wohl wieder in die Koje hauen. Der Wetterbericht macht sich ganz prächtig.«

»Das tut er immer, bevor die Hölle losgeht.«

Victoria ist Anchorage zeitlich um zwei Stunden voraus, und so war es acht Uhr morgens, als André Dupont mit einem Zettel auf der Brücke der *Pêcheur* erschien. »Soeben ist die erste Positionsmeldung von der *Challenger* gekommen«, informierte er den französischen Kapitän des Trawlers.

Sorgfältig vermerkte der Kapitän Position und Zeit auf einer Seekarte. Von nun an waren regelmäßige Meldungen von der *Challenger* zu erwarten, während der Trawler von Stunde zu Stunde jenem Punkt, 200 Meilen vor der Küste von Britisch-Kolumbien, näherkam, wo er die Route des Tankers kreuzen sollte. Dieser Punkt war die Abfangstelle.

Das Flugzeug der North West Airlines mit Winter und LeCat an Bord landete um 4.25 Uhr Ortszeit in Seattle nahe der kanadischen Grenze. Obwohl beide Männer eine Nacht nicht geschlafen hatten und müde waren, fuhren sie mit einem Taxi unverzüglich zum Greyhound-Busbahnhof. Dort warteten sie eine Viertelstunde, um etwaige Spuren zu verwischen. Dann nahmen sie ein anderes Taxi und ließen sich zum teuersten Hotel von Seattle, dem Washington Plaza, bringen.

Sie schienen einander nicht zu kennen, der Engländer und der Franzose. Getrennt erschienen sie an der Rezeption. Den größten Teil des nächsten Tages über schliefen sie. Nach einem Schnellimbiß in einem Restaurant fuhren sie mit dem Taxi abermals zum Busbahnhof, wo sie wieder eine Viertelstunde lang warteten. In zwei verschiedenen Taxis gelangten sie zum Bahnhof, wo sie in den Zug stiegen, der fahrplanmäßig um 17.20 Uhr in Richtung Kanada abging. Um 22.00 Uhr kamen sie in Vancouver an. Von dort brachte Dupont sie in einem Motorboot nach Victoria.

Sobald sie an Bord der *Pêcheur* gingen, trieb Winter zur Eile. Bis Mitternacht war nicht mehr viel Zeit. Dann kam Samstag, der 18. Januar, und die Stunde Null war auf Sonntagmorgen festgesetzt.

»Um Mitternacht muß das Schiff auf See sein«, sagte er zu LeCat. »Machen Sie Ihrer französischen Besatzung klar, daß sie sich in Bewegung setzen soll . . .«

»Das dürfte kaum möglich sein . . .«

»Dann machen Sie es möglich!«

LeCat entschwand in Richtung Brücke und kehrte nach einer Weile in Winters winzige Kabine zurück. »Der Kapitän meint, es ließe sich vielleicht machen — Ihnen zuliebe«, fügte er säuerlich hinzu. »Er hat bereits die Hafenbehörde informiert . . .«

»Die Waffen sind an Bord?«

»Ja. Im Munitionsraum.«

Winter stieg an Deck, um sich davon zu überzeugen. Auch in dieser Hinsicht erwiesen sich die Forschungszwecke, denen das Schiff angeblich diente, als vorzügliche Tarnung — man konnte Munition an Bord nehmen, ohne daß es besonders aufgefallen wäre, weil bei bestimmten Forschungsunternehmen Sprengkörper verwendet werden. LeCat hatte auf Deck ein metallenes Gehäuse errichten lassen, das auf zwei Seiten die rote Aufschrift ›Sprengstoffmagazin‹ trug.

»Machen Sie auf«, sagte Winter zu LeCat.

»Wollen Sie denn alles überprüfen?«

»Alles. Machen Sie schon auf . . .«

Während der letzten Stunden war eine Nebelbank hereingezogen. Im ungewissen Licht auf Deck bewegten sich die verschwommenen Gestalten der französischen Matrosen, die das

Schiff seeklar machten. Unten am Fallreep stand eine reglose Silhouette.

LeCat schloß das Magazin auf, und Winter leuchtete mit einer Taschenlampe hinein. Was er sah, wirkte wie die übliche Standardausrüstung, bis LeCat einige Stangen Sprengstoff hochhob, um die darunter liegenden Skorpion-Pistolen zu zeigen.

»Haben Sie auch an die Schablonen gedacht?« fragte Winter. »Und an die Spritzpistole?«

»Sicher«, erwiderte LeCat gereizt. »Die liegen unter den Pistolen. Die Kerle vom Zoll schnüffeln hier nicht gern herum . . .« Was sich sehr günstig traf, denn die Beamten hätten sich sicher gewundert, wozu man auf einem Forschungsschiff Schablonen mit den Buchstaben ›USCG‹ brauchte. USCG stand für United States Coastguard — US Küstenwache.

»Wo sind die Taucheranzüge?« wollte Winter wissen.

LeCat mußte ihm alles zeigen, auch den Tauchretter, den man benutzen würde, um die gekaperte *Challenger* wieder zu verlassen.

Auf dem Weg zur Werkstatt des Schiffszimmermanns unter dem Vorderdeck inspizierte Winter den S. 58 Sikorsky-Hubschrauber, den Walgrens Freund inzwischen herbeigeflogen und auf der vorderen Plattform abgestellt hatte.

Ohne sich weiter um LeCat zu kümmern, überprüfte der Engländer in aller Ruhe Treibstoff und Ölstandsanzeiger. Am Samstagmorgen gleich nach Sonnenaufgang — bis dahin war die *Pêcheur* längst auf hoher See — wollte er mit dem Helikopter einen Probeflug machen. LeCat würde ihn begleiten; desgleichen die dreizehn Terroristen, die vor drei Tagen von London nach Montreal geflogen waren und sich jetzt sämtlich an Bord des Trawlers befanden. Um nicht aufzufallen, hatten sie sich nach ihrer Ankunft in Victoria in Grüppchen von zwei oder drei zur *Pêcheur* aufgemacht. Im übrigen war es wieder Winter, der entschied, daß auch die nächste Phase des Unternehmens zunächst einmal geprobt werden mußte — das Kapern der *Challenger*.

Der Engländer sprang auf das Hauptdeck zurück und betrachtete die Maschine. Sie war hellgrau gestrichen, genau wie die Hubschrauber der US Küstenwache. Noch in der Nacht würde André Dupont mit Hilfe der Schablonen und der Spritzpistole die notwendigen Kennzeichen anbringen. Am Morgen stand dann auf der Plattform der *Pêcheur* die perfekte Kopie eines Helikopters der amerikanischen Küstenwache.

Die beiden Männer gingen weiter, bis zur Werkstatt des Zimmermanns auf dem Vorderdeck. LeCat verfluchte einmal mehr die Ausdauer des Engländers, der in alles seine Nase stecken mußte, und während er die Luke emporhob, brach ihm der Schweiß aus bei dem Gedanken, daß sich hier unten dies Ding befand, das Winter auf gar keinen Fall entdecken durfte.

Sie kletterten über die Leiter in den engen Raum hinab, Hobelspäne bedeckten den Boden, und es roch stark nach Holz. »Nun«, fragte LeCat, »zufrieden?« Winter sah sich aufmerksam um. An einem Schott hing ein Zodiac, ein großes Schlauchboot. Der dazugehörige Außenbordmotor befand sich noch in einer Kiste. In einer Reihe größerer Koffer — die LeCat alle öffnen mußte — waren fünfzehn Tauceranzüge samt Masken und Sauerstoffflaschen verstaut.

Winter blickte zu einem kastenähnlichen Sitz aus frischem Holz, der offenbar erst kürzlich mit Bolzen auf dem Boden befestigt worden war.

»Was ist denn das?« fragte er. »Das war doch sonst nicht hier.«

»Der Kapitän meinte, der Zimmermann könnte eine Sitzgelegenheit gebrauchen — dann treibt er sich nicht so oft an Deck herum«, erwiderte LeCat.

Mit angehaltenem Atem wartete er auf die Reaktion des Engländers. »Gute Idee.« Winter ging zur Leiter zurück. Der Franzose folgte ihm erleichtert. Während er oben den Lukendeckel schloß, blicke LeCat noch einmal auf den Stuhl des Zimmermanns: einen Holzkasten, der groß genug war, um ein kofferartiges Gebilde aus Stahl zu verbergen, einen sechzig Zentimeter langen und dreißig Zentimeter breiten Behälter, der fast zweihundert Pfund wog und außen mit Hoteletiketts aus aller Welt getarnt war — Jean-Philippe Antoines nuklearer Sprengkörper.

Kurz nach Winters Eintreffen auf der *Pêcheur* kam von Kinnaird eine neue Meldung über die neue Position der *Challenger*. André Dupont vermerkte den Standort auf der Seekarte, die die südliche Route des britischen Tankers zeigte.

Wenige Minuten nach Mitternacht lief die *Pêcheur* aus. Langsam bewegte sie sich durch den Nebel voran, und während sie an der Südspitze von Vancouver Island vorbeistrebte, ertönte im vorgeschriebenen Abstand von zwei Minuten ihre Sirene.

Winter beugte sich über die Seekarte und deutete auf ein Kreuz, das er eingezeichnet hatte. »Ich glaube, wir werden die *Challenger* etwa hier abfangen — in ungefähr sechsunddreißig Stunden. Das bedeutet zwar, daß wir auf hoher See eine Weile warten müssen, gibt uns aber dafür auch etwas Spielraum . . .«

Samstag, der 18. Januar, war angebrochen. Das Kreuz, das Winter auf der Seekarte markiert hatte, befand sich genau am Schnittpunkt von 47° 10′ N Breite und 132° 10′ W Länge — rund zweihundertfünfzig Meilen westlich von Vancouver Island.

10

»Es gibt eine Grenze. Wenn eine Handvoll Männer — primitive Männer mit dem Denken und der Moral von Banditen — sich der Schlüsselstellungen zu bemächtigen sucht, die für das Überleben einer gesamten Zivilisation entscheidend sind, dann ist die Grenze erreicht. Dann ist die Zeit zum Handeln gekommen . . .«

Auszug aus dem Protokoll der Kabinettsitzung vom 1. Dezember; Äußerung des britischen Premierministers.

Die Satellitenüberwachung des Bereichs Indischer Ozean zeigt zwei britische Supertanker, *York* und *Chester*, auf dem Weg vom Kanal von Moçambique zum Persischen Golf. Die Fotoanalyse enthüllt, daß es sich bei den von Persennings bedeckten Ladungen auf den Decks dieser 200 000-Tonnen-Schiffe um Waffen handeln könne (bislang unbestätigt). Wir glauben, daß England in Abu Dhabi vielleicht Waffen gegen Öl tauscht.

Anmerkung: In letzter Zeit sind keine britischen Ölgeschäfte mit Abu Dhabi gemeldet worden.

Bericht des US Kriegsministeriums an den Nationalen Sicherheitsrat in Washington, 17. Januar.

Als Larry Sullivans Boeing 707 mit zehneinhalbstündiger Verspätung auf dem International Airport von Anchorage landete, blieb noch eine Viertelstunde bis Freitag, dem 17. Januar. Gleich vom Flugplatz aus rief er im Nikisiki-Ölhafen an und erfuhr, daß die *Challenger* bereits ausgelaufen war.

Er teilte sich mit drei amerikanischen Ölleuten in ein Taxi und gelangte so zum ersten Hotel am Platz, dem Westward, wo er sich ein Zimmer nahm und sofort zu Bett ging. Doch er fand keinen Schlaf. Um drei Uhr früh kapitulierte er schließlich und stand auf, um sich zu rasieren und anzuziehen. Er litt unter den Folgen des Jet-Lag — der Verwirrung geistiger und körperlicher Funktionen, die durch Flüge um die halbe Welt hervorgerufen wird. Trotz der physischen Erschöpfung arbeitete sein Verstand auf Hochtouren, und er fühlte sich eigentümlich überdreht, während sich sein inneres Uhrwerk auf den Zeitunterschied einzustellen versuchte.

Drei Uhr morgens in Südalaska war in London zwölf Uhr Mittag — in den Vereinigten Staaten galt die sogenannte Sommerzeit. Sullivan meldete ein Ferngespräch mit Victor Harper an. Während des Wartens saß er rauchend und grübelnd auf dem Bett. In London hatte er gemeint, es gäbe Gründe genug, nach Alaska zu fliegen. Zum einen war Winter in Hahnemanns Büro in Hamburg sehr an den Plänen der *Chieftain*, dem Schwesterschiff der *Challenger*, interessiert gewesen; zum anderen hatte er sich in MacGillivrays Büro sehr angelegentlich nach der *Challenger* selbst erkundigt.

Doch an Ort und Stelle erschienen Sullivan, der gleichzeitig erschöpft und hellwach war, die Gründe für die Reise weniger triftig. Schließlich war der Tanker ohne jeden Zwischenfall ausgelaufen. In rund vier Tagen würde er San Francisco erreichen. Das Telefon läutete.

»Larry«, erklärte Vivian Herries, Harpers rechte Hand, »der Chef ist noch in Genua, und ich kann ihn dort nicht erreichen...«

»Verdammt!« sagte Sullivan. »Verzeihung, ich meine nicht Sie — ich habe den Zeitunterschied noch nicht ganz verdaut. Vivian, ich habe die *Challenger* gerade um Stunden verpaßt — sie ist schon auf dem Weg nach San Francisco. Sagen Sie, ist soweit alles normal? Nichts Ungewöhnliches?«

»Nicht, daß ich wüßte — falls man bei der Energiekrise die Dinge überhaupt normal nennen kann. Halt, da fällt mir etwas ein, was nicht ganz im üblichen Rahmen liegt. Eine Frau ist an Bord.« Sie lachte leise. »Für den alten Mackay, der sein Schiff für eine Art Männerclub hält, ist das bestimmt eine schlimme Zumutung — eine leibhaftige Frau, die auf seinem Schiff herumstolziert.«

»Wer ist es? Die Gattin eines Offiziers?«

»Muß wohl. Mr. Harper erwähnte diese Sache nur nebenbei, als er abreiste. Es könnte die Frau des ersten Maschinisten sein — die möchte schon seit Monaten mal mit . . .«

Sullivan fuhr sich mit der Hand über die Stirn. Einen Augenblick war ihm schwindlig gewesen. »Vivian, wissen Sie irgend jemanden hier in Anchorage, mit dem ich über die *Challenger* sprechen kann — außer den Leuten vom Ölhafen, meine ich.«

»Mrs. Swan, die Frau des Funkers«, erwiderte Vivian Herries sofort. »Sie war vor ungefähr drei Monaten hier im Büro und erzählte mir, daß sie außerhalb von Anchorage wohnt. Möchten Sie die Adresse haben?«

Sullivan schrieb sich die Adresse auf und meinte, er werde wahrscheinlich morgen wieder anrufen. Er versprach Vivian, daß er versuchen werde, etwas zu schlafen, und legte den Hörer auf. Fünf Stunden später, nachdem Sullivan sein zweites Frühstück gegessen hatte, suchte er im Telefonbuch Swans Nummer heraus und wählte sie. Es meldete sich niemand. Sullivan beschloß, zu den Swans hinauszufahren.

Das Haus wirkte irgendwie verlassen. Auf den Bergen lag Schnee, und auch das Fichtengehölz auf der anderen Seite der Straße war verschneit. Sullivan drückte wieder auf die Türklingel und ging dann um das Haus herum. Sah tatsächlich aus, als wohne hier keine Menschenseele. Durch ein Fenster spähte er in den Schuppen und sah einen roten Ford, zu dessen Motorhaube ein Stromkabel führte, damit der Wagen nicht einfror. Den Ausflug hätte er sich schenken können. Wenn er statt dessen im Westward geschlafen hätte, wäre er jetzt wenigstens nicht so hundemüde.

Er ging zu dem Mietwagen zurück, den er vor dem Haus geparkt hatte. Auf einer weiter entfernten Zufahrt tauchte ein blauer Chevrolet auf und bog in die Straße ein. Das Auto verlangsamte plötzlich die Geschwindigkeit und fuhr in die Zufahrt ein, die zum Haus der Swans führte. Eine etwa dreißigjährige Frau, die eine Pelzkappe auf den roten Haaren trug, bremste und kurbelte das Fenster herunter. »Suchen Sie jemanden?«

»Ja. Mrs. Swan. Aber es scheint niemand da zu sein.«

»Sie sind weg — auf Charlies Schiff. Sind Sie vielleicht ein Freund?«

»Die *Challenger* ist bei meiner Gesellschaft versichert.« Sullivan verzog sein Gesicht zu einem Grinsen. »Ich bin der beste Freund, den sie haben. Eigentlich erstaunlich, daß der Kapitän eine Frau an Bord duldet — soll doch so eine Art Weiberfeind sein«, fügte er gesprächshalber hinzu. Die Angelegenheit war jetzt restlos aufgeklärt. Die Frau auf dem Tanker, von der Vivian Herries gesprochen hatte, war also Mrs. Swan, die Gattin des Funkers. Sie war es, die ihren Mann auf dieser Reise begleiten durfte.

»Ich bin Madge Thompson.« Die rothaarige Frau streckte ihre Hand durch das Fenster. Sullivan stellte sich vor. »Julie — ich meine, Mrs. Swan«, erklärte Madge Thompson, »war sehr in Eile. Sie rief mich um Viertel nach drei an, kurz bevor sie losfuhren. Der Kapitän hat sich offenbar erweichen lassen. Die Sache scheint sich in allerletzter Minute entschieden zu haben. Julies Stimme klang gespannt . . .«

»Gespannt?«

»Aufgeregt. Sie hat sich schon seit einer Ewigkeit gewünscht mitfahren zu dürfen . . .«

Sie unterhielten sich noch einige Minuten, ehe Mrs. Thompson wendete und zur Straße zurückfuhr. Sullivan hatte Schwierigkeiten, seinen Mietwagen anzulassen. Der Motor war bereits ein wenig eingefroren. Schließlich fuhr er wieder in die Stadt zurück. Er war also umsonst nach Alaska gekommen. Kein Mensch plante einen Anschlag auf die *Challenger*. Er mußte unbedingt schlafen.

»Wann ist das Feuer im Ölhafen denn ausgebrochen?«

Sullivan stellte diese Frage an der Bar des Westward-Hotels in Anchorage. Es war Freitag, der 17. Januar, 13.00 Uhr. Obwohl er während der Rückfahrt vom Matanuska-Tal am Steuer seines Wagens fast eingeschlafen wäre, hatte er sich sofort munter gefühlt, als er wieder im Hotel ankam — immer noch die Nachwirkung des Jet-Lag. Jetzt fühlte er sich fast wie durch Drogen aufgeputscht.

Das Feuer in Nikisiki hatte der Barkeeper erwähnt.

»Am Nachmittag um etwa Viertel nach drei«, erwiderte er, während er einen zweiten Scotch on the Rocks vor Sullivan hinstellte. »Man hält es für Sabotage«, fuhr er genüßlich fort. »Ich glaube, daß die Araber dahinter stecken — genau wie in Venezuela. Die wollen, daß wir erfrieren. Na, und hier in Alaska ist das ja einfach genug.« Er warf einen Blick hinter die Bar. »Der Thermostat steht auf siebzehn Grad — und das bei diesem Klima und in diesem Staat, der in Öl schwimmt . . .«

»Noch nicht«, widersprach Sullivan. »Erst wenn das North-Slope-Gelände erschlossen ist . . .«

»Sie sind Engländer?« fragte der Barkeeper. »Viele halten die Engländer ja für Australier, aber ich kenn' mich da aus.«

»Ja, ich bin Engländer . . .«

»Haben Sie ein Auto?«

»Konnte mir mit Ach und Krach eines mieten — das kostet mich ein Vermögen . . .«

»Dann vergessen Sie bloß nicht, das Stromkabel immer einzustöpseln. Gestern war einer hier, dem das passiert ist — er meinte allerdings, daß ihm jemand das Kabel rausgerissen hätte. War Engländer — ein Schiffskapitän!«

»Etwa Kapitän Mackay?«

»Sie kennen ihn? Ja, so hieß er.« Der Barkeeper schwatzte weiter. »Bekam hier in der Bar einen Telefonanruf und nannte dabei seinen Namen. Herrgott, hatte der es plötzlich eilig — er rannte auf sein Zimmer, und kurz darauf sah ich, wie er das Hotel mit einem Koffer verließ, immer noch im Galopp. Muß so um Viertel nach drei gewesen sein . . .«

»Sie sagen, jemand hätte das Stromkabel aus seinem Auto herausgerissen?«

»Na ja, so hieß es. Ist ganz gut gebaut, dieser Kapitän Mackay. Dazu hat er ein rotes Gesicht und blaue Augen, wie es sich für einen Seemann gehört, bloß daß die meisten keine haben. Ich habe ein gutes Gedächtnis für Gesichter. Selbst wenn ein Gast ein paar Jahre nicht hier war, ich erkenne ihn sofort wieder. Da braucht einer nur mal kurz den Kopf zur Tür hereinzustecken, schon habe ich mir sein Gesicht gemerkt . . .«

»Das war also Mackay«, murmelte Sullivan. Eigentlich merkwürdig: Gestern schien alles zur gleichen Zeit geschehen zu sein, und zwar um Viertel nach drei. Um Viertel nach drei hatten die Swans in aller Eile ihr Haus verlassen. Um Viertel nach drei war Mackay aus dem Hotel gestürzt. Auch das Feuer im Nikisiki-Ölhafen war um Viertel nach drei ausgebrochen. Und das war Sabotage.

Die Augen fielen ihm zu — er hätte auf der Stelle einschlafen können. Während er die Bar verließ und zu seinem Zimmer hinauffuhr, versuchte er, sich einen Gedanken zurückzurufen, der ihm durch den Kopf gegangen war, solange der Barkeeper schwatzte. Es hatte irgendwas mit einem guten Gedächtnis für Gesichter zu tun gehabt. Mechanisch zog er die Zimmertür hinter sich zu und drehte den Schlüssel um. Dann ließ er sich aufs Bett fallen und war im Handumdrehen eingeschlafen.

Während sich Sullivan um ein Uhr mittags in Anchorage mit dem Barkeeper unterhielt, genoß Scheich Gamal Tafak in Damaskus mit tiefem Behagen seinen mitternächtlichen Kaffee.

Aber die Feststellung, daß er den Geschmack des schwarzen Kaffees genoß, ist vielleicht nicht ganz zutreffend; denn es ist sehr schwer, zwei Dinge gleichzeitig zu genießen, und das tiefe Behagen, das ihn erfüllte, während er in seinem Zimmer in der saudiarabischen Gesandtschaft in Damaskus saß, galt eigentlich der Nachricht, die wenige Stunden zuvor eingetroffen war. *Orangenkiste geliefert.* Winter, so fand Tafak, war nahezu genial. Wer immer die Meldung übermittelte, mußte annehmen, daß es sich um einen Fehler handelte; eigentlich hätte es ja ›Orangenkisten geliefert‹ heißen müssen. Für Tafak hingegen besagte die Nachricht, daß alles glattgegangen war, daß der britische Tanker *Challenger* ausgelaufen war — mit Winters Funker an Bord.

Er warf einen Blick auf die Armbanduhr. Bald würde der Mercedes eintreffen, der ihn zu der Geheimzentrale brachte, wo er bis zum Abschluß des Unternehmens untertauchen wollte: bis LeCat, der Franzose, ganze Arbeit geleistet hatte; bis alle britischen Geiseln an Bord des Schiffes tot waren; bis San Francisco nach der Katastrophe in Trümmern lag. Dann würde er in aller Eile zur nächsten Konferenz der OAPEC, der

Organisation arabischer Förderländer, nach Damaskus zurück-kehren. Auf dieser Konferenz würde er jedes Mitglied freiwillig oder mit Gewalt dazu bringen, die Öllieferungen für den Westen gänzlich einzustellen. Ein Land, das sich weigerte, mußte damit rechnen, daß arabische Terroristengruppen eingriffen und seine Ölfelder zerstörten.

Es klopfte hastig an die Tür. »Herein«, rief Tafak.

»Ihr Auto ist vorgefahren, Exzellenz . . .«

Am Freitagnachmittag um halb sechs trat Sullivan wieder in die Bar des Westward-Hotels und bestellte einen Scotch on the Rocks.

»Jawohl, Sir.« Der Barkeeper musterte Sullivan. »Sie haben einen anderen Anzug an. Mir fallen eben auch Kleinigkeiten auf.«

»Sie haben mir gesagt, daß Sie ein gutes Menschengedächtnis haben«, erinnerte ihn Sullivan.

»Ganz recht. Vergesse nie ein Gesicht . . .«

»Na, dann kramen Sie mal in Ihrem Gedächtnis.« Sullivan legte das Foto auf die Theke, das Winter im Profil ohne Schnurrbart zeigte. Dann nahm er sein Glas und nippte, während der Barkeeper mit gekrauster Stirn das Bild betrachtete.

»Der war nie Gast in dieser Bar. Jedenfalls nicht, solange ich Dienst hatte. Darauf würde ich meinen Kopf wetten . . .«

»Mir genügt Ihr Wort . . .«

»Enttäuscht?« fragte der Barkeeper mit einem verstohlenen Grinsen. Sullivan zuckte die Schultern. Es war ja ein Schuß ins Blaue gewesen. »Nein, er war nie in dieser Bar«, betonte der Amerikaner. »Aber vorgestern abend stand er dort drüben an der Tür. Er steckte den Kopf herein, überlegte sich's dann und verschwand. Mackay war hier und trank sein Bier. Das muß so um neun Uhr gewesen sein.«

Sullivan verschüttete ums Haar seinen Drink. »Sind Sie sich Ihrer Sache sicher? Ja, natürlich sind Sie das«, fügte er hastig hinzu. »Hat der Bursche hier im Hotel gewohnt?«

»Keine Ahnung. Hab ihn nicht wiedergesehen. Das war am Mittwochabend. Sie könnten sich an der Rezeption erkundigen.«

Sullivan leerte sein Glas mit einem Schluck. Plötzlich schmeckte der Drink wie Wasser. Winter war in Alaska.

Ans Schlafen dachte Sullivan nicht mehr, als er während der nächsten Stunden halb Anchorage hochscheuchte, Fragen stellte, die Fotografie zeigte, dem kleinsten Hinweis nachging ... Der Nachtportier im Westward erkannte Winter auf dem Bild wieder und erklärte, dieser Gast habe eine Nacht im Hotel geschlafen, und zwar in derselben Nacht wie Kapitän Mackay. Als Name habe er Robert Forrest angegeben, und die Mahlzeiten habe er sich aufs Zimmer kommen lassen — die Rechnungskopie enthielt eine Menge Hinweise. Am Tag darauf sei der Gast wieder abgereist.

Das war Donnerstag, dem 16. Januar, gewesen — und am Abend desselben Tages, um zehn Uhr, war die *Challenger* aus Nikisiki ausgelaufen.

Nachdem Sullivan sich bei dem Polizeichef von Anchorage als Beauftrager von Lloyd's of London ausgewiesen hatte, nahm Joe Mulligan seinen Bericht sehr ernst. In weniger als einer Stunde — inzwischen war es kurz vor Mitternacht — hatten alle Polizeidienststellen in Alaska ein Fahndungsblatt in der Hand, das Robert Forrests Namen und Personenbeschreibung enthielt sowie eine Reproduktion der Fotografie, die Sullivan zur Verfügung gestellt hatte. Sullivan selbst wurde in einem Streifenwagen zum Ölhafen gefahren. Um zwei Uhr früh kam er dort an, kaum noch imstande, die Augen offenzuhalten.

Dies hatte selbst der umsichtige Winter nicht voraussehen können: daß man ihn auf einer deutschen Werft im fernen Hamburg heimlich fotografieren würde und daß ein zäher britischer Versicherungsdetektiv das Bild dann nach Alaska mitnahm, wo der Fotografierte von einem Barkeeper identifiziert wurde, dessen ganzer Stolz es war, sich an Menschen zu erinnern, selbst wenn er sie nur für wenige Sekunden gesehen hatte.

Polizeichef Mulligan handelte auch deshalb so rasch, weil er Winters Anwesenheit in Alaska sofort mit dem Bombenanschlag auf den Ölhafen in Verbindung brachte. Wer weiß — vielleicht gelang es Mulligan als erstem Polizisten auf der ganzen Welt, eine Spur zu entdecken, die zu der internationalen Terroristenbande führte, die überall in Amerika und Europa Pipelines und Ölraffinerien in die Luft sprengte. Und so fuhr er persönlich zum International Airport.

Im Ölhafen entdeckte Sullivan nicht den geringsten Anhaltspunkt. Niemand dort hatte Winter gesehen. Das Auslaufen der *Challenger* war völlig normal vor sich gegangen. »Sicher«, sagte der Hafendirektor, »das Schiff hat zwei Stunden früher abgelegt als vorgesehen, und zwei Tanks sind leer geblieben. Aber Mackay hat uns rechtzeitig davon unterrichtet. Er fürchtete, das Feuer könnte sich bis zu den Piers ausbreiten. Und ohne Mackays Wissen kommt niemand an Bord — er ist fast übervorsichtig. Unten am Fallreep steht ein Matrose, bis das Ding an Bord geholt wird.«

Sullivan war vor Müdigkeit fast am Zusammenbrechen, als er sich im Streifenwagen zum Westward zurückbringen ließ. Um sechs Uhr morgens fiel er auf sein Bett und schlief den ganzen Tag durch. Abends um sieben verzehrte er gerade ein riesiges Steak, das er mit zwei Litern Kaffee hinunterspülte, als er einen Anruf aus der Polizeizentrale erhielt. Mulligan hatte etwas entdeckt.

»Am Donnerstag ist Robert Forrest kurz vor Mitternacht nach Seattle abgeflogen. Er verschwand hier so ziemlich genau im selben Augenblick, als Sie erschienen, Sullivan. Das Mädchen vom Flughafen, das ihn auf dem Bild wiedererkannte, kam erst vor einer Stunde zum Dienst zurück; daher die Verzögerung. Möchten Sie noch Kaffee?«

Joe Mulligan war ein rundlicher Mann von etwa fünfzig. Er trug sein dunkles Haar kurzgeschoren. Trotz seiner Korpulenz wirkte er alles andere als weichlich. Er hatte die Angewohnheit, sehr schnell zu sprechen, und nur selten huschte ein Lächeln über sein Gesicht. Seine nüchterne, sachliche Art gefiel Sullivan.

»Dann ist er uns durch die Lappen gegangen«, sagte er, während der Polizeichef Kaffee nachgoß. »Eigentlich sonderbar — ist kaum vierundzwanzig Stunden hier und schwirrt schon wieder ab.«

»Lang genug, um die Bombe im Ölhafen explodieren zu lassen. Vielleicht hat er auch vor einigen Monaten die Sprengung der Pipeline auf dem North-Slope-Gelände organisiert. Ich nehme an, daß er immer im entscheidenden Augenblick auftaucht, die Sabotageakte abwickelt und sich dann in Luft auflöst. Vermutlich ist er jetzt auf dem Weg zum nächsten Anschlag auf eine Ölraffinerie oder dergleichen.« Mulligan lehnte sich in seinem Drehstuhl zurück. »Vielleicht in Texas. Da gäb's für ihn so manches lohnende Objekt. Wir sind dabei, die Fahndung auf alle Staaten auszudehnen — inzwischen hat sich auch das FBI eingeschaltet.«

»Sie glauben also nicht, daß der Tanker — die *Challenger* — in Gefahr ist?«

»Nein!« versicherte Mulligan mit Nachdruck. »Auf Tanker haben sie's nicht abgesehen. Noch nicht. Diese Schweinehunde schlagen lieber auf die Weichteile, wo wir am leichtesten verwundbar sind — Ölraffinerien und Pipelines. Solange Israel existiert, haben es die Araber darauf abgesehen, die westliche Zivilisation in die Knie zu zwingen. Die Extremisten haben den ganzen Öltopf im Nahen Osten in ihren Händen.« Der Polizeichef seufzte. »Das hätten wir schon 1973 voraussehen können . . .«

»Für mich gibt es hier nichts weiter zu tun.« Sullivan schob seine leere Kaffeetasse beiseite. »Ich fliege morgen ab.«

»Geht's wieder nach Hause, nach London?«

»Nein. Nach Seattle . . .«

Das Flugzeug setzte mit hartem Ruck auf. Das Dröhnen der Motoren ließ die ganze Maschine vibrieren. Die rasende Fahrt schien in einer Katastrophe enden zu müssen. Durch das Fenster waren keine klaren Konturen zu erkennen. Sullivan steckte die Illustrierte, in der er geblättert hatte, in die Tasche am Sitz vor ihm und entspannte sich, während die Boeing 707 das Tempo drosselte. Zum erstenmal in seinem Leben war er in Seattle.

Als er aus der Maschine stieg, war es kurz nach 14.00 Uhr, Sonntag, 19. Januar. Die FBI-Agenten Peters und Carmady warteten bereits auf ihn und brachten ihn zu einem Raum, wo sie ungestört waren. Als er dort auf die *Challenger* zu sprechen kam, schien ihm, daß die beiden Amerikaner kein übermäßiges Interesse zeigten.

»Diesen Tanker können Sie getrost vergessen«, meinte Peters schließlich. »Forrest, oder wie immer er heißt, hat es auf Raffinerien abgesehen. Nach seiner Landung in Seattle am vergangenen Freitag war er für einige Stunden im hiesigen Washington Plaza Hotel. Ein Angestellter am Empfang hat ihn nach Ihrer Fotografie wiedererkannt. Außerdem haben wir einen Taxifahrer ausfindig gemacht, der ihn später am Busbahnhof absetzte. Danach fehlt jede Spur von ihm.«

»Ich möchte wetten, daß wir ihn nie wiederfinden«, sagte Sullivan. »In Europa kennt ihn kein Mensch. Die Fotos, die man mir auf der deutschen Werft gegeben hat, sind vermutlich die einzigen, die von ihm existieren . . .«

»So leicht geben wir nicht auf«, versicherte Peters. »Unsere Zentrale in Washington weiß zwar ebensowenig wie Interpol, aber eines Tages wird er garantiert irgendwo auftauchen . . .«

Nachdem die beiden Männer gegangen waren, setzte Sullivan sich noch eine Weile ins Flughafenrestaurant und trank ein paar Tassen Kaffee. Die Spur war verwischt, und vermutlich hatten Mulligan und der FBI-Agent recht, wenn sie meinten, daß auf den Tanker kein Anschlag geplant sei. Nun gut, dachte Sullivan, wenn ich mit meinem Kaffee fertig bin, werde ich mit Harper telefonieren und ihm sagen, daß ich noch heute abend nach London zurückfliege.

Er blickte durch das Fenster und sah, wie das Sonnenlicht im Nordwesten durch eine dichte Wolkendecke drang. Irgendwo in der gleichen Richtung, etwa fünfhundert Meilen von hier, dampft die *Challenger* südwärts, auf einer ganz normalen Routinefahrt.

11

Breite 47°50′ N Länge 132°45′ W 13.00 Uhr.

Kaum vierzig Meter über den grauen Wellen schwebte der Hubschrauber der US-Küstenwacht heran. Steuerbord auf dem Brückennock der *Challenger* richtete Kapitän Mackay sein Fernglas auf die Maschine, und die starken Linsen saugten sich gleichsam an dem Hubschrauber fest. Deutlich erkannte Mackay das Kennzeichen auf dem grauen Rumpf. No. 5421 USCG.

Aus dem Steuerhaus tauchte der Erste Offizier Bennett auf und trat eilig zu seinem Vorgesetzten.

»Sir, der Hubschrauber befindet sich in Not. Er hat soeben

eine Meldung gefunkt: Bitten um Landeerlaubnis, da Absturz-
gefahr . . .«

Durch das Fernglas sah Mackay, wie die Silhouette des Helikopters hinter Nebelschleiern verschwand. Dann trat sie wieder klarer hervor, doch ein Blick ins Innere war unmöglich.
Jetzt sietg ein schwarzes Rauchwölkchen von der Maschine
hoch, und Mackay glaubte, das Stottern des Motors zu hören.

»Hauptdeck räumen, Mr. Bennett . . .« Mit angespanntem
Gesicht beobachtete der Kapitän, wie sich das Wölkchen in
eine breite, unheildrohende Schwade verwandelte. »Drehen Sie
das Schiff gegen den Wind und gehen Sie auf vierzehn Knoten
herunter.«

Mit raschen Schritten kehrte Mackay zur eigentlichen Kommandobrücke zurück und stellte sich vorn neben Betty Cordell.
Die junge Journalistin verhielt sich sehr still. In der angespannten Situation wollte sie durch kein unbedachtes Wort
stören. Der Hubschrauber war jetzt näher; die breite, schwarze
Schwade hinter ihm löste sich langsam im Wind auf.

»Löschtrupps einsatzbereit machen, Mr. Bennett . . .«

Mackay sah grimmig aus: Feuer war etwas, worauf man an
Bord eines Tankers, der mit 50 000 Tonnen Öl gefüllt ist, gern
verzichtet. Aber ihm blieb keine Wahl. Wenn er die Landeerlaubnis verweigerte, mußte der Pilot auf dem Wasser niederge-
hen, wo der Hubschrauber vielleicht sank, ehe ihn ein Ret-
tungsboot erreichen konnte.

Zwanzig Meter unter dem Brückenfenster, an dem er mit
Betty Cordell stand, räumten seine Leute bereits das Hauptdeck. Das rhythmische Stampfen der Maschinen hatte sich
verlangsamt, und der große Tanker drehte sich mit dem Bug
mehr und mehr gegen den Wind. Bennett befahl, weitere
Löschtrupps zu bilden. »Soll ich von der Brücke verschwinden?« fragte Betty Cordell. Mackay schüttelte den Kopf.
»Könnte eine interessante Story für Sie abgeben — vorausgesetzt, daß es nicht in einer Katastrophe endet . . .«

Während der Rudergänger weiter den befohlenen Kurs an-
steuerte, warf der Kapitän einen Blick auf die Brückenuhr.
»Meldung zum amerikanischen Festland«, sagte er. »Absturz-
gefahr für US-Coastguard-Helikopter Nummer 5421. Nehmen
Besatzung an Bord . . .«

Bennett telefonierte mit Kinnaird und befahl ihm, die Meldung sofort zu funken. Dann kehrte er zum vorderen Teil der Brücke zurück. »Möchte nur wissen, wo der Hubschrauber herkommt. Wir sind über zweihundert Meilen von der kanadischen Küste entfernt, Sir . . .«

»Vielleicht von einem Wetterbeobachtungsschiff.«

»Auf der Seekarte ist in einem Umkreis von fünfhundert Meilen kein einziges zu finden. Ich fürchte, ich blicke da nicht ganz durch.«

»Man sollte dem Herrn auch für kleine Gnaden dankbar sein . . .«, knurrte Mackay.

Er blickte wieder zum Hubschrauber. Jetzt drang kein Rauch mehr aus der Maschine, die in sacht gekrümmtem Bogen auf den Bug des Tankers zuhielt. Verdammt, dachte Mackay, hoffentlich geht alles glatt: Ein Hubschrauberpilot, der auf hoher See mit seiner Kiste auf einem Schiff landen will, das sich mit vierzehn Knoten voranbewegt, muß schon über eine Portion Geschicklichkeit verfügen; andererseits konnte es für einen wirklich erfahrenen Mann auch nicht allzu schwierig sein — vorausgesetzt, der Motor machte keine Mucken.

»Erteilen Sie jetzt Landeerlaubnis, Sir?« fragte Bennett.

Mackay ließ seine Augen über das Hauptdeck gleiten. Bis auf drei Matrosen, die auf dem Vorderdeck, dicht bei der Landestelle, einen Löschtrupp bildeten, war kein Mann mehr zu sehen. Die Sichtverhältnisse schienen ausgezeichnet. Deutlich ließ sich backbord vorn der weiße Kreis erkennen, wo der Helikopter aufsetzen mußte.

»Erteile Landeerlaubnis«, sagte Mackay, und Bennett gab die Meldung zum Funkraum durch.

Der Hubschrauber verharrte im Schwebeflug und ließ den 50 000-Tonnen-Tanker auf sich zudampfen. »Der Pilot scheint seine Maschine völlig unter Kontrolle zu haben«, meinte der skeptische Bennett. »Möchte nur mal wissen, was da nicht in Ordnung ist.«

Winter verhielt im Schwebeflug, während unter ihm das rhombusförmige Deck des Tankers heranglitt. Er hatte die Düse wieder geschlossen, durch die schweres Öl in den Auspuff geleitet worden war — die Ursache für jene schwarze, unheilschwangere Rauchwolke, die Mackay wahrgenommen hatte.

Auch diesmal war der Ablauf zeitlich genau auf psychologische Wirkung kalkuliert. Zuerst hatte Winter den Rauch ausströmen lassen, um Kapitän Mackay glauben zu machen, daß etwas nicht in Ordnung war, und die Landeerlaubnis erteilte. Später hatte er die Düse geschlossen, weil er den Kapitän durch den schwarzen Rauch nicht so sehr beunruhigen wollte, daß er vielleicht die Landeerlaubnis verweigerte.

Im Funkgerät knackte es, und Kinnairds Meldung kam durch. »Landeerlaubnis erteilt . . .«

»Wir kommen . . .«

Die *Pêcheur*, von der Winter mit dem Hubschrauber gestartet war, befand sich vierzig Meilen entfernt — zu weit, als daß Mackay sie selbst von seiner hohen Brücke aus erspähen konnte. Dem Start waren Stunden größter Anspannung vorausgegangen. Es schien gar nicht so leicht, den Tanker abzufangen, obwohl Kinnaird häufig Positionsmeldungen durchgab, was er um diese Tageszeit ohne Risiko tun konnte, da er einen Routinebericht zum Londoner Büro funkte.

Endlich hatten sie ihn entdeckt. LeCat, der neben dem Engländer auf den Ozean hinunterstarrte, hörte den letzten Satz in seinem Kopfhörer — »Wir kommen . . .« Seine Bauchmuskeln krampften sich unwillkürlich zusammen. So war es immer kurz vor einem Angriff. Die Erkenntnis, daß es ernst wurde, traf wie ein Schlag. Genau wie seinerzeit in Algerien . . .

»Vergessen Sie nicht, was ich Ihnen gesagt habe«, schärfte ihm Winter ein. »Ich klettere als erster hinaus. Sie warten, bis ich auf dem Laufsteg und fast schon unter der Brücke bin. Die anderen bleiben in der Maschine. Wenn plötzlich ein Dutzend Männer auf dem Deck steht, wissen sie sofort Bescheid. Wir müssen alles unter Kontrolle bringen, ehe bei denen der Groschen fällt . . .« LeCat zog seine Skorpion-Pistole hervor und wog sie gleichsam in der Hand — eine völlig überflüssige Geste, die seine Spannung nur noch erhöhte. Die letzten Sekunden des Wartens waren fast unerträglich; gleich würde es soweit sein . . .

Es war Winter, der die tschechische Skorpion .32 Pistole als Waffe für die Terroristen gewählt hatte. LeCat hätte ein größeres Kaliber bevorzugt. Das Modell, das sich in den Schulterhalfter stecken ließ, enthielt zehn Schuß. Die andere Ausführung, die nicht in den Halfter paßte, enthielt zwanzig. In gewisser Weise war die Skorpion eine Mini-Maschinenpistole. Winter hatte strikte Anweisung gegeben, jede Schießerei zu vermeiden; falls es aber doch dazu kommen sollte, wäre ein größeres Kaliber gefährlicher gewesen — schließlich landeten sie auf einem schwimmenden Öltank.

»Gehen tiefer . . .«

Wie ein gieriger Schlund stieg ihnen die See entgegen, grau, kalt und drohend. Während der Tanker mit einer Geschwindigkeit von vierzehn Knoten auf sie zukam, senkten sie sich immer mehr gegen die Wasseroberfläche, und es sah aus, als würden sie vom riesigen Bug der *Challenger* in die Tiefe gerammt werden.

LeCat beugte sich zur Seite und sah die ruhelose See näherkommen. Er fühlte sich unbehaglich, weil er ganz auf das Können eines anderen Mannes angewiesen war. Sorgfältig steckte er die Skorpion in den Schulterhalfter zurück und zog seinen Anorak darüber. Die übrigen dreizehn Männer, die nervös hinter ihm kauerten, fühlten sich kaum besser. Keiner wagte, den andern anzublicken, aus Furcht, man könne ihm die Beklemmung ansehen. Da war André Dupont, der seinerzeit im Mittelmeer zusammen mit Winter den Angriff auf das Motorschiff des italienischen Syndikats geflogen hatte. Da war Alain Blancard, ein Veteran aus dem Algerienkrieg und ein geübter Scharfschütze. Und da waren noch elf andere.

LeCat achtete nicht auf das Dröhnen und den rhythmischen Wirbel der Luftschrauben über sich und preßte sein Gesicht gegen das Fenster. Wo blieb nur dieser verdammte Tanker? Sie waren ja fast schon auf dem Wasser. Hatte sich Winter, trotz all seiner Erfahrung, etwa verkalkuliert? LeCats verkrampfte Bauchmuskeln schmerzten, und seine Hände waren schweißnaß. Wo, zum Teufel, blieb das Schiff? Grauer Stahl glitt unter ihnen vorbei — er schien zum Greifen nahe. Es gab einen Ruck. Sie waren gelandet.

»Eine Bilderbuchlandung«, meinte der Erste Offizier Bennett oben auf der Kommandobrücke.

Der Pilot schaltete den Motor ab, der Lärm verebbte und die Luftschrauben begannen langsamer zu kreisen, wurden einzeln erkennbar, kamen ganz zum Stillstand. Die drei Seeleute mit dem Feuerlöschgerät rannten auf den Hubschrauber zu; im selben Augenblick öffnete sich der Ausstieg, und ein hochgewachsener Mann sprang herab, landete in der Hocke, richtete sich auf und strebte dann den Laufsteg entlang, auf die Kommandobrücke zu. »Hat's brandeilig, wie?« meinte Bennett. »Ziemlich großer Mensch, über einsachtzig . . .«

Der Pilot hatte noch seinen Helm auf, was ihm zusammen mit dem Gesichtsschutz vor den Augen ein düsteres, fast drohendes Aussehen verlieh. Er kam den Laufsteg entlang, blickte zur Brücke empor, legte grüßend die Hand an den Helm und verschwand. Bennett sah, wie aus dem Hubschrauber backbord vorn zwei weitere Männer heraussprangen und mit den drei Matrosen zu sprechen begannen. Nichts wirkte ungewöhnlich — es war eine routinemäßig verlaufene Rettungsaktion. Mackay wandte sich zum Brückeneingang, wo jeden Augenblick der Pilot auftauchen mußte.

»Eben sind noch weitere fünf Männer aus dem Hubschrauber gesprungen«, sagte Bennett scharf. »Wieviel Mann hat die verdammte Mühle denn an Bord?«

Mackay trat zu einem der vorderen Brückenfenster und blickte zum Hauptdeck hinab. Während er hinausstarrte, sprangen nochmals fünf Männer aus der Maschine. Sie blieben jedoch alle bei der Landestelle und unterhielten sich, soweit er sehen konnte, freundschaftlich mit den drei Matrosen. »Schicken Sie den Bootsmann hinunter«, sagte er. »Er soll ein Funksprechgerät mitnehmen . . .«

»Rühren Sie sich nicht von der Stelle, Gentlemen. Wenn sich einer von Ihnen bewegt, so stirbt der Kapitän an einer Kugel statt an Altersschwäche . . .«

Mackay fuhr herum. Der Pilot stand in der falschen Tür — er kam vom Brückennock auf der Steuerbordseite herein. Offenbar hatte er, solange man ihn nicht beobachtet hatte, unter der Brücke einen Haken geschlagen. In der rechten Hand hielt er eine Pistole, die genau auf Mackays Brust gerichtet war. Kaum vier Zentimeter ragte der Lauf hervor, und vielleicht war es dieses eigentümlich stumpfe Aussehen, das die Waffe so tödlich erscheinen ließ.

»Wir kapern das Schiff«, sagte der Pilot und fügte warnend hinzu: »Wir werden ohne Zögern schießen . . .«

»Wir? Wer, zum Teufel, ist das?« wollte Mackay wissen.

»Die Weathermen. Im übrigen stelle ich hier die Fragen. Sie da . . .« Der Pilot deutete auf Bennett. »Stellen Sie sich vorn an ein Brückenfenster, so daß meine Leute Sie sehen können. Und dann winken Sie ihnen zu — lassen Sie Ihre Arme kreisen wie Windmühlenflügel.«

Der Rudergänger, ein Mann namens Harris aus Newcastle-upon-Tyne, hielt den Tanker auf demselben Kurs, da ihm der Kapitän keinen neuen Befehl gegeben hatte. Betty Cordell stand wie erstarrt am Fenster.

»Tun Sie, was er sagt«, wandte sich Mackay mit ruhiger Stimme an Bennett.

»Los!« Die Pistole des Piloten schob sich dichter auf Mackay zu. »Oder wollen Sie, daß Ihr Kapitän dran glauben muß?«

Bennett gehorchte. Er trat ans Fenster und bewegte die Arme wie Windmühlenflügel. Die Männer vom Hubschrauber kamen den Laufsteg entlanggerannt. Nur zwei blieben bei den drei Seeleuten an der Landestelle zurück. Bennett zählte auf dem Laufsteg zwölf Männer, sämtlich bewaffnet. Der Mann an der Spitze wirkte trotz seiner geringen Größe und der breiten Schultern sehr wendig. Die Gruppe verschwand unterhalb der Brücke.

Der Pilot wartete mit der schußbereiten Pistole in der Hand und blickte zweimal zur Brückenuhr, als wolle er auf die Minute genau überprüfen, wieviel Zeit verstrich. Der Rudergänger, ein kurzgewachsener, dunkelhaariger Mann mit flinken Augen, verharrte wie angewurzelt hinter dem Steuerrad. Betty Cordell stand aufrecht. Während sich ihre Finger unwillkürlich krümmten, starrte sie auf den Gesichtsschutz vor den Augen des Piloten. Alle waren wie betäubt, ausgenommen vielleicht Bennett, der zum Widerstand bereit schien, bis ihm Mackay befohlen hatte, dem Fremden zu gehorchen — Widerstand ist sinnlos, wenn der Gegner den Finger am Drücker hat.

Fußgetrappel erklang, und aus derselben Richtung, aus der der Pilot gekommen war, tauchten zwei bewaffnete Männer auf. Rasch bezogen sie zu beiden Seiten der Brücke Posten und hielten ihre Pistolen so, daß sie die Gefangenen gegebenenfalls ins Kreuzfeuer nehmen konnten. Der Pilot sprach einen von ihnen auf französisch an. Mackay verstand. »Ist LeCat direkt zum Maschinenraum gegangen? Gut. Wenn ich die Brücke verlasse, sollen die Leute hier genauso stehen bleiben wie jetzt — auch die Frau.« Er blickte zu Betty Cordell und fragte auf englisch: »Warum sind Sie an Bord?«

»Ich heiße Betty Cordell und bin Journalistin. Ich war auf eine Story aus. Wie es scheint, habe ich jetzt eine . . .«

Der Pilot lächelte dünn. »Vielleicht wünschen Sie bald, Sie wären zu Hause geblieben. Sie entfernen sich nicht von der Brücke, bis ich entschieden habe, wo Sie unterzubringen sind. Mit Ihnen hatte ich nicht gerechnet.« Er wandte sich zu Mackay. »Gehen Sie mit Ihrem Schiff wieder auf den alten Kurs, Kapitän.«

»Auf den alten Kurs?«

»Ja. Richtung San Francisco. Und überlegen Sie sich jede Ihrer Anweisungen genau. Einer meiner Leute kann nämlich mit einem Sextanten umgehen und den Kurs berechnen. In diesem Punkt nimmt er es sogar mit Ihrem Ersten Offizier auf.«

Mackay knurrte unwillig. »Sie kennen die Strafe für Piraterie auf hoher See?«

Der Pilot nahm seinen Helm ab und trat auf den Kapitän zu. Wenige Schritte vor ihm verhielt er, so daß die Wachtposten zu beiden Seiten freies Schußfeld hatten. Mackay, ein oder zwei Handbreit kleiner als der Fremde, sah in ein schmales, knochiges Gesicht.

»Mein Name ist Winter«, sagte der Pilot. »Und wenn ich mich richtig erinnere, so habe ich Sie aufgefordert, einen bestimmten Befehl zu erteilen.« Seine Stimme klang leise, doch der drohende Unterton war nicht zu überhören. »Sie möchten doch, daß Ihre Besatzung am Leben bleibt, oder irre ich mich da?«

»Mr. Bennett«, sagte Mackay rauh, »nehmen Sie wieder Kurs auf San Francisco und erhöhen Sie die Geschwindigkeit auf siebzehn Knoten.«

Bennett gab Harris, dem Rudergänger, den entsprechenden Befehl. Das Brückentelefon läutete. »Das wird wohl Brady, Ihr erster Maschinist, sein«, sagte Winter zu Mackay. »Dort unten sind jetzt vier von unseren Leuten. Schärfen Sie Brady ein, daß er die Anweisungen der Männer genau zu befolgen hat — daß er navigatorische Befehle jedoch nach wie vor von Ihnen erhält.« Wieder das dünne Lächeln. »Erste Maschinisten haben ja bekanntlich gern ihren eigenen Kopf . . .«

Wortlos nahm Mackay den Telefonhörer ab. Dann gab er selbst den Befehl, die Geschwindigkeit zu erhöhen. Schließlich fügte er noch hinzu: »Diese Männer, die wir jetzt an Bord haben, sind bewaffnet und gefährlich — also tun Sie nichts Unbedachtes, Brady . . .«

»Ausgezeichnet.« Winter blickte zu der amerikanischen Journalistin, die ihn schon seit einiger Zeit beobachtete, als wollte sie abschätzen, was für ein Mann er eigentlich war. »Ich möchte wiederholen, Miß Cordell, daß Sie die Brücke ohne meine Erlaubnis nicht verlassen dürfen. Sie sind ein Problem, für das ich erst noch eine Lösung finden muß . . .«

»Sie ist ein völlig unbeteiligter Passagier«, fiel ihm Mackay mit rauher Stimme ins Wort. »Außerdem ist sie amerikanische Staatsbürgerin, und ich würde Ihnen raten . . .«

»Wenn ich Ihren Rat brauche, werde ich Sie darum bitten. Hätten Sie mich ausreden lassen, wüßten Sie jetzt, daß ich um Miß Cordells Sicherheit besorgt bin.« Winter blickte zu den französischen Wachtposten hinüber, die kein Englisch verstanden. »Einige dieser Männer sind für eine Frau nicht die beste Gesellschaft. Seien Sie also vorsichtig bei allem, was Sie tun. Ich werde später darüber entscheiden, ob Sie für den Rest der Reise in Ihrer Kabine bleiben müssen.«

Ohne ein weiteres Wort verließ Winter die Brücke. Mackay schaute seinen Ersten Offizier an. »Ich werde aus diesem Mann einfach nicht schlau. Und wer, zum Teufel, sind die Weathermen?«

»Eine besonders brutale Bande amerikanischer Untergrundterroristen. Vor ein paar Jahren haben sie in den Staaten eine Menge Banken in die Luft gesprengt. Ich dachte, die seien alle tot . . .«

»Einige scheinen noch ziemlich lebendig zu sein«, knurrte Mackay. »Sprechen Sie leiser, Mr. Bennett. Vielleicht verstehen diese beiden Banditen hier mehr Englisch als uns lieb sein kann. Ich begreife nicht, wieso Winter Franzosen bei sich hat. Es heißt doch, die Weathermen seien Amerikaner . . .«

»Der Gedanke ist mir auch schon gekommen.«

Mackay blickte zu einem der beiden Wachtposten, einem dunkelhaarigen Mann, der lässig an der Wand lehnte, einen Fuß über den anderen geschlagen, den Lauf der Pistole auf den linken Unterarm gestützt. Die Waffe war auf Bennett gerichtet, aber noch bedrohlicher fand Mackay den frechen, zudringlichen Blick, mit dem der Franzose Betty Cordell gleichsam auszog.

»Eins kapiere ich überhaupt nicht, Bennett«, sagte er leise. »Winter sagt, sie kapern das Schiff, und will trotzdem, daß wir Kurs auf San Francisco beibehalten. Das ergibt doch keinen Sinn.«

»Man wird schon bald merken, daß hier was nicht stimmt, Sir — ich meine, die Leute auf dem Festland«, murmelte Bennett. »Bevor diese Schweine an Bord gekommen sind, hat Kinnaird ja die Meldung gefunkt, daß wir dem Hubschrauber Landeerlaubnis erteilt haben. Sollte Winter auch die Maschine entführt haben, so wird die amerikanische Küstenwache wissen, wo sie suchen muß.«

»Vielleicht taucht also schon in wenigen Stunden ein US-Kreuzer am Horizont auf. In dem Fall wären wir Mr. Kinnaird großen Dank schuldig . . .«

Innerhalb der nächsten fünfzehn Minuten war Winter damit beschäftigt, einige Vorsichtsmaßnahmen zu treffen.

Er rief Bennett von der Brücke herunter und ließ sich von ihm auf einem raschen Rundgang begleiten. Sein erster Besuch galt der Apotheke im Krankenrevier. Der sogenannte Giftschrank, der unter anderem auch Schlaftabletten enthielt, wurde zugeschlossen, und Winter steckte den Schlüssel ein. »Wäre doch gar nicht schön, wenn der Smutje auf die Idee käme, uns davon etwas ins Essen zu mischen«, sagte er zu Bennett. »Würde dem Berufsethos schaden . . .«

Dann verlangte er vom Ersten Offizier den Hauptschlüssel, mit dem sich sämtliche Kabinentüren öffnen ließen. Von einer Wache begleitet, holte Bennett den Schlüssel aus seinem Quartier und übergab ihn Winter. Danach ging er zum Bootsdeck. Auf einen Wink des Engländers kletterte die Wache nacheinander in die beiden großen Boote und warf die handbetriebenen Sendegeräte über Bord, die zur Standardausrüstung eines Rettungsbootes gehören.

»Herrgott noch mal«, protestierte Bennett, »wenn dem Schiff nun etwas zustößt . . .«

»Es ist ihm schon etwas zugestoßen«, erinnerte ihn Winter. »Und darum wollen wir lieber nichts herumliegen lassen, womit irgendein Schlauberger SOS funken könnte. Jetzt möchte ich noch sämtliche Funksprechgeräte haben, über die Sie sich miteinander verständigen, wenn das Schiff im Hafen liegt . . .«

Winter ordnete auch an, daß alle Besatzungsmitglieder, die keinen Dienst hatten, in Mackays Tageskajüte eingeschlossen wurden. Auf diese Weise vermied er eine Überlastung seiner Leute durch Überwachungsaufgaben. Wie er schon vor Monaten zu LeCat gesagt hatte, war ein großer Tanker das geeignete Objekt für ein Kaperunternehmen — keine Passagiere, eine Besatzung von nur achtundzwanzig Mann, alle wichtigen Räume in einem Teil des Schiffes, dem Brückenaufbau, zusammengedrängt.

Eben dies dämmerte Bennett jetzt. »Wie ich sehe, haben Sie Ihren Coup lange im voraus geplant«, meinte er bissig, während die Funksprechgeräte in der Kabine, die Winter zu seinem Hauptquartier bestimmt hatte, weggeschlossen wurden.

»Ich habe die ganze Sache in drei Tagen ausgearbeitet«, erwiderte der hagere Engländer. »Sie werden zugeben müssen, daß wir die Sache ganz gut im Griff haben. Sie können uns nicht vergiften, Sie können auf dem ganzen Schiff keine einzige Kabine aufschließen, und Sie können sich nicht mit der Außenwelt in Verbindung setzen. Habe ich etwas vergessen?«

»Falls mir etwas einfallen sollte«, stieß Bennett zwischen zusammengepreßten Zähnen hervor, »so werde ich's Ihnen bestimmt nicht verraten.«

»Ich bin gerade in Seattle«, sagte Sullivan zu Victor Harper, als er ihn endlich am Apparat hatte. »Ich habe schon versucht, Sie von Anchorage aus anzurufen . . .«

»Hat Miß Herries mir berichtet. Haben Sie mit Mackay gesprochen?«

»Nein. Das Schiff ist vorzeitig ausgelaufen . . .«

»Weiß ich«, unterbrach ihn Harper gereizt. »Im Ölhafen brach ein Feuer aus, und Mackay ist schleunigst abgedampft — mit zwei leeren Tanks . . . Verflixt noch mal. Augenblick . . .« Eine Pause trat ein. »Ich hab' gerade die verdammte Kerze umgestoßen. Ob Sie's glauben oder nicht, bei uns langt's nicht mal für Petroleumlampen — und dabei bin ich im Ölgeschäft. Außerdem ist mal wieder der Strom abgeschaltet . . .« Während es in Seattle 15.30 Uhr war, zeigten die Uhren in Harpers Haus in Sunningdale 22.30 Uhr. »Was ist denn nun mit der *Challenger*?« wollte der Präsident wissen.

»Nun, Sie wissen ja, daß ich der Meinung war, sie könnte das Ziel eines Anschlags sein. Ich bin einem Mann um die halbe Welt auf den Fersen geblieben – von Hamburg nach London und von dort weiter nach Anchorage und Seattle. Hier habe ich seine Spur verloren. Ein oder zwei Dinge sahen ein bißchen komisch aus – aber wenn ich der Sache nachgehen wollte, bin ich immer wieder in einer Sackgasse gelandet. Die Geschichte mit Swan, dem Funker, hat sich zum Beispiel als völlig harmlos aufgeklärt. Seine Frau begleitet ihn auf der *Challenger* . . .«

»Seine Frau begleitet ihn?« Harpers Stimme klang scharf. »Mackay langt die eine Frau, die er schon an Bord hat – zu allem auch noch eine Journalistin.«

»Was sagen Sie da, Mr. Harper? Wer ist die Frau an Bord?«

»Eine mir bekannte amerikanische Journalistin. Sie heißt Betty Cordell.«

»Und Sie meinen, Swans Frau sei nicht auf dem Schiff? Ich glaube, da irren Sie sich . . .«

»Ich irre mich nicht!« Auch Swan befindet sich nicht an Bord – selbst wenn *Sie* Gegenteiliges annehmen. Er konnte nicht mit, weil er krank ist.«

»Krank zu Hause, meinen Sie?« erkundigte sich Sullivan behutsam.

»Wo denn sonst?«

»Das ist genau die Frage, die ich mir stelle. Denn zu Hause ist er nicht – ebensowenig wie seine Frau. Ich bin nämlich dort gewesen. Beide sind am vergangenen Donnerstag um Viertel nach drei zum Schiff gefahren . . .«

»Haben Sie das selbst gesehen?«

»Nein«, erwiderte Sullivan gedehnt. »Und wenn ich's mir richtig überlege, so hat das niemand gesehen – aber sie sind fort . . .«

»Hören Sie, Sullivan . . .« Harpers wachsende Ungeduld war unverkennbar. »Es ist ein Ersatzfunker an Bord, ein gewisser Kinnaird. Also muß Swan zu Hause sein – oder aber im Krankenhaus.«

»Können Sie mir sagen, wann das alles passiert ist? Und wie ist Mackay so schnell zu diesem Kinnaird gekommen – ausgerechnet in Alaska!«

»Swan hat ihn empfohlen, kennt ihn also offenbar. War

ganz zufällig da und hatte wohl gerade keinen Job. Was den Zeitpunkt betrifft, so lese ich Ihnen am besten Mackays Funkspruch vor. *15.18 Uhr. Funker Swan erkrankt. Hat als Ersatz Georgeo Kinnaird empfohlen. Kinnaird reist auf dieser Fahrt mit. Mackay.* Damit dürfte alles geklärt sein . . .«

»Nein, gar nichts ist geklärt. Um Viertel nach drei rief Mrs. Swan von zu Hause eine Nachbarin an, um ihr mitzuteilen, sie werde ihren Mann auf der *Challenger* begleiten. Mackays Funkspruch zufolge ist Swan drei Minuten später plötzlich krank und hat bereits einen Ersatzmann gefunden.«

»Klingt doch sonderbar«, räumte Harper ein.

»Mehr als sonderbar — das sieht übel aus. Gibt es irgend etwas Ungewöhnliches bei dieser Fahrt der *Challenger*?«

»Nein. Weder Ephraim noch Kinnaird melden irgendwas, daß nicht in die Routine paßt . . .«

»Wer, zum Teufel, ist Ephraim?« fragte Sullivan.

»Ach, das wissen Sie noch nicht? Ephraim ist ein automatischer Monitor, den ich im Maschinenraum einbauen ließ — so ein Computergehirn, das selbsttätig die Maschinenleistung des Schiffes überprüft. Ist vom Tanker völlig unabhängig und funkt seine Daten an das Schiffahrtszentrum in Den Haag. Dort werden die Meldungen entschlüsselt und mir dann über Telex zugesandt. Die gesamte Prozedur dauert nicht einmal eine halbe Stunde.«

»Und wie zeichnet Ephraim heute das Bild der Lage?«

»Völlig normal. Die *Challenger* bewegt sich mit einer Geschwindigkeit von siebzehn Knoten durch eine leichte Dünung voran. Sie müßte den Ölhafen bei San Francisco pünktlich erreichen.«

»Und was hat Kinnaird zu berichten?«

»Dasselbe. Er schickt seine Routinemeldungen zu den üblichen Zeiten. Es ist immer ganz spannend, die Meldungen zu vergleichen — Funker und Computer stimmen völlig überein . . .«

Sein neuestes Spielzeug, dachte Sullivan. Wird's bald über haben. »Ich bleibe mit Ihnen in Verbindung«, sagte er. »Vielleicht rufe ich aus San Francisco an — dort will ich jetzt hin . . .«

»Ich dachte, Sie kämen nach Hause. Wieso auf einmal San Francisco?«

»Weil dort der Zielhafen der *Challenger* ist — und ich möchte dort sein, wenn sie einläuft . . .«

Danach telefonierte Sullivan mit Mulligan, dem Polizeichef von Anchorage. Er berichtete ihm, daß die Swans nicht an Bord der *Challenger* waren, und meinte, es wäre sicher nicht verkehrt, einen Streifenwagen zu ihrem Haus zu schicken und mit Madge Thompson, der Nachbarin, zu sprechen.

Mulligan reagierte mit der üblichen Energie. »Ich glaube, wir gehen noch ein Schrittchen weiter und geben eine Fahndung nach den Swans hinaus. Außerdem werde ich das ganze Gebiet des Matanuska-Tals von Streifenwagen durchkämmen lassen. Könnte natürlich auch sein, daß Swan das Verschwinden nur vorgetäuscht hat . . .«

»Wie kommen Sie auf diese Idee?«

»Versetzen Sie sich doch mal in seine Lage. Kommt alle zehn Tage kurz nach Hause und hat vielleicht Lust, mit seiner Frau mal so einen richtigen Skiurlaub oben in den Bergen zu machen. Also kriegt er einen Kumpel dazu, für ihn einzuspringen, und telefoniert dann mit Mackay, dem er erzählt, er sei krank. Wie schmeckt Ihnen das?«

»Gar nicht.«

»Na, mir auch nicht. Wir werden uns also überall umtun . . .«

Nach dem Gespräch mit dem Polizeichef informierte Sullivan sich über den Abflug der nächsten Maschine nach San Francisco. Er konnte — zumindest zu diesem Zeitpunkt — nicht wissen, daß sein Anruf bei Mulligan schon innerhalb weniger Tage Auswirkungen haben sollte, die um den halben Erdball reichten.

Winter hielt das Schiff ganz nach Plan hundertprozentig unter Kontrolle. Auf der Brücke standen zwei Wachen, drei weitere befanden sich im Maschinenraum, dem Herzen des Schiffes. Ein sechster Mann stand vor der verschlossenen Tageskajüte, in die man die dienstfreien Mitglieder der Besatzung gesperrt hatte, und ein siebenter bewachte die Kombüse, wo Wrigley, der Steward, und Bates, der Koch, die geheimnisvollen Riten ihrer kulinarischen Künste vollzogen. Ein achter Mann hielt vor dem Funkraum Wache. So blieb einschließlich Winter und

LeCat eine Reserve von sieben Leuten, die sich ausruhen und die anderen später ablösen konnten.

»Er ist ein verdammt guter Organisator — leider«, flüsterte Bennett auf der Brücke Mackay zu. »Und ich habe noch eine unangenehme Neuigkeit.«

Der Kapitän grunzte. »Was denn, zum Teufel?«

»Lanky Miller hat gesehen, daß Kinnaird in den Funkraum gegangen ist.«

»Na, sicher . . . dort gehört ein Funker doch auch hin . . .«

»Und die Wache bleibt draußen und läßt es zu, daß Kinnaird ihm die Tür vor der Nase zumacht?«

»Was!? Sind Sie sicher?«

»Miller ist ganz sicher. Sie verstehen, was das bedeutet. Die Kerle würden Kinnaird nie allein im Funkraum lassen, wenn er nicht unter einer Decke mit ihnen steckte.«

Mackay seufzte tief. »Sie hatten also recht — mit dem Burschen war etwas faul.«

»Konnte gar nicht anders ein. Das hätte ich spätestens in dem Augenblick kapieren müssen, wo die Terroristen an Bord kamen. Wie sollten die uns mitten im Pazifik finden, wenn sie nicht durch Kinnaird über unsere Position informiert waren? Betty Cordell hat ganz richtig vermutet — was sie kürzlich aus dem Funkraum hörte, waren tatsächlich Morsezeichen.«

»Na, wenigstens hat Winter sie zu ihrer Kabine zurückgehen lassen.« Mackay blickte zu einem der beiden Wachtposten. »War gar nicht nach meinem Geschmack, wie sie der Ganove dort beäugt hat. An schlechte Nachrichten werden wir uns auf dieser Fahrt wohl gewöhnen müssen, Mr. Bennett.«

»Ich habe noch mehr auf Lager . . .«

»Habe ich mir fast gedacht.«

»Da Kinnaird zu diesen Gangstern gehört, hat er natürlich Ihre letzte Meldung nicht gefunkt, daß wir die Hubschrauberbesatzung an Bord nehmen. Keine Hoffnung also, daß ein US-Kreuzer am Horizont auftaucht.«

»Das ist mir auch gerade aufgegangen«, erwiderte Mackay verbissen. Er dämpfte seine Stimme noch mehr. »Winter scheint an alles gedacht zu haben, nicht? Aber zum Glück ist kein Mensch vollkommen. Er hat nämlich ein Besatzungsmitglied vergessen, das nicht auf der Liste steht — Ephraim. Es ist nicht ohne Ironie, Mr. Bennett, — daß unser Leben womöglich von Harpers automatischem Spielzeug unten im Maschinen-raum abhängt — dem einzigen Besatzungsmitglied an Bord dieses Schiffes, das noch Handlungsfreiheit besitzt.«

Ephraim.

Engine Performance Remote Control Monitor, Maschinen-leistungsfernkontrollmonitor — entsetzliches Wortungetüm und daher kurzerhand Ephraim getauft. Das in die Kontrollta-fel eingebaute Elektronengehirn funkte seine Daten völlig selbsttätig über viele tausend Meilen hinweg zum Zentralcom-puter in Den Haag und erstattete während der Dauer der Fahrt ständig über die Leistung des Tankschiffes Bericht.

Ephraim meldete vieles — Treibstoffverbrauch, Kessel-drücke, Kesseltemperaturen, welche Kessel befeuert wurden und welche nicht. Er meldete die Geschwindigkeit der Maschi-nen und die Geschwindigkeit des Schiffes — was nicht immer dasselbe war; denn es konnte ja passieren, daß eine Maschine nicht richtig lief. Und er meldete den Grad, in dem der Tanker krängte und rollte — das hieß, er funkte seine eigenen Wetter-meldungen.

In seinem Londoner Büro fragte Victor Harper sich oft, ob Ephraim nur ein teures Spielzeug war oder ob die Anschaffung sich auszahlen würde. Denn Ephraim war wirklich teuer. Die Daten, die er ständig funkte, wurden vom Zentralcomputer im Internationalen Schiffahrtszentrum in Den Haag entschlüsselt und als Information über Telex nach London weitergegeben.

Kinnaird arbeitete mit Ephraim zusammen — ohne aller-dings auch nur die geringste Ahnung davon zu haben. Wenn für die Außenwelt auf der *Challenger* alles normal erscheinen sollte, mußte er auch weiterhin die regelmäßigen Routinemel-dungen nach London funken. Sie enthielten die Angabe der Schiffsposition und den Wetterbericht.

Solange Kinnaird mit Ephraim zusammenarbeitete, lief für Winter alles nach Wunsch. Sobald der Funker jedoch aus irgendeinem Grund eine falsche Wettermeldung durchgäbe — würde sich tief unten im Bauch des Schiffes Ephraim in einen automatischen Spion verwandeln, der London über die wirk-liche Lage auf dem Schiff informieren konnte.

Das zerlegbare Armalite .22 Gewehr mit Zielfernrohr, drei

Reservemagazine und ein gelber Karton mit fünfzig Schuß lagen in Betty Cordells Koffer ganz unten. Das Gewehr war auf den ersten Blick nicht einmal als Waffe zu erkennen, denn seine Einzelteile steckten in einer schildpattfarbenen Hülle. Sie bestand aus Schaumgummi und ging nicht unter, wenn man sie ins Wasser warf.

Betty Cordell war in ihrer Kabine allein. Sie griff nach dem Karton mit der .22 Hohlpunktmunition und wog ihn in der Hand. Es war ein angenehmes Gefühl, das für Augenblicke alle Angst verdrängte. Schließlich legte sie den Karton wieder zurück, betrachtete noch einmal die schildpattfarbene Hülle und legte dann einige Stapel Unterwäsche drüber, so daß der Kofferinhalt, falls jemand den Deckel aufklappen sollte, völlig harmlos wirkte. Schon als Kind hatte sie ein eigenes Gewehr besessen. Ihr Vater, ebenso eigenwillig und unabhängig wie sie selbst, hatte sie auf seinem Grundstück bei Pearl Blossom in der südkalifornischen Wüste im Schießen geübt. »Wir leben in einer brutalen Welt, Liebling«, pflegte er zu sagen. »Denk daran, wie deine Mutter in San Diego umgekommen ist — die Beute war eine Geldbörse mit fünfundzwanzig Dollar . . .«

Im Alter von acht Jahren hatte sie ihre Mutter verloren und war danach ausschließlich von ihrem Vater, einem Farmer, erzogen worden. Im Laufe der Jahre entwickelte sie sich zu einer hervorragenden Schützin, hatte jedoch noch nie an einer Jagd oder an einem Wettschießen teilgenommen. Doch das Gewehr war ihr ständiger Begleiter. Wenn sie daheim mit dem Auto durch die Wüste fuhr, hielt sie manchmal an, stellte eine Reihe von Konservendosen auf und veranstaltete ein Übungsschießen, bei dem jeder Schuß ein Treffer war.

Sie steckte sich eine Zigarette an — das geschah selten — und stand grübelnd in der Mitte des kleinen Raums. Der riesige Tanker krängte sacht, während er durch die Dünung in Richtung San Francisco dampfte, das kaum noch sechsunddreißig Stunden entfernt lag. Betty Cordells Überlegungen waren sehr einfach. Sie hatte genügend Munition, um sämtliche Terroristen an Bord zu töten. Allerdings hatte sie noch nie in ihrem Leben auch nur einen Vogel erschossen. Allein die Vorstellung des Tötens war ihr zutiefst verhaßt.

Plötzlich hörte sie hinter sich das leise Quietschen der Kabinentür. Sie drehte sich um. Im Eingang stand LeCat.

LeCat hielt eine volle Flasche Rotwein in der Hand. Hinter ihm schob ein bewaffneter Wachtposten grinsend den Kopf herein. Doch LeCat klappte ihm die Tür vor der Nase zu und lehnte sich dagegen. Betty Cordell verharrte bewegungslos. Sie musterte den Terroristen mit einem eiskalten, fast hochmütigen Blick. In ihrer Kehle saß ein Würgen. Sie empfand Angst und Zorn zugleich — Zorn über sich selbst, weil ihr Herz hämmerte und ihre Knie weich wurden.

»Sie brauchen keine Angst zu haben«, sagte LeCat rauh. »Wir hatten nicht damit gerechnet, eine Frau an Bord zu finden. Es wird aber nur ein paar Tage dauern — Sie können also genausogut das Beste draus machen — das Beste«, wiederholte er und starrte sie an.

»Mir ist nicht nach einer Unterhaltung zumute. Würden Sie bitte meine Kabine verlassen.«

Gott sei Dank klang ihre Stimme ruhig, fast anmaßend. Sie war selbst überrascht. Sie mußte mit der Situation fertig werden und sich den Kerl so rasch wie möglich vom Hals schaffen.

Er stellte die Flasche auf einen Tisch neben der Kabinentür und kam auf Betty Cordell zu. »Ich bin Junggeselle«, sagte er, »und mein Name ist LeCat. Ich habe viele Frauen gekannt — viele schöne Frauen . . .«

Sein Annäherungsversuch war so plump, daß sie sich einen Augenblick lang beherrschen mußte, ihm nicht laut ins Gesicht zu lachen. Hafennutten, dachte sie zynisch, die dürften seine Marke sein; bei mir weiß er nicht, wie er's anstellen soll, aber er wird seine Hemmungen schon bald überwinden. Dann roch sie plötzlich seinen Atem. Guter Gott, dachte sie, er ist betrunken . . .

Doch da irrte sie sich. Obwohl er zuvor eine Kognakflasche etwa zu einem Drittel geleert hatte, war LeCat keineswegs betrunken. Nur seine Bewegungen wirkten kaum merklich verlangsamt. Er konnte große Mengen Kognak zu sich nehmen und trotzdem ein bewegliches Ziel auf hundert Meter Entfernung treffen.

Betty Cordell trat wie absichtlich einen Schritt beiseite und stellte sich mit dem Rücken zur Stewardsklingel. »Ich wollte gerade ein Bad nehmen«, sagte sie. »Würden Sie bitte die Kabine verlassen — sofort!«

»Ein Bad?« Er blickte zum benachbarten Badezimmer. »Nehmen Sie ruhig Ihr Bad — hinterher trinken wir dann ein bißchen zusammen . . .«

»Machen Sie, daß Sie hinauskommen, LeCat, und zwar auf der Stelle. Andernfalls sage ich dem Wachtposten, er soll Winter holen . . .«

»Der Posten ist Franzose wie ich und gehorcht mir«, erwiderte LeCat gleichmütig.

Daß dieser Satz von Bedeutung für die zukünftige Entwicklung sein könnte, begriff Betty Cordell nicht. Ihr Augenmerk war nur darauf gerichtet, wie sie mit der jetzigen Bedrohung fertig werden konnte. Sie straffte sich, verschränkte die Hände auf dem Rücken, nahm eine überaus arrogante Haltung ein. Das schien dem Tier auch noch zu gefallen: Ein eigentümlicher Glanz trat in LeCats Augen, mit einem Finger wischte er sich den Speichel von den Lippen. Während er abgelenkt war, tastete Betty Cordell nach dem Klingelknopf an der Wand. »Winter wird Sie wahrscheinlich umbringen«, sagte sie.

»Wenn Sie diesen Namen noch einmal aussprechen, schlage ich Sie windelweich . . .« Die Wut in seinen Augen war unverkennbar, und seine Stimme war haßerfüllt. Die Heftigkeit seiner Reaktion brachte Betty Cordell für Sekunden aus der Fassung. Dann hatte sie sich wieder in der Gewalt. Sie trat einen Schritt zurück und drückte heftig auf den Klingelknopf.

»Nehmen Sie Ihr Bad!« befahl LeCat genüßlich. »Und machen Sie sich nicht die Mühe, sich hinterher wieder anzuziehen . . .«

Er stand so nahe, daß sie nicht einmal ins Badezimmer gelangen konnte, als plötzlich die Kabinentür aufging und Wrigley, der Steward, geschäftig hereinkam. Er war ein Mann mittleren Alters, ziemlich groß, doch erstaunlich flink. Als LeCat ihn über die Schulter hinweg anfunkelte, blieb er einen Moment stehen und runzelte die Stirn. Doch scheinbar fand er soweit alles normal, denn er begann, unbekümmert drauflos zu schwatzen.

»Frischgekochter Kaffee, Miß Cordell — stark, ganz wie Amerikaner ihn mögen . . .« Er stellte die Sachen von seinem Tablett auf den Tisch. »Am besten trinken Sie ihn gleich, solange er noch richtig heiß ist. Das wird Ihnen helfen, bei Kräften zu bleiben . . .« Er warf einen Blick auf LeCat. »Sie werden wohl gleich einen Besucher haben — Mr. Winter war in der Kombüse und sagte, er wolle vorbeischauen und sehen, wie Sie zurechtkämen. Sonderbarer Mensch . . .«

Wrigley brach ab, als LeCat auf dem Hacken kehrt machte und die Kabine verließ.

»Vielen Dank, Wrigley«, murmelte Betty Cordell, während sie nach der Kaffeekanne griff. »Sie sind gerade noch rechtzeitig gekommen . . .«

Fünf Minuten später erfuhr Winter von dem Vorfall. Wrigley begegnete ihm, als er in Begleitung seiner Wache zur Kombüse zurückging, und zögerte keinen Augenblick, ihn ins Bild zu setzen. Winter reagierte unverzüglich. Er ließ LeCat zu sich in die Kabine kommen.

»Ich habe Ihnen gesagt, daß Sie die Amerikanerin in Ruhe lassen sollen . . .«

»Sie wollen sie ja nur für sich selbst . . .«

Mit drei Schritten war Winter bei LeCat, der in automatischem Reflex seine Pistole aus dem Schulterhalfter ziehen wollte. Winters Finger klammerten sich um sein Handgelenk und gruben sich ins Nervenzentrum. Die Hand LeCats am Pistolengriff war wie gelähmt. Die schlaffen Finger ließen die Waffe los, als Winter die Hand mit hartem Ruck herumdrehte, bis LeCat mit dem Rücken zu ihm halb am Boden kauerte. Ein stechender Schmerz durchbohrte sein Schultergelenk. Aus Angst, seinen Arm zu brechen, wagte er keine Bewegung.

»Sie werden mir den Arm brechen . . .«, keuchte er.

»Ich werde Ihnen das Genick brechen . . .«

Winter zwang den gekrümmten Mann bis dicht zum Rand der Koje. Dann lockerte er seinen Griff ein wenig, und als LeCat den Kopf um einige Zentimeter hob, packte er ihn mit der freien Hand im Nacken und drückte seine Kehle gegen die harte Holzkante der Koje. Die harte Kante rieb am Adamsapfel seines Opfers. »Eine heftige Bewegung, und Ihr Genick ist gebrochen«, drohte Winter leise. »Das wissen Sie doch, nicht wahr?«

»Winter, bitte . . . ich flehe Sie an . . .«

LeCat war in Todesängsten. Er wußte genau, was geschehen konnte — er selbst hatte es in Algerien einmal so gemacht. Eine Bewegung, ein harter Ruck, und aus.

»Wenn Sie während der übrigen Reise auch nur noch einmal in die Nähe dieser Frau kommen, sind Sie tot«, sagte Winter in einem Tonfall, als ob er gerade eine Unterhaltung über das Wetter führte.

Er zog den Kopf des Franzosen an einem Büschel Haare aus der Koje empor, drehte ihn zu sich herum und gab ihm einen Stoß. LeCat schoß vorwärts, krachte gegen die Wand und stürzte zu Boden. Von der Wucht des Aufpralls benommen, raffte er sich langsam hoch und verließ die Kabine. Winter war ihm durch den Zwischenfall nicht eben sympathischer geworden, doch die eigentliche Schuld an seiner Demütigung sah er bei der Amerikanerin. Zu seiner primitiven Begierde gesellte sich bitterer Haß.

Knapp eine Stunde vor Einbruch der Nacht wurde der Hubschrauber von der *Challenger* zur *Pêcheur* zurückgeflogen. Am Steuer saß der einzige der Terroristen, der — außer Winter — eine solche Maschine fliegen konnte. Er orientierte sich an den Funksignalen des Trawlers, der sich etwa hundert Meilen südlich von der *Challenger* befand. Kaum gelandet, wurden die Kennzeichen des Helikopters mit eigens hierfür gefertigten Segeltuchstücken bedeckt. An Bord des Trawlers fiel die Maschine nicht weiter auf. Wäre sie jedoch von einem Flugzeug oder einem Schiff auf dem 50 000-Tonnen-Tanker gesichtet worden, so hätte das sicher Verdacht erregt.

Vor dem Abflug war der Hubschrauber von LeCat und André Dupont entladen worden. Die ganze Ausrüstung, mit der die Terroristen sich in Sicherheit bringen wollten: das Zodiac-Schlauchboot, der Außenbordmotor, die Tauchanzüge, alles fand seinen Platz in der Zimmermannswerkstatt unter dem Vorderdeck. Und da die Arbeit mehrere hundert Meter vom Brückenaufbau entfernt ausgeführt wurde, merkte dort auch niemand, daß sich unter den Gegenständen ein eigentümliches kofferartiges Gebilde befand. Es wog fast zweihundert Pfund und ließ sich daher nur mit einiger Mühe über die Leiter in den übervollen Raum schaffen.

12

Die Überlegungen, die Scheich Gamal Tafak bewogen, im ersten Stock eines Gebäudes am Rande von Baalbek im Libanon seine Geheimzentrale zu errichten, waren zum Teil politischer Natur — der saudiarabische Ölminister hielt es für besser, von der Bildfläche zu verschwinden, bis das Unternehmen in San Francisco abgeschlossen war. Wer unauffindbar ist, braucht keine Fragen zu beantworten, und es gab im Nahen Osten gewisse Staatsmänner, die über Tafaks extremistische Ansichten bereits stark beunruhigt waren.

Aber das war nicht der einzige Grund. Ein anderer war einfacher, menschlicher — Tafak hatte Angst vor Attentaten. Überall schwirrte es von Gerüchten, daß israelische Killer unterwegs seien. Man flüsterte sich sogar zu, daß britische und amerikanische Geheimdienstleute mit dem israelischen Nachrichtendienst zusammenarbeiteten. In Baalbek, wo ihn niemand persönlich kannte, fühlte Tafak sich sicher.

Die erste Meldung, die er in seiner neuen Zentrale erhielt, kam von Winter. Keine dreißig Minuten nach der Kaperung der *Challenger* ging ein kurzer, anonymer Funkspruch an das Konsulat der Vereinigten Arabischen Republik in San Francisco. *Avocadoladung geliefert.* In einem abgeschlossenen Raum des Konsulats hob Talaal Ismail das Telefon ab und ließ sich mit einer Nummer in Paris verbinden. Von dort gelangte die Meldung nach Athen und dann weiter nach Beirut. Der Mann, den Ahmed Riad in einer Wohnung in Beirut postiert hatte, leistete sich einen bösen Schnitzer, als er mit Tafak telefonierte. Beim Durchgeben der Nachricht von der Kaperung des Tankers redete er den Minister mit ›Exzellenz‹ an. »Keine Titel«, fauchte Tafak und knallte den Hörer nach der Meldung auf die Gabel. Auf die Idee, daß das Gespräch abgehört worden war, kam er allerdings nicht.

Die Telefonistin, die im Wohnblock in der Beiruter Lafayette-Straße am Klappenschrank saß, wartete einen Augenblick. Erst als beide Gesprächspartner aufgelegt hatten, stellte sie die Klappe zurück und nahm die anderen Gespräche an, die inzwischen warteten.

Sie war nervös. Zum erstenmal hatte sie für Geld eine Leitung abgehört. Sonst tat sie das gelegentlich aus Langeweile, wenn etwa eine Ehefrau heimlich ihren Liebhaber anrief, während der Ehemann nicht zu Hause war. Doch das stand auf einem anderen Blatt. Viele Telefonistinnen leisteten sich dieses Vergnügen, jedenfalls glaubte Lucille Fahmy das. Aber gegen Bezahlung? Das konnte gefährlich werden. Und wer war ›Exzellenz‹?

Als sie eine halbe Stunde später abgelöst wurde, wechselte sie mit dem jungen Mann, der den Nachtdienst übernahm, nur wenige Worte. Sie drückte ihre Handtasche fest an sich und ging zum Café Léon. Kaum drei Minuten, nachdem sie an einem Ecktisch Platz genommen hatte, tauchte der Mann mit dem düsteren Gesicht auf. »Guten Abend, Lucille . . .« Er begrüßte sie wie eine gute alte Bekannte. Um sich durch den Lärm der Musikbox vernehmlich zu machen, aus der gerade die jüngste Tom-Jones-Platte ertönte, beugte er sich über den Tisch. Es war sechs Uhr abends. Libanesische Teenager strömten ins Café. Im Gegensatz zur Kühle draußen war es hier heiß und stickig — an Heizöl brauchte man ja nicht zu sparen.

Der Mann mit dem düsteren Gesicht bestellte Kaffee und Gebäck. Lucille steckte sich mit leicht zitternder Hand eine Zigarette an.

»Er hat telefoniert«, sagte sie. Der Mann hatte sie nicht verstanden. Sie mußte den Satz wiederholen. »Zum erstenmal seit fünf Tagen. Wann — wann bekomme ich etwas Geld?«

Der Mann klopfte mit der flachen Hand gegen seine Brusttasche. »Ich habe die fünfzig Dollar bei mir. War es ein Ortsgespräch?«

»Nein. Eine Nummer in Baalbek. Ich habe sie in meiner Handtasche.«

»Gib sie her.«

Sie zögerte und zog dann einen zusammengefalteten Geldschein heraus, auf dem die Nummer stand. Ein etwaiger Beobachter mußte annehmen, daß der Mann im Augenblick knapp bei Kasse war oder Kleingeld brauchte und sich von seiner Freundin aushelfen ließ.

Er steckte den gefalteten Geldschein in seine Brieftasche, in der er eine identische, ebenso gefaltete Banknote trug. Damit würde er später bezahlen — nur eine Vorsichtsmaßnahme, falls er tatsächlich beobachtet wurde.

»Können Sie herausbekommen, wessen Telefonnummer das ist?« fragte sie.

Wiederum zeigte sie Nervosität. Sie stellte die Frage nur, um irgend etwas zu sagen. Natürlich konnte er im Libanon jede Nummer und die zugehörige Adresse ausfindig machen — denn es war die Adresse, die ihn interessierte. Lucille wartete, bis Kaffee und Gebäck serviert waren, und lehnte sich vor. »Er hat etwas von Avocados gesagt — Avocado-Ladung geliefert. Ach ja, und dann hat er den Mann am anderen Ende Exzellenz genannt . . .«

»Läßt sich denken . . .« Ihr Tischgenosse, der ihr erzählt hatte, sein Name sei Alter, schien über alles genau im Bilde zu sein — zumindest versuchte er, diesen Eindruck bei ihr zu erwecken. Jetzt begriff er auch, weshalb sie so nervös war. Wie so viele Menschen im Nahen Osten fürchtete sie sich vor den Mächtigen.

Er beugte sich über seine Tasse, um seine Überraschung, seine Hoffnung zu verbergen. Es sah so aus, als ob sie Tafak gefunden hätten.

Eine Londoner Zeitung hörte von dem Gerücht, sah sich jedoch durch eine sofortige Verfügung gezwungen, die Hände von dem heißen Eisen zu lassen. Das Gerücht entsprach der Wahrheit.

Der britische Premierminister war unter größter Geheimhaltung zum Lyneham-Luftstützpunkt in Wiltshire gefahren, einem der abgelegeneren Flugplätze im Bereich von Salisbury Plain. Der Zeitplan stimmte auf die Minute: Während das Auto auf die Flugplatzgebäude zujagte, löste sich aus dem grauen Gewölk oben eine Trident und setzte auf der nahen Rollbahn auf.

Nachdem die Maschine zum Halten gekommen war, wurde der Premierminister sofort an die Gangway herangefahren, auf der ein Mann erschien, der federnd die Stufen herablief und in den Fond des wartenden Autos stieg.

Wären Reporter zur Stelle gewesen, sie hätten diesen Mann auf den ersten Blick womöglich für General Villiers gehalten, trug er doch eine schwarze Augenklappe. Aber General Villiers befand sich in diesem Augenblick viele tausend Kilometer entfernt. Also mußte es sich bei dem geheimnisvollen Besucher um jemand anders handeln. In der Tat hatte er starke Ähnlichkeit mit einem anderen Militär, dessen Bild oft auf den Seiten der Weltpresse erschienen war — einem gewissen israelischen General.

Das ereignete sich am Nachmittag des 19. Januar, jenem Tag, als Winter die *Challenger* unter seine Kontrolle brachte.

Den Entschluß, Betty Cordell frei auf dem Schiff umhergehen zu lassen, faßte Winter unmittelbar nach dem Vorfall mit LeCat. Daß sich eine Frau an Bord des Tankers befand, hatte ihn bestürzt. Er kannte die ehemaligen OAS-Terroristen nur zu genau und überlegte, daß es für die Amerikanerin sicherer war, sich frei auf dem Schiff zu bewegen als in ihrer Kabine eingeschlossen zu sein. Er teilte ihr seine Entscheidung selbst mit. »Sie können auf der *Challenger* umherstreifen, soviel Sie wollen, aber Sie müssen sich stündlich bei dem Wachhabenden Offizier auf der Brücke melden. Verstanden?«

Sie betrachtete sein ungewöhnliches Gesicht, die knochige Hakennase, den breiten, festen Mund, die braunen Augen, deren Blick so distanziert und durchdringend zugleich wirkte. »Warum tun Sie das?« fragte sie ruhig.

»Weil es scheint, daß Sie sicherer sind, wenn Sie sich nicht in einer verschlossenen Kabine befinden.«

»Das meine ich nicht. Ich meine, warum beteiligen Sie sich an so einem verbrecherischen Unternehmen?«

»Geld.«

Abrupt machte er kehrt und verließ die Kabine. Wenig später begann Betty Cordell ihren Rundgang durch das Schiff, das immer noch durch eine sachte Dünung dampfte. Es war ein nervenaufreibendes Gefühl, an das sie sich nie ganz gewöhnen konnte — einen Gang entlangzugehen, während ihr aus einiger Entfernung ein Terrorist mit der Pistole in der Hand entgegenblickte; um eine Ecke zu biegen, nach der man einen verlassenen Flur erwartete und prompt auf den nächsten bewaffneten Terroristen stößt; oder die eiligen Schritte eines dieser Gangster hinter sich zu hören, der, wie sich herausstellte, nur sehen wollte, wohin sie ging.

Trotz all ihrer Beklemmung arbeitete ihr Verstand präzise. Zum einen vermerkte sie alles, was sich für die Story verwenden ließ, die sie später zu schreiben hoffte — *Augenzeugenbericht über das Hijacking der Terroristen.* Zum anderen registrierte sie genau, wo die Wachtposten standen — um die Information bei der nächsten sich bietenden Gelegenheit Bennett zukommen zu lassen. Anzeichen für einen Widerstand seitens der britischen Besatzung gab es nicht. Zumindest äußerlich wirkten die Männer noch wie betäubt. Doch die Amerikanerin witterte eine eigentümliche Atmosphäre, vor allem im Maschinenraum.

Der Wachtposten, ein Mann mit ausdruckslosem Gesicht, trat beiseite, um sie in den Maschinenraum zu lassen — mit gewohnter Perfektion hatte Winter bereits alle Terroristen darüber informiert, daß sich die Journalistin auf dem Schiff frei bewegen durfte. Sie begann in der dunstigen, dampfigen Luft bereits zu schwitzen, während sie noch von der hohen Plattform hinabblickte in die Eingeweide des Schiffes. Der Lärm war ohrenbetäubend wie das Donnern von Dampfhämmern, überall war Bewegung; die stampfenden Kolben waren für Betty Cordell ein Buch mit sieben Siegeln. Sie stieg die Leiter hinab.

Zehn Meter ging es steil hinunter, doch Betty war schwindelfrei — sie war oft in den Schluchten der Sierras herumgeklettert. Dann schlängelte sie sich unten zwischen der Maschinerie hindurch und sah die Männer, die sie schon kannte und mit denen sie gesprochen hatte, als die Piraten noch nicht an Bord waren. Da war zum Beispiel Monk, ein untersetzter Mann Anfang dreißig, sehr zäh und wohl ein rechtes Rauhbein. Jetzt klebte ihm das dunkle Haar platt am großen Schädel, und während er sich an einem öligen Lappen die Hände abwischte, nickte er Betty zu, wirkte jedoch eigentümlich abwesend — als grüble er über etwas Wichtiges nach.

Bert Foley, ein kleiner, glatzköpfiger Mann von vierzig, warf einen absichernden Blick zum Wachtposten auf der Plattform oben und sagte rasch: »Wird schon alles wieder werden, Miß. Nur Geduld . . .« In Gegenwart der britischen Seeleute begann sie sich wohler zu fühlen. Sie nahm undeutlich wahr, daß irgendwas in der Luft lag — ein Hauch von Verschwörung. Aber das war doch unmöglich. Winter hatte dafür gesorgt, daß die verschiedenen Teile der Besatzung während des Dienstes miteinander keine Verbindung aufnehmen konnten. In diesem Augenblick sah sie Wrigley, den Steward, die Leiter herabklettern. Mit der einen Hand hielt er sich fest, auf der andern balancierte er ein Tablett. Sobald er unten anlangte, eilte er zur Kontrollplattform, von wo der erste Maschinist seine Befehle gab. Brady, ein stämmiger, grauhaariger Mann Anfang fünfzig, nickte dem Steward zu und nahm sich einen Becher Tee und ein Schinkensandwich. Langsam begann er zu essen. Soweit wirkte hier alles normal. Betty warf einen Blick auf ihre Armbanduhr. Sie mußte sich in Kürze beim Wachhabenden Offizier melden und wollte ihm bei dieser Gelegenheit die augenblickliche Verteilung der Wachtposten über das Schiff mitteilen.

Sie wurde das Gefühl nicht los, daß unter der Oberfläche irgend etwas im Gange war. Sie stieg zur Kontrollplattform hinauf, stellte sich neben Brady und deutete dann auf ein schwarzes, kastenähnliches Ding, das in die Kontrolltafel eingebaut war. »Was für einen Zweck hat das denn — bewahren Sie darin etwa Ihre Sandwiches auf?« fragte sie lächelnd, eigentlich nur, um etwas zu sagen.

Ein Mann mit fleckenloser weißer Weste, der dicht bei Brady stand, drehte sich hastig herum und starrte Betty Cordell erschrocken an.

»Weitermachen, Wilkins«, sagte der erste Maschinist ruhig und grinste dann. »Gehört zur Standardausrüstung, Miß.« Mit der flachen Hand klopfte er sich auf seinen massigen Bauch. »Meine Sandwiches verstaue ich hier.«

Das schwarze, kastenähnliche Gebilde, auf das die Journalistin gedeutet hatte, war das einzig äußere Anzeichen für die Existenz von Ephraim, und der erste Maschinist wußte nur zu gut, daß der Computer den einzigen Kontakt zur Außenwelt darstellte — selbst wenn die Kommunikation nur einseitig war.

»Ich komme mir vor wie in der Kriegsgefangenschaft«, flüsterte Mackay im Navigationsraum Bennett zu. »Der Käfig, in dem wir stecken, ist mein eigenes Schiff. Zum Glück haben wir eine Möglichkeit gefunden, einander Nachrichten zukommen zu lassen. Das ist in einer solchen Lage zunächst einmal das Wichtigste . . .«

Den Nachrichtendienst besorgte Wrigley. Fast unablässig war er in Bewegung, um sowohl der britischen Besatzung als auch den Terroristen Kaffee und Essen zu bringen. Winter hatte das vorausgesehen und daher einen seiner Leute damit beauftragt, den Steward bei allen Gängen durch das Schiff zu begleiten.

Daß es Bennett trotzdem gelang, Wrigley als Boten zu benutzen, ahnte Winter nicht. Die Nachrichten, die er übermittelte, waren auf winzige Stückchen Papier gekritzelt, die unter Tellern, Tassen, Kaffeekannen, oder was sonst auf dem Tablett stehen mochte, verborgen wurden. Und noch etwas hatte Winter nicht vorausgesehen, etwas, das auch jetzt seiner Aufmerksamkeit entging. Auf der Brücke entwickelte man urplötzlich einen gewaltigen Kaffeedurst — und gab Wrigley dadurch Gelegenheit, sich noch häufiger nützlich zu machen.

Eine weitere unbemerkte Änderung im sonstigen Dienstablauf waren die häufigen Besprechungen, zu denen sich der Kapitän und sein Erster Offizier in den Navigationsraum hinter der Brücke zurückzogen.

Beim erstenmal zeigte sich der französische Wachtposten mißtrauisch.

»Wir müssen unseren Kurs überprüfen«, erklärte Mackay dem Terroristen, einem Mann namens Dupont, der Englisch verstand. »Deshalb gehen wir jetzt in den Navigationsraum . . .«

Als er dann mit Bennett drinnen am Navigationstisch stand, bemerkte er, daß ihnen der Franzose gefolgt war. Er starrte Dupont ärgerlich an. »Hören Sie«, sagte er, »Navigation ist kein Kinderspiel, da muß man sich konzentrieren können. Solange Sie da mit Ihrer Pistole herumfuchteln, kann ich nicht arbeiten. Wenn Ihnen daran liegt, daß wir den Tanker sicher nach San Francisco bringen, müssen Sie draußen bleiben . . .«

»Außerdem«, fügte Bennett hinzu, »haben Sie hier alles durchsucht und die andere Tür abgeschlossen. Wir können also nur über die Brücke wieder hinaus. Lassen Sie uns in Ruhe arbeiten, oder wir schmeißen den ganzen Kram hin.«

Dupont zögerte unwillkürlich, während Mackay nach einem Zirkel griff und Bennett sich über den Tisch beugte. Die beiden Männer schienen seine Anwesenheit vergessen zu haben. Er zuckte die Schultern und begab sich zu seinem Platz auf der Brücke zurück; von dort konnte er die Tür zum Navigationsraum im Blick behalten.

»Mr. Bennett«, sagte Mackay ruhig, »unser Nachrichtensystem funktioniert ausgezeichnet. Doch Ihre Idee, einen Mann verschwinden zu lassen, behagt mir nicht.«

»Wir können doch nicht einfach tatenlos herumstehen und zusehen«, widersprach der Erste Offizier leise. »Ich will einen Aufstand organisieren. Ohne den Kerl, der mit dem Hubschrauber weggeflogen ist, zählen die Terroristen vierzehn Mann. Wir hingegen sind achtundzwanzig, jeweils zwei gegen einen . . .«

»Aber die andern sind bewaffnet . . .«

»Wir müssen versuchen, ein oder zwei ihrer wichtigen Leute zu erledigen. Dann wird das Verhältnis für uns günstiger. Winter würde ich noch nicht aufs Korn nehmen — er ist der einzige, mit dem man reden kann, und außerdem geht der bestimmt nicht so schnell in eine Falle. Ich habe an LeCat gedacht. Er ist ein ausgemachter Schweinehund und übrigens so etwas wie Winters Stellvertreter.« Dupont steckte den Kopf in den Navigationsraum, und Bennett deutete mit dem Zeigefinger auf die Seekarte, als wolle er eine bestimmte Stelle bezeichnen. Duponts Kopf verschwand wieder. »Während der Wachtposten sich mit Wein vollaufen ließ«, fuhr der Erste Offizier fort, »hatte ich Gelegenheit, ein Wort mit Brady zu wechseln. Er sagt, Monk würde sich liebend gern ein bißchen um LeCat kümmern — es muß ihm allerdings zuerst gelingen, von der Bildfläche zu verschwinden, ohne daß Winter es merkt . . .«

»Gefällt mir nicht«, meinte Mackay. »Gewalt zeugt Gewalt . . .«

»Ist das etwa unsere Schuld?« entgegnete Bennett. »Diese Kerle haben die *Challenger* gewaltsam unter ihre Kontrolle gebracht, und nur das rechtzeitige Erscheinen von Wrigley hat LeCat daran gehindert, Miß Cordell zu vergewaltigen. Unter diesen Männern sind mehrere Killer, und einer ist LeCat. Auf See kommt es doch öfter vor, daß ein Mann über Bord geht . . .«

»Ich werde mir die Sache durch den Kopf gehen lassen.«

»Eine stürmische See wäre ganz vorteilhaft — und mir scheint, da ist bereits was im Anmarsch.«

»Sie meinen diesen Taifun? Der dürfte uns kaum erwischen.«

»Ich bin da nicht so sicher, Sir. Taifune haben die schlechte Angewohnheit, ihre Richtung zu ändern. Auf alle Fälle müssen wir vorbereitet sein — und das heißt auch, daß wir versuchen müssen, Monks Verschwinden zu arrangieren.«

»Vielleicht haben Sie recht.« Der Kapitän starrte vor sich hin, während er das Für und Wider abwog. Falls Winter irgend etwas zustieß und LeCat das Kommando übernahm, war das Leben der Besatzung keinen Pfifferling mehr wert. »Also gut«, sagte Mackay, »dann versuchen wir es, aber Monk soll sich in acht nehmen . . .«

»Es wird wie ein Unfall aussehen«, versicherte Bennett.

Um 22.00 Uhr dampfte die *Challenger* noch immer durch eine leichte Dünung. Es waren noch genau zwei Stunden bis zum Montag, dem 20. Januar.

Der Taifun Tara kam aus jener Wetterecke der Welt, aus der die gefährlichsten und heftigsten Stürme kommen — dem Nordpazifik. Als erster entdeckte ein US-Wettersatellit das drohende Anwachsen des Taifuns. Später bestätigte ein US-Wetterflugzeug, daß sich nordöstlich von Hawaii etwas Ungeheures zusammenbraute.

Alle Wetterberichte, die Kinnaird empfing, gab er an Winter weiter, der sie Mackay überließ, sobald er sie selbst gelesen hatte. Schließlich mußte der Kapitän wissen, wie er dran war, wenn er den Tanker nach San Francisco bringen sollte. Nachdem Mackay den Funkspruch mit der Meldung über den Taifun Tara gelesen hatte, ging Winter mit dem Zettel wieder zum Funkraum zurück. Kinnaird, den dieser Job, der ihm die Traumsumme von zehntausend Pfund verschaffen sollte, zunehmend nervös machte, saß vor dem Morsegerät. Es war Montag, der 20. Januar, fünf Uhr früh.

»Wann geht die nächste Routinemeldung an Harper in London raus?« fragte Winter.

»Innerhalb der nächsten Stunde . . .«

Rasch, doch gut leserlich schrieb Winter einige Zeilen auf. »Fügen Sie diese Wettermeldung ein. Natürlich müssen Sie die Sätze so umformulieren, wie es dem technischen Jargon entspricht.«

Kinnaird starrte auf das Blatt Papier. »Ich kapiere nicht ganz . . .«

»Weil Sie, wie die meisten Menschen, nicht vorausdenken können. Es ist nicht auszuschließen, daß man uns in San Francisco nicht gleich in die Bucht lassen will. Aus einer Reihe von ganz normalen Gründen, zuviel Schiffsverkehr, Nebel, was weiß ich. Aber wenn die Hafenbehörde glaubt, daß wir im Sturm havariert sind, Verletzte an Bord haben, wird sie uns keine Schwierigkeiten machen.«

»Sie könnten recht haben . . .«

»Ich muß recht haben − in neunzig Prozent aller Fälle. Sonst würde das Unternehmen mit Sicherheit schiefgehen.«

Die Meldung, die Winter aufgeschrieben hatte, klang einfach und eindringlich. *Fahren durch Sturmgebiet. Zwei Seeleute verletzt und dienstunfähig. Hauptdeck unter Wasser. Geschwindigkeit auf effektiv acht Knoten reduziert. Windgeschwindigkeit hundertsiebzig Stundenkilometer. Mackay.*

Tief unten im Maschinenraum, nur etwa fünfunddreißig Meter von Winter und Kinnaird entfernt, funkte Ephraim, der Denkroboter, weiterhin seine Daten zum Zentralcomputer im fernen Den Haag und meldete getreulich die augenblickliche Geschwindigkeit, *siebzehn* Knoten . . .

Zu den Kontrollmaßnahmen, die Winter sicherheitshalber angeordnet hatte, gehörte auch ein häufiges Abzählen der Besatzungsmitglieder. Die meisten Sorgen bereitete ihm der riesige, höhlenartige Maschinenraum. Während der Tanker auf See war, hatten dort, Brady, den ersten Maschinisten, eingeschlossen, sieben Männer Dienst, und im Gewirr der Röhren und Leitungen konnte sich leicht einer verstecken.

Um sechs Uhr früh − weniger als vierundzwanzig Stunden von San Francisco entfernt − gab Brady von seiner Kontrollplattform aus ein Zeichen an Monk, der daraufhin sofort hinter der Stahltür des Wartungsraums verschwand. Der erste Maschinist lächelte grimmig. Er ging ein kalkuliertes Risiko ein: Diesmal war LeCat an der Reihe, um die sieben Männer im Maschinenraum abzuzählen.

Die Chance lag darin, daß LeCat kaum hier unten gewesen war und die Männer nicht kannte. Es blieb ein Risiko, weil LeCat selbst das Abzählen vornehmen würde. Brady beobachtete ihn beim Herabsteigen der Leiter und hoffte im stillen, daß er sich dabei den Hals bräche. Vergeblicher Wunsch: Rasch und gewandt kletterte LeCat herunter und winkte einer der Wachen oben, ihm zu folgen.

Wenig später stand er neben Brady auf der Kontrollplattform. »Wir werden die Besatzung durchzählen«, sagte er. »Keiner rührt sich von der Stelle!« Er hatte seine Skorpion-Pistole in der Hand und hielt sie, offenbar mit großem Vergnügen, auf Bradys voluminösen Bauch gerichtet. »Wer nicht pariert, bekommt eine Kugel.«

Brady konnte nicht mehr an sich halten und brüllte, um sich durch den Maschinenlärm verständlich zu machen: »Wenn Sie wollen, daß dieser Eimer nach San Francisco kommt, dann sehen Sie zu, daß Sie mit Ihrer Zählerei fertig werden — und machen Sie, daß Sie aus meinem Maschinenraum hinauskommen!«

»Was du nicht sagst!« LeCat schob seine Pistole vor, bis der Lauf Bradys Bauch berührte. Wilkins, der neben dem ersten Maschinisten stand, brach der Angstschweiß aus. Aber hier unten im Maschinenraum schwitzte jeder, und LeCat genoß die Hitze sogar — sie erinnerte ihn an Algerien.

»Was du nicht sagst!« wiederholte er. »Ich brauche nur den Finger krumm zu machen, und schon haben wir ein bißchen Futter für die Haie . . .«

Brady stand mucksmäuschenstill und hielt seinen Blick auf die Pistole gerichtet. »Sie brauchen nur den Finger krumm zu machen, damit Sie nie wieder das Festland sehen. Ich halte nämlich dieses Schiff in Bewegung — das kann nicht einmal der Kapitän.«

LeCat verzog den Mund zu einem unangenehmen Lächeln und ließ die Waffe sinken. »Da hast du wohl recht«, sagte er gedehnt. »Aber wenn wir Kalifornien erreicht haben, werden wir dich doch kaum noch brauchen, wie?« Mit dieser beunruhigenden Aussicht ließ er Brady stehen und begann, die Besatzung abzuzählen.

Die Männer waren über den ganzen Maschinenraum verteilt, und LeCat mußte sich selbst seinen Weg durch die Maschinerie suchen. Doch er war sich seiner Sache sicher: Aus Angst vor einer Kugel würde keiner der Briten wagen, sich von der Stelle zu rühren. Er zählte drei Männer und bog dann um eine Ecke, wo er auf Foley stieß, der sich gerade über ein Schutzgitter beugte, während er dem Franzosen seinen Rücken zuwandte.

»Vier . . .«

LeCat und die Wache schritten weiter. Kaum waren sie um die nächste Ecke verschwunden, als Foley sich in Bewegung setzte. Rasch zog er sich das Hemd aus, so daß er mit nacktem Oberkörper stand, und langte nach einer schmuddeligen Mütze, die er sich auf den kahlen Schädel stülpte. Auf Händen und Knien kroch er flach über den Boden, bis er unterhalb der Kontrolltafel ankam. Brady hielt den Wachtposten im Auge, der oben am Eingang postiert war, und gab dann ein Zeichen. Foley erhob sich und ging fünf Schritt, bis er neben Lanky Miller stand. Dort zog er eine große Hornbrille aus der Tasche und setzte sie auf.

Dreißig Sekunden später erschien LeCat und blieb stehen, um die beiden Männer zu mustern. »Sechs . . . sieben.« Die Besatzung des Maschinenraums war vollzählig anwesend. Der Franzose steckte sich eine Zigarette an. Sein Blick haftete immer noch auf den beiden Seeleuten. Lanky Miller war der größte hier unten, etwa einsachtundachtzig groß. Neben ihm wirkte Foley fast zwergenhaft. LeCat betrachtete den kleinen Mann mit gerunzelter Stirn.

Brady auf der Kontrollplattform reagierte so blitzschnell, daß niemand seine knappe Handbewegung wahrnahm. Durch das Hämmern und Stampfen der Maschinerie klang plötzlich ein grelles Zischen. Dampf quoll in den Maschinenraum. »Kessel überhitzt!« brüllte Brady. Auf dieses Stichwort setzte sich die gesamte Besatzung in Bewegung. Miller und Foley stürzten an LeCat vorbei und verschwanden. Der Franzose wandte irritiert den Kopf, zuckte die Schultern, ging zur Leiter und kletterte hinauf.

Brady sah, daß LeCat den Maschinenraum verlassen hatte. Doch am Eingang oben stand immer noch der Wachtposten. Der erste Maschinist wiederholte seine Handbewegung. Noch mehr Dampf strömte herein, und bald war der ganze Maschinenraum von weißen Schwaden erfüllt, die nichts mehr erkennen ließen. Jetzt schickte Brady den zweiten Maschinisten zu dem Wartungsraum, wo Monk sich verborgen hielt.

Der Wachtposten beugte sich vor. Im brodelnden weißen Dampf konnte er nichts mehr erkennen. Das beunruhigte ihn. Was war überhaupt los? Stand eine Katastrophe bevor? Würde vielleicht der ganze Tanker explodieren? Sollte man nicht lieber Winter Bescheid sagen?

Plötzlich hörte er unter sich einen grauenvollen Schrei, ein so schrilles Gellen, daß es selbst das Stampfen der Maschinerie und das scharfe Zischen des entweichenden Dampfes übertönte.

Rasch kletterte er die Leiter hinab und fand sich wenig später von weißen Schwaden umhüllt. Doch er wußte sich zu helfen. Er erkannte in kurzer Entfernung die Umrisse eines Seemanns. Er packte den Mann, drückte ihm den Lauf seiner Skorpion-Pistole in den Rücken und schob ihn vor sich her. Sollte jemand die Gelegenheit für einen Angriff nutzen wollen, so würde es die Geisel nicht überleben.

Er manövrierte den Seemann bis zur Kontrollplattform und schrie zu Brady hinauf: »Was ist denn passiert?«

»Kessel stark überhitzt«, brüllte der erste Maschinist. »Kriegen's schon wieder hin . . . kein Grund zur Sorge . . .«

Tatsächlich begann der Dampf zu weichen, und das bedrohliche Zischen war nicht mehr zu hören. Der Wachtposten ging zur Leiter zurück und kletterte nach oben.

Brady sah ihm nach und wischte sich mit dem Handrücken über den Mund. Auf seinem Gesicht lag ein Ausdruck grimmiger Genugtuung. Es hatte geklappt: Man konnte die Terroristen bei ihrer verdammten Abzählerei täuschen. Und beim nächsten Mal blieb auch gar keine andere Wahl, weil sich im Maschinenraum ja nur noch sechs Mann befanden.

Während der Wachtposten im Dampf nach dem Rechten gesehen hatte, war Monk die Leiter hinaufgestiegen und hielt sich jetzt, ein ganzes Stück vom Maschinenraum entfernt, in einem Lagerspind versteckt.

Auf dem Festland, weitab von der *Challenger*, gab es Menschen, die selbst im Januar jeden Tag baden gingen.

Les Cord, ein Student der Stanford-Universität in der Nähe von San Francisco, parkte sein Auto und lief zum Strand hinunter. Der Pazifik war grau wie die tiefhängende Wolkendecke. Donnernd schlug die Brandung an Land. Es war der Morgen des 20. Januar. Les Cord wollte sich eben die Schuhe ausziehen, als ihn ein eigentümliches Gefühl überkam, als ob eine Macht von ungeheuren Ausmaßen sich näherte. Er zog seine Schuhe wieder an, stand auf und blickte zum Himmel. Es sah nach Sturm aus — aber das war für Les Cord kein ungewöhnlicher Anblick. Wenige Meter von ihm schlugen riesige Brecher an Land.

Er schaute auf die See hinaus. Das Meer schwoll unter dem Sturm an. Weit draußen, wo der graue Horizont gleichsam in der See ertrank, schien sich das Meer hochzutürmen und in endlos breiten Furchen auf das Festland zuzufegen. Erst jetzt wurde Les Cord bewußt, mit welcher Gewalt die Brecher an den Strand schlugen. Durch die Sohlen seiner Schuhe spürte er die Erschütterungen. Die ganze Küste schien fast zu beben.

Les Cord beschloß, diesmal auf das Baden zu verzichten. Er ging zu seinem Auto und fuhr in die Stadt zurück. Zum erstenmal hatte er mit seiner täglichen Gewohnheit gebrochen, aber das fiel kaum ins Gewicht gegenüber der Erleichterung, die er empfand, als er den Strand hinter sich ließ.

Les Cord war sich nicht klar über die Ursache jenes beängstigenden Gefühls, das er empfunden hatte: Instinktiv hatte er den veränderten Rhythmus der aufprallenden Brecher registriert. Während sonst sieben Wellen pro Minute an Land schlugen, waren es jetzt nur vier, und ihre Wucht wurde von den Seismographen bis hinauf nach Alaska wie die Stöße eines Erdbebens verzeichnet. Der Taifun Tara war im Anmarsch, und er streckte die Finger aus, um warnend an die Küste des amerikanischen Festlandes zu pochen.

Etwa zu der Zeit, als Les Cord beschloß, auf sein tägliches Bad im Ozean zu verzichten, bekam Sullivan auf der anderen Seite der Halbinsel, nur wenige Kilometer entfernt, eine telefonische Verbindung mit dem Präsidenten von Harper Tankships.

Sullivan war am späten Sonntagnachmittag aus Seattle in San Francisco eingetroffen und hatte wegen der Benzinknappheit eine geschlagene Stunde am International Airport warten müssen, ehe er ein gelbes Taxi bekam, das ihn zum St.-Francis-Hotel am Union Square brachte. Bis sein Gespräch nach London durchkam, stand er am Fenster seines Zimmers und blickte auf den geschäftigen Platz hinab.

»Sullivan am Apparat. Ich bin gerade im St. Francis in San Francisco . . .« Er nannte Harper die Telefonnummer. »Wann läuft die *Challenger* hier ein?«

»Voraussichtlich morgen früh um acht Uhr — Ortszeit. Ich würde allerdings nicht darauf wetten.«

»Ist irgend etwas passiert?«

»Ich weiß nicht recht, Sullivan ...« Harpers Stimme klang unsicher. »Wahrscheinlich hat es nichts weiter zu bedeuten — aber Ephraim ist offenbar übergeschnappt ...«

»Wie meinen Sie das?«

»Nun, wir haben den üblichen Funkspruch von Kinnaird bekommen, Schiffsposition, Wettermeldung und so weiter. Demzufolge ist die *Challenger* vom Taifun Tara erwischt worden — aber Sie werden sicher noch gar nicht wissen, daß vom Nordpazifik her ein Taifun im Anzug ist ...«

»Doch — ich habe in Seattle den Wetterbericht gehört. Aber ich sehe keinen Zusammenhang ...«

»Den werden Sie gleich sehen. Laut Kinnaird steckt die *Challenger* jetzt mitten im Taifun — sie ist leicht beschädigt, ein paar Leute sind verletzt ...«

»Und laut Ephraim?«

»Laut Ephraim fährt der Tanker nach wie vor mit einer Geschwindigkeit von siebzehn Knoten durch eine sachte Dünung. Ich begreife das einfach nicht. Kinnaird meldet übrigens, die Geschwindigkeit sei auf acht Knoten reduziert worden.«

»Haben Sie schon Funkverbindung mit Mackay aufgenommen?«

»Das wollte ich gerade, als Ihr Anruf kam ...«

»Tun Sie's nicht! Ich meine, erwähnen Sie bei einem Funkspruch auf gar keinen Fall Ephraim.«

»Weshalb denn nicht, zum Teufel noch mal?« Harpers Stimme klang gereizt.

»Das weiß ich selbst noch nicht genau. Aber bitte, tun Sie es nicht. Seit wann ist Ihr automatischer Freund eigentlich an Bord?«

»Seit einem halben Jahr.«

»Hat es während dieser Zeit irgendwelche Unstimmigkeiten zwischen Ephraim und einem Funker gegeben?«

»Nein, dies ist das erstemal. Aber diese Computersysteme fangen manchmal schlagartig an zu spinnen.«

»Liegen Ephraims und Kinnairds Meldungen vielleicht zeitlich ein ganzes Stück auseinander?«

»Überhaupt nicht — das habe ich nachgeprüft ...«

»Sie sind also fast gleichzeitig gefunkt worden? Harper, können Sie mir eine Telefonnummer nennen, über die ich mich mit den Leuten vom Internationalen Schiffahrtszentrum in Den Haag in Verbindung setzen kann?«

»Augenblick.« Harper nannte ihm eine Nummer. »Sie können gleich anrufen oder auch später — die haben dort einen Vierundzwanzig-Stunden-Service. Typisch holländische Tüchtigkeit. Sie wollen also wirklich, daß ich mit Mackay vorläufig keine Funkverbindung aufnehme?«

»Ja. Ich möchte erst herausfinden, ob Ephraim vielleicht durchgedreht hat . . .«

»Er muß durchgedreht haben. Eine andere Erklärung gibt es nicht . . .«

»O doch. Es kann durchaus sein, daß Ephraim seinen Grips beisammen hat und das Schiff durch eine sachte Dünung fährt. In welchem Fall wir annehmen müssen, daß Kinnaird voll wie eine Strandhaubitze in seinem engen Funkraum sitzt und glaubt, nicht er, sondern das Schiff sei besoffen . . .«

»Soll das etwa ein Witz sein?« fragte Harper bissig.

»Es könnte ein sehr böser Witz sein.«

Miß Van der Ploeg, eine sehr nüchterne, kühle Dame, war über den Zentralcomputer und Ephraim genau im Bilde. Nein, daß Ephraim irreführende Daten funkte, war völlig ausgeschlossen. Es könnte einmal sein, daß er Unsinn funkte, aber das wäre dann totaler Unsinn — ein Wortsalat.

Wie bitte? Ja doch, sie hatte die Angelegenheit inzwischen selbst überprüft. Das System funktionierte fehlerlos. Ephraim meldete, das Schiff fahre mit einer Geschwindigkeit von siebzehn Knoten durch eine sachte Dünung. So war's dann auch. Es schien der Dame völlig unfaßbar, daß Sullivan offenbar allen Ernstes vermuten konnte, ein menschlicher Funker könne Ephraim überlegen sein . . . Er dankte Miß Van der Ploeg, legte auf und steckte sich eine Zigarette an. Er war nie zuvor an der amerikanischen Westküste gewesen und hatte daher keine Kontakte. Das beste würde wohl sein, Bill Berridge von der New Yorker Hafenbehörde anzurufen. Der konnte ihm bestimmt ein paar einschlägige Namen nennen.

Doch obwohl ihm die Stadt völlig fremd war, fühlte Sullivan sich in seinem Element — er hatte endlich einen winzigen Anhaltspunkt, daß auf der *Challenger* irgend etwas faul war. Das Problem: er mußte andere davon überzeugen.

Bis um drei Uhr nachmittags hatte Sullivan alles versucht, was irgendwie weiterführen könnte. Die Empfehlung Bill Berridges von der New Yorker Hafenbehörde hatte ihn an Chandler von der hiesigen Hafenbehörde geführt, weiter aber auch nicht.

Chandler, ein großer, freundlicher Mensch, hörte sich Sullivans Bericht in aller Ruhe an und wies darauf hin, daß es keinen einzigen konkreten Anhaltspunkt dafür gab, daß an Bord des britischen Tankers etwas nicht in Ordnung sei.

»Bis auf den Unterschied zwischen den Meldungen des Funkers und des Monitors«, betonte Sullivan. »Der eine meldet einen Taifun, während der andere nur von einer sachten Dünung zu berichten weiß . . .«

»Nun, wir haben ja einen Taifun, und er hat gerade die Richtung geändert«, erwiderte Chandler höflich und zündete sich die Pfeife an. »Bei solchen Elektronendingern gerät öfter mal was durcheinander, Mr. Sullivan. Meine Bank hat auch so einen Computer, und . . .«

»Ich habe Ihnen doch gesagt, daß ich bei den Leuten vom Schiffahrtszentrum in Den Haag nachgefragt habe«, unterbrach ihn Sullivan ärgerlich.

»Nun ja, die können natürlich keine Zweifel an ihrem eigenen System haben . . .«

Holland war weit, dachte Chandler: Ehe er einen Alarm auslöste, brauchte er mehr als die Versicherung, daß der Computer einwandfrei arbeitete. »Geben Sie mir einen stichhaltigen Beweis, und ich mache sofort Meldung«, erklärte er. »In einem echten Notfall setze ich alle Hebel in Bewegung.«

»Wie viele sind das denn?«

Chandler zählte es an den Fingern her. »Da wäre zunächst einmal mein Chef O'Hara. Danach käme der Bürgermeister an die Reihe, der womöglich das FBI verständigen würde. Natürlich würde man auch die Küstenwache einschalten. Gegebenenfalls kommt sogar der Gouverneur ins Spiel – der Gouverneur von Kalifornien, Alex MacGowan. Er wird von seinem Urlaub in der Schweiz zurückerwartet . . .«

Als nächstes rief Sullivan beim FBI an. Zu seiner Überraschung suchten ihn kaum eine halbe Stunde später zwei Männer im St.-Francis-Hotel auf. Spezialagent Foster – den Namen des anderen verstand Sullivan nicht – hörte sich den Bericht genauso höflich an, wie Chandler es getan hatte. Und er gebrauchte auch fast die gleichen Worte wie der Beamte von der Hafenbehörde. »Wenn Sie uns echte Beweise liefern könnten . . .«

Als die beiden FBI-Agenten wieder gingen, war es vier Uhr nachmittags, und Sullivan wußte, daß es ihm nicht gelungen war, irgend jemanden von der Triftigkeit seiner Verdachtsmomente zu überzeugen.

Unter normalen Umständen würde die *Challenger* in sechzehn Stunden in San Francisco eintreffen. Unter normalen Umständen . . .

»Nachrichtendienstlichen Meldungen aus Beirut zufolge beabsichtigen die arabischen Ölländer, die Ölförderung noch weiter zu drosseln als bisher. Dies verlautete aus einer zuverlässigen Quelle aus der unmittelbaren Umgebung von Scheich Gamal Tafak. Der Beschluß soll heute in einer Woche in Kraft treten . . .«

Dieser Bericht wurde dem britischen Kabinett am Montag, dem 20. Januar, vorgetragen. »Wir brauchen noch vier Tage«, merkte der Verteidigungsminister an. »Wenn sie ihre Entscheidung nicht gleich in die Tat umsetzen, könnten wir es zeitlich gerade schaffen. Nach meiner Überzeugung besteht die akute Gefahr, daß man die Ölquellen nicht nur stillegen, sondern womöglich sogar sprengen wird. Der andere Bericht ist höchst beunruhigend . . .«

Der ›andere Bericht‹ war eine Meldung des britischen Militärattachés in Ankara. »Neuer Angriff auf Israel scheint unmittelbar bevorzustehen. Über Nacht sind syrische Panzereinheiten dicht an die Golanhöhen herangerückt. Hinter den ägyptischen Linien auf Sinai herrscht reger Funkverkehr . . .«

Die Bevölkerung in Israel war während dieser Tage tief deprimiert. Auf den Straßen von Tel Aviv, Haifa und Jerusalem sprachen Männer und Frauen offen darüber, wie lange sie wohl noch zu leben hätten. In der israelischen Führungsspitze kam es zu erbitterten Anschuldigungen. *Wir hätten uns nie hinter die Grenzen vom Dezember zurückziehen dürfen.*

Denn jetzt, nachdem man dem Druck der westlichen Nationen nachgegeben hatte, stand die israelische Armee ein gutes Stück östlich vom Suezkanal. Und die Ägypter mit ihrem fanatischen Oberbefehlshaber, dem selbsternannten General Sherif, waren nicht mehr weit von Tel Aviv entfernt.

Bei einem Geheimtreffen mit General Sherif und dem syrischen Präsidenten hatte Gamal Tafak in Damaskus gesagt: »Durch diplomatische Aktionen sind die Israelis so weit zurückgedrängt, daß wir jetzt den entscheidenden Schlag führen können. Doch zuvor muß sichergestellt sein, daß Israel diesmal im entscheidenden Moment keinen Nachschub an Waffen und Munition bekommt. Das ist durch jenes Unternehmen gewährleistet, das ich bereits in Gang gesetzt habe. Der Staat Israel wird an der Westküste von Amerika vernichtet werden — in San Francisco . . .«

13

Die Ausläufer des Taifuns Tara erreichten die *Challenger* am Montag um 22.00 Uhr: große Wellenberge, die in unregelmäßigen Abständen auf das Schiff zurollten. Eben die Unregelmäßigkeit war es, die Mackay Sorge machte. Die Riesenbrecher konnten verdammt gefährlich werden, falls sie noch weiter anwuchsen.

Der Gegenangriff der britischen Crew auf die Terroristen sollte mit dem Höhepunkt des Taifuns einsetzen. Da Bennett fest damit rechnete, daß Mackay dem Plan doch noch zustimmen würde, hatte er alle Einzelheiten sorgfältig ausgearbeitet — fast so sorgfältig wie Winter seinerzeit das Kapern des Tankers.

Insgesamt zählte die Besatzung achtundzwanzig Mann. Sechs davon hatten im Maschinenraum Dienst (Monk war ja nicht mehr dort). Weitere drei befanden sich auf der Brücke (Mackay, der Wachhabende Offizier und der Rudergänger). Sodann hatten der Koch und der Steward fast ständig in der Kombüse zu tun. Elf Mann hatten also Dienst, während die übrigen sechzehn (Monk wiederum nicht mitgerechnet) in die Tageskajüte des Kapitäns eingepfercht waren. Auf diese sechzehn ›Reservisten‹ in der Tageskajüte baute Bennett vor allem.

»Zuerst räumen wir LeCat aus dem Weg«, hatte er im Navigationsraum Mackay vorgeschlagen. »Danach werde ich auf dem Rückweg zur Tageskajüte mit Monks Hilfe meine Begleitwache los. Anschließend nehmen wir uns die bewaffnete Wache bei der Tageskajüte vor . . .«

Es galt also, die eigenen Leute Zug um Zug zu befreien. Bennett hatte natürlich auch über das Waffenproblem nachgedacht. Nach der Überwältigung seiner eigenen Wache besäße man eine Pistole, eine zweite nach der Erledigung des Kajütpostens. Manches ließ sich aus dem Versteck Monks improvisieren. Taue zum Beispiel konnte man im Handumdrehen in Würgeschlingen verwandeln. Wenn es sein mußte, war Bennett so skrupellos wie LeCat.

LeCat — von seiner Beseitigung hing alles ab. Falls Winter bei einem harten Kampf um die Herrschaft über das Schiff fallen sollte, so durfte LeCat unter keinen Umständen überleben. Darin stimmten Mackay und Bennett überein — unter LeCats Kommando wären die fürchterlichsten Racheaktionen zu erwarten, wenn die Sache schiefging. LeCat mußte also zuerst verschwinden.

Nicht ohne Unbehagen hatte sich der Kapitän Bennetts Vorschläge angehört. Er verabscheute Gewalt, und die Erfolgschancen schienen ihm nicht überwältigend — schließlich hatten die Terroristen die Waffen. Zum Nachgeben war Mackay nur in einem Punkt bereit: Monk sollte versuchen, LeCat zu beseitigen. Darüber hinaus behielt der Kapitän sich seine Entscheidung vor.

Das war der Stand der Dinge, als der Taifun Tara sich der *Challenger* näherte.

Und schon trat ein, was Bennett vorhergesehen hatte — die Wachtposten begannen, unter Seekrankheit zu leiden. Genau deshalb hatte der Erste Offizier den Gegenangriff der britischen Crew für den Höhepunkt des Taifuns geplant: Dann ließ sich Winters sorgfältig durchorganisiertes Sicherheitssystem am leichtesten durcheinanderbringen.

Die Windstärke wuchs. LeCat, der zu Mackay und Bennett auf die Brücke getreten war, haßte den Wind — er war unberechenbar. LeCat stand vorn auf der Brücke, als der Sturm die See rundum in riesigen, tosenden Wasserbergen auftürmte. In der Dunkelheit schien alles in endlos rollender Bewegung. Das

Schiff stampfte und schlingerte, die Brücke hob sich, senkte sich wieder, und LeCat stand mit gespreizten Beinen, um das Hin und Her auszugleichen.

Seine Augen hatten sich an das Dunkel gewöhnt. In der Tiefe, undeutlich, sah er die Wellenberge kommen, ihre halbzerfetzten Schaumkronen. Gigantische Wogen brachen wie einstürzende Hausmauern auf den Tanker zu, und dahinter, kaum noch erkennbar, doch um so unheildrohender, schoben sich monumentale Wasserwände heran, endlos, unabsehbar.

Als Mackay sprach, war seine Stimme gerade so laut, daß der französische Terrorist ihn verstehen konnte. »Dabei hat er uns noch gar nicht richtig erreicht. In spätestens einer Stunde werden wir erleben, wie dieses 50 000-Tonnen-Schiff herumgeschleudert wird wie ein Ruderboot . . .«

»Trotzdem werden Sie die Lage meistern . . .«

Es war Winter. Unbemerkt hatte er die Brücke betreten, die letzten Sätze gehört und begriffen, daß sie LeCat galten.

Mackay fuhr herum und starrte den hochgewachsenen Engländer an. »Winter, haben Sie auch nur die geringste Vorstellung von der Gewalt eines pazifischen Taifuns? Haben Sie schon mal einen erlebt?«

»Nein, aber ich kenne das Mittelmeer.«

»Das Mittelmeer kann ganz schön kabbelig sein«, widersprach Mackay grimmig, »aber dies hier ist ein Ozean. Da hat die Natur Platz, sich richtig auszutoben — und die ganze Gewalt, die der Mensch in eine Atombombe gepackt hat, ist nicht mehr als eine Streichholzflamme gegen das, was wir heute nacht erleben können . . .«

Hatte schon die Bemerkung über das ›herumgeschleuderte Ruderboot‹ LeCat verschreckt, so steigerte das zufällige Stichwort ›Atombombe‹ seine Furcht noch. Sofort fiel ihm der nukleare Sprengkörper in der Zimmermannswerkstatt unter dem Vorderdeck ein. Mochte der auch nur den Bruchteil der Gewalt eines Taifuns besitzen — der Gedanke, das kofferähnliche Gebilde sei vielleicht nicht fest genug verstaut und werde durch die Wucht des wachsenden Sturms dort unten von Schott zu Schott katapultiert, war alles andere als beruhigend. LeCats Hände waren vom Angstschweiß glitschig. Dieser verdammte Taifun! Und Mackay hatte gesagt, das Schlimmste stehe ihnen noch bevor.

»In vierundzwanzig Stunden sind wir nicht mehr an Bord der *Challenger*«, sagte Winter zu Mackay, und aus seiner Stimme klang eine unüberhörbare Warnung. »Dann werden wir für Sie nicht mehr sein als eine unangenehme Erinnerung — deshalb möchte ich Ihnen raten, jeden verrückten Gedanken an einen organisierten Widerstand, wie Bennett ihn hegen mag, sofort im Keim zu ersticken. Die Sache lohnt sich wirklich nicht.«

Mackay hatte Mühe, seine Verblüffung zu verbergen. Er drehte sich um und ging zum vorderen Teil der aufwärts schrägstehenden Brücke. Dieser Winter hat etwas Diabolisches, dachte er. Wissen kann er von Bennetts Plänen nichts, aber er wittert etwas, er besitzt eine Art sechsten Sinn. Der Kapitän spürte die wachsende Spannung auf der Brücke, eine knisternde Atmosphäre — das war nicht bloß die elementare Naturgewalt des Taifuns, die gegen Mitternacht wuchs und wuchs.

Wieder einmal hatte er Winter gefragt, was denn geschehen würde, wenn der Tanker San Francisco erreichte, und der hagere Engländer war einer Antwort erneut ausgewichen. Außerdem hatte es eine erbitterte Auseinandersetzung gegeben — Winter bestand darauf, alle Lichter auf dem Tanker zu löschen, auch die Positionslichter.

»Das ist kriminell«, schimpfte Mackay bissig, »das ist ganz verdammt kriminell.«

Winter setzte seinen Willen durch. Selbst die Positionslampen wurden ausgeschaltet. Nur: Wenige Meilen vom augenblicklichen Standort der *Challenger* war, für zwei Wochen, das US-Wetterbeobachtungsschiff *Champlain* stationiert. Daß Winter keine Kommunikation zwischen dem Tanker und der *Champlain* wünschte, war klar, und bei gelöschten Positionslichtern bestand kaum Gefahr, daß die *Challenger* von dort gesichtet wurde — aber die beiden Schiffe konnten immerhin kollidieren ...

Sturm, Kollision, Explosion, Schiffbruch: Diese vier Gefahren fürchtet jeder Kapitän eines Hochseetankers. Die erste ist schlimm genug, dachte Mackay, während er verbissen durch das Brückenfenster auf das Hauptdeck hinabstarrte. Der Taifun hat uns bereits erwischt, und dank diesem wahnsinnigen Winter konnte es nun auch noch zu einer Kollision mit dem

Wetterbeobachtungsschiff *Champlain* kommen. Ja, grübelte Mackay, Bennett hat recht: Wir müssen versuchen, uns von diesen Gangstern zu befreien, ehe sie uns vernichten.

Das einzige künstliche Licht auf der Brücke war die Lampe über dem Steuerrad und die Beleuchtung des Kompaßnachthauses. Plötzlich nahm Mackay, der deshalb eine vorzügliche Nachtsicht besaß, unten auf dem Hauptdeck eine Bewegung wahr. Angestrengt starrend, regungslos, erkannte er auf dem Laufsteg eine schattenhafte Gestalt, kurzwüchsig, breitschultrig. LeCat, gar kein Zweifel. Warum, zum Teufel, wollte der Kerl bei diesem Seegang zum Vorderdeck?

Seit vielen Stunden hielt Monk, der sich absondern konnte, als Brady den Maschinenraum mit Dampf gefüllt hatte, sich auf dem Deck unterhalb der Brücke in einem großen Spind versteckt. Kurz vor Mitternacht schob er vorsichtig die Tür auf. Durch den winzigen Spalt sah er LeCat durch den Gang an ihm vorbeischreiten.

Monk hatte sich gerade mit dem Proviant gestärkt, mit dem ihn Wrigley noch im Maschinenraum versorgt hatte: zwei Flaschen Bier und Sandwiches. Da das Spind zur Aufbewahrung von Eimern und Schrubbern diente, blieb für einen ausgewachsenen Mann nur wenig Platz, und Monk fühlte sich vom langen, fast bewegungslosen Hocken ganz steif. Das Atmen war kein Problem gewesen; denn um zu verhindern , daß sich im Spind stickiger Dunst bildete, hatte man Luftlöcher in die Wände gebohrt. Und das wilde Schlingern des Schiffes machte Monk nicht viel aus, daran war er gewöhnt. Er stieß die Tür weiter auf.

Der Gang war leer — bis auf die wie schrumpfende Gestalt LeCats, die sich zum einen Ende hin entfernte. Monk wartete, bis der Franzose um eine Ecke verschwunden war, verließ das Spind und schloß hinter sich die Tür. Mit geschickten Gegenbewegungen glich er das irre Schwanken des Tankers aus. Nicht weit vor ihm mußte LeCat sein; Monk näherte sich der Ecke mit äußerster Vorsicht.

In der rechten Hand hielt er einen Marlpfriem, einen kurzen, spitzen Eisenstab zum Splissen — eine gefährlichere Waffe läßt sich auf einem Schiff kaum finden. Die Sachen, die er anhatte, mußten ihn gleichsam mit der Dunkelheit verschmelzen lassen: dicker, schmutziggrauer Pullover, ein Halstuch von ähnlicher Farbe und schwarze Hosen. Seine Stiefel hatten Gummisohlen. Dicht an der Ecke blieb er stehen und lauschte. Die Lampen auf dem Gang warfen ein trübes Licht, die Schatten bewegten sich konstant im Rhythmus des schlingernden Tankers — Schatten, die manchmal von einem zusammengekauerten Mann herzurühren schienen, der hinter einer Ecke lauerte. Der Tanker ächzte und bebte unter den Stößen der See. Als Monk um die Ecke bog, begann eine Tür zu knallen.

Krach-krach-krach ... Es waren das unablässige Schwanken des Tankers und die elementaren Windstöße, die die Tür hin- und herpendeln ließen. Nur Sekunden früher mußte LeCat diesen Gang entlanggegangen und dann über die Leiter aufs Hauptdeck hinabgestiegen sein. Monk schüttelte überrascht den Kopf. Wo, zum Teufel, wollte der Terrorist in dieser Sturmnacht hin?

Ein flüchtiges Lächeln huschte über sein grimmiges Gesicht. LeCat auf dem offenen Deck, das kam ja wie gerufen. Bei einem Taifun konnte da ein Mann leicht über Bord gespült werden. Monk ging zu der hin- und herpendelnden Tür, durch die man zur Leiter gelangte, hielt sie mit beiden Händen fest, so daß sie nur wenige Zentimeter geöffnet war. Der Wind wuchtete dagegen und fuhr Monk durch den Spalt heulend ins Gesicht. Um sich die Tür nicht aus den Händen reißen zu lassen, stemmte er seine Schultern dagegen.

Unten auf dem Hauptdeck erkannte er, dessen Augen sich bald an die Dunkelheit gewöhnt hatten, eher an den Bewegungen als an den Umrissen, die Gestalt des Franzosen. Der Kerl war auf dem Laufsteg. Aus irgendeinem verrückten Grund entfernte LeCat sich von der Brücke und strebte auf das ferne Vorderdeck zu. Ausgezeichnet, dachte Monk, es kommt ja wirklich alles wie bestellt. Seine Hand umspannte den Marlpfriem noch fester.

Er wartete, bis LeCat außer Sichtweite war, und rutschte dann, nachdem er die Tür hinter sich geschlossen hatte, rasch die schwankende Leiter hinab. Unten klammerte er sich, während das Schiff überholte und ein Brecher seine Beine bis zu den Knien umspülte, an eine Sprosse und starrte zur Brücke hinauf. Nicht der winzigste Lichtschimmer mehr, der ganze Tanker war dunkel. Über die Brücke brauchte er sich weiter keine Sorgen zu machen. Die Wachtposten waren seekrank und dachten bestimmt nicht daran, einen Blick auf das tobende Meer zu werfen. Und Mackay konnte ihn ja ruhig sehen. Daß die Positionslampen nicht brannten, verwunderte Monk, er vermutete einen vorübergehenden Stromausfall.

Statt LeCat auf dem Laufsteg zu folgen, hielt sich Monk, Backbordseite, direkt auf dem Hauptdeck. Bis zu den Hüften durchnäßt, bewegte er sich in der totalen Finsternis an der Reling behutsam voran. Er verließ sich ganz auf seine scharfen Augen: Hören würde er den Franzosen nicht — das Heulen des Sturms und das Krachen der Wogen verschluckte jedes auch noch so laute Geräusch. Schade, daß er nicht genau wußte, wo LeCat sich gerade befand. Falls sich der Kerl hinter einer der halbrunden Schutzwände unterstellte, die sich in bestimmten Abständen auf dem Laufsteg befanden, würde er ihn gar nicht sehen können. Sich an der Reling festhaltend, kam Monk langsam voran. Der Wind fauchte ihm ins Gesicht. Er konnte kaum atmen. Inzwischen war er völlig durchnäßt, und das Haar klebte ihm am Schädel. Um beide Hände frei zu haben, hatte er den Marlpfriem in den Gürtel gezwängt, doch die Kälte ließ seine Glieder von Minute zu Minute mehr erstarren. An die Reling geklammert, wurde er durch das Schlingern des Schiffs wie auf einer riesigen Wippe auf und ab geschleudert. Und von LeCat immer noch keine Spur.

Plötzlich vernahm er hinter sich ein Geräusch. Er fuhr herum und griff mit einer Hand nach dem Marlpfriem in seinem Gürtel. Wieder das gleiche Geräusch — das Krachen von Wasser gegen den Wellenbrecher, der das Hauptdeck unmittelbar vor der Brücke schützte.

Monk fluchte leise. Sein Herz pochte. Nach wie vor war er fest entschlossen, LeCat zu finden und zu beseitigen. Wieviel für die Besatzung davon abhing, konnte er nicht wissen; denn Bennett hatte seinen Plan zum Gegenangriff erst entwickelt, nachdem Monk aus dem Maschinenraum verschwunden war. Doch der Seemann wollte sein Versprechen halten. LeCat mußte so oder so aus dem Weg geräumt werden. Vorsichtig bewegte sich Monk weiter voran.

Das verdammte Schiff schien sich kilometerlang zu strecken; Monk schien eine halbe Ewigkeit zu vergehen, bis er endlich dicht beim Vorderdeck war. Angestrengt starrte er, während der Bug höher und höher stieg, einen riesigen Wellenberg hinauf. Aus der Tiefe des Meeres schien ein Gigant den Tanker emporzustemmen, bis das Hauptdeck eine schräge Fläche bildete. Es war eine besonders tückische Woge. Unwillkürlich krampfte sich Monks Magen zusammen, Warnsignal: Wenn es auf der anderen Seite ins Wellental, nein, in den Wellenabgrund hinabging, hieß es, auf der Hut sein.

Während seine Augen immer noch oben auf dem Vorderdeck hafteten, spürte er, wie der Sturm ihn fast von der Reling riß und Gischt gegen ihn peitschte. Höher und höher ragte der Bug empor, schier endlos — verteufelter Sturz, der unausweichlich folgen mußte . . .

Und dann sah er plötzlich LeCat.

Monk starrte ungläubig. Der Franzose war verrückt, völlig übergeschnappt, eine dumme Landratte. Was LeCat da riskierte, ahnte er offenbar nicht einmal. Eben war er aus der Luke aufgetaucht, die zur Zimmermannswerkstatt hinabführte, und nun hockte oder kauerte er auf dem Vorderdeck.

Der Pazifik nimmt mir die Arbeit ab, dachte Monk. Na, mir soll's recht sein.

LeCat war ein mutiger Mann — sofern Mut darin besteht, etwas zu tun, das einem Angst und Schrecken einjagt. Manchmal verdrängt eine Furcht eine andere — so sehr LeCat angesichts des Taifuns Tara verzagte, der Gedanke an den nuklearen Sprengkörper, der unten in der Zimmermannswerkstatt vielleicht haltlos hin- und hergeschleudert wurde, ließ ihn innerlich erbeben.

Als er das Vorderdeck erreichte, zog er sich mühsam die Leiter hinauf. Gischt klatschte gegen ihn, der Wind schrillte in seinen Ohren und drohte, ihn von den Sprossen wegzureißen und über Bord zu schleudern. Hier war er der Gewalt der Elemente noch hilfloser ausgesetzt als auf dem Hauptdeck. Den Lukendeckel aufzustemmen, ging fast über seine Kräfte; LeCat wartete, bis der Tanker aus einem Wellental hochkam und den glasigen Wall des folgenden Wasserbergs emporstieg. Endlich war die Luke offen, und LeCat kletterte die Leiter hinab und zog den Lukendeckel über sich zu. Der Geruch von Sägespänen drang ihm in die Nase. Er knipste seine klobige Taschenlampe an.

Die Zimmermannswerkstatt: Auf dem Boden war ein Werktisch festgeschraubt, Späne waren säuberlich in einen Holzka-sten gepackt. Das Zodiac-Schlauchboot und der Außenbord-motor waren an einem Schott festgezurrt. Zwischen Werktisch und Schott eingekeilt standen die Koffer mit den Tauchanzü-gen und Sauerstoffflaschen, auch sie durch Taue gesichert. Un-ter ihnen befand sich ein weiteres kofferartiges Gebilde — der nukleare Sprengkörper.

Nichts hatte sich losgerissen, alles war so, wie LeCat es hier zurückgelassen hatte. Erleichtert atmete er auf. Verdammt — die zweihunderttausend Dollar, die ihm dieser Coup einbrin-gen würde, waren sauer verdient. Also zurück an Deck, zurück zur Brücke. Dieses verteufelte Fahrstuhlgefühl, die Empfin-dung, keinen Halt zu haben, war vorn, dicht am Bug des Tan-kers, kaum zu ertragen. So rasch er konnte, kletterte er wieder die Leiter hinauf und an Deck. Von Sturm und Gischt wie ge-blendet, drückte LeCat den Lukendeckel hinter sich zu und klammerte sich, auf der Steuerbordseite, an die Reling. Wieder stieg das Schiff vorn steil empor, hob sich und fiel so schroff, daß LeCat sich nur mühevoll auf den Beinen halten konnte. Das mußte schlimm kommen — vor sich, oberhalb des Bugs, sah er den aufragenden Kamm einer gigantischen Woge, eine graue, wabernde Masse, ein wie in Bewegung geratenes Felsmassiv, das zusammenzubrechen schien, auf ihn herabzustürzen und ihn unter sich zu begraben drohte. Er erstarrte.

In diesem Augenblick erspähte ihn Monk — als LeCat, sich an die Reling auf der Steuerbordseite klammernd, dem Haupt-deck den Rücken zukehrte. Monk zögerte eine Sekunde: Aber er mußte jetzt handeln, die Gelegenheit war einmalig. Er zog sich die Leiter hinauf und erreichte schweratmend das Vorder-deck, als der Tanker eben auf dem Kamm der Riesenwoge ritt.

LeCat hörte nichts. Was ihn warnte und blitzschnell reagie-ren ließ, war ein Instinkt. Während Monk, dicht hinter ihm, den Marlpfriem hob, um zuzustoßen, schwang der Franzose herum. Die steif ausgestreckten Finger seiner rechten Hand zuckten vor. Mit der linken griff er sich an der Reling fest. Monk war zu nah, um noch abzuducken, und seine freie Hand hielt die Reling umklammert. Zwar konnte er noch den Kopf zurückreißen, doch LeCats Finger streiften seine Augen und blendeten ihn, so daß der Franzose nach dem Marlpfriem zu rangeln vermochte. Der Franzose packte Monk am hochgereckten rechten Handgelenk, drehte es herum und drängte den Briten mit dem Rücken gegen die Reling. Der Marlpfriem fiel über Bord, als das Schiff zu heben begann und dann vom Kamm der Woge in den graugrünen Abgrund des Tals hinabstürzte. Beide Männer hielten sich mit einer Hand verzweifelt an der Reling fest. Ein Loslassen bedeutete den sicheren Tod in der tobenden See. LeCat löste seine Finger von Monks Handgelenk und krallte sie dem Briten in die Kehle, während er ihn gleichzeitig zurückdrückte. Mit seiner verletzten rechten Hand versuchte Monk, nach den Augen des Franzosen zu tasten. Über die kraftvolle Brust des Terroristen krochen seine Finger hoch. LeCat senkte den Kopf und biß Monk mit aller Kraft in die suchende Hand. Der Brite begann zu röcheln; da ließ LeCat seine Kehle los, packte ihn beim Gürtel und stemmte ihn Zentimeter für Zentimeter hoch, bis die Füße frei schwebten. Er bog Monks Körper rückwärts über die Reling, gab ihm einen letzten gewaltigen Stoß — und Monk war verschwunden.

LeCat wußte nun, daß er getäuscht worden war. Über den Laufsteg kehrte er zum Brückenaufbau zurück und zog sich in seiner Kabine um. Dann ging er zum Maschinenraum, musterte sorgfältig die Crew und zählte sie wieder durch. Diesmal konnte ihn Foley mit seinem blitzschnellen Verkleidungsakt nicht hereinlegen. LeCat erkannte den Seemann mit dem nackten Oberkörper, der schmuddligen Mütze und der Hornbrille wieder. Doch er ließ sich nichts anmerken. »Sechs . . . sieben.« Danach verließ er, zu Bradys großer Erleichterung, den Maschinenraum.

LeCat dachte nicht daran, Winter zu melden, was vorgefallen war. Selbst Monks Verschwinden wollte er für sich behalten. Er hielt Winters Methoden für grundverkehrt: Nur Schrecken konnte die Menschen wirksam in Schach halten. Und der Zufall hatte ihm jetzt die richtige Waffe in die Hand gegeben. Gar kein Zweifel, daß sich die britische Besatzung besorgt fragen würde, was ihrem Kameraden zugestoßen sein mochte. Und nichts zerrt mehr an den Nerven als die Ungewißheit, das Unbekannte. Er würde seine Chance zu nutzen wissen und diese Männer nervlich so zermürben, daß sie, wenn er das Kommando übernahm, Wachs in seinen Händen waren.

Betty Cordell konnte in ihrer verschlossenen Kabine — den Schlüssel hatte Winter in der Tasche — keinen Schlaf finden. Hellwach und voll angekleidet lag sie auf ihrer Koje und lauschte auf das Knarren im Holz, das furchtbare Krachen der Wogen und das endlose Heulen des Windes, unter dessen Wucht manchmal das Glas des Bullauges zu bersten schien.

Es war Stunden her, daß sie Mackay im Navigationsraum (wo er Bennett einen seiner häufigen Besuche abgestattet hatte) mit leiser Stimme ihren letzten Bericht gegeben hatte, einen Schlußbericht sozusagen: wo genau die Wachen auf dem Schiff postiert waren. Es schien ihr, daß die Männer diese Informationen insgeheim mit dem verglichen, was sie von Wrigley erfahren hatten. Offenbar maßen sie der Meldung auch einigen Wert bei. Doch sie bedankten sich nur kurz und ließen sie im unklaren.

Sie blickte auf die Uhr. Es war vier Uhr früh. Der Taifun schien anzuwachsen. Einfach verrückt, wie das Schiff schlingerte und wankte. Sie hätte es nie für möglich gehalten, daß der Tanker sich unter diesen Umständen immer noch über Wasser hielt. Dazu der infernalische Lärm, das Fauchen, Krachen und Toben — ganz, als biete die Kabine gegen die Urgewalten nicht den geringsten Schutz. Betty Cordell seufzte unwillkürlich und versuchte sich mit dem Gedanken zu trösten, daß so etwas vielleicht häufiger vorkam: daß es für Mackay oben auf seiner Brücke, zumindest im Januar und hier auf dem Pazifik, fast schon so etwas wie Routine war . . .

Sie irrte sich. Zur gleichen Zeit fand Mackay oben auf der Brücke das Geschehen ringsum ganz und gar nicht routinemäßig. Zwar befand sich der Tanker nicht mehr weit vom Auge des Taifuns, dem windstillen Zentrum also, doch noch hatten sie es nicht erreicht — und Mackay begann, sich ernsthaft Sorgen um das Schicksal der *Challenger* zu machen.

Um vier Uhr wechselte die Schiffswache, und Bennett, der ohnehin weit bis nach Mitternacht auf seinem Posten geblieben war, wurde eilends zur Brücke zurückgerufen, um den Zweiten Offizier Brian Walsh abzulösen. Mackay hatte also eine ungewöhnliche Entscheidung getroffen.

»Tut mir leid, Sie schon wieder heraufzuholen«, sagte er zu Bennett, »aber die Situation stimmt mich nachdenklich.«

Die Situation stimmt mich nachdenklich . . . bei Mackay bedeutete das fast ein Eingeständnis, daß sie sich in Seenot befanden, und Bennett, der dem Urteil seines Vorgesetzten vertraute, begann sich zu fragen, ob sie die Nacht wohl überleben würden.

Der Ausblick von der Brücke war schreckenerregend. Hilflos schlingerte die *Challenger* inmitten der ringsum wütenden Gewalt, die keine Sekunde zum Stillstand kam. Weder dem Auge noch dem Verstand bot sich irgendwo ein Fixpunkt, an den man sich halten, an dem man sich festklammern konnte. Dreißig Meter hohe Wogen brandeten heran, Wassermassen von der Höhe achtstöckiger Häuser. Es gab keinen Mond und keinen Himmel, sondern nur den endlosen Kessel der kochenden See. Unablässig rollte es von allen Seiten heran, und Mackay stand nicht weit vom Brückenfenster, als die Woge, diese eine Woge, mit vernichtender Wucht aufprallte.

Die Windgeschwindigkeit betrug jetzt hundertsiebzig Stundenkilometer, stimmte also exakt mit jener Geschwindigkeit überein, die Winter in seiner nach London gefunkten Meldung seinem fiktiven Taifun zugemessen hatte. Es war, als hätte er ein Menetekel an die Wand gemalt, das jetzt Wirklichkeit wurde. Das schrille Heulen des Sturms übertönte das mühsame Stampfen der Maschinen tief unten. Es klang wie das Gellen eines Wahnsinnigen, und die beiden Terroristen, die die Brücke bewachten, starrten einander furchtsam an. Dann jedoch ging das Heulen für Augenblicke unter, als ein anderes Geräusch alles andere verschlang: das ungeheure Bersten einer gigantischen Woge, die gegen die Backbordseite schmetterte.

Eine riesige Säule aus Wasser und Gischt stieg empor, dann prallte ein weißer Schatten voll gegen die Brücke und verwischte alle Sicht, während das Schiff unter der Wucht des Anpralls erzitterte. Ein Gedanke zuckte durch Mackays müdes Gehirn: Sie waren offensichtlich zwischen zwei rivalisierenden Wogenbereichen mit verschiedenem Rhythmus eingekeilt. Und da krachte auch schon eine zweite Woge heran, viel zu dicht hinter der ersten, keine Spur von Rhythmus mehr, die See schien buchstäblich überzuschnappen. Auf zweihundert Stundenkilometer stieg die Windgeschwindigkeit an, als die Brücke nach unten kippte und einzustürzen schien wie ein abbruchreifes Gebäude.

Dem Rudergänger riß es fast das Steuerrad aus der Hand, und der Wachtposten auf der Backbordseite der Brücke wurde von der Reling weg quer durch den Raum geschleudert und schlug lang hin. Seine Pistole fiel zu Boden; sie rutschte seinem Komplizen gegen die Stiefel; der hob sie auf. Dann krachte es in der Brücke selbst wie ein Kanonenschuß, und als die Gischt ablief, zeigte das Panzerglas des Brückenfensters einen Riß. Mit der Geschwindigkeit und der Kraft eines Stahlprojektils war die See gegen das Glas geprallt und hatte ihre Spuren hinterlassen.

Walsh, der sich noch auf der Brücke befand, weil er bei seinem Kapitän bleiben wollte, zuckte zusammen.

»Sir«, keuchte er, »so etwas habe ich noch nie erlebt ...«

»Nicht die Ruhe verlieren, Mr. Walsh. Die Nacht ist noch nicht zu Ende ...«

Im selben Augenblick betrat Winter die Brücke. Der Wachtposten, der hingestürzt war und sich dabei erbrochen hatte, raffte sich auf und griff mit zitternder Hand nach seiner Pistole, die sein Komplize hielt. Der hagere Engländer kam ihm zuvor. »Die behalte ich vorläufig. Gehen Sie erst mal und säubern Sie sich ...« Er wartete, bis sich der schwankende Boden für einen Augenblick in horizontaler Lage befand, und trat dann zu Mackay ans Brückenfenster.

Sein plötzliches Auftauchen war so überraschend wie stets. Nie wußte man, wann er erscheinen würde. Unermüdlich streifte er durch den Brückenaufbau, prüfte, überprüfte und hielt alle in Atem — die Terroristen nicht weniger als die britische Crew. In dieser Sturmnacht war seine Wachsamkeit noch schärfer, noch unerbittlicher als sonst. Er begriff nur zu gut, daß der Höhepunkt des Taifuns der geeignetste Moment für einen Gegenangriff der britischen Besatzung war, weil die seekranken Wachen kaum hätten kämpfen können.

»Wie sieht es aus?« fragte er Mackay.

»Wird noch schlimmer werden«, erwiderte der Kapitän einsilbig. Die Windgeschwindigkeit stieg auf zweihundertzwanzig Stundenkilometer an; niemand hatte dergleichen je erlebt. Winter, an eine Haltestange festgeklammert, beobachtete Mackay aufmerksam. Dieser Mann, das wußte er, war für das Ausmaß der Gefahr, in der sie sich befanden, so etwas wie ein Barometer. Rund zwanzig Meter unterhalb der Brücke sah man nichts als brodelnde See. Das Hauptdeck stand unter Wasser; Laufsteg, Ventile und Röhren, alles war verschwunden. Nur die beiden Ladebäume und der ferne Fockmast ragten aus der wogenden Wasseroberfläche hervor. Man konnte meinen, das Schiff sei bereits untergegangen und der Brückenaufbau bilde den noch sichtbaren Überrest eines versunkenen Wracks. Noch zwei Stunden lang schüttelte der Taifun Tara die *Challenger* durch. Dann ließ er von ihr ab und wandte sich nach Südwesten in die fast unbegrenzte Weite des Pazifik.

Als um 7.12 Uhr die Morgendämmerung anbrach, fühlte Bennett sich gleichzeitig erleichtert und verbittert; erleichtert, weil sie überlebt hatten, und verbittert, weil die letzte Chance, das Schiff zurückzugewinnen, unwiderruflich dahin war.

Monk, den Mackay noch auf dem Hauptdeck erspäht hatte, wo er LeCat folgte, blieb verschwunden, während der französische Terrorist wieder aufgetaucht war, um im Maschinenraum überraschend erneut die Crew durchzuzählen. Nein, dachte Bennett, eine zweite Chance wird es für uns nicht geben. Wenn wir es während des Taifuns nicht schafften, als die meisten Wachen seekrank waren, dann wird es uns unter normalen Umständen schon gar nicht gelingen.

Trotz des Taifuns, der das Schiff ein gutes Stück von seinem eigentlichen Kurs abgebracht hatte, würde die *Challenger* in etwa zwölf Stunden San Francisco anlaufen. Winter, so schien es, hatte das Spiel gewonnen.

14

Challenger (T), britisch, Nikisiki, Harper Tankships, Oleum. Meldung in der San Francisco Chronicle vom 21. Januar unter der Überschrift: »Ankunft heute.«

Sullivan kam auf die Idee, als er vom Frühstück in einem Café der Geary Street zurückkehrte. Im St.-Francis-Hotel fuhr er im gläsernen Fahrstuhl zu seiner Etage hoch — in einem Fahrstuhl, der in einem offenen Schacht an der Außenseite des Hotels emporglitt, so daß man einen freien, schwindelerregenden Ausblick auf den Union Square tief unten hatte. Doch Sullivan war zu sehr in Gedanken vertieft, um auf so etwas zu achten.

Kaum auf seinem Zimmer, zog er den Mantel aus und schleuderte ihn aufs Bett. Er wollte genau das tun, wovon er Harper abzubringen versucht hatte. Er wollte mit der *Challenger* Verbindung aufnehmen, während sie sich noch auf See befand. Die Antwort konnte höchst aufschlußreich sein; und falls eine Antwort ausbliebe, sagte das genug.

Wenige Minuten später hatte er einen Funkspruch auf den Schreibblock gekritzelt, etwas, das unverfänglich klang und dennoch, ob nun beantwortet oder nicht, Fingerzeige geben mußte. Er telefonierte mit der Stelle, die Meldungen an Schiffe auf See übermittelte. Der Funkspruch war kurz, doch er verlangte eine Antwort — falls an Bord der *Challenger* normale Verhältnisse herrschten.

Vermute, daß bei Cook Inlet Konterbande an Bord genommen wurde. Womöglich Rauschgift. Bitte um Nachricht, ob in Nikisiki neues Personal anheuerte. Erwarte umgehende Antwort an Sullivan, St.-Francis-Hotel, San Francisco. Wiederhole: Erwarte umgehende Antwort. Sullivan.

Es war fast auf den Tag genau ein Jahr her, seit die arabischen Förderländer, angeführt von Scheich Gamal Tafak, die Öllieferungen an den Westen um fünfzig Prozent gekürzt hatten. In der Sowjetunion wurde diese Tatsache mit eigentümlicher Zurückhaltung vermerkt.

Die sowjetische Regierung, die die arabischen Staaten ursprünglich dazu gedrängt hatte, von ihrer Ölwaffe Gebrauch zu machen, war inzwischen erschrocken über die Konsequenzen, über die schiere Allmacht der Araber. Plötzlich begriffen die Russen, daß sie ein Monster gezeugt hatten. Über den Erdball stolzierte ein goldener Affe, der jederzeit in der Lage war, die großen Industriemächte des Westens abzuwürgen. Doch auf eben diese Länder war Rußland angewiesen, wenn es seine eigene Industrie weiterentwickeln wollte.

Die Erkenntnis war für die sowjetische Regierung ein heilsamer Schock. Sie erkannte das Ausmaß der potentiellen Gefahr und wartete ab. Während Scheich Gamal Tafak noch fest davon überzeugt war, daß er sämtliche Trümpfe in der Hand hielt, erhob sich nördlich der arabischen Ölschüsseln der russische Koloß wie ein riesiger Schatten, geduldig, wachsam, beharrlich.

Der tödlichen Umarmung durch den Taifun Tara endlich entronnen, humpelte die *Challenger* gleichsam auf San Francisco zu. Als am Morgen des 21. Januar die Sonne durch die dicke Wolkendecke brach, bot der britische Tanker einen erbarmungswürdigen Anblick.

Der Schornstein, obschon funktionstüchtig, war verbeult und verbogen. Der Ladebaum auf der Backbordseite glich einem bizarren, schraubenförmigen Gebilde. Eines der Rettungsboote war aus seinen Davits gerissen und über Bord geschleudert worden. Drei Bullaugen hatte der Sturm trotz des mehrere Zentimeter dicken Glases zerschmettert. Das Brückenfenster mit dem Zickzackriß in der Scheibe war einer späteren Woge ganz zum Opfer gefallen, und es grenzte an ein Wunder, daß die herumfliegenden Glassplitter keinen der Männer dort verletzt hatten. Was den Brückenaufbau als solchen betraf, so schien er Schlagseite zu haben. Doch obwohl die *Challenger* eher einem Wrack glich als einem seetüchtigen Schiff, dampfte sie nach wie vor mit siebzehn Knoten in Richtung San Francisco.

Winter, unten auf dem Hauptdeck, betrachtete den Schaden nicht ohne eine stille Befriedigung. Das *havarierte* Schiff würde die Hafenbehörde ganz bestimmt sofort in die Bucht einfahren lassen. Er hob den Kopf, als LeCat oben von der Brücke herabschrie: »Ein Funkspruch vom Festland . . .«

»Ein Funkspruch vom Festland . . .«

Winter eilte hinauf und ließ sich von dem Franzosen den Zettel geben; Kinnaird hatte den Funkspruch notiert. Er las mit ausdruckslosem Gesicht, blickte zu Mackay. Der Kapitän wirkte vor Müdigkeit grau. Die ganze Nacht hindurch war er auf der Brücke geblieben, um sein Schiff durch den schlimmsten pazifischen Taifun seit dreißig Jahren zu lenken.

»Kennen Sie jemanden namens Sullivan?« fragte Winter.

Mackays Gesicht blieb ausdruckslos wie das des hageren Engländers. Der einzige Sullivan, an den er sich erinnern konnte, war Larry Sullivan, der Mann von Lloyd's, den er einmal an Bord der *Challenger* eingeladen hatte. Irgendein Instinkt warnte ihn, auf der Hut zu sein.

»Jawohl«, sagte er.

»Hat er mit Harper Tankships zu tun?«

»Jawohl.«

»Was ist sein Job? Und seien Sie nicht so einsilbig . . .«

Mackay platzte buchstäblich der Kragen. »Sie können mich mal!« brüllte er. »Ich habe mein Schiff durch einen verteufelten Taifun gebracht — und ihr Schweinehunde fuchtelt mit euren Pistolen herum und kommt einem in die Quere, wenn ich meine ganze Aufmerksamkeit für mein Schiff brauche.«

»Nun aber mit der Ruhe . . .«

»Scheren Sie sich zum Teufel! Mit euch Schweinehunden bin ich fertig! Sollten Sie es noch einmal wagen, hier auf meiner Brücke so mit mir zu reden, so werde ich dem Maschinenraum Stoppen befehlen. Tun Sie doch, was Ihnen paßt . . .«

»Halt das Maul . . .«, begann LeCat und hob seine Pistole.

»Halt's selber!« brüllte Mackay. »Ihr könnt ja alle an Bord erschießen. Tut's doch! Und was habt ihr davon? Ihr treibt hilflos auf dem verdammten Pazifik herum und kommt keine Meile näher an San Francisco heran . . .«

Winter drückte LeCats Arm mit der Pistole herunter und wies ihn von der Brücke. Mackay durfte nicht noch mehr gereizt werden; er war nah dran, den Bluff aufzudecken: Ihr könnt ja alle erschießen . . . Winter hatte nicht vor, auch nur einen zu erschießen. »War nicht so gemeint«, sagte er ruhig. »Sie sollten sich für ein paar Stunden in Ihre Koje legen. Doch vorher hätte ich von Ihnen gern erfahren, wer dieser Sullivan ist.«

»Ein leitender Angestellter.«

Trotz seiner Müdigkeit und seiner Wut hatte Mackay Zeit zum Überlegen gefunden. Zu dumm, daß er nicht wußte, was der Funkspruch besagte. Ob sich eine Gelegenheit bot, der Außenwelt einen Hinweis auf die wahre Lage an Bord des Schiffes zu geben? Wenn er doch nur einen Blick auf den Zettel in Winters Hand werfen könnte . . .

»Reist Sullivan viel herum?« fragte Winter.

»Ziemlich. Bei Schiffahrtsangestellten nichts Ungewöhnliches«, erwiderte Mackay abwartend.

»Es würde Sie also kaum überraschen, wenn Sullivan zur Zeit in San Francisco wäre?«

»Nicht sonderlich«, sagte Mackay, der äußerst überrascht war. Winter reichte ihm den Zettel mit dem Funkspruch. »Was meinen Sie dazu?«

Mackay ließ sich mit der Antwort Zeit, während Bennett über seine Schulter hinweg mitlas. *Vermute, daß bei Cook Inlet Konterbande an Bord genommen wurde. Womöglich Rauschgift. Bitte um Nachricht, ob in Nikisiki neues Personal anheuerte. Erwarte umgehende Antwort an Sullivan, St.-Francis-Hotel, San Francisco. Wiederhole: Erwarte umgehende Antwort. Sullivan.*

Mackays ausdrucksloser Miene war nichts davon anzumerken, daß seine Gedanken wie wild durcheinanderschossen. Konterbande? Neues Personal? War es auch nur im entferntesten möglich, daß Sullivan, der so unvermittelt in Kalifornien auftauchte, von der Situation auf dem Schiff irgend etwas ahnte?

»Nun?« fragte Winter.

»Nun was?« knurrte Mackay.

»Wieso weiß dieser Sullivan nicht, daß Kinnaird als Ersatzfunker an Bord ist? Weshalb die Frage nach frisch angeheuertem Personal? Steht er denn nicht mit dem Londoner Büro in Verbindung? Oder haben Sie Harper nicht von Kinnaird berichtet?«

»Doch«, erwiderte Mackay kurz. »Bevor wir ausgelaufen sind.«

»Und wieso weiß Sullivan nichts davon? Sollte man nicht annehmen, daß er mit dem Londoner Büro in ständiger Verbindung steht?«

»Woher soll ich das wissen? Sullivan ist viel unterwegs . . .«

»Und diese Bemerkung über Rauschgift?« fragte Winter.

»Keine Ahnung — außer daß auf Schiffen natürlich manchmal geschmuggelt wird. Auf einem so großen Pott wie diesem finden sich überall Winkel, wo sich ein Paket oder Päckchen verstecken läßt . . .«

»Ist das auf der *Challenger* schon mal vorgekommen?« erkundigte sich Winter beiläufig. Er ließ sich nicht anmerken, daß dies eine Fangfrage war. Falls Mackay bejahte, konnte man die Sache mühelos überprüfen: Winter brauchte nur ein oder zwei andere Mitglieder der Besatzung zu befragen.

»Nicht, seit ich hier Kapitän bin«, erwiderte Mackay.

»Ich glaube«, sagte Winter, »ich werde den Funkspruch unbeantwortet lassen.«

»Halten Sie das, wie Sie wollen.« Mackay dehnte seine müden Schultern. »Mr. Bennett, übernehmen Sie die Brücke — ich lege mich für ein paar Stunden aufs Ohr. Falls es Probleme gibt, lassen Sie mich sofort rufen«, fügte er hinzu.

»Halt, warten Sie einen Augenblick«, sagte Winter scharf.

Er befand sich in einem Dilemma. Ließ er Sullivans Funkspruch tatsächlich unbeantwortet, so konnte, ja, mußte das Verdacht erregen. Aber er war mißtrauisch. Ein merkwürdiges Zusammentreffen — Verdacht auf Schmuggel gerade auf *dieser* Fahrt der *Challenger*. Andererseits schien es Mackay (der sich alle Mühe gab, eben diesen Eindruck bei Winter zu erwekken) völlig gleichgültig zu sein, ob der Funkspruch unbeantwortet blieb oder nicht. Also . . .

»Ich hab's mir anders überlegt«, erklärte Winter unvermittelt. »Wir werden antworten . . .«

Er behielt unterdessen die beiden Offiziere scharf im Auge. Mackay blickte durch das Brückenfester, allem Anschein nach gelangweilt. Bennett zog ein Päckchen Zigaretten hervor und steckte sich eine an.

»Ich werde die Antwort selbst formulieren«, fuhr Winter fort. »Ich teile Sullivan mit, daß wir das Schiff durchsuchen und daß Sie ihm, wenn wir in Oleum angelegt haben, das Ergebnis melden werden . . .«

Mackay hatte gehofft, die Antwort selber formulieren zu können. Er konnte seine Enttäuschung kaum verhehlen. Er wandte sich zum Gehen.

»Augenblick noch«, rief Winter. »Sullivan ist ein ziemlich häufiger Name, und ich möchte nicht, daß diese Nachricht im St. Francis den Verkehrten erreicht. Wie heißt er mit Vornamen?«

»Ephraim«, erwiderte Mackay sofort. »Ephraim Sullivan.«

Der Funkspruch, angeblich von Mackay, erreichte Sullivan am Dienstagvormittag um elf im St. Francis — elf Stunden, bevor die *Challenger* in Oleum anlegen sollte. *Nachricht erhalten*

*und verstanden. Habe sorgfältige Durchsuchung des Schiffes
angeordnet. Werde Ihnen nach Ankunft in Oleum Ergebnis
melden.* Sullivan starrte auf den Funkspruch, den er über Telefon
entgegengenommen und auf einen Block gekritzelt hatte:
starrte auf die Adresse. *Ephraim Sullivan, St. Francis-Hotel ...*
Er stand auf und fühlte sich genauso erregt, so eigentümlich
angestachelt wie in Anchorage, als er die Wirkung des Jet-Lag
gespürt hatte. Verdammt noch mal, dachte er, ich habe doch
recht gehabt. Gleich damals in Bordeaux hatte ich den richtigen
Riecher, und jetzt — ja, Herrgott, jetzt aber an die Arbeit.

Er nahm den Telefonhörer ab. Daß es ihm schließlich gelang,
die Sekretärin des Bürgermeisters an den Apparat zu bekommen,
hatte er nur seiner Überredungskunst zu verdanken.
Bei der Dame selbst stieß er auf Granit. Sie war offenbar darauf
spezialisiert, dem Bürgermeister unerwünschte Anrufer
vom Hals zu halten. Verzweifelt redete er auf sie ein — vergeblich.
Schließlich atmete er tief durch und gab sich einen
Ruck.

»Hören Sie«, sagte er, »ich möchte ihn vor einer Gefahr
warnen, die ganz Francisco droht, vor einer unmittelbar bevorstehenden
Gefahr — von heute abend um zehn Uhr an gerechnet ...«

Bürgermeister Aldo Peretti war ein dunkelhaariger, gutaussehender
Mann von vierzig, der sich keine Gelegenheit zum
Lächeln entgehen ließ. Er war, wie er oft genug betonte, aus
dem Nichts nach oben gekommen. Seine Herkunft — sein
Vater war ein Obstpflücker aus Salinas im Salina-Tal gewesen
— mochte erklären, weshalb Peretti sich in so starkem Maße
für alle Formen der modernen Technologie interessierte, für
alles, das bei der Arbeit die Muskelkraft ersetzen konnte.
Computer hatten es ihm ganz besonders angetan.

»Fassen wir also zusammen, Mr. Sullivan«, sagte er freundlich
lächelnd hinter seinem Schreibtisch. »Sie haben beim
Schiffahrtszentrum in Den Haag nachgefragt, und dort ist man
sicher, daß die Funkmeldungen des Computers stimmen —
sollte sich bei Ephraim etwas verheddern, gibt er wirres Zeug
von sich, aber keine klaren, wenn auch falschen Meldungen.
Stimmt's?«

»Genau.«

»Nun, das deckt sich mit meinen Vorstellungen von der Arbeit eines Computers — dieses Jahr werden hier weitere Behörden welche bekommen. Offen gesagt: Was mich überzeugt, daß wir Ihrem Verdacht nachgehen sollten, ist Ephraim — und die Tatsache, daß der Name Ephraim bei der Antwort auf Ihren Funkspruch verwendet worden ist. Scheint fast, als ob uns irgend jemand, vielleicht der Kapitän, mitteilen wollte, daß auf dem Schiff etwas nicht stimmt.« Er lächelte schon wieder. »Sie haben doch nichts dagegen, wenn ich mich selbst noch einmal an das Schiffahrtszentrum in Den Haag wende? Bevor ich Alarm schlage, möchte ich sichergehen, daß ich mich nicht in die Nesseln setze . . .«

In San Francisco war es ein Uhr nachmittags — neun Stunden bis zum Einlaufen der *Challenger* in Oleum.

Während der stark havarierte und äußerlich eher einem Wrack gleichende Tanker unvermindert mit siebzehn Knoten auf San Francisco zudampfte, machte sich an Bord eine sonderbare Gereiztheit breit. Eigentlich hätte man das Gegenteil erwarten sollen, ein Gefühl der Erleichterung darüber, dem Ziel von Minute zu Minute näher zu sein; dort mußte ja, so oder so, die Befreiung winken. Aber von Erleichterung, von neuem Mut, war nichts zu spüren.

Monks unerklärliches Verschwinden verstörte die britische Crew. Brady, der erste Maschinist, versuchte, seine Männer mit der Bemerkung zu beschwichtigen, Monk habe sich zweifellos irgendwo versteckt. »Von diesen verdammten Terroristen kann's doch keiner mit ihm aufnehmen«, versicherte er Lanky Miller. »Er hat ganz einfach keine Gelegenheit gehabt, sich LeCat vorzuknöpfen, und ist deshalb erst einmal in Deckung gegangen . . .«

Wesentlich realistischer hatten Mackay und Bennett die Sache betrachtet, als sie am frühen Morgen, noch vor Sonnenaufgang, im Navigationsraum darüber sprachen. »Ich fürchte, die Katze hat ihn erledigt«, meinte der Erste Offizier. Seit einiger Zeit nannten sie den französischen Terroristen, den sie von allen am meisten fürchteten, ›die Katze‹.

»Sie werden recht haben«, bestätigte Mackay. »Ich wundere mich nur, daß Winter mit keinem Wort darauf eingeht.«

»Fragen können wir ihn kaum. Wie sollten wir's denn anstellen? Etwa: ›Wir hatten einen unserer Leute damit beauftragt, Ihren Stellvertreter umzulegen, und jetzt ist der Mann verschwunden. Wissen Sie etwas?‹ Für die Nerven der Besatzung ist diese Situation Gift. Sie wissen ja, wie Seeleute sind — wenn ein Mann auf See stirbt, werden sie abergläubisch. Wenn aber jemand spurlos verschwindet, drohen sie durchzudrehen . . .«

LeCats Methode wirkte also doch — ironischerweise. Winter hatte die Crew unter Kontrolle gehalten, indem er energisch, doch ohne Brutalität verfuhr. Gamal Tafaks Überzeugung, mit einer britischen Besatzung könne nur ein Engländer fertig werden, hatte sich voll und ganz bestätigt. Doch jetzt — ohne daß es Winter oder einem der anderen bewußt war — begann zusätzlich LeCats Terror zu wirken. Nur wenige Stunden vor San Francisco zerrte der Schrecken an den Nerven der Mannschaft. Durch seine wie gewöhnlich halbgeschlossenen Augen registrierte LeCat das sehr genau, ohne sich etwas anmerken zu lassen. Wäre Winter erst nicht mehr auf dem Schiff — und das würde sehr bald der Fall sein, so übernähme er hier das Kommando. Inzwischen sorgte die Ungewißheit über Monks Schicksal dafür, die Crew mürbe zu machen.

Die nervöse Spannung an Bord beschränkte sich nicht auf die Gefangenen. Je näher das amerikanische Festland rückte, desto gereizter wurden auch die Wachen; sie wurden schroffer, hatten die Finger schneller am Drücker. Selbst Winter, so kalt und distanziert er wirkte, war nicht völlig frei von Nervosität. Allerdings, ihm setzte nicht das Näherrücken der kalifornischen Küste zu; das Nahen der entscheidenden Stunden machte ihn eher noch eisiger. Aber da waren diese unerklärlichen Vorfälle, die seinen sechsten Sinn warnten. Irgend etwas war faul.

Da war zunächst einmal der zweite Funkspruch vom Festland, der um 14.00 Uhr eintraf.

Bitte bestätigen Sie umgehend, daß an Bord Ihres Schiffes alles in Ordnung ist. Verlange Antwort im vollen Wortlaut. Einige Ihrer Funksprüche haben nicht der Standardpraxis entsprochen. O'Hara. Hafenbehörde von San Francisco.

Winter zeigte den Funkspruch sofort Mackay, der sich nach vier Stunden Schlaf wieder auf der Brücke befand. »Was hat

das zu bedeuten?« wollte er wissen. »Eine derartige Auffor-
derung ist ziemlich ungewöhnlich, wie? Was hat O'Haras Verdacht erregt?«

»Sie selbst, nehme ich an«, erwiderte Mackay grob.

»Was soll das heißen?«

»Seit mein Schiff in Ihrer Gewalt ist, sind sämtliche Funksprüche von Ihnen abgefaßt worden. Sie haben sich offenbar
einen Schnitzer geleistet . . .«

»Was für eine Antwort würden Sie also funken?«

»Nicht meine Sache.« Mackay kehrte Winter den Rücken zu
und starrte durch das zerschmetterte Brückenfenster. Betty
Cordell, die neben ihm stand, ließ sich keine Einzelheit entgehen. Da sich auf der Brücke stets zwei britische Offiziere befanden, blieb die Journalistin jetzt meistens hier — die zunehmend angespannte Atmosphäre auf dem Schiff beunruhigte
sie. Sie seufzte unwillkürlich. Das Meer dort unten wirkte so
unglaublich friedlich, stilles Grau der Wolken über dem stillen
Grau des Wassers. Der Taifun Tara raste längst in südlicher
Richtung und fiel über die Schiffsrouten nach Australien her,
während sich die *Challenger* San Francisco aus dem Südwesten
näherte. Diesen Kurs — normalerweise wäre der Tanker vom
Nordwesten her gekommen — hatte Winter angeordnet; am
Golden-Gate-Channel sollte das Auftauchen der *Challenger*
überraschen.

»Formulieren Sie selbst«, wiederholte Mackay, als Winter
ihn ein zweites Mal fragte.

Winter schwieg. Sich jetzt, wenige Stunden vor dem Ziel,
mit dem Kapitän anzulegen, wäre absolut falsch gewesen. Die
Stimmung auf dem Schiff durfte sich nicht verschlimmern.
Also formulierte Winter die Antwort tatsächlich selbst und
brachte sie Kinnaird.

»Bedeutet das etwa, daß die was wissen?« fragte der Funker
ängstlich, nachdem er gelesen hatte. »Sind wir in Schwierigkeiten?«

»Geben Sie die Meldung durch«, befahl Winter. »Sie haben
doch wohl nicht angenommen, in die Bucht von San Francisco
zu kommen sei ein Kinderspiel?«

Er verließ den Funkraum, schloß die Tür hinter sich ab und
reichte den Schlüssel dem bewaffneten Wachtposten davor.
Kinnaird begann zu funken. *An Bord meines Schiffes ist nicht*

alles in Ordnung. Zwischen 01.00 und 05.00 Uhr befanden wir uns im Bereich des Taifuns Tara. Brückenaufbau stark beschädigt, Schiff jedoch weiterhin seetüchtig. Maschinenraum voll funktionsfähig. Setzen Fahrt nach Oleum bei ruhiger See mit siebzehn Knoten fort. Verstehe nicht Ihre Bezugnahme auf meine Funksprüche, die regelmäßig gesendet worden sind wie sonst. Voraussichtliche Ankunft in Oleum immer noch 22.00 Uhr. Mackay.

Winter hatte nach dem Abklingen des Taifuns ein paarmal kurz geschlafen und entwickelte eine noch größere Aktivität als zuvor. Er schien überall gleichzeitig zu sein. Natürlich entging ihm die Gereiztheit der Wachen nicht; damit hatte er gerechnet: Die vor ihnen liegende kalifornische Küste war Feindesland, und zudem litten die meisten noch unter den Nachwirkungen der Seekrankheit.

Was ihn verwunderte, war die eigentümliche Bedrücktheit der britischen Crew. Eine offene Feindseligkeit hätte er verstanden, aber in den Blicken, mit denen man ihn musterte, wenn er in den Maschinenraum hinabkletterte, lag etwas Verstohlenes, dem er einfach nicht beikommen konnte.

Er vergewisserte sich, daß LeCat niemand verletzt hatte.

»Haben Sie die Leute bedroht?« fragte er den Franzosen persönlich, als sie in seiner Kabine zusammen waren. »Auf diesem Schiff macht sich etwas breit, so ein Gefühl, das ich nicht verstehe . . .«

»Gefühl? Was für ein Gefühl denn?« wollte LeCat wissen.

»Ein unheimliches Ressentiment. Wenn wir nicht aufpassen, gibt es eine Explosion, wenn wir sie am allerwenigsten gebrauchen können . . .«

»Ich werde die Wachen warnen . . .«

»Ich werde sie warnen. Sie gehen besser auf die Brücke zurück.«

Trotz aller inneren Anspannung vergaß Winter nicht, einen Posten hinaufzuschicken, der Betty Cordell zu ihrer Kabine begleitete. Jetzt, da LeCat auf der Brücke postiert war, schien es ratsam, die Amerikanerin von dort verschwinden zu lassen. Um drei Uhr nachmittags, als sich die *Challenger* der kalifornischen Küste bis auf vierzig Meilen genähert hatte, gab es dann aber einen dritten Vorfall, der bei weitem beunruhigender war, als ein neuer Funkspruch es hätte sein können.

Der Helikopter der US-Coastguard tauchte um genau 15.00 Uhr auf und hielt so dicht über der Wasseroberfläche auf den Tanker zu, daß schon LeCats scharfe Augen dazu gehörten, ihn gleich zu bemerken. Er rief Winter per Telefon auf die Brücke. Der Engländer reagierte sofort und ließ drei Seeleute aus der Tageskajüte holen.

»Ihr verfügt euch auf das Hauptdeck«, befahl er ihnen. »Nehmt Schrubber und Eimer mit und tut so, als ob ihr dabei wärt, rein Schiff zu machen. Solltet ihr versuchen, dem Hubschrauber ein SOS-Zeichen zu geben, so werden in der Tageskajüte drei von euren Kameraden erschossen. Ihr Leben liegt also in eurer Hand . . .«

Mackay, vorn auf der Brücke, starrte verbissen vor sich hin. Winter war der Leibhaftige in Person. Er dachte an alles. Im Augenblick war das kahle Deck verräterisch leer. Doch wenn der Hubschrauber da war, würde dort alles völlig normal aussehen. »Ich möchte, daß jeder genau weiß, wie er sich zu verhalten hat«, sagte Winter scharf, nachdem die drei Seeleute in Begleitung eines Postens die Brücke verlassen hatten. »Mr. Mackay bleibt, wo er ist. Sie, Bennett, stellen sich neben ihn. Wenn der Hubschrauber längsseits fliegt, winken Sie ihm zu. Ich werde mich hier hinten außer Sichtweite halten und Sie beobachten . . .«

Während der Helikopter dem Schiff näherkam, grübelte Mackay, noch immer müde, verzweifelt darüber nach, wie man dem Piloten ein Notsignal geben konnte. Ihm fiel nichts ein. Zum erstenmal seit die Terroristen das Schiff gekapert hatten, war ein Vertreter der Außenwelt zu sehen. Es war ein kritischer Augenblick für den Kapitän und seine Crew, aber auch für Winter, der im hinteren Teil der Brücke neben LeCat stand, selbst wenn die bewaffneten Wachen vom Hubschrauber aus bestimmt nicht zu sehen waren, so dicht er auch herankommen mochte.

Die Maschine hielt direkt auf den Bug des Tankers zu. Durch das offene Fenster konnte man endlich, vermischt mit dem dumpferen Stampfen aus dem Bauch des Schiffes, das hellere, schnellere Wirbeln der Tragschrauben hören. Gar kein Zweifel: Der Hubschrauber kam, um die *Challenger* in Augenschein zu nehmen. Vielleicht würde er sogar auf ihr landen wollen — auf derselben Stelle, wo zwei Tage zuvor Winter mit einer Sikorsky gelandet war, die dieser hier glich wie ein Ei dem anderen.

Betty Cordell hatte in ihrer Kabine das Bullauge weit geöffnet. Bei ihrem ungemein guten Gehör, das dank ihrer Kindheit in Wüstengebieten noch geschärft war, hatte sie das Anfliegen eines Hubschraubers bald bemerkt. Sie hatte zunächst die Maschine der Terroristen vermutet. Doch als sie dann den Kopf durch das offene Bullauge steckte und dicht über dem Wasser den winzigen Punkt sah, der aus östlicher Richtung, also vom Festland her, herbeigeflogen kam, entschloß sie sich, einen Versuch zu riskieren.

Aus dem Bad holte sie hastig ein weißes Handtuch und malte darauf mit ihrem Filzstift in großen Buchstaben SOS. Dann ging sie zum Bullauge zurück und wartete. Das Wirbeln des Hubschraubers klang bereits wesentlich näher; sehen konnte sie die Maschine allerdings nicht, da der Bug des Tankers die Sicht versperrte. Hoffentlich fliegt er auf der Backbordseite entlang, flehte sie, auf *dieser* Seite. Das Pochen des Motors steigerte sich zum Stakkato. Wieder steckte sie den Kopf durchs Bullauge, konnte den Hubschrauber jedoch immer noch nicht ausmachen. Sie fuhr sich mit der Zunge über die trockenen Lippen und wartete, das Handtuch in den Händen.

Die Luft, die in die Kajüte hereinströmte, war fast warm. Weit lagen die nördlichen Breiten Alaskas zurück. Der lärmende Wirbel der Sikorsky draußen schwoll zum betäubenden Dröhnen an, als hinter Betty Cordell die Kabinentür aufgerissen wurde und der bewaffnete Posten hereinstürzte. Er sprang zum Bullauge, knallte es zu, zog die Gardine vor, packte das weiße Handtuch. »Sie sich setzen auf Bett«, befahl er in stokkendem Englisch. Sie gehorchte und nahm, die zitternden Hände vor sich auf dem Schoß, auf dem Rand ihrer Koje Platz.

Er warf einen Blick auf das Handtuch mit dem SOS. »Das sehr böse . . . LeCat bestimmt nicht gefallen . . .«

»Erzählen Sie es Winter«, entgegnete sie mit müder Stimme. »Dem wird's auch nicht gefallen . . .«

Die dienstfreien Seeleute in der Tageskajüte lagen mit dem Gesicht nach unten auf dem Boden. Drei Posten mit gezückten Pistolen hielten sie in Schach. Die Vorhänge vor den Bullaugen waren zugezogen. Die gleiche Szene bot sich in der Kombüse, wo Wrigley, der Steward, und Bates, der Koch, auf dem Boden lagen. Auch diese Anordnung ging auf Winter zurück — bei allen Gefangenen, die sich oberhalb der Höhe des Maschinenraums befanden, war dafür zu sorgen, daß sie dem Coastguard-Helikopter kein Signal geben konnten.

Die Sikorsky erreichte den Bug und flog, kaum zwanzig Meter über der Wasseroberfläche, an der Backbordseite entlang. »Winken!« rief Winter vom hinteren Teil der Brücke. »Sie wollen doch nicht, daß Ihr Rudergänger eine Kugel in den Rücken bekommt!« Bennett winkte lustlos — und Mackay registrierte überrascht, daß der behelmte Pilot oben in der durchsichtigen Kuppel nicht zurückwinkte. Sehr merkwürdig.

Die Maschine flog am Heck vorbei. Winter beobachtete durch das achtern gelegene Fenster, wie sie aus seinem Blickfeld verschwand. »Normalerweise gibt der Pilot doch zu erkennen, daß er Ihren Gruß verstanden hat«, sagte er. »Ich habe ihn aber nicht zurückwinken sehen . . .«

»Die nehmen's nicht immer so genau«, log Mackay. »Wenn sich ihre Patrouille dem Ende nähert, denken sie nur noch an den Heimflug . . .«

»Er kommt zurück!« rief LeCat.

Etwa eine halbe Meile hinter dem Bug des Tankers zog die Sikorsky einen Bogen und hielt dann, plattnasig und klein, wieder auf die *Challenger* zu. Als sie näher kam, gab Winter einen neuen Befehl. »Diesmal nicht winken, sondern nur beobachten. Treten die, wenn sie so nah sind, mit Ihnen eigentlich nie in Funkverbindung?«

»Nur selten«, erwiderte Mackay ausweichend. Er wurde aus der Geschichte einfach nicht klug. Wieder flog die Maschine an ihnen vorbei, diesmal auf der Steuerbordseite, immer noch knapp zwanzig Meter über den Wellen, was bedeutete, daß sie den Brückenaufbau unterhalb der eigentlichen Kommandobrücke passierte. Unten auf dem Hauptdeck besprengte ein Seemann die freien Flächen aus einem Schlauch, während die beiden andern kräftig schrubbten. Der Schlauch war ihre eigene Idee, das wirkte noch überzeugender: und genau daran lag ihnen. Einer der drei hatte es auf einen Nenner gebracht: »Selbst wenn der Hubschrauber landet und Marineinfanteristen an Bord hat — ehe die unsere Kumpels befreien können, haben die Schweine sie längst erschossen . . .«

Mackay, der sie beobachtete, hatte sie noch nie so hart schuften sehen; und er glaubte zu begreifen, weshalb. Einen Augenblick später kam Kinnaird mit bleichem Gesicht auf die Brücke gerannt. Er gab Winter einen Zettel.

»Ich bin lieber gleich selbst gekommen . . .«, keuchte er.

Weil du Angst hast, dachte Winter, weil du unbedingt sehen wolltest, was los ist. »Sie bitten um Landeerlaubnis . . .«

Mackay drehte sich mit einem Ruck um und starrte Winter an. Wie willst du dich jetzt aus der Klemme ziehen, du Hund? schienen seine Augen zu fragen. Ein paar Sekunden stand Winter wie eine Säule und behielt die Sikorsky im Auge, die jetzt, etwa eine Meile voraus, erneut wendete. Er bemerkte Mackays Blick und lächelte dünn. Dann gab er Kinnaird Anweisungen: »Funken Sie, daß die Landeerlaubnis nicht erteilt werden kann. Erklären Sie, die Deckplatten unter der Landestelle seien durch den Taifun beschädigt. Wir hätten zwei verletzte Seeleute an Bord — keine ernsten Fälle —, doch nach der Ankunft in Oleum würden wir sie sicherheitshalber in einem Krankenhaus untersuchen lassen . . .«

Wieder kam die Sikorsky heran, und diesmal flog sie, in einer Höhe von gut dreißig Metern, direkt über den Tanker hinweg, bevor sie abbog und auf kürzestem Wege in Richtung Osten strebte, bis sie nicht mehr zu sehen war.

»Wo mag die hergekommen sein?« fragte Winter.

»Wahrscheinlich von einem Wetterschiff«, log Mackay. »Woher, zum Teufel, soll ich das wissen?«

Doch er wußte es sehr wohl. So dicht vor der kalifornischen Küste war bestimmt kein Wetterschiff stationiert. Und die Maschine hatte sich strikt in östlicher Richtung gehalten, in Richtung auf das amerikanische Festland also.

Der Hubschrauber kehrte zurück.

Um 16.30 Uhr am Dienstag, eine halbe Stunde vor Sonnenuntergang, lehnte sich Winter aus dem zerschmetterten Brückenfenster und beobachtete den Punkt, der sich von Süden her auf der Steuerbordseite näherte: die Sikorsky, die vom Trawler *Pêcheur* herüberkam.

Auch während des Taifuns hatte Kinnaird mit der *Pêcheur* häufig Positionsmeldungen ausgetauscht, so daß man auf jedem der beiden Schiffe wußte, wo sich das andere jeweils befand. Da der Trawler über hundert Meilen südlich der *Challenger* durch die Nacht gedampft war, hatte er von der Gewalt des Taifuns nichts zu spüren bekommen — zum Glück, dachte Winter: Schon ein Viertel der vernichtenden Kraft hätte gereicht, um den Hubschrauber vom Deck zu reißen und ins Meer zu schleudern.

Winter hatte absichtlich bis zum letztmöglichen Augenblick gewartet, ehe er die Sikorsky zur *Challenger* zurückrief. Ein Hubschrauber auf dem Deck des Tankers hätte von einem anderen Schiff gesichtet und als auffällig gemeldet werden können — und der Pilot des echten Helikopters der US-Coastguard hätte natürlich keinen Augenblick gezögert, Alarm zu schlagen. Das rätselhafte Auftauchen dieser Maschine und der ungewöhnliche Funkspruch der Hafenbehörde von San Francisco beunruhigten Winter nach wie vor.

Er hörte Schritte und drehte sich um. Es war Betty Cordell, die die Brücke betrat.

»Wann werden wir in San Francisco sein?« fragte sie Mackay.

»In weniger als einer Stunde befinden wir uns in unmittelbarer Nähe der kalifornischen Küste«, war die Antwort. »In Oleum müßten wir planmäßig um zehn Uhr abends anlegen — aber darauf würde ich nicht gerade wetten.«

»Wieso? Was wird denn werden?«

»Fragen Sie ihn . . .«

»Was wird mit uns werden?« wandte sie sich an Winter.

»Innerhalb von achtundvierzig Stunden werden Sie voraussichtlich an Land sein. In San Francisco — mit *der* Zeitungsstory Ihres Lebens«, fügte er zynisch hinzu.

»Warum kommt Ihr Hubschrauber zurück?«

»Ganz nach Plan . . .«

Winter verließ die Brücke und begab sich hinunter zur Landestelle. Seine ausweichende Antwort auf Betty Cordells letzte Frage hatte einen besonderen Grund. In knapp einer Stunde würde er mit der Sikorsky fortfliegen — und dann übernähme LeCat das Kommando an Bord des Tankers.

»Also, Gentlemen«, sagte Bürgermeister Peretti, »der Tanker wird aufgefordert, sofort zu stoppen — er bleibt, wo er ist: etwa zehn Meilen vor der Küste. Und dann schicken wir ein

Schiff mit Marineinfanteristen hin. Sind wir uns soweit einig?«

Sie saßen dicht um den großen Tisch in Perettis Büro gedrängt. Rechts vom Bürgermeister Sullivan, der, als er sich jetzt im Kreis umblickte, seinen Augen noch immer nicht trauen wollte. Innerhalb kürzester Frist hatte sich alles schlagartig verändert. Da waren plötzlich Repräsentanten fast sämtlicher Exekutivorgane der Vereinigten Staaten versammelt. Zum Beispiel Karpis vom FBI. Neben ihm Vince Bolan, der Police-Commissioner. Ferner Colonel Liam Cassidy vom US Marine Corps, Garfield von der Coastguard und O'Hara von der Hafenbehörde. Über die Funktionen der übrigen Männer war sich Sullivan noch nicht im klaren.

Der Hubschrauber der Küstenwache, der die *Challenger* dreimal umkreist hatte und zweimal unterhalb der Höhe der Brücke an ihr längs geflogen war, war kaum gelandet, als man seine Kameras auch schon in aller Eile zu einem Fotolabor schaffte. Dort wurden im Handumdrehen die Filme entwickelt: Infrarot-Filme, auf denen sich abzeichnete, was im Schatten der Brücke scheinbar nicht zu sehen gewesen war. Anlaß genug für diese Männer bis hinauf zum Präsidenten, schleunigst zusammenzutreten. Auf den vergrößerten Abzügen war deutlich zu erkennen, daß im hinteren Teil der Brücke bewaffnete Männer standen, die ihre Pistolen auf die Offiziere vorn gerichtet hielten.

Sullivan war von Bordeaux bis hinauf nach Hamburg einem Gerücht gefolgt, dann nach London zurückgekehrt, auch dort ohne konkreten Anhaltspunkt geblieben, und trotzdem hatte er nicht aufgegeben — er war weitergeflogen nach Alaska, nach Seattle und schließlich nach San Francisco. »Wenn Sie uns doch bloß Beweise liefern könnten ...«, hatte der FBI-Agent im St. Francis-Hotel gehöhnt, als er Sullivan gegenübersaß.

Der junge Engländer betrachtete die Vergrößerungen, die auf dem Tisch verstreut lagen.

Erstaunlich, wie klar die drei Männer mit den Pistolen zu erkennen waren. Nur das Gesicht des hochgewachsenen, hageren Mannes dort wirkte verwischt. Sollte das Winter sein? Leider waren die Züge verschwommen, um einen Vergleich mit jenen Fotos zu gestatten, die Paul Hahnemann in Hamburg von seinem so überaus britischen Besucher Mr. Arnold Ross gemacht hatte. Bei den Pistolen, die die drei Männer in der Hand hielten, schien es sich um das selbe Modell zu handeln. »Vermutlich tschechische Skorpions«, hatte Colonel Cassidy gemeint und hinzugefügt: »Aber wie gesagt, das ist nur eine Vermutung — Pistolen sind's jedenfalls, verdammt noch eins . . .«

Inzwischen war auch der Funkspruch abgefaßt, der die *Challenger* unverzüglich zur Einstellung der Fahrt aufforderte. Der letzte Satz enthielt eine unüberhörbare Warnung. *Jede weitere Annäherung an die kalifornische Küste gilt als feindliche Handlung.*

Während der Tanker mit einer Geschwindigkeit von siebzehn Knoten unbeirrt auf die kalifornische Küste zusteuerte, senkte sich die Abenddämmerung über den Pazifik. Der Funkspruch aus San Francisco war eingetroffen, Winter hatte ihn Mackay gezeigt; der studierte ihn sorgfältig und gab den Zettel ohne sichtbare Reaktion zurück.

»Und nun? Man ist Ihnen auf die Schliche gekommen . . .«

»Was früher oder später zu erwarten war«, erwiderte Winter kühl. »Es ist beachtlich, daß wir überhaupt so lange unentdeckt geblieben sind — direkt vor der Nase der Amerikaner. Kurs und Geschwindigkeit beibehalten, Kapitän Mackay . . .«

»Sie sind verrückt! Machen Sie es sich doch endlich klar, Winter: Ihr Coup ist gescheitert. Bald wird ein amerikanischer Zerstörer auftauchen und . . .«

»Höchst unwahrscheinlich. Wie ich eben bemerkte, haben wir mehr geschafft, als eigentlich anzunehmen war. Glauben Sie im Ernst, ich hätte die neue Entwicklung nicht vorausgesehen?«

Der Kapitän musterte Winter. Nach wie vor zeigte der seltsame Engländer jene überlegene Selbstsicherheit, die ihn vom ersten Augenblick an charakterisiert hatte. Auch Betty Cordell — sie stand nur einen halben Schritt von Mackay entfernt und war daher über den Inhalt des Funkspruchs ungefähr im Bilde — suchte in Winters Zügen vergeblich nach Anzeichen einer erlittenen Schlappe. Sie begriff seine Gelassenheit, seine kühle Distanziertheit nicht. Fast hätte man meinen können, er sähe alles ganz nach Plan verlaufen . . .

Winter nahm LeCat beiseite. Für ein paar Minuten blieben

sie auf dem Brückennock auf der Backbordseite allein. Winter entwarf eine Antwort auf den Funkspruch aus San Francisco. Schließlich reichte er den Zettel LeCat. »Das sollte genügen«, sagte er.

Der Franzose las und nickte. »Allerdings könnten die auch versuchen, sich dem Tanker unter Wasser zu nähern — in einem U-Boot . . . Sollen sie lieber bleiben lassen . . .«

Winter ergänzte den Funkspruch und gab ihn an LeCat zurück. Der Franzose trug ihn in den Brückenraum, wo Kinnaird mit blassem Gesicht wartete.

Über das Schanzkleid blickte Winter hinab zur Landestelle, wo der Hubschrauber auf ihn wartete. Ja, dachte er, der Funkspruch ist klar genug. Die werden's kapieren und sich in acht nehmen.

Seit zwei Tagen ist die Challenger in unserer Gewalt. Wir laufen mit einer Geschwindigkeit von siebzehn Knoten die Bucht von San Francisco an. Die Mitglieder der britischen Besatzung sind unsere Geiseln. Für ihre Freilassung verlangen wir ein Lösegeld in Höhe von zwanzig Millionen Dollar. Jeder Versuch, dieses Schiff zu entern, hat den Tod der achtundzwanzig Geiseln zur Folge. Dem Tanker darf sich kein Flugzeug, kein Überwasserschiff und auch kein Unterseeboot nähern. Jeder Verstoß hiergegen gilt als feindliche Handlung. Die Weathermen.

Als Mackay die Brücke verließ und zum Hauptdeck hinabeilte, saß ihm die Angst im Nacken. Unten rannte er fast den erhöhten Laufsteg entlang, hinter sich den bewaffneten Wachtposten, der ihn schreiend zum Stehenbleiben aufforderte. Hoffentlich schießt er nicht, dachte Mackay. Doch mehr als eine Kugel fürchtete er etwas anderes: Winter schien im Begriff, die *Challenger* im Hubschrauber zu verlassen.

Dort vorn an der Landestelle stand er, ganz dicht beim Hubschrauber, und jetzt drehte er sich um und schrie dem Wachtposten hinter Mackay auf französisch einen Befehl zu. Hatte der Terrorist schon angelegt? Hatte Winter ihm befohlen, nicht zu schießen? Mackay lief weiter.

Winter wartete auf ihn. Es wurde von Minute zu Minute dunkler. Ein dunstiger Schatten, der Vorbote der Nacht, umfing den Tanker. Am Fockmast brannten bereits die Lampen. Alles war zum Abflug vorbereitet.

Keuchend blieb Mackay vor Winter stehen.

»Sie wollen fort?«

»Das war verdammt leichtsinnig von Ihnen — ums Haar hätten Sie eine Kugel in den Rücken bekommen«, fuhr Winter den Kapitän an.

»Sie wollen doch nicht das Schiff verlassen?«

Aber sonderbar — aus Mackays Stimme klang keine Feindseligkeit, kein Haß, einzig und allein Besorgnis — fast, als fürchte er, einen guten Freund für immer zu verlieren.

Der ängstliche Unterton entging Winter nicht. Er lächelte. »Ich hätte gedacht, Sie wären froh, mich loszuwerden, daß Sie vielleicht beten, ich möge mit dem Hubschrauber über dem Pazifik abstürzen . . .«

»Sagen Sie ihm, er soll sich entfernen.« Mackay drehte den Kopf und deutete auf den Wachtposten. Auf ein Wort Winters verschwand der Mann über die Laufbrücke. »Wenn Sie nicht mehr bei uns sind«, fuhr der Kapitän fort, »sind wir LeCat ausgeliefert — diesem Tier . . .«

»Wir haben einen Plan, der durchgeführt werden muß. Zu diesem Plan gehört auch, daß ich das Schiff jetzt verlasse . . .«

»Sie sind doch Brite«, betonte Mackay eindringlich. »Schön, Sie haben den Tanker mit Gewalt an sich gebracht, was Ihnen ein Kapitän nie verzeihen kann. Aber Sie sind Brite, und ich habe eine britische Crew, die ich beschützen muß. Wenn Sie bleiben, werde ich — falls die Sache für Sie schiefgeht — mich für Sie verwenden . . . mein Ehrenwort . . .«

Winter schien zu zögern. Zum erstenmal gewahrte Mackay auf dem so kalten, harten Gesicht einen Anflug von Unentschlossenheit. Mackay drängte weiter: »Denken Sie auch an Miß Cordell — erinnern Sie sich an das, was LeCat in ihrer Kabine von ihr wollte? Sie wissen doch genau, was passiert, wenn Sie nicht mehr hier sind!«

»LeCat wird alle Hände voll zu tun haben. Außerdem habe ich mit ihm gesprochen. Er weiß, daß er Ihre Crew nicht gegen sich aufbringen darf. Er braucht sie, um mit dem Tanker in die Bucht zu kommen . . .«

»In die Bucht? Ist das immer noch unser Ziel?«

»Ja.« Winters Augen glitten über Mackays besorgtes Gesicht. »Hören Sie, es wird schon alles gut werden. Bald kommt es zu Verhandlungen mit den amtlichen Stellen über die Freilassung Ihrer Crew . . .«

»Das klingt sehr zuversichtlich.«

»Ich bin ein zuversichtlicher Mensch.« Winter grinste. »Immer schon gewesen.«

Er hörte ein Kratzen von Stiefeln hinter sich und fuhr herum. Dicht bei der Nase des Hubschraubers stand LeCat, die Pistole mit lockerem Griff nachlässig in der Hand. Lautlos war er vom Vorderdeck gekommen und außen um die Maschine herumgegangen. Er musterte die beiden Männer.

Mackay erschrak. Hatte der Franzose das Gespräch etwa belauscht?

Winter kletterte in den Hubschrauber und knallte die Tür hinter sich zu. Auf Mackay wirkte der laute Knall wie ein Todesurteil.

LeCat schickte Mackay in Begleitung eines bewaffneten Postens zur Brücke zurück. Minuten später kletterte er in die Zimmermannswerkstatt hinab und ließ den Strahl seiner Taschenlampe über die vertäuten Koffer hinter dem Tisch gleiten. Als er Minuten später die Leiter wieder hinaufstieg, schwitzte er von der Last des kofferähnlichen Gebildes mit seinen zweihundert Pfund Inhalt.

Er trug es zum Hauptdeck und öffnete dort eine Luke, die zu einem der leeren Öltanks führte — zwei Tanks waren beim vorzeitigen Auslaufen aus Nikisiki nicht gefüllt worden. Vorsichtig stieg LeCat die fast lotrechte Leiter hinab. Einen Augenblick ruhte er sich auf einer Stahlplattform aus, dann ging es die nächste Leiter hinab. Einmal stieß er mit dem Koffer an. Das Geräusch klang in hohlem Widerhall durch den riesigen Tank. Von LeCats Stirn tropfte Schweiß. Ums Haar hätte er seine schwere Last fallen lassen — aus einer Höhe von fast acht Metern auf den Boden des Tanks.

Als Minenexperte wußte er zwar, daß gar nichts passieren konnte. Im Augenblick war dieses Teufelsding noch harmlos. Erst müßte durch einen drahtlosen Impuls — in den Sprengkörper war ein winziger Empfänger eingebaut — der Zeitzünder in Gang gesetzt werden. Trotzdem schwitzte LeCat am ganzen Körper. Unten angelangt, aktivierte er die Magnethalterung — und der schwere Koffer haftete von innen am Schiffsrumpf fest.

Als sich der Franzose Minuten später den Schweiß von den Händen wischte und die Leiter hinaufkletterte, hatte er erledigt, was es hier für ihn zu erledigen gab. Oben auf dem Hauptdeck schloß er den Lukendeckel und blickte zur Brücke. In der Dunkelheit konnte ihn niemand gesehen haben, und außer ihm gab es an Bord nur noch einen, der von dem Geheimnis wußte: André Dupont, der Mann, der ihm geholfen hatte.

Dritter Teil

UNTERNEHMEN APOKALYPSE

15

Niemand achtet auf den Briefträger. Man hat sich an ihn gewöhnt, so wie an der kalifornischen Küste ein Helikopter der
US-Coastguard niemand auffallen würde — tagtäglich sieht
man diese Maschinen bei ihren Patrouillenflügen, oft tief über
den Stränden. Wer also hätte Winters Sikorsky bemerken sollen?

Die Dämmerung war fortgeschritten, als der Engländer in
der Nähe von Carmel-by-the-Sea die Küste vor sich auftauchen
sah. An Hand der Landkarte auf seinen Knien erkannte er
Point Lobos. Er bog ab und hielt sich genau in nördlicher Richtung. Drunten in Carmel, in Pacific Grove auf der Monterey-
Halbinsel und in Monterey selbst schimmerten Lichter, und
schlagartig lag alles im Dunkeln. Zweifellos wieder ein Stromausfall. Gamal Tafaks Ölstrategie hinterließ überall tiefe Spuren.

Der Hubschrauber flog über dunkles, ruhiges Wasser. Dann
verwischten Wolkenfetzen den Blick auf den Ozean. Der
Mond ging auf, und sein Licht fiel auf grauwallende Nebel-
bänke. Einen Augenblick lang war es Winter, als rase er in
einer Höhe von zehntausend Metern in einem Jumbo-Jet vom
Heathrow-Airport nach Anchorage. Noch keine Woche ist das
her, dachte er, doch seitdem scheinen Jahrzehnte vergangen zu
sein. Vor sich im Nebel sah er grell aufzuckendes Licht.

Eine Million Dollar ... endlich würde er sich zurückziehen
und sein Leben sorglos genießen können: wie ein Rennfahrer,
der aus dem mörderischen Geschäft aussteigt, ehe es zum großen Knall kommt, ehe er im flammenden Wrack seines Autos
verbrennt. Winter warf erneut einen Blick auf die Landkarte.
Das aufzuckende Licht dort mußte vom Mile-Rocks-Leuchtturm an der Einfahrt zum Golden Gate stammen.

Er ließ den Leuchtturm auf der rechten Seite hinter sich. Der
wallende Nebel, im Mondlicht deutlich erkennbar, wälzte sich
wie träger Dampf in einem Kessel über dem Einfahrtskanal,
durch den bald schon die *Challenger* in die Bucht von San
Francisco gelangen müßte. Für Sekunden hoben sich in der
Ferne die dichten Nebelschleier, eine Lichterkette schimmerte
auf. Dann fiel gleichsam wieder der Vorhang, und der Blick
auf die Golden-Gate-Brücke war versperrt.

Winter bog landeinwärts, fort vom Meer, und flog über Stinson Beach hinweg. Die Flughöhe betrug etwa dreihundertfünfzig Meter, rund hundert Meter über dem Nebel. Über Marin County wurde die Sicht besser, der Nebel begann sich zu lichten. Winter drosselte die Geschwindigkeit und spähte, angestrengt starrend, in die Nacht hinab. Nördlich von Novato kreiste er einmal, bis er Licht entdeckte – ein abwechselnd rotes und weißes Aufzucken. Er ging tiefer, und zwischen wie verwischten Bäumen und strauchbewachsenen Hügelhängen schien ihm das Licht entgegenzusteigen. Walgren, der Amerikaner, der den Funker Swan in Anchorage beschattet hatte, war wie abgesprochen zur Stelle.

Während er den Hubschrauber senkrecht auf den Boden zusteuerte, sah er, daß das rote und weiße Aufzucken von einer ovalen Lichtung kam, auf der er einen dunklen Schatten erkannte, ein geparktes Auto wahrscheinlich. Dann setzte die Maschine hart auf, und Winter schaltete den Motor ab. Das Wirbeln der Tragschrauben verlangsamte sich, verstummte ganz. Es war 18.30 Uhr. Als Winter den Ausstieg öffnete und auf die Erde sprang, wartete Walgren schon auf ihn. »Willkommen in Kalifornien«, rief er ihm zu. Winter war in den Vereinigten Staaten.

Den Hubschrauber ließen sie, wo er stand: zwischen Bäumen leidlich gut versteckt. Für den Fall, daß er trotzdem innerhalb weniger Stunden entdeckt wurde, hatte Winter vorgesorgt. In der Tasche seines Sitzes befand sich die bezahlte Rechnung eines billigen Hotels in Tijuana sowie ein Päckchen mexikanischer Zigaretten, die Walgren unter anderem auftragsgemäß beschafft hatte, als er im vergangenen November in San Francisco weilte. Zwischen Mexiko und Kalifornien blühte der Schmuggel, und falls die Spürhunde des FBI die Maschine durchsuchten, würden sie zu dem Schluß kommen, daß der Hubschrauber von Mexiko herübergeflogen war, vermutlich mit einer Ladung Rauschgift an Bord.

Zudem hatte Walgren beim Pilotensitz winzige Spuren Heroin verschüttet. Mit ihrem Staubsauger würde den Beamten keine Kleinigkeit entgehen, und eine Laboranalyse mußte die anfängliche Vermutung bestätigen. Doch all dies waren Vorkehrungen, die Winter für den Extremfall getroffen hatte:

Wahrscheinlich würde der Hubschrauber erst Tage später entdeckt werden.

Auf Winters Anweisung fuhr Walgren ihn zunächst zur Richardson Bay, wo bei einer baumbewachsenen Landzunge ein kleines Seeflugzeug auf dem Wasser schaukelte — die Fluchtmaschine. Im Schutz von Dunkelheit oder Nebel sollten die Terroristen den Tanker später verlassen und die Bucht im Zodiac-Schlauchboot mit Außenbordmotor überqueren — wiederum ein Fahrzeug, das Winter mit Bedacht gewählt hatte. Ein Schlauchboot aus Gummi war durch Radar nicht zu orten, und Winter hielt es immerhin für möglich, daß die Polizei, während die *Challenger* in der Bucht lag, am Ufer Radarsuchgeräte aufstellte. Im Wasserflugzeug sollten die Terroristen entweder zur *Pêcheur* geflogen werden, die draußen auf See wartete, oder aber nach Kanada. Und selbst wenn die Maschine an diesem entlegenen Fleck bemerkt werden sollte, Verdacht konnte sie kaum erregen; denn nur wenige Kilometer weiter, in der Richardson Bay nahe Marin City, befand sich ein Seefliegerhorst. Die Tauchanzüge, die man an Bord der *Challenger* verstaut hatte, waren nur für den Notfall gedacht: So konnten sich die Terroristen, nicht allzuweit vom Ufer entfernt, ins Wasser gleiten lassen und den Rest der Strecke schwimmend zurücklegen. Winter hoffte, daß es nicht dazu kommen würde — die Strömungen draußen in der Bucht können dem geübtesten Schwimmer zum Verhängnis werden.

»Fahren Sie mich jetzt nach San Francisco«, sagte der Engländer zu Walgren, als er nach Überprüfung des Flugzeugs ans Ufer zurückkam. Winters Hauptsorge hatte den Treibstofftanks gegolten, doch die waren voll. »Hatten Sie große Schwierigkeiten, für Ihr Auto Benzin zu bekommen?« fragte er den Amerikaner, als sie sich der Golden-Gate-Brücke näherten. »Und ob«, erwiderte Walgren. »Habe auf dem schwarzen Markt ein Schweinegeld dafür bezahlt ... und das zu Mafiavorzugspreisen.«

Winter ließ ihn am anderen Ende der Brücke anhalten und ging auf dem Gehsteig allein zurück. Sorgfältig betrachtete er alles. Er beugte sich über das Geländer, unter dem in wenigen Stunden die *Challenger* entlanggleiten würde. Jetzt im Nebel schien es, als ob Brückentürme und -bogen schwerelos schwebten; wie Tempel in chinesischer Malerei wirkten sie.

Winter kehrte zum wartenden Auto zurück und ließ sich mit dem Koffer, den der Amerikaner für ihn mitgebracht hatte, am Trans-Bay-Busbahnhof absetzen. Zehn Minuten nur hielt er sich im Busbahnhof auf, ging wieder hinaus und stieg in ein gerade frei werdendes gelbes Taxi. »Zum Clift-Hotel in der Geary Street«, wies er den Fahrer an.

Vorkehrungen für jeden nur denkbaren Fall ... das war Winters ständige Devise. Portiers haben ein phänomenales Gedächtnis, und es schien sicherer, in einem Taxi vorzufahren. Er gab dem Fahrer das übliche Trinkgeld, fünfzehn Prozent vom Fahrpreis, ging an dem farbigen Türsteher vorbei und folgte dem Pagen durch die Halle zum Empfang. Wie immer hatte er eins der exklusivsten Hotels gewählt: die Polizei hielt Gäste, die sich so etwas leisten konnten, für respektabel.

»Sie haben auf meinen Namen für eine Woche ein Zimmer reserviert. Stanley Grant — aus Australien ...«

Bleiben wollte er nur drei Tage, obwohl er für die ganze Woche zahlte. Bei einer eventuellen Überprüfung des Gästebuches durch die Polizei wäre die längere Buchung unverdächtiger.

Er folgte dem Pagen in den Fahrstuhl und fuhr zum 9. Stock hinauf. Allein in seinem Zimmer, empfand er so etwas wie Überraschung — er befand sich tatsächlich in Kalifornien.

... Dem Tanker darf sich kein Flugzeug, kein Überwasserschiff und auch kein Unterseeboot nähern. Jeder Verstoß hiergegen gilt als feindliche Handlung. Die Weathermen.

Mit ernster Miene betrachtete Bürgermeister Aldo Peretti die Männer um den Tisch seines Büros. Es war dieselbe Runde wie bei der ersten Zusammenkunft, und wieder saß Sullivan rechts vom Bürgermeister. Alle schauten besorgt drein. Eine Stunde schon dauerte die Debatte über den drohenden Funkspruch, der von der *Challenger* gekommen war. Die Uhren zeigten 18.30.

»Glaube ich einfach nicht«, fuhr Sullivan fort. »Daß es sich um die Weathermen handelt, meine ich. Dies ist keine Bande aus dem amerikanischen Untergrund. Die wollen nur nicht, daß wir wissen, wer sie wirklich sind. Wäre auch ein sonderbarer Zufall«, fuhr er fort. »Ich bin Winter nach Hamburg gefolgt. Von einem hohen französischen Beamten erfuhr ich, daß Winter mit LeCat in enger Verbindung steht. Dieser LeCat seinerseits hatte eine Gruppe von ehemaligen OAS-Terroristen angeworben. Ich folgte Winter dann nach Alaska, wo die *Challenger* bald nach seinem Eintreffen auslief. Nach meiner Überzeugung sind die französischen Terroristen jetzt an Bord des Tankers — und finanziert wurden sie vermutlich mit arabischem Geld.«

»Aber die Verbrecher fordern zwanzig Millionen Dollar«, widersprach Peretti. »Das klingt doch eher nach einem gewöhnlichen, wenn auch unverschämten Erpressungsversuch. Wie dem nun sei — auf dem Spiel steht das Leben von achtundzwanzig britischen Seeleuten und einer Amerikanerin. Diese Menschen müssen aus ihrer Lage befreit werden.«

»Sie denken doch nicht etwa daran, das Schiff mit den Terroristen in die Bucht zu lassen«, protestierte Colonel Cassidy.

»Warum nicht?« widersprach Peretti mit Nachdruck. »In der Bucht könnten wir besser mit ihnen verhandeln, dort sitzen sie wie in einer Falle — wenn wir nicht wollen, können sie nicht wieder hinaus.«

»Gefällt mir nicht«, kommentierte Cassidy gereizt.

»Mir auch nicht«, stimmte Karpis vom FBI zu.

»Und mir gefällt es nicht, das Leben von neunundzwanzig Menschen aufs Spiel zu setzen«, erklärte Peretti mit fester Stimme. Seine Besorgnis war nicht gespielt. Zweifellos hatte ebendiese Menschlichkeit, die aus seinem Wesen sprach, bei der letzten Wahl genügend Wähler beeindruckt, um ihn zum Bürgermeister von San Francisco zu machen. Viele fanden, daß er zu Alex MacGowan, dem Gouverneur von Kalifornien, einem skrupellosen Ellenbogentyp, einen höchst willkommenen Gegensatz bildete. Der kürzliche Grove-Park-Skandal, ein Korruptionsfall unter hohen Beamten, hatte MacGowan politisch völlig erledigt. Noch eine Stunde lang wogte die Diskussion hin und her: Sollte man den Tanker mit den Terroristen nun in die Bucht lassen oder nicht? Wenn er abstimmen ließe, überlegte Peretti, würde es zum Patt kommen — die Menschenfreunde hier, die übrigen dort, wie er es gern nannte. Er wollte eine Entscheidung treffen, als das Telefon läutete. Er hob den Hörer ab, lauschte, stellte ein paar Fragen, legte wieder auf. Sein Gesicht war noch ernster als zuvor. »Was eigentlich los ist, weiß ich auch nicht, Gentlemen, aber soviel steht fest: Die Angelegenheit hat ab sofort einen eindeutig politischen Aspekt. Von der *Challenger* ist ein neuer Funkspruch gekommen. Aus irgendeinem mir nicht begreiflichen Grund wünscht man dort ein Höchstmaß an Publicity. Der Funkspruch ist nämlich an die Nachrichtenagentur United Press gegangen. Gar keine Frage, daß in wenigen Stunden die ganze Welt im Bilde sein wird. Und jetzt fordert man zweihundert Millionen Dollar — jawohl, Colonel Cassidy, ich habe *zweihundert* Millionen gesagt. Diese Summe soll auf ein Konto in einer Bank in Beirut eingezahlt werden. Der Funkspruch war unterzeichnet ›Bewegung Freies Palästina‹. Sullivan hatte recht — wir haben es mit den Arabern zu tun oder mit Marionetten, die vielleicht von den Goldenen Affen selbst ferngesteuert werden . . .«

Um zehn Uhr abends saß Winter in seinem Hotelzimmer mit einem Glas Scotch vor dem Farbfernseher. Doch das Programm, ein FBI-Thriller, interessierte ihn nicht. Er las Zeitung. Seine Aufgabe hier in der Stadt war jetzt gleichsam die eines Trojanischen Pferdes. Er sollte beobachten, wie die amtlichen Stellen auf die Forderungen der Terroristen reagieren, und LeCat informieren, falls eine veränderte Taktik erforderlich sein sollte. Zu diesem Zweck hatte Walgren in einem Lastwagen, der jetzt in einer nahen Garage stand, ein Sendegerät installiert. Wollte Winter mit LeCat Verbindung aufnehmen, so brauchte er den Amerikaner nur unter einer bestimmten Telefonnummer anzurufen, und die beiden Männer führen im Laster zu einem abgelegenen Teil von Marin County, wo Winter seine Anweisungen an den Franzosen über Funk durchgäbe. Ehe die Amerikaner den Sender mit irgendwelchen Peilgeräten orten konnten, wäre das Fahrzeug längst wieder verschwunden.

Um fünf nach zehn kam die Kurznachricht über Fernsehen. »Terroristen haben vor San Francisco einen britischen Tanker in ihren Besitz gebracht . . . fordern für die Freilassung von neunundzwanzig Geiseln, darunter auch eine Amerikanerin, zweihundert Millionen Dollar . . .«

Winter nippte an seinem Scotch und wartete auf den Kommentar. Bis jetzt hielt sich LeCat genau an den von ihm entworfenen Plan — durch eine Reihe alarmierender und verwirrender Funksprüche ließ er die Amerikaner nicht zu Atem kommen. Die eigentliche Forderung würde später folgen — wenn das nächste Täuschungsmanöver gelungen war und die Amerikaner den Tanker in die Bucht gelassen hatten . . .

Während Winter in San Francisco die Kurznachrichten hörte, begann viele tausend Kilometer entfernt in Baalbek für Gamal Tafak ein neuer Tag. Um sieben Uhr früh steckte er sich eine frische amerikanische Zigarette an und schaltete das Radio aus. Dann trat er an das vergitterte Fenster, das auf das Antilibanon-Gebirge hinausblickte. Im Januar lag auf den Gipfeln dort Schnee.

Die Nachricht, die er soeben gehört hatte, machte ihn nervös. Die Amerikaner waren sich noch immer nicht schlüssig geworden, ob sie den Tanker in die Bucht einfahren lassen sollten. Höchste Zeit, daß LeCat seine nächste Karte ausspielte. Auf keinen Fall durften die Amerikaner zur Besinnung kommen.

Mit halbgeschlossenen Augen rief Tafak sich in Erinnerung, was Ahmed Riad — der bald in San Francisco landen würde — LeCat eingeschärft hatte.

»Man wird Sie nicht gleich in die Bucht lassen, sondern versuchen, Zeit herauszuschinden, damit man sich die Entscheidung reiflich überlegen kann. Aber sie sind sentimentale Menschen, diese Amerikaner. Warten Sie also den geeigneten Moment ab, und spielen Sie dann Ihre Trumpfkarte aus . . .«

Tafak hatte inzwischen völlig vergessen, daß es Winter gewesen war, der die Trumpfkarte vorbereitet hatte — den Zwischenfall, der die Amerikaner veranlassen würde, das Schiff den Golden Gate Channel passieren zu lassen.

Tafak nahm seine Zigarette aus dem Mund und betrachtete seine Hände. Sie waren vor Schweiß naß. Ein Spaziergang in der frischen Morgenluft draußen würde ihm guttun. Doch es war nicht die Atmosphäre im Zimmer, die ihn zum Schwitzen brachte: An der amerikanischen Westküste konnte nämlich der vernichtende Schlag erst gelandet werden, wenn die Amerikaner den Tanker in die Bucht hereingelassen hatten.

Als Scheich Gamal Tafak draußen vor der Eingangstür stand

und die Morgenluft atmete, teilte das Fadenkreuz eines Zielfernrohrs seinen Kopf und seine Schultern in vier Teile. Nur dreißig Meter von ihm entfernt, im Parterre eines anderen Hauses, lag ein israelischer Scharfschütze langausgestreckt auf einem Tisch.

Das Gewehr ruhte auf einem Sandsack und wies mit dem Lauf durch ein offenes Fenster. Da die Sonnenstrahlen in die gleiche Richtung fielen, in die das Gewehr zeigte, lag das Zimmer völlig im Schatten. Chaim Borgheim, der Scharfschütze, nahm Druckpunkt. Nur ein leichtes Krümmen des rechten Zeigefingers, und Tafak wäre tot.

Im hinteren Teil des Raums, automatische Waffe auf den Knien, saß Albert Meyer, der Mann mit dem düsteren, melancholischen Gesicht, der in Beirut der Telefonistin Lucille Fahmy eine bestimmte Baalbeker Nummer entlockt hatte. Als neben ihm das Telefon klingelte, fuhr er unwillkürlich zusammen. Das plötzliche Geräusch hätte Chaims Zielsicherheit beeinträchtigen können. Er nahm den Hörer ab. »Hier Albert...« Während er der Stimme am anderen Ende lauschte, weiteten sich seine Augen. »Verstanden«, sagte er und legte auf. Mit raschen Schritten durchquerte er das Zimmer. Auf seiner Stirn stand Schweiß.

»Halt, Chaim...« Seine ausgestreckten Finger schienen den Gewehrlauf beiseite schieben zu wollen, doch er vermied es sorgfältig, die Waffe auch nur zu berühren. Er spürte, wie ihm Schweißtropfen den Rücken hinabliefen. »Verdammt noch mal...«

Chaim löste den Zeigefinger vom Abzug und hob den Kopf. Auf seinem Gesicht spiegelte sich Verblüffung. »Ich hatte ihn genau im Visier... Was ist denn? Du siehst so verstört aus?«

»Ich dachte schon, ich käme zu spät. Der Anruf eben — wir sollen warten. Noch ist es nicht so weit, hat man mir gesagt.«

»Da hat aber nicht viel gefehlt, wirklich nicht. Weshalb der Aufschub?«

»Eine Krise. Irgendwo anders auf der Welt. Im Augenblick wissen sie noch nicht, wie sie die Lage einschätzen sollen. Wir müssen warten.«

»Dann wäre soweit ja alles normal — eine Krise, irgendwo...«

Die Männer im Mile-Rocks-Leuchtturm an der Einfahrt zum Golden Gate Channel beobachteten, wie die *Challenger* in Brand geriet.

Trotz Dunkelheit und Nebel waren die Flammen zu erkennen, ein verschwommenes Auflodern wie von einer vernichtenden Feuersbrunst. Sofort wurde die Hafenbehörde verständigt, die ihrerseits den Bürgermeister unterrichtete. Die Meldung traf fast im selben Augenblick ein wie der Funkspruch vom Tanker.

Die Runde, die im Büro des Bürgermeisters mit kurzen Unterbrechungen stundenlang erhitzt diskutiert hatte, wollte sich eben auflösen, als der Anruf kam. Peretti nahm den Hörer ab, lauschte einige Sekunden und rief den bereits aufbrechenden Männern zu: »Warten Sie! Gerade kommt eine neue Meldung durch.«

Hastig kritzelte er etwas auf einen Notizblock. Die Männer waren stehengeblieben, mit mürrischen Gesichtern. Die lange Sitzung hatte alle erschöpft. Colonel Cassidy war es durch das Gewicht seiner Persönlichkeit gelungen, den Bürgermeister zu einem Aufschub zu bewegen. Erst am folgenden Morgen wollte Peretti endgültig entscheiden, ob der Tanker in die Bucht durfte oder nicht.

Inzwischen waren von der *Challenger* weitere Drohungen eingetroffen, jetzt von LeCat unterzeichnet, und Peretti machte sich große Sorgen, daß man ihm die Schuld am gewaltsamen Tod von neunundzwanzig Geiseln zuschieben könne. Nur widerstrebend hatte er Cassidys Drängen nachgegeben.

Trotz der niedrigen Zimmertemperatur in Hemdsärmeln (der Thermostat war auf siebzehn Grad gestellt), fühlte Peretti sich verschwitzt und sehnte sich nach einer erfrischenden Dusche — das heißt, bis vor wenigen Sekunden noch. Jetzt war er wieder hellwach. Er legte auf, warf Cassidy einen kurzen Blick zu, überflog dann seine Notizen. »Nehmen Sie bitte wieder Platz, Gentlemen. Die Sache ist für heute noch nicht abgeschlossen, im Gegenteil — es fängt erst richtig an.«

»Wieso? Was ist passiert?« wollte Cassidy wissen.

»Zwei weitere Meldungen, die eine vom Mile-Rocks-Leuchtturm, die andere von der *Challenger* selbst. Beide betreffen denselben Punkt. An Bord des Tankers hat es eine schwere Explosion gegeben, und es ist ein verheerender Brand ausgebro-

chen. Neun Personen sind stark verletzt, darunter fünf Geiseln
— auch Miß Cordell. Man bittet um die Erlaubnis, sofort in die
Bucht dampfen zu dürfen, damit man sich an Land der Verletzten annehmen kann ...«

»Das ist der Inhalt des Funkspruchs von der *Challenger?*«
fragte Cassidy.

»Ja.«

»Könnte sich um ein Täuschungsmanöver handeln. Mir
kommt die Sache jedenfalls spanisch vor ...«

Diese verdammten Militärs, dachte Peretti — und explodierte. »Und wenn Ihnen die Sache zehnmal spanisch vor-
kommt — aus der Meldung vom Mile-Rocks-Leuchtturm geht
hervor, daß der Tanker wirklich in Flammen gestanden hat.
Zum Glück ist das Feuer inzwischen gelöscht. Und ich gebe
dem Tanker jetzt die Erlaubnis, in die Bucht einzulaufen ...«

»Vielleicht könnte man die Verletzten mit einem Hubschrauber von der *Challenger* holen«, meinte Garfield, der
Chef der Küstenwache.

»Leider ausgeschlossen, denn im Funkspruch werden die
früheren Bedingungen wiederholt — niemand und nichts darf
sich dem Tanker nähern, oder man wird die Geiseln sofort erschießen.«

»Die Sache gefällt mir immer weniger«, kommentierte Cassidy bissig.

»Colonel«, fuhr Peretti auf, »Ihr persönlicher Geschmack
dürfte kaum ausschlaggebend sein. Sie haben diese Geschichte einfach nicht richtig durchdacht. Wenn ich mir auch
nur den geringsten Fehler leiste, kann das die Geiseln das
Leben kosten. Ich muß an die britischen Seeleute und an Miß
Cordell denken. Und noch etwas — unter den Verletzten befinden sich ja auch vier Terroristen. Wenn wir die mit den anderen an Land nehmen, können wir sie ausfragen. Selbst Terroristen gegenüber dürfte ein Zeichen von Menschlichkeit
immer noch besser sein als ...«

Während Bürgermeister Peretti dem Colonel seine Ansichten
auseinandersetzte, zog man an der Außenwand der *Challenger*
die Überreste von zwei sogenannten Carley-Floats hoch, floß-
oder schwimmerartigen Gebilden, die durch Trossen mit dem
Tanker verbunden gewesen waren. Diese Floats, beladen mit

benzingetränkten Lappen und ausgestattet mit einer winzigen Thermitbombe und Zeitzünder, hatte man zuvor aufs Wasser hinabgelassen. Die Strömung sorgte dafür, daß sie ein gutes Stück vom Tanker entfernt waren, als die Bomben explodierten und die Floats in Brand setzten: Diese hochschießenden Flammen hatten die Männer im Mile-Rocks-Leuchtturm durch den Nebel gesichtet.

».. . ein Zeichen von Menschlichkeit oder, anders gesagt, unmittelbarer menschlicher Kontakt ist jedenfalls besser als eine unpersönliche Kommunikation per Funk«, fuhr Peretti fort. »Auch wenn es sich bei diesen Männern um Terroristen handelt — wilde Bestien müssen sie deswegen doch nicht sein . . .«

»Bei Ihnen wird der Teufel ein Heiliger«, sagte Cassidy und bedauerte seine Bemerkung sofort. Klang doch sehr grob.

Peretti, am Kopfende des Tisches, richtete seinen Oberkörper straff auf, aber er sprach ohne Groll. »Sie sind Soldat, Colonel Cassidy. Man hat Sie dazu ausgebildet, auf den Feind zu schießen. Manchmal ist das notwendig. Doch hier müssen wir an die Geiseln denken. Vergessen Sie außerdem bitte nicht, daß es sich, bis auf Miß Cordell, nicht um Amerikaner handelt, sondern um Briten. Das macht die Sache besonders heikel. Im übrigen werde ich über die Entscheidung nicht abstimmen lassen, ich treffe sie selbst. Der Tanker *Challenger* darf in die Bucht einlaufen . . .«

Es war fast Mitternacht, als sich die Boeing 707 mit Gouverneur Alex MacGowan an Bord dem International Airport von San Francisco näherte. Wegen Treibstoffmangels hatte sich sein Abflug vom Heathrow-Airport, London, um sieben Stunden verzögert.

16

»Aus der Sicht der Roten Armee stellt sich die Lage folgendermaßen dar: Sollten die westlichen Nationen versuchen, den Würgegriff abzuschütteln, mit dem die Araber ihre Wirtschaftssysteme umklammert halten, so könnte sich eine günstige Situation ergeben, in der sich die Sowjetunion bestimmte Ölreserven sichert, um für den Fall einer künftigen Konfrontation mit der Volksrepublik China gerüstet zu sein . . .«

Auszug aus der Fotokopie eines Geheimberichtes von Marschall Simonjew an den Ersten Sekretär der Union der sowjetischen Republiken, von Oberst Grigorjenko, einem sowjetischen Überläufer, Ken Chapin von der CIA ausgehändigt.

»Der Peretti . . . wenn der mal mit seiner Frau geschlafen hat, muß man ihm am Morgen aus dem Bett helfen.«

»Sei nicht so vulgär, Alex«, tadelte Miriam MacGowan mit ruhiger Stimme.

»Bis diese Sache zu Ende ist, werde ich noch viel vulgärer«, versicherte der Gouverneur seiner Frau. Durch das Fenster starrte er in die Dunkelheit. »Wo ist bloß dieser verdammte Flughafen?«

Die Boeing 707 verlor rasch an Höhe. Sie näherte sich der Landebahn von Nordosten her — damit kein Flugzeug in die Nähe der *Challenger* geriet, war der normale Einflug über den Pazifik für alle Maschinen gesperrt.

Wenn Miriam MacGowan etwas am Fliegen haßte, so war es dieser Augenblick — das Ansetzen zur Landung auf einem massiven Betonboden, den man nicht sehen konnte. Alex MacGowans Einstellung dazu war die eines grobschlächtigen Fatalisten: Entweder geht's glatt, oder wir sind hin. Er behielt diese Ansicht aber lieber für sich.

Der Gouverneur schäumte. Eine halbe Stunde zuvor, als sich die Boeing über San Luis Obispo befand, hatte sich einer seiner Beamten, den Colonel Cassidy informiert hatte, per Funkspruch gemeldet. In den USA kommt es gelegentlich vor, daß ein Militär, der mit einer Entscheidung nicht einverstanden ist, etwas an einen gleichgesinnten Politiker durchsickern läßt.

Daß sich die *Challenger* in der Gewalt von Terroristen befand, hatte MacGowan in Los Angeles erfahren, ehe er in die Maschine nach San Francisco stieg. Inzwischen wußte er auch, daß der Tanker in die Bucht einlaufen durfte — ein für Peretti typischer Beschluß. Der Kerl hatte Pudding in den Knien und Sülze im Bauch. Kann ihn nicht riechen, diesen verhätschelten Publikumsliebling, dachte der Gouverneur.

Die Räder setzten auf, holperten. Miriam schluckte unwillkürlich. Wenn die Maschine doch bloß bald ausrollen wollte. Immer hatte man das Gefühl, bei diesem Höllentempo ging es mitten durch die Flughafengebäude. Noch bevor das grüne Licht aufleuchtete, löste MacGowan seinen Sicherheitsgurt. Als sich eine Stewardeß zu ihm beugte, um ihn zu ermahnen, schnitt er ihr das Wort ab. »Sie sind doch gehalten, während der Landung zu sitzen — und vergessen Sie nicht, daß ich als erster aus der Maschine aussteige . . .«

»Jawohl, Gouverneur.«

Kaum hielt die Boeing, war er auch schon auf den Beinen, ein kurzwüchsiger, schwergewichtiger Mann mit großem Kopf, dichtem Haar, buschigen Brauen und einem breiten, verbissen wirkenden Mund. Körperlich glich er in gewisser Weise LeCat. Er eilte die Gangway hinab und an einer Gruppe von Reportern vorbei. Miriam, noch im Flugzeug, sagte entschuldigend zur Stewardeß: »Die Ereignisse beunruhigen ihn so schrecklich . . .«

In einem Büro von TWA griff MacGowan nach einem Telefonhörer — die Reporter, durch seine Hast stutzig geworden, waren ihm nachgerannt.

Sein erster Anruf galt Peretti. »Das Schiff wird sofort gestoppt. Mit einer Armee bewaffneter Terroristen an Bord kommt es mir nicht in die Bucht . . . Keine Widerrede, Peretti — ich alarmiere sonst die Nationalgarde . . .«

Kurz nacheinander rief er General Lepke im Presidio, die US-Küstenwache, die Hafenpolizei sowie Police-Commissioner Bolan an. Keiner kam dazu, seine Meinung zu äußern; man versuchte es auch gar nicht erst. Dem Police-Commissioner erklärte er, was er vorhatte, mit der Anweisung, sich sofort bei Peretti ›an die Strippe‹ zu hängen. Er wollte den Bürgermeister unter Druck setzen.

»Ich will, daß die Sache auf Eis gelegt wird, bis ich sie im Griff habe. Peretti soll diesen Terroristenschweinen funken, daß es eine Kollision gegeben hat — solange die Fahrrinne nicht wieder frei ist, kann kein Schiff durchs Golden Gate. Der Tanker bleibt vorerst, wo er ist. Möglich, daß die Terroristen uns die Geschichte nicht abkaufen, aber sicher können sie sich ihrer Sache nicht sein. Das wird sie ordentlich durcheinanderbringen — erst die Erlaubnis, dann die zeitweilige Verweigerung. Ich bin schon unterwegs . . .«

Es war typisch für MacGowan, daß er bei aller Wut einen klaren Kopf behielt — mit wenigen Schachzügen hatte er die Situation ›eingefroren‹ und seinen Widersacher aus dem Gleichgewicht geworfen. »Ich stecke meinen Kopf in eine politische Schlinge«, sagte er während der Fahrt in die Stadt zu seiner Frau. »Aber das ist mir egal. Ich weiß, daß ich das Richtige tue.«

»Wenn Peretti auch nur die leiseste Chance sieht, wird er dir den Teppich unter den Füßen wegziehen«, warnte sie ihn.

»Du vergißt eins, Miriam — nach dieser Grove-Park-Geschichte bin ich politisch sowieso erledigt. Jetzt denke ich an das Geiselproblem.«

»Peretti ist wahrscheinlich auch der Meinung, daß er an die Geiseln denkt . . .«

»Ja, auf seine Art — auf die grundverkehrte Peretti-Art. Bei einer Tasse Kaffee wird ellenlang palavert. Ich habe da so eine Idee . . .« Sie fuhren durch Brisbane, und er fühlte ihren Blick auf sich. »Ich meine, vielleicht müssen wir jeden Terroristen an Bord dieses Tankers . . . töten.«

Etwa fünfzehn Kilometer ihnen voraus fuhr ein gelbes Taxi, das sich vier Fremde miteinander teilten. Einer von ihnen war mit derselben Boeing geflogen wie MacGowan, aber nicht 1. Klasse wie der Gouverneur, sondern — um so wenig wie möglich aufzufallen — in der Touristenklasse. Es war Ahmed Riad, der, zum erstenmal in den USA, sehr angespannt wirkte.

Im St.-Francis-Hotel am Union Square angelangt, mietete er unter dem Namen Seebohm ein Zimmer und fuhr dann im gläsernen Fahrstuhl an der Außenseite des Gebäudes hinauf. Als er in die Tiefe hinabblickte und auf dem Parkplatz die Autos sah — winzige Spielzeugautos, wie es schien —, schwindelte ihn. Riad litt geradezu pathologisch an Höhenangst. Aber er brauchte in diesem Hotel ja nur eine Nacht zu verbringen. Gleich am nächsten Morgen würde er dem Engländer sagen, was zu sagen war: daß man den Plan geändert hatte. Winter sollte sofort nach Europa zurückfliegen.

Nach der Explosion der Thermitbomben auf den präparierten Carley-Floats hatte LeCat fest darauf vertraut, daß man Mackay die Einfahrt in die Bucht gestatten würde. Diese Erlaubnis traf dann auch ein. Doch kurz nach Mitternacht wurde sie plötzlich widerrufen — für den Franzosen ein Blitz aus heiterem Himmel.

Wütend starrte er Mackay an, der den Funkspruch überflog. »Sie bringen den Tanker sofort in die Bucht«, befahl er.

»Ausgeschlossen.« Mackay gab ihm den Funkspruch zurück. »Durch den Golden Gate Channel kann ich erst, wenn die Fahrrinne wieder frei ist. Sie haben ja selbst gelesen, daß es eine Kollision gegeben hat . . .«

»Das glaube ich nicht! Die Amerikaner wollen mich reinlegen. Erst heißt es ja, dann heißt es nein. Aber mit LeCat kann man das nicht machen . . .«

Mackay beobachtete ihn verstohlen. In dem Franzosen schien eine Veränderung vorzugehen. Fortwährend gebrauchte er das Fürwort ›ich‹ und sprach von sich selbst als ›LeCat‹. Seit Winter nicht mehr da war, um ihn im Zaum zu halten, schälte sich immer deutlicher heraus, was ihn offenbar am tiefsten trieb — ein Machtkomplex.

Der Kapitän versuchte es mit ruhiger Besonnenheit. »Hören Sie — wenn ich die Erlaubnis dazu erhalte, dampfe ich mit der *Challenger* sofort durchs Golden Gate. Jetzt ist das zu riskant. Wir könnten mit den im Channel festliegenden Schiffen kollidieren . . .«

LeCat hob die Pistole und zielte auf Bennett. »Bringen Sie den Tanker sofort in die Bucht, oder ich erschieße drei von Ihren Leuten . . .«

»Wenn ich so wahnsinnig wäre, und es käme zur Kollision — was bei diesem Nebel mehr als wahrscheinlich ist —, dann würde die *Challenger* womöglich untergehen, mit Ihnen und Ihren Leuten, und übrigens auch mit uns. Da können Sie gleich alle Geiseln an Bord erschießen. Tun Sie's doch, wenn Sie wollen — jetzt dampfe ich mit dem Tanker jedenfalls nicht in die Bucht!«

Mackay kehrte LeCat den Rücken zu und trat ans Brückenfenster. Unwillkürlich spannten sich seine Muskeln. Ob der Franzose Ernst machen würde?

Das Flackern in LeCats Augen konnte er nicht sehen. Für den Bruchteil einer Sekunde schien sich der Terrorist unschlüssig. Eine Kollision — falls das eintrat, war das Unternehmen gescheitert. LeCat verließ die Brücke und ging in die Kabine. Um seine Wut zu dämpfen, begann er Kognak zu trinken.

LeCat stand im offenen Eingang zu Betty Cordells Kabine. Lautlos hatte er die Tür geöffnet. Die Amerikanerin lag ausgestreckt auf ihrer Koje, halb im Schlaf. Als sie den Franzosen bemerkte, setzte sie sich rasch auf. »Was wollen Sie hier?«

Er drückte die Tür zu, schloß ab und trat dicht an die Koje. Betty Cordell versuchte aufzustehen, doch er stieß sie zurück. Sie prallte mit dem Kopf gegen die Holztäfelung und war für Augenblicke benommen. »Wenn Winter Sie hier findet . . .«

Dann fiel ihr ein, daß sich der Engländer nicht mehr auf der *Challenger* befand. Sie versuchte, ruhig zu bleiben, aber ihr Kopf schmerzte so sehr, daß sie die vorgebeugte vierschrötige Gestalt nur wie durch ein Flimmern wahrnahm.

»Winter ist nicht mehr hier«, sagte LeCat.

»Oh, mein Gott . . .«

»Wenn du schreist, spürst du das Messer . . .«

Da erst sah sie die Waffe in seiner Hand. Die Spitze der Klinge berührte ihre Wange. Sie wußte mit einem Schlag, was sie erwartete. LeCats Finger griffen nach ihrer Bluse. Ein harter Ruck, und der Stoff zerriß von oben bis unten. Sie versuchte, nach seinen Augen zu krallen, doch er wich ihr aus, und wieder spürte sie die Messerspitze an ihrer Wange. »Soll ich dir deine hübsche Larve zerschneiden?« fragte er heiser. Sie sank zurück, und schon war er auf ihr.

Fieberhaft arbeiteten ihre Gedanken. Das durfte nicht wahr sein . . . das war nur ein Traum, sie versuchte, an daheim zu denken, sich abzulenken. Umsonst. Wenn sie nur ihr Gewehr zur Hand hätte, aber das war zu weit weg . . . ›Wenn du schreist, spürst du das Messer . . .‹ Eines Tages werde ich es vergessen, dachte sie. Werde mir sagen, daß es wirklich nur ein Alptraum war.

Es schien eine Ewigkeit zu dauern. Schließlich kletterte LeCat von der Koje. Betty Cordell lag schweratmend mit geschlossenen Augen da. Mechanisch langten ihre Finger nach der Wolldecke, zogen sie über Beine und Leib. Die Augen immer noch fest geschlossen haltend, vernahm sie Geräusche. LeCats Schritte in der Kajüte. Das leise Klirren der Wasserkaraffe drüben auf dem Tisch. Er trank . . . wie ein Gurgeln klang es . . . ekelhaft.

»Wenn du Mackay auch nur ein Wort sagst . . .« Er brach ab, schien näher zu kommen. »Wenn du Mackay auch nur ein

Wort sagst, dann lege ich den kleinen Foley um. Dann verpasse ich ihm tief unten eine Kugel, und er wird langsam sterben, sehr langsam — wenn du Mackay was sagst . . .«

Die Messerspitze berührte ihre Wange. »Hast du gehört, du kaltes Luder? Hast du verstanden?«

»Gehen Sie.« Ihre Kehle war trocken, sie schluckte. Noch immer hielt sie die Augen geschlossen. »Ja, ich habe gehört. Und jetzt gehen Sie doch endlich . . .«

Die Kabinentür schwang auf, klappte zu. Vorsichtig öffnete Betty Cordell die Augen. LeCat . . . nein, die Kabine war leer. Leise klatschten die Wellen gegen den Rumpf des Schiffes, ein eigentümlich friedvolles Geräusch.

Lange blieb sie auf ihrer Koje liegen. Schließlich stand sie auf und stellte sich so unter die kalte Dusche. Dann schälte sie sich aus ihren nassen Sachen, wickelte sie zum Bündel und warf sie durch das Bullauge. Wieder unter der Dusche, stand sie, bis sie vor Kälte zu zittern begann. Nach dem Abtrocknen zog sie sich frisch an: Unterwäsche, Jeans, zwei Pullover.

Nein, sie würde Mackay nichts davon sagen, sie würde niemandem etwas sagen . . . nicht nur Foleys wegen. Langsam trat sie zur Tür, überzeugte sich, daß sie abgeschlossen war, lauschte. Keine Schritte. Ein Wachtposten schien nicht in der Nähe zu sein. Sie ging zu ihrem Koffer, öffnete ihn, kramte zwischen der Wäsche und zog das Gewehr hervor.

Minutenlang hielt sie es in den Händen. Sollte sie es zusammensetzen, jetzt gleich? Nein, besser nicht, noch nicht. Doch es war ein gutes Gefühl, es zu halten, wie einen Freund — der einzige, der ihr geblieben war. Das Schiff und die Männer an Bord, aus nichts sonst schien das Leben zu bestehen. Sie empfand kein Gefühl der Panik oder der Hysterie. Nur eine eigentümlich klare Gewißheit erfüllte sie. Sie war zu einem Entschluß gekommen. Irgendwann begeht jeder, mag er noch so verschlagen und gerissen sein, einen Fehler. Auch LeCat würde sich einmal eine Blöße geben, vielleicht nur für Sekunden. Also mußte sie auf der Lauer liegen, mußte jederzeit bereit sein zu handeln. Und gab es nicht so etwas wie weibliche Verstellungskünste? Sie würde den Terroristen die schwache, hilfloe Frau vorspielen, auf die man kein Auge zu haben brauchte, die man vergessen konnte. Irgendwann mußte der Augenblick kommen.

Sie würde ihn nutzen und so viele töten, wie sie konnte.

Am Mittwoch, dem 22. Januar, um neun Uhr früh griff Winter nach der *San Francisco Chronicle*, die man ihm zusammen mit dem Frühstück aufs Zimmer gebracht hatte, und begann zu lesen. Die *Challenger* machte Schlagzeilen. BRITISCHER TANKER VOR SAN FRANCISCO IN DER GEWALT VON TERRORISTEN. Der Bericht strotzte von Ungenauigkeiten, was zu diesem Zeitpunkt allerdings nicht verwundern konnte. Mit Interesse las Winter, daß Gouverneur Alex MacGowan um Mitternacht recht dramatisch in der Stadt eingetroffen war und Perettis Anordnung, den Tanker in die Bucht zu lassen, sofort widerrufen hatte. Inzwischen, so hieß es, habe er seine Amtsräume im Transamerica-Pyramid-Gebäude in eine Art Hauptquartier verwandelt.

Daß sich der Tanker noch außerhalb der Bucht befand, beunruhigte Winter nicht weiter; er war auf Rückschläge gefaßt. Vermutlich würde er LeCat per Funk bald neue Instruktionen geben müssen.

Eine halbe Stunde zuvor war der Engländer aus dem Hotel St. Francis von einem Mr. Seebohm angerufen worden. Winter hatte den Anruf erwartet; es gehörte zum Plan, daß Ahmed Riad in dieser Phase in San Francisco auftauchte, um einen Bericht aus erster Hand zu erhalten, mit dem er dann nach Beirut zurückkehren sollte. Falls Riad es sich jedoch einfallen lassen sollte, seinen Abflug hinauszuzögern, weil er hier ein wenig ›mitmischen‹ wollte, so würde er, Winter, den Araber mit Nachdruck auf die nächste Maschine hinweisen.

Er las weiter, blätterte um, überflog die folgende Seite. Plötzlich erstarrte er. Die Kaffeetasse in seiner rechten Hand schien in der Luft zu schweben. Seine Augen hafteten auf einer Meldung, die, ganz unten auf der Seite, nur eine von vielen war. Er las sie ein zweites Mal und stellte die Tasse auf den Tisch, ohne einen Schluck getrunken zu haben.

Minutenlang saß er regungslos und stierte vor sich hin. Schließlich stand er auf und blickte durch das Fenster. Es besaß einen Sicherheitsmechanismus, so daß man es nur wenige Zentimeter öffnen konnte — etwaiger Selbstmordkandidaten wegen. Doch Winter liebte viel frische Luft, und so hatte er den Mechanismus mit einem Instrument, das er immer bei sich trug, außer Betrieb gesetzt. Das Fenster stand jetzt weit offen. Tief unten gähnte die Schlucht der Geary Street. Winter hob den Blick. Drüben, in Richtung Nob Hill, stieg es terrassenförmig empor, Gebäude aller möglichen Größen, die so dicht beieinander standen, daß sie einem bizarren Puzzlebild zu entstammen schienen.

Nach einer Weile trat er an den Tisch zurück und las die Kurzmeldung in der *Chronicle* zum dritten Male.

Charles Swan, britischer Funker, und seine Frau Julie wurden heute von der Polizei in einem abgelegenen Schuppen in der Umgebung der Stadt ermordet aufgefunden. Beiden Opfern war die Kehle durchgeschnitten. *Anchorage, Alaska.*

Er setzte sich, steckte sich eine Zigarette an, warf einen Blick auf seine Armbanduhr. In wenigen Minuten mußte Ahmed Riad, alias Seebohm, bei ihm erscheinen. Winter rauchte und wartete. Nichts in seinen kalten Augen verriet seinen flammenden Zorn. Schließlich läutete das Telefon: Ein Mr. Seebohm warte unten in der Halle. Winter bat den Rezeptionisten, Mr. Seebohm zu ihm heraufzuschicken.

Während Riad, stets auf der Hut, das Zimmer durchquerte und im Bad nachschaute, um sich davon zu überzeugen, daß dort niemand war, drückte Winter die Zimmertür zu und schloß sie ab. Riad erschien wieder und trat ans Fenster. Der Blick in die Tiefe schien ein Frösteln in ihm auszulösen. Rasch wandte er sich ab. »Diese amerikanischen Gebäude sind zu hoch. Eine Art Höhenwahn könnte man es nennen. Vielleicht steckt etwas Sexuelles dahinter . . .«

Winter musterte den Araber. »Fühlen Sie sich nicht wohl?«

Riads Gesicht nahm einen hochmütigen Ausdruck an. Er war hier, um dem Engländer die letzten Anweisungen zu geben. »Was soll die Frage? Wir haben keine Zeit zu verschwenden. Ist an Bord des Tankers alles in Ordnung? Tut LeCat, was ihm aufgetragen worden ist? Sollte die *Challenger* inzwischen nicht längst in der Bucht sein?« Er bemühte sich, seiner Stimme einen energischen Klang zu geben. Doch wie stets fühlte er sich in Winters Gegenwart nervös.

»Alles verläuft, wie Sie es wollten — ganz nach Plan«, antwortete Winter gedehnt.

Riad schien nicht zu wissen, wohin mit seinen fahrigen Händen. Schließlich schob er sie tief in die Taschen seines Regenmantels. Er versuchte, seiner Stimme Autorität zu verleihen. Seine Füße schienen nicht minder nervös.

»Was den Plan betrifft, so hat es eine Änderung gegeben, Winter. Sie werden in San Francisco nicht mehr gebraucht. Sie fliegen mit der nächsten Maschine nach Los Angeles und von dort nach Paris weiter.«

»Was Sie nicht sagen.« Winter setzte sich, streckte die Beine aus. Zigarette zwischen den Lippen, musterte er Riad von unten her. »Und wieso?«

»Sie haben mir keine Fragen zu stellen . . .«

»Hören Sie, Riad, wenn's mir paßt, schlage ich Ihnen die Zähne ein. Genau das werde ich übrigens tun.«

Winter sprach mit so sanfter Stimme, daß der Araber einen Augenblick meinte, sich verhört zu haben. Er trat einen halben Schritt auf den Engländer zu. Im selben Moment hob dieser den Fuß. Die Bewegung war so schnell, daß Riad nicht ausweichen konnte. Winters rechter Absatz hackte hart auf Riads polierten Schuh. Der Araber schrie auf.

»Ich mag Leute, die brav stillstehen«, sagte der Engländer. Er kniffte die Zeitung und hielt sie Riad hin. »Haben Sie schon die heutige Ausgabe der *San Francisco Chronicle* gelesen? Das holen Sie jetzt nach. Da, die Kurzmeldung ganz unten.«

Der Araber las. Seine Hände zitterten leicht. Er ließ die Zeitung auf den Tisch fallen und zog aus der Innentasche seines Mantels eine Plastikhülle, die er Winter hinreichte. »Hier sind Ihre Tickets — auf den Namen Stanley Grant . . .«

Der Engländer nahm die Tickets nicht. Er blieb, scheinbar völlig entspannt, auf dem Stuhl sitzen. »Sie haben sich noch nicht zu der Meldung geäußert . . .«

»Die Swans haben bestimmt versucht zu fliehen«, murmelte Riad. »Im übrigen habe ich keine Lust, darüber zu diskutieren . . .«

»Wozu Sie Lust haben, spielt keine Rolle mehr.« Winter stand auf, und Riad wich vor ihm zurück — in Richtung auf das offene Fenster, wie ihm plötzlich bewußt wurde. »In Anchorage hat niemand versucht zu fliehen«, fuhr Winter fort.

»Das hätte Swan, seiner Frau wegen, nie riskiert. Also, was ist geschehen?«

»Ich war ja nicht dort . . .« stammelte Riad und trat, Winters Blick ausweichend, seitlich in eine Nische, in der ein kleiner Schreibtisch stand. »Ich muß unverzüglich fort . . .«

»Zum Konsulat der Vereinigten Arabischen Republik?«

»Das habe ich nicht gesagt . . .«

»Und Sie haben auch nicht gesagt, daß Sie wußten, was in Anchorage passieren würde — aber Sie haben von dieser Schweinerei gewußt. Als Sie die Meldung von der Ermordung der Swans überflogen, waren Sie weder überrascht noch entsetzt — nur erschrocken, weil ich das herausgefunden hatte.«

»Ich weiß nichts von dieser Geschichte in Anchorage . . .« Alle Arroganz war von Riad abgefallen. Wie ein in die Ecke getriebenes Tier wich er weiter in die Nische zurück, bis ihn die Wand blockierte. Seine Beine zitterten, der Hemdkragen schien ihn zu würgen — und Winter kam immer näher. »Ich weiß nichts über Anchorage«, wiederholte der Araber. »Gar nichts . . .«

»Was ist auf der *Challenger* geplant?«

»Das wissen Sie doch — die Amerikaner werden die Forderung bestimmt akzeptieren . . .« Seine letzten Worte klangen erstickt. Winter hatte ihn bei der Kehle gepackt und schleppte ihn auf das offene Fenster zu. Riads Augen weiteten sich vor Entsetzen.

»Nein! Nein! Bitte! Ich flehe Sie an . . .«

Winter schlang beide Hände um den Hals des Arabers und schob den sich verzweifelt wehrenden Mann weiter auf das Fenster zu. Riad litt ganz offensichtlich an Höhenangst, und das wollte sich der Engländer zunutze machen. Er beugte ihn in Hüfthöhe rückwärts aus dem Fenster, drückte jedoch seine eigenen Beine fest gegen die Beine des Arabers, die gegen die Mauer unterhalb des Fensterbretts gepreßt waren.

Weiter und weiter zwängte Winter Riads Oberkörper hinaus. Der Pulsschlag dröhnte dem Araber in den Ohren. Von der Straße unten hallte betäubend Verkehrslärm herauf. Über sich sah er den Himmel, die Perspektive auf die Gebäude war grotesk verzerrt, und an der Kehle spürte er Winters erbarmungslose Hand, die ihn immer tiefer drückte. In seinen Schläfen hämmerte das Blut, in seinem Mund war ein gallebitterer Geschmack, und dann fühlte er, wie Winter ihn mit der anderen Hand beim Gürtel packte, ihn hochhob, seine Füße verloren den Halt — Riad wußte, jeden Augenblick könnte er hinabstürzen in die Tiefe und mit dem Schädel auf den Gehsteig aufschlagen, zerschmettert, tot.

Winter zog ihn ins Zimmer zurück und schüttelte ihn wie eine Gliederpuppe. Riads Augen, vor Entsetzen noch starr, schienen das harte, knochige Gesicht des Engländers wie durch einen Schleier wahrzunehmen.

»Was ist auf der *Challenger* geplant?« fragte Winter mit zusammengebissenen Zähnen. »Was ist dort geplant, wovon ich nichts weiß?«

Riad keuchte. Wie ein Dampfhammer schien ihm sein wild pumpendes Herz die Brust zu zerreißen. Er wollte etwas sagen, wollte Winter bitten, ihn nicht so zu schütteln — er sei bereit zu sprechen . . . Doch er brachte kein Wort hervor. Statt dessen kam aus seinem Mund ein eigentümliches Röcheln, fast schon ein Pfeifen, stoßhaft.

Beunruhigt ließ Winter von ihm ab. Riad schien ohnmächtig zu werden. Stumm standen sie einander gegenüber — beide eigentlich nur Marionetten in dem Spiel, das Gamal Tafak inszeniert hatte, der Mann, dem nur eines am Herzen lag: die Befreiung des heiligen Jerusalem aus der Gewalt der verhaßten Israelis.

»Sie werden . . . sie töten . . . alle Geiseln . . .«

»So oder so?«

»Sie werden sie . . . töten . . .«

Riad sackte zusammen. Hätten Winters Hände seinen Sturz nicht aufgehalten, er wäre lang zu Boden geschlagen. Eigentümlich schwer wirkte der Araber plötzlich. Daß er tot war, begriff der Engländer in diesem Augenblick noch nicht. Er ließ den schlaffen Körper auf den Teppich gleiten.

Schon bei der Landung in Los Angeles — nach elfstündigem Flug von London — hatte sich Ahmed Riad nicht wohl gefühlt. Die innere Anspannung, die er in den Vereinigten Staaten empfand, verschlechterte sein Befinden noch. Und die Angst, in die Tiefe zu stürzen, bewirkte dann endgültig den Herzanfall, der zu seinem Tod führte — ehe er Winter etwas von dem nuklearen Sprengkörper sagen konnte, den LeCat an Bord des Tankers geschmuggelt hatte.

Immer noch im Glauben, Riad sei nur bewußtlos, ließ Winter den erschlafften Körper liegen und ging zum Telefon. Er hob den Hörer ab. Nach wenigen Sekunden meldete sich die Vermittlung. Der Engländer tupfte sich mit einem Taschentuch die Stirn und sagte dann: »Verbinden Sie mich bitte mit dem Transamerica-Gebäude. Ja, den Gouverneur von Kalifornien persönlich . . .«

17

Ahmed Riad starb um 9.30 Uhr. Winter hatte sich am Telefon sehr kurz gefaßt. »Ich denke nicht daran, hier zu warten, bis Sie herausbekommen haben, wo der Anruf herkommt. In fünfundvierzig Sekunden habe ich den Gouverneur am Apparat, oder«, erklärte er dessen Assistent, »ich lege auf. Von mir kann er alle Details über die Terroristengruppe an Bord der *Challenger* erfahren . . .« Kaum eine halbe Minute, und am anderen Ende war MacGowans knurrende Stimme zu hören — Winter hatte auf seiner Armbanduhr den Sekundenzeiger genau verfolgt.

Das Gespräch mit dem Gouverneur war mehr als knapp: Winter wußte, daß er als freier Mann bei MacGowan erscheinen mußte, wenn seine Worte Gewicht haben sollten. Verhaftete man ihn vorher, so würden sie ihm nie glauben.

Inzwischen hatte er begriffen, daß Riad nicht nur bewußtlos war, sondern tot. Bei Verlassen des Zimmers hängte er ein Schild mit der Aufschrift ›Nicht stören‹ draußen an die Tür. Riads Diplomatenpaß als Handelsattaché irgendeines obskuren Scheichtums am Persischen Golf — steckte er in seine Tasche, als er die Geary Street entlangeilte und am Union Square ein eben frei werdendes Taxi entdeckte. Im Transamerica-Building, einem sonderbaren, pyramidenförmigen Gebäude, fuhr er sofort zur Etage des Gouverneurs hinauf, wo ihn Kriminalbeamte in Zivil in Empfang nahmen.

Er hatte einen hohen Einsatz gewagt. Nach allem, was er wußte — und das war nicht viel —, war MacGowan ein eigenwilliger Typ, der sich den Teufel um Vorschriften scherte, wenn sie ihm nicht paßten. MacGowan trat ins Zimmer, noch während die Beamten Winter nach Waffen durchsuchten. Sie fanden nichts. Seine Skorpion-Pistole und den Halfter hatte er über das Geländer der Golden-Gate-Brücke geworfen, als Walgren auf der anderen Seite mit dem Auto wartete — eine ganz normale Vorsichtsmaßnahme: In einem teuren Hotel trägt ein respektabler Gast keine Pistole bei sich.

MacGowan beobachtete Winter trotz aller Selbstbeherrschung mit unverkennbarer Anspannung und Neugier. Kaum hatten die Polizisten ihre Durchsuchung abgeschlossen, führte er den Engländer in sein Büro.

»Teufel«, fuhr er die Beamten an, die ihm folgen wollten, »ihr habt ihn doch abgeklopft. Auf mich kann ich schon selber aufpassen...«

Das Gespräch unter vier Augen zwischen dem Gouverneur und Winter dauerte eine Stunde — eine lange Zeit für zwei Männer, die beide eine rasche Auffassungsgabe besaßen und es gewohnt waren, sofort auf den Kern einer Sache zu stoßen. MacGowan, ein ehemaliger Strafverteidiger, unterzog Winter einem gründlichen Kreuzverhör. Am Ende war er überzeugt, daß der Engländer die Wahrheit sagte.

Danach, im Kreis des Aktionskomitees, gab es Zweifel. Besonders skeptisch zeigte sich Peretti, der in diesem Punkt Colonel Cassidy auf seiner Seite hatte. »Wir müssen sicher sein, daß sich an Bord des Tankers keine Sprengkörper befinden«, warf er ein. »Winter sollte einem Lügendetektortest unterworfen werden...«

»Verdammte Zeitverschwendung«, knurrte MacGowan. »Ein wissenschaftliches Spielzeug, damit Idioten ihren Spaß haben. In zwanzigjähriger Praxis vor Gericht habe ich es gelernt, einen Mann Auge in Auge einzuschätzen. Aber Sie, Peretti, werten ja technische Kinkerlitzchen höher als Instinkt und menschliche Erfahrung. Hauptsache, es brummt und blitzt...«

Man ließ Winter also von einem Lügendetektor auf den Zahn fühlen, und alle waren zur Stelle, um auf den Engländer ihre Fragen abzufeuern: Karpis vom FBI, Police-Commissioner Bolan, Garfield von der Coastguard, Colonel Cassidy... Während Winter, mit den Elektroden an seinen Armen, auf dem Stuhl saß und die Fragen beantwortete, begann seine fast hypnotische Persönlichkeit auf die Amerikaner zu wirken. Sulli-

van, der auf MacGowans Bitte bereits mit Winter gesprochen.
hatte (und überzeugt war, daß dieser die Wahrheit sagte), verfolgte die Prozedur mit wachsender Faszination.

»Ihr Name?«

»Winter . . .«

Der Detektor registrierte: ›Lüge‹.

»Jemand sollte mal Ihre Trickkiste überprüfen«, bemerkte
Winter.

»Wie viele Terroristen befinden sich an Bord des Schiffes?«

»Dreizehn — mich natürlich ausgenommen!«

Wahrheit.

»War es von vornherein Ihre Absicht, sich in San Francisco
den Behörden zu stellen?«

»Keinesfalls . . .«

Wahrheit.

»Hat Ihnen Ahmed Riad vor seinem Tod gesagt, daß alle
Geiseln getötet werden, egal, was geschieht?«

»Ja . . .«

Wahrheit.

Nach fünfzehn Minuten stellte Cassidy die Frage, die alle
beschäftigte. »Winter, den Coup auf den Tanker haben Sie
geleistet, jetzt hat LeCat das Kommando. Befinden sich an
Bord der *Challenger* irgendwelche Sprengkörper — also Bomben oder ähnliches?«

»Nein . . .«

Wahrheit.

Was, obschon es keiner der Anwesenden ahnte, die Grenzen
eines Lügendetektors offenbarte. Mag sein, daß eine solche
Apparatur feststellen kann, ob ein Mensch die Wahrheit sagt
oder lügt — aber wenn er eine objektive Unwahrheit äußert,
die er für wahr hält, ist der Detektor mit seiner Wahrheit am
Ende.

Zu jenem Zeitpunkt war es keineswegs deutlich, doch im Licht
der späteren Ereignisse wurde es wahrscheinlich aufgrund des
Tests unvermeidlich, der *Challenger* zu gestatten, in die Bucht
einzulaufen: mit neunundzwanzig Geiseln, dreizehn Ex-OAS-
Terroristen und einem nuklearen Sprengkörper an Bord. Gegen drei Uhr nachmittags hatte man noch immer keine halb-
wegs sichere Lösung gefunden, den Tanker zu erstürmen.
LeCats Bedingungen — dem Tanker durfte sich kein Flugzeug,

kein Überwasserschiff und auch kein Unterseeboot nähern, oder die Geiseln wurden erschossen — machten alle Vorschläge zunichte. Und, wie MacGowan nachdrücklich betonte, die Zeit lief aus. Bislang war es ihm gelungen, LeCat mit einer Reihe von ausweichenden Funksprüchen hinzuhalten.

»Aber lange geht das nicht mehr gut«, warnte der Gouverneur. »Nach allem, was Winter mir über LeCat gesagt hat, wird der Franzose die Geduld verlieren — und Geiseln erschießen, um uns zu beweisen, wie blutig ernst er es meint . . .«

MacGowan war ein gewiefter Taktiker. Er wußte genau, was er wollte — aber erst einmal, bevor er mit seinem Plan herausrückte, mußten die andern einsehen, daß alle sonstigen Vorschläge Blech waren; denn was MacGowan wollte, war dermaßen draufgängerisch, daß er auf Granit stoßen mußte — es sei denn, die Verzweiflung war so groß, daß *jeder* Strohhalm ergriffen würde. Sogar eine Idee von Winter.

Der Gouverneur war längst von der Aufrichtigkeit des Engländers überzeugt. Cassidy gegenüber hatte er sich unter vier Augen entsprechend geäußert.

»Sie meinen, der sei reumütig geworden — ihm soll leid tun, was er getan hat?« erkundigte sich der Colonel skeptisch.

»Nein! Rächen will der sich. Zum einen haben die eigenen Leute ihn getäuscht, und Winter ist nicht der Mann, der das hinnimmt. Zum anderen ist er kein Killer. Die Ermordung der Swans hat ihn hart getroffen, glaube ich, auch wenn er kaum darüber spricht.«

Bestimmte Tatsachen bestärkten den Gouverneur in seiner Überzeugung. Winter hatte ihm Riads Diplomatenpaß gegeben und ihn vor den ungeheuren internationalen Komplikationen gewarnt, die der dubiose Tod eines arabischen Diplomaten nach sich ziehen konnte. Der Engländer hatte eine einfache Lösung parat: den Paß verschwinden lassen. Im Augenblick lag er in der Schublade von MacGowans Schreibtisch, und der Gouverneur hatte Washington noch nicht unterrichtet.

Dazu kam die Autopsie, die man in aller Eile an Riads Leiche vorgenommen hatte. Sie bestätigte Winters Darstellung des Vorfalls im Clift-Hotel. Der Araber war an Herzschlag gestorben. Um fünf Uhr nachmittags entschloß sich MacGowan zum entscheidenden Vorstoß.

»So kommen wir nicht weiter«, stellte er fest, »und lange

kann ich LeCat nicht mehr hinhalten. Es wird Zeit, daß wir uns mit einem Plan beschäftigen, wie wir an Bord der *Challenger* kommen — mit Winters Plan.«

Er wartete, bis sich der Proteststurm gelegt hatte, und sprach dann eindringlich mit kraftvoller Stimme. Grimmig musterte er die anwesenden Männer, wies darauf hin, daß die stundenlange Diskussion nicht einmal den Schatten eines brauchbaren Plans zutage gefördert habe. »Winter ist hier der einzige, der die Lage auf dem Schiff — und die mögliche Reaktion der Terroristen — einschätzen kann. Und er ist auch der einzige«, der Gouverneur hob seine Stimme, »dem es gelingen könnte, mit ein paar entschlossenen Männern an Bord der *Challenger* zu gelangen. So sieht es aus, Gentlemen, ob Ihnen das nun paßt oder nicht, was mir im übrigen auch egal ist . . . Ich will kein Palaver, sondern Ergebnisse . . .«

»Ich glaube, der Gouverneur hat recht«, schaltete sich Sullivan ein. »Winter ist es gelungen, das Schiff in seine Gewalt zu bringen und damit bis zur kalifornischen Küste zu kommen. Da man ihn reingelegt hat, ist er jetzt bereit, genauso viel Energie und Scharfsinn für die Gegenseite einzusetzen — und LeCat das Schiff wieder zu entreißen.« Mit einem dünnen Lächeln blickte er sich im Kreis der zwanzig unentschlossenen Männer um. »Wissen Sie, Gentlemen, niemand ist einer Sache treuer ergeben als der Überläufer. Beachten Sie also — als Anti-Terrorist könnte Winter hervorragend eingesetzt werden . . .«

Man ließ den Engländer wieder hereinholen. Von einem Polizeileutnant begleitet, betrat er das Zimmer und setzte sich auf einen freien Platz links von MacGowan. Nichts an ihm deutete auf ein gebrochenes Selbstbewußtsein hin. Sein Gesicht wirkte genauso kühl und gelassen wie während des Lügendetektortestes. Kritisch musterte er die Runde. Er schien jeden Mann auf seine Tauglichkeit abzutaxieren. Kalt wie Stahl, dachte Cassidy, vielleicht der geeignete Begleiter auf einer Fahrt durch die Hölle. Aber ganz sicher war Cassidy sich noch nicht. Bürgermeister Peretti mißbilligte die ganze Sache, ohne zu zögern.

»Ich bin dafür, diesen Kerl unter Bewachung wieder hinauszuschicken«, widersprach er scharf. Rechts von MacGowan sitzend, starrte er Winter an, der ihn seinerseits voll Interesse musterte. »Ihnen verdanken wir diese ganze Geschichte«, fuhr er fort. »Es ist mir zuwider, mit Ihnen auch nur im selben Zimmer zu sein . . .«

»Selbst auf die Gefahr hin, daß die Geiseln — darunter eine Amerikanerin — sterben müssen?« wollte Winter wissen. »Ich bin jetzt fest überzeugt, daß LeCat keinen der neunundzwanzig verschonen wird.«

»Haben Sie das nicht von Anfang an gewußt«, erkundigte sich Cassidy, der sehen wollte, wie Winter auf seine Frage reagierte. »In dem Fall würde ich nämlich dafür plädieren, Sie in eine Zelle einzusperren und den Schlüssel wegzuwerfen . . .«

»Rand halten«, fuhr ihm Winter in die Parade.

»Wie bitte?«

»Rand halten — und zuhören. Ich kenne diese Terroristen, was Sie kaum von sich behaupten können. Als ich über Marin County flog, fiel mir plötzlich ein, wie Männer auf das Schiff gelangen könnten. Ich versuchte, die Sache von der anderen Seite zu sehen — auf welche Weise man uns stoppen könnte. Man muß aus der Luft auf den Tanker . . .«

»Aussichtslos.« Aus Cassidys Stimme klang Enttäuschung. »Das haben wir bereits bedacht — und verworfen. Der Hubschrauber müßte auf dem Hauptdeck landen, und vom Brückenaufbau her würde man Maschine und Besatzung abknallen . . .«

»Von einem Hubschrauber ist nicht die Rede«, erklärte Winter. »Folgendermaßen: Auf der Golden Gate Bridge hält sich eine kleine Gruppe schwerbewaffneter Männer bereit. LeCat erhält die Erlaubnis, in die Bucht einzulaufen — so daß er *nachts* unter der Brücke passieren muß. In der Dunkelheit lassen sich die Bewaffneten im richtigen Augenblick auf das Deck des Tankers hinab. Bei Nebel wären die Erfolgschancen entsprechend größer.«

»Der Nebel hat sich heute morgen gelichtet«, warf MacGowan ein, »aber er könnte heute nacht wieder da sein.«

»Verrückte Idee«, protestierte Police-Commissioner Bolan. »Der Tanker fährt doch . . .«

»Aber sehr langsam, wenn wir nicht dumm sind«, korrigierte Winter. »Wenn ich recht unterrichtet bin, herrscht in den frühen Morgenstunden stets Ebbe — kann mir jemand die Geschwindigkeit des rückflutenden Wassers sagen?«

»Sechseinhalb Knoten — bis zehn Uhr morgens«, erwiderte Garfield, der Chef der Küstenwache.

»Da werden wir Mackay funken, er soll mit sieben Knoten durchs Golden Gate dampfen — und damit betrüge seine tatsächliche Geschwindigkeit nur einen halben Knoten.«

»Gar nicht schlecht«, überlegte Cassidy langsam. »Sprechen Sie nur weiter . . .«

»Das Hauptproblem besteht darin, drei oder vier schwerbewaffnete Männer aus Straßenhöhe auf das Schiff hinabzulassen, wenn es sich unter der Brücke befindet. Das heißt, ein Stück hinablassen müssen wir sie schon, bevor der Tanker da ist . . .«

»Vielleicht in einer Art Bagger?« meinte Sullivan.

»Nein, an einem Kletternetz«, widersprach Cassidy.

»Genau«, stimmte Winter zu. »Zur Not tut's auch ein Ladenetz — was immer sich in der Eile auftreiben läßt. Jedenfalls etwas, woran sich die Männer bei ihrem tiefen Fall festhalten können.« Er blickte sich im Kreis der Männer um. »Wie hoch liegt das Brückengeländer über dem Wasser?«

»Knapp siebzig Meter . . .« erwiderte O'Hara, der Chef der Hafenbehörde. Er zuckte zweifelnd die Schultern.

»Das ist zu schaffen«, betonte Winter mit Nachdruck. »Um das Netz hinabzulassen, brauchen wir einen fahrbaren Kran — mit einem Meterzähler . . .«

»Einem was?« fragte jemand.

»Meterzähler«, wiederholte Cassidy. Leise hatte er ein paar Worte mit dem jungen Offizier neben ihm gewechselt, der sich Notizen machte. »Der Kranführer muß wissen, wie weit er die Männer hinabgelassen hat — damit er sie genau über Deckhöhe halten kann, wenn der Tanker kommt . . .«

»Und mit einem Gewichtanzeiger«, fügte Winter hinzu.

»Damit der Kranführer weiß, wann die Männer abgesprungen sind«, erklärte Cassidy. »Bei drei Männern mit einem Gewicht von je hundertfünfzig Pfund wären das insgesamt vierhundertfünfzig Pfund. In dem Augenblick, da die Skala dem Kranführer zeigt, daß die Last um eben dieses Gewicht abgenommen hat, zieht er das Netz wieder hoch — und außer Sicht. Auf diese Weise kann unser Sturmtrupp am ehesten ungesehen auf den Tanker gelangen und vielleicht sogar das Gelände sondieren, bevor er zum Angriff übergeht.«

MacGowan, das Kinn auf die Hand gestützt, hörte stumm zu, während die technischen Einzelheiten des Plans erörtert wurden. Winter hatte ihm die Idee bereits unter vier Augen vorgetragen, und er hielt den Plan für durchführbar — vorausgesetzt, daß der Nebel dicht genug wäre. Tollkühn war die Sache schon, doch Winters Plan zur Kaperung der *Challenger* war nicht weniger riskant gewesen — und er hatte Erfolg gehabt, weil einfach niemand damit gerechnet hatte. Kaum anzunehmen, daß LeCat und die anderen Terroristen mit einem Angriff rechneten, bei dem Männer wie an Fäden hängende Spinnen auf sie herabschwebten. Vor allem eins nahm MacGowan für den Plan ein — er umging LeCats Forderung, dem Tanker dürfte sich — auf Gefahr für die Geiseln — kein Flugzeug, Überwasserschiff oder U-Boot nähern. Der Tanker selbst kam an die Stelle heran, wo die Männer herabspringen würden. Im übrigen gab es keine Alternative — das war nach dem langen Gequatsche nun wirklich klar.

Mit wachsender Faszination beobachtete der Gouverneur, wie Winter in der Runde zu dominieren begann. Eine wirklich außergewöhnliche Persönlichkeit, dachte er, ein Mann, der seiner selbst so sicher und dessen Ausstrahlung so stark war, daß sich letztlich niemand seinem Bann entziehen konnte. In seiner Anfangszeit als Staatsanwalt hatte sich MacGowan einmal einem solchen Menschen gegenübergesehen, einem Angeklagten, dessen Schuld für ihn außer Zweifel stand. Und doch war der Mann freigesprochen worden. Er hatte die Geschworenen mit seiner kühlen, beeindruckenden Persönlichkeit auf seine Seite gezogen.

»Wie wollen Sie wissen, wo der fahrbare Kran postiert werden muß?« fragte der Gouverneur abschließend. »Er muß sich genau über dem Deck des Tankers befinden, *bevor* das Schiff die Brücke erreicht.«

»Radar«, antwortete Winter. »Wir brauchen ein fahrbares Radargerät auf der Brücke, um die Annäherung der *Challenger* zu verfolgen. Mackay behält einen einmal eingeschlagenen Kurs bei. Keine Angst, der dampft nicht im Zickzackkurs durch den Channel . . .«

Seine behaarten Hände auf die Tischplatte gepreßt, beugte MacGowan sich vor. »Dann werden wir die Sache schleunigst in Gang bringen. Wir können LeCat nicht ewig warten lassen.«

». . . Der Golden Gate Channel wird in wenigen Stunden passierbar sein. Warten Sie nächsten Funkspruch ab, der Ihnen Einlaufen in die Bucht von San Francisco wahrscheinlich gestattet. Vorkehrungen sind getroffen, um Ihre Verletzten an Land zu nehmen.«

Es war der fünfte Funkspruch mit dem Namen MacGowan, Gouverneur des Staates Kalifornien, den LeCat erhielt. Diese Tatsache besänftigte ihn etwas. Und noch etwas trug dazu bei, seine Ungeduld über das ständige Verzögern der Fahrerlaubnis zu zügeln. Als in der Morgendämmerung des 22. Januar die Sonne den Nebel über dem Channel zerriß, war LeCat einigermaßen überzeugt, daß eine Kollision tatsächlich stattgefunden hatte.

Der Tanker befand sich etwa drei Meilen von der Küste entfernt, und dicht bei der entfernten Golden-Gate-Brücke waren zwei Schiffe zu erkennen, die mitten in der Fahrrinne des Channel verzahnt lagen. Dicht dran ein drittes Schiff mit einem großen Kran. Dieses Tableau einer Kollision hatte MacGowan noch vor Morgengrauen angeordnet, und O'Hara von der Hafenbehörde hatte es inszeniert. Etwaige Zweifel, die LeCat noch hegen mochte, wurden zerstreut, als er sich von Kinhaird über die neuesten Nachrichten vom Festland informieren ließ

Peretti hatte eine Erklärung herausgegeben, die eine ›Kollision‹ bestätigte; zusammen mit der Nachricht vom Piratenstück der Terroristen lief diese Meldung durch die ganze Welt. Für LeCat war es ein höchst befriedigender Tag: Er empfing Funksprüche des Gouverneurs von Kalifornien, und selbst in Nachrichten aus dem weit entfernten London ging es hauptsächlich um das Kaperunternehmen der Terroristen. Zum erstenmal in seinem Leben machte er, Jean Jules LeCat, in der Weltpresse Schlagzeilen.

»Ich glaube, man nimmt mich ernst«, sagte er zu Mackay, nachdem er ihm, spätnachmittags, den fünften Funkspruch gezeigt hatte. »Trotzdem — wenn wir nicht bald fahren, erschieße ich zwei Ihrer Leute und lasse die Leichen über Bord werfen. Verstanden?«

»Ich verstehe nur, daß es eine Kollision gegeben hat, wie Sie ja mit eigenen Augen sehen können . . .« Mackay blickte durch das zerschmetterte Brückenfenster. Hatte nicht den Anschein, daß es an diesem Abend erneut Nebel geben würde — was ihm nur recht sein konnte, falls er seinen Tanker bei Nacht durch das Golden Gate bringen mußte.

Um 18.00 Uhr war es in San Francisco dunkel, und in MacGowans Büro, wo der Thermostat auf den obligatorischen 17 Grad stand, begannen einige Männer zu frösteln. Man hatte beschlossen, einen Drei-Mann-Stoßtrupp von der Golden-Gate-Brücke hinabzulassen; sowohl Winter als auch Cassidy hielten die Zahl für richtig. »Wenn mehr Männer auf einem Deck landen, wo im Nebel kaum etwas zu erkennen ist, werden sie sich am Ende noch gegenseitig erschießen«, warnte der Colonel.

Welche Waffen die drei Männer mitnehmen sollten, war äußerst sorgfältig bedacht worden. »Ein Gewehr mit großer Durchschlagskraft«, war Winters Meinung. »Am besten mit Schalldämpfer. Die Terroristen müssen einer nach dem anderen erledigt werden — wann immer einer von ihnen ein Ziel bietet. Der DeLisle-Karabiner wäre ideal, aber den gibt's hier ja nicht...« Karpis vom FBI hatte drei DeLisles aufgetrieben — nach einer Rückfrage beim Aufsichtsamt, das vier dieser Karabiner ausgerechnet in Hollywood nachwies. Eine Firma, die die Film- und die Fernsehindustrie mit Waffen versorgte, hatte die Gewehre auf Lager. MacGowan telefonierte mit einem Polizeichef in Los Angeles, ein Streifenwagen jagte zu der Firma am Hollywood-Boulevard, und innerhalb einer Stunde befanden sich die Karabiner an Bord eines Flugzeuges nach San Francisco. Aus Fort Baker, auf der anderen Seite der Golden-Gate-Brücke, war bereits ein fahrbarer Kran unterwegs — dafür hatte ein Anruf von Cassidys Adjutanten gesorgt. Die Leute von der Küstenwache schafften das Radargerät herbei, und zwei Kletternetze lagen schon nahe der Brücke versteckt. Commissioner Bolan hatte eine Reihe von Streifenwagenfahrern aufgefordert, sich für die Nacht zur Verfügung zu halten, und eine Abteilung Marineinfanteristen hielt noch letzte Schießübungen ab.

Um Viertel nach sechs blickte sich Colonel Cassidy im Kreis um und stellte die entscheidende Frage:

»Wer meldet sich zu diesem Himmelfahrtskommando?«

Einen Augenblick herrschte Schweigen, dann nahm Cassidy wieder das Wort. »Ich bin mit von der Partie. Aber ich brauche noch zwei Leute, die sich auf dem Schiff auskennen.«

»Dann nehmen Sie mich«, antwortete Sullivan mit ruhiger Stimme. »Ich bin den ganzen Weg von Bordeaux bis hierher gekommen. Allerdings möchte ich, wenn die DeLisle-Karabiner kommen, erst ein bißchen damit üben.«

»Sie waren Offizier beim Nachrichtendienst der Kriegsmarine«, meinte Cassidy. »Damit sind Sie qualifiziert. Noch einen Freiwilligen . . .«

Winter schwieg. Wenn er sich vordrängte, wurde er vielleicht abgewiesen. Er steckte sich eine Zigarette an und musterte den Colonel mit ausdruckslosem Gesicht. Cassidy lächelte bissig. »Sie haben uns die Suppe eingebrockt, also müssen Sie sie auch mit auslöffeln . . .«

»Dagegen muß ich energischen Protest einlegen«, rief Peretti gereizt. »Vielleicht täuscht er uns immer noch . . .«

»Wie denn, verdammt noch mal?« explodierte MacGowan. »Soll ihn Ihr blöder Lügendetektor etwa wieder auf Herz und Nieren prüfen? Für diesen Job brauchen wir jemand, der sich auf dem Schiff auskennt, und Herrgott noch mal, Peretti! — wir beide sind's doch nicht, die im Nebel auf das Deck hinuntermüssen . . .«

»Nebel? Bis jetzt ist keiner da«, korrigierte der Bürgermeister mit Nachdruck. »Wird die Aktion auch bei klarer Nacht gestartet — wenn der Mondschein die drei Männer wie ein Scheinwerfer anstrahlt?«

»Darüber ist bereits entschieden«, knurrte Cassidy. »Ohne Nebel wird die Sache abgeblasen. Auf jeden Fall. Die Erlaubnis zum Einlaufen in die Bucht muß bald gefunkt werden . . . bei einer Geschwindigkeit von nur einem halben Knoten braucht der Tanker Stunden.« Er blickte zu Winter. »Wie gesagt, es ist an Ihnen, die Suppe mit auszulöffeln. Irgendwelche Einwände?«

»Ja«, erwiderte Winter, »wir verlieren Zeit. Ich möchte zum Golden Gate, um mir diese Brücke genauer anzusehen . . .«

Der Nebel kam um 20.00 Uhr.

Nicht in dünnen Schleiern, sondern als große, gleichsam massive Bank, die sich wie eine Belagerungsmaschine durch den Channel auf die Golden Gate Bridge zuschob. Vom Pazifik her tasteten seine Ausläufer sich an den Mile-Rocks-Leuchtturm, schlossen ihn ein und streckten sich dann nach der Brücke aus. Winter, hoch oben am Brückengeländer, konnte das Vorrücken beim Mondschein genau verfolgen. Der Nebel erreichte die Brücke, wallte unter ihr hindurch und dehnte sich dann nördlich entlang der Küste von Marin County und südlich in Richtung der Stadt aus. Es war ein verdammt dichter Nebel. Seit die riesige Brücke im Jahr 1937 eingeweiht wurde, blieb sie erstmals ohne Verkehr — sie war auf beiden Seiten gesperrt. Nicht weit von Winter, ziemlich genau in der Mitte der Fahrbahn, ragte ein großer Kran auf. Wenige Meter entfernt stand das Radargerät. Zwischen dem Mann am Radarschirm und dem Kranführer gab es Telefonverbindung, der Kran selbst, normalerweise hellorange, war mit schnelltrocknender Farbe grau überstrichen worden.

»Zufrieden?« fragte MacGowan, der hinter Winter stand.

»Ist der Scheinverkehr organisiert?«

»Alles bereit — an beiden Enden der Brücke.«

Wenn der Tanker sich näherte, mußte auf der Golden-Gate-Brücke alles normal erscheinen. Eine verlassene Brücke könnte ihm verdächtig vorkommen, und nichts durfte seine Aufmerksamkeit auf den Bogen lenken, falls LeCat ihn durch den Nebel erkennen sollte. Winter ging zum Kran hinüber und beugte sich über das Geländer. Vom Arm des Krans, dem Ausleger, hing ein großes Kletternetz über der unsichtbaren Tiefe — unsichtbar, weil der Nebel den Blick nach unten versperrte. An diesem Netz sollten die Männer rund sechzig Meter hinabschweben, bis sie sich unmittelbar über der Deckhöhe der *Challenger* befanden.

»Bei dem Schneckentempo, mit dem der Tanker auf uns zudampft«, sagte MacGowan, »müßte er gegen ein Uhr früh hier sein.«

»Es ist Ihnen doch klar«, sagte Winter, »daß wir uns nach der Landung auf dem Vorderdeck eventuell eine Weile versteckt halten müssen — um den richtigen Augenblick für den Angriff auf die Kommandobrücke abzupassen?«

»Hoffentlich nicht allzulange«, knurrte der Gouverneur. »Je länger es dauert, desto leichter kann etwas schiefgehen.«

Sullivan, im gleichen grauen Kampfanzug wie Winter und

Cassidy, näherte sich im Laufschritt vom einen Ende der Brücke — nach der endlos langen Sitzerei mußte er die steifen Glieder lockern. Auslauf hatte er hier genug: Immerhin beträgt die Gesamtlänge der Brücke 2823 Meter. Als er die beiden anderen erreichte, lugte er über das Geländer hinab. »Wie Erbsensuppe«, bemerkte er. »Wenn's bloß so bleibt!«

Über eine halbe Stunde lang schritt Winter an der Seite Cassidys ruhelos auf und ab. Er stellte Frage auf Frage, wollte alles wissen, überprüfte jede Kleinigkeit. Es handelte sich um die gleiche Prozedur, die er damals in Viktoria, Kanada, an Bord der *Pêcheur* vorgenommen hatte. Der Trawler, der auf hoher See wartete, würde bald einen ›Schatten‹ erhalten, ein U-Boot, das inzwischen von San Diego ausgelaufen war. Das Wasserflugzeug in der Richardson Bay wurde von einer Abteilung Marineinfanteristen beobachtet, die sich in der Nähe versteckt hatten; außerdem war ein kleines Geschütz auf die Maschine gerichtet. Alle Notausstiege, die LeCat und seine Leute hätten benutzen können, waren inzwischen gesperrt.

»Natürlich wird irgend etwas schiefgehen«, sagte Winter zu Cassidy. Irgendwas funktioniert nie, wie sorgfältig man auch plant . . .«

»Dann werden wir uns in Sekundenschnelle auf die neue Situation einstellen — vielleicht noch, während wir durch die Luft schweben.«

Sie hatten weiß Gott alles sorgfältig durchdacht. Dicht beim Kran standen zwei Autos mit gelöschten Lichtern, drinnen sechs Marineinfanteristen mit ihren Gewehren, Scharfschützen, die Cassidy persönlich ausgesucht hatte. MacGowan hatte auf der Vorsichtsmaßnahme bestanden: Sollte sich der Nebel plötzlich lichten und der Tanker schon in Brückennähe sein, so boten die drei schwebenden Männer etwaigen Terroristen unten auf dem Hauptdeck ein deutliches Ziel. In diesem Fall sollten die Soldaten vom Brückengeländer aus so viele Terroristen erledigen, wie nur möglich.

Zu beiden Seiten der Brücke hielt sich je ein Mann mit Filmkamera und Teleobjektiven bereit: Zerriß der Nebel, wenn auch nur für Augenblicke, so würde man den Tanker filmen in der Hoffnung, dabei irgend etwas Wichtiges aufzunehmen. Andere Männer waren inzwischen mit dem Aufzug die Brückentürme hochgefahren und kauerten mit Nachtgläsern, knapp unterhalb der Flugwarnlichter, fast siebzig Meter über Gehsteig und Fahrbahnen. Über Funksprechgeräte konnten sie jederzeit mit O'Brien, dem Brückeninspektor, Verbindung aufnehmen. Ja, dachte Winter, wir haben alles Menschenmögliche getan. Jetzt heißt es warten. Bis etwa ein Uhr ...

»Sollten die York und die Chester nicht rechtzeitig den Persischen Golf erreichen, so könnte uns die ganze Sache um die Ohren fliegen ... Und über den britischen Tanker Challenger bei San Francisco bin ich nicht gerade glücklich. Unsere Militärexperten sehen einen möglichen Zusammenhang zwischen der Massierung syrischer und ägyptischer Truppen und den unverschämten Forderungen der Terroristen an Bord dieses Tankers...« Auszug aus der Erklärung des Verteidigungsministers vor dem britischen Inneren Kabinett, Mittwoch, den 22. Januar.

Scheich Gamal Tafak schritt in dem Raum, der ihm allmählich vorkam wie eine Gefängniszelle, ruhelos auf und ab. Er hatte Tränensäcke unter den Augen. Die ganze Nacht hindurch hatte er Nachrichten gehört und auf jene Meldung gehofft, auf die er so ungeduldig wartete: daß die Amerikaner den Tanker in die Bucht gelassen hatten.

Statt dessen war die ursprüngliche Erlaubnis widerrufen worden — wegen irgendeiner Kollision, was Tafak allerdings keinen Augenblick glaubte. Außerdem hatte er von Ahmed Riad noch nicht den Bescheid erhalten, daß sich Winter auf dem Wege nach Paris befand, wo ihn jemand instruieren würde, nach Beirut weiterzufliegen.

Geduld, sagte sich Tafak, nur Geduld: Bald wird es gute Nachrichten geben ...

Die Meldung von dem Hijacking des britischen Tankers hatte überall auf der Welt Schlagzeilen gemacht. Von Washington bis Tokio waren die Nachrichtensendungen voll davon. ›Der erste Fall von moderner Piraterie auf See . . .‹ Auch in Israel verfolgte man den Vorfall genau. Dort hegten die militärischen Führer insgeheim den Verdacht, daß zwischen diesem Ereignis und Gamal Tafaks Verschwinden von der Bildfläche ein Zusammenhang bestand. Es war eine Zeit des Wartens — überall.

Sie waren umhüllt von klammen, feuchten Schwaden. Durch den dichten Nebel konnten sie einander kaum erkennen, während sie sich an das große Kletternetz klammerten wie Männer, die eine Mauer erklimmen wollen. Ihre Füße stützten sich auf strickleiterartige Sprossen, die DeLisle-Karabiner hingen über den Schultern, die .45 Colt-Revolver steckten in Halftern, die Messer in den Gürteln. Winter hatte außerdem eine Rauchpistole mit. Während sie tiefer glitten, begann das Netz zu schwanken. Ringsum sahen sie nichts — nichts als dichten, grauen Nebel.

Der Kranführer ließ sie mit einer Geschwindigkeit von einem Drittelmeter pro Sekunde in die Tiefe sinken — zwanzig Meter in der Minute. In einer Höhe von ziemlich genau sieben Metern mußte er sie über der Wasseroberfläche halten, damit dicht unter ihnen die Vorpiek des Tankers vorbeigleiten konnte, dessen Umrisse sie, wenn überhaupt, erst in allerletzter Sekunde ausmachen würden. Verrechnete sich der Kranführer auch nur um einen guten Meter, hielt er sie, statt in einer Höhe von sieben Metern, etwa nur sechs Meter über dem Wasser, so würde der stählerne Bug wie ein Expreß gegen sie prallen — nicht mit der Geschwindigkeit, doch mit der Wucht. Vom Netz ins Wasser geschleudert, würden sie vom riesigen Rumpf des Tankers tief hinabgedrückt werden.

Die Talfahrt ging weiter. Drei Minuten sollte sie dauern, vorausgesetzt, der Kranführer leistete präzise Arbeit. Fest ans Netz geklammert, das Gesicht von Nebelnässe feucht, versuchte Winter, das Leuchtzifferblatt seiner Armbanduhr zu erkennen.

Noch zwei Minuten.

Dabei schienen sie längst nicht mehr zu gleiten, sondern zu fallen, zu stürzen — als sei der Kranmechanismus außer Kontrolle geraten, hinab, hinab, hinab ... Und das Netz schwankte stark, viel stärker, als Winter es erwartet hatte. Oben an dem Haken, an dem das Netz hing, befand sich zusätzlich ein Bleigewicht, das das Schwanken wesentlich verringern sollte, doch die Männer hatten das Gefühl, auf einer Schaukel haltlos hin- und herzupendeln, um sich und unter sich nichts als sichtlose Leere.

Am Netz, dicht bei Winters Kopf, war ein Funksprechgerät angebracht, über das der Engländer den Kranführer verständi-

gen konnte. Geschah etwas Unvorhergesehenes, so blieb ihm
vielleicht gerade noch genügend Zeit für einen Warnruf. Ja,
vielleicht: Dieses Wort klang bei allem und jedem mit, und es
war besser, nicht darüber nachzudenken. Über dem Tanker
würden sie sich im entscheidenden Augenblick wohl befinden
— dafür sprachen die Präzision, mit der das Radargerät arbeitete, und Mackays seemännische Tüchtigkeit beim Einhalten
eines genauen Kurses. Aber wann, zum Teufel, hatte diese Talfahrt ein Ende? Winter starrte erneut auf die Armbanduhr.
Zehn Sekunden noch, und nach wie vor ging es wie in einem
Fahrstuhl hinab. Hatte etwa der Meterzähler versagt — das Instrument, von dem der Kranführer ablas, wie weit er sie hin-
untergelassen hatte?

LeCat hatte zwei Vorsichtsmaßnahmen getroffen, von denen
die Männer auf der Golden Gate Bridge nichts wußten Er hatte
einen Posten — mit einem Funksprechgerät — oben auf den
Fockmast beordert. Ein zweiter bewaffneter Wachtposten
stand bei der Vorpiek des Tankers. Und während sich die
Challenger der Brücke näherte, spähten beide Männer angestrengt in den Nebel. Im Ruderhaus war es nicht wärmer als
oben auf dem Fockmast — durch das zerschmetterte Fenster
drangen feuchte, graue Schwaden herein. LeCat, ein Funksprechgerät in der Hand, fühlte sich von allem und jedem irritiert — vom Heulen der Sirene, die, wie bei Nebel vorgeschrie-
ben, alle zwei Minuten erklang; von der unglaublich langsa-
men Fahrt des Schiffes, das im Schneckentempo dahinzukrie-
chen schien. Sich genau an die gefunkten Anweisungen haltend, deren Sinn er nicht begriff, fuhr Mackay mit sieben Knoten durch den Channel, und so kamen sie in Wirklichkeit nur
mit einem halben Knoten voran.

»Es geht ja überhaupt nicht vorwärts«, fauchte LeCat.
»Wozu dieses Schneckentempo, verdammt noch mal . . .?«

»Nebel.«

Die Antwort beruhigte LeCats Nerven keineswegs. Vermutlich, so überlegte er, befanden sie sich jetzt nahe der Stelle, wo
die beiden Frachtschiffe kollidiert waren. Unwillkürlich fragte
er sich, ob die teuflischen Amerikaner die beschädigten Dampf-
fer nicht vielleicht in der Fahrrinne gelassen hatten — damit
der Tanker sie rammte und unterging: ein purer Unglücksfall,

und das Problem wäre gelöst. Doch LeCat hätte sich keine Sorgen zu machen brauchen. Nach Sonnenuntergang waren die drei ›Kollisions‹-Schiffe zur Ostseite der Bucht geschleppt worden.

Mackay drehte dem Franzosen den Rücken zu und trat zum Rudergänger. Einen Augenblick lauschte er auf das langsame und regelmäßige Stampfen der Maschinen, dann ging er zum Radarschirm.

Im selben Augenblick fragte LeCat den Mann auf dem Fockmast über Sprechfunk: »André, schon was von der Brücke zu sehen?«

»Nichts als Nebel.« Die Stimme klang mürrisch. »Moment mal – doch, ich sehe, da bewegt sich etwas . . .«

Hochoben auf der linken Seite zerriß der Nebel, im grauen Vorhang öffnete sich ein Loch. André preßte sein Fernglas dicht an die Augen. Der Nebel wirbelte, das Loch weitete sich, und der Terrorist sah dahingleitende Lichter, Autoscheinwerfer. Er stellte sein Glas scharf ein und erkannte die Umrisse eines Personenwagens.

»Ich kann die Brücke sehen!« rief er aufgeregt. »Ich kann die Brücke sehen! Wir sind ganz nah . . .«

»Wie nah?« fragte LeCat.

»Hundert Meter . . .« Es war Mackays Stimme. Der Kapitän entfernte sich vom Radarschirm. »In wenigen Minuten werden wir unter der Brücke sein . . .«

Auf der Brücke floß in beiden Richtungen spärlicher Verkehr, der Scheinverkehr: An den Volants der Autos saßen Polizisten in Zivil. Erreichten sie mit ihren Wagen das Ende der Brücke, so wendeten sie wie in langgestreckter Schleife und fuhren wieder zurück. In unregelmäßigen Abständen erschien sogar ein Greyhound-Bus, in dem sich eine Handvoll Passagiere befanden — als Zivilisten verkleidete Marineinfanteristen, deren Gewehre griffbereit auf dem Boden lagen. Der Verkehr bewegte sich auf den inneren vier Fahrspuren. Die äußeren waren für die Autos reserviert, die dicht bei den Gehsteigen mit gelöschten Lichtern standen.

In einen wärmenden Mantel gehüllt, beugte sich Bürgermeister Peretti und versuchte, irgendwo unten in der Tiefe etwas vom riesigen Tanker zu erspähen. Das Mondlicht fiel auf wallende Nebelschwaden, er konnte einfach nichts sehen — bis auf das Drahtseil, das vom Arm des Krans sehr bald wie in brodelnden Dämpfen entschwand.

Aus einem der geparkten Autos tauchte ein Marineinfanterist auf. Er rannte zu MacGowan nahe beim Kran. »Vom Marin Tower ist gerade eine Meldung durchgekommen. Die Leute auf dem Brückenturm oben glauben, durch den aufreißenden Nebel auf dem Fockmast einen Mann gesichtet zu haben . . .«

MacGowan kletterte zum Führerhaus des Krans hinauf. »Warnen Sie die drei«, schrie er. »Ein Ausguck auf dem Fockmast . . .« Fünfundfünfzig Meter . . . siebenundfünfzig Meter. Der Kranführer gab MacGowan keine Antwort. Starr hafteten seine Augen auf dem Meterzähler, von dem er ablas, wie weit er das Netz hinabgelassen hatte. Neunundfünfzig Meter . . . sechzig Meter . . . und . . . Er sprach in sein Funksprechgerät. »Winter, Sie sind jetzt sieben Meter über dem Wasserspiegel. Wenn Sie noch tiefer wollen, müssen Sie mir das sagen. Eine wichtige Meldung . . . ich habe gerade gehört, daß auf dem Fockmast ein Ausguck postiert ist . . .«

Der Kranführer schaltete sein Funksprechgerät auf Empfang. Eine entscheidende Aufgabe blieb ihm noch. Er starrte auf den Gewichtanzeiger. Wenn sich die Belastung um knapp fünfhundert Pfund verringerte, soviel wogen die drei Männer ungefähr insgesamt, so mußte er das Netz sofort hochziehen.

». . . auf dem Fockmast ein Ausguck . . .«

Und genau damit haben wir nicht gerechnet, dachte Winter bissig. Er befand sich in der Mitte des Netzes. Rechts von ihm war Cassidy, auf der anderen Seite Sullivan. Schulter gegen Schulter gepreßt, glichen die drei Männer Turnern an einer Sprossenwand. Das Netz, das nunmehr in bestimmter Höhe verharrte, schwankte nur noch sacht; der Nebel blieb nach wie vor so dicht, daß nichts zu sehen war, schon gar nicht der Wasserspiegel sieben Meter drunten. Langsam drehte sich das Netz um sich selbst, und das einzige Geräusch war der wie klagende Klang eines fernen Nebelhorns. Kein Lufthauch regte sich. Nichts außer der alles durchdringenden Nässe des Nebels und dem klammen Schweiß der Angst.

»Sie haben auf dem Fockmast einen Ausguck postiert«,

sagte Winter leise zu Cassidy. »Das ist verdammt dicht bei der Stelle, wo wir abspringen wollen . . .«

»Auf ihn schießen dürfen wir nicht«, meinte der Colonel. »Das würde die Kerle auf der Brücke alarmieren, ehe wir etwas unternehmen könnten . . .« Im Nebel klang seine Stimme angestrengt und unnatürlich. Winter konnte sein Gesicht nur undeutlich erkennen. Wie, zum Teufel, sollte er je das Schiff ausmachen, wenn es unter ihnen heranglitt?

»Die Zimmermannswerkstatt«, sagte er. »Vielleicht müssen wir dort erst eine Weile warten — sie ist auf dem Vorderdeck. Haben Sie gehört, Sullivan?«

»Ja, ich habe«, erwiderte Sullivan verdrossen.

Winter fixierte seine Armbanduhr. Jeden Augenblick mußte er auftauchen, dieser verdammte 50 000-Tonnen-Klotz, eine über das Wasser gleitende Mauer aus Stahl . . . Nerven und Muskeln waren zum Zerreißen gespannt. Da, das Nebelhorn, ein langgezogener Ton, wie aus unmittelbarer Nähe, schien einfach nicht aufhören zu wollen. Winter spähte hinab. Wirklich die reinste Waschküche, wie Dampfschwaden aus einem kochenden Kessel. Jede Sekunde mußten sie das Schiff, wenn schon nicht sehen, so doch spüren — wenn es gegen sie prallte. Nahe genug war es ja, bei Gott. Der grelle Ton des Nebelhorns schien ihm immer noch in den Ohren zu hallen. Wo, zum Teufel, war bloß der verdammte Tanker —?

»Springen! Jetzt!«

Der Nebel war nicht so dicht, wie es den Anschein gehabt hatte. Knapp zwei Meter unter den Männern glitt eine graue, verschwommene Fläche dahin. Sie glich einer riesigen Drehscheibe. Winter glaubte, einen Mann zu sehen. Doch dann war die Gestalt fort, wie verschluckt. Und auch Winter war verschwunden. Abgesprungen. Zusammen mit den beiden anderen.

Fast siebzig Meter höher pendelte die Nadel des Gewichtanzeigers über die Skala zurück. Vierhundertneunzig Pfund weniger. Der Kranführer drückte einen Hebel, schon zog das Drahtseil das Kletternetz mit höchster Geschwindigkeit nach oben. »Sie sind abgesprungen!« rief er MacGowan zu.

Winter landete auf dem Deck wie ein Fallschirmjäger. Er rollte ab und dämpfte, als er auf der Backbordseite gegen die Reling prallte, die Wucht mit der Schulter. Sofort war er wieder auf den Beinen, Messer in der Hand. Aus dem Nebel tauchte eine verschwommene Gestalt im Anorak auf. Ein Terrorist... Wie erstarrt blieb der Mann plötzlich stehen, den Kopf rückwärts gebeugt. Cassidy, hinter ihm stehend, hatte ihm eine Hand auf den Mund gepreßt. Winter handelte sofort. Wuchtig stieß er dem Terroristen das Messer in die Brust. Durch den Körper des Mannes ging ein Zucken, wie ein letztes Aufbäumen, dann sackte er in Cassidys Armen zusammen. Sullivan half dem Amerikaner, den Toten zur Reling zu schleppen. Dort hoben sie ihn hoch und warfen ihn über Bord. Das Aufklatschen aufs Wasser war nicht zu hören, nur das stete Stampfen der Schiffsmaschinen, während die *Challenger* unter der Golden-Gate-Brücke hinwegglitt. Die Skorpion des Terroristen ließ Winter dicht bei der Reling liegen — das würde den Eindruck verstärken, daß der Mann über Bord gefallen war.

»Kommt«, flüsterte er, »haltet euch dicht hinter mir. Der Nebel wird dünner...«

»Zu dünn, als daß wir uns jetzt schon am Fockmast vorbeiwagen könnten«, meinte Cassidy. »Außerdem steht der Mann dort oben vielleicht in Sprechfunkverbindung mit der Brücke...«

Winter fand den Lukendeckel und begann ihn zu öffnen, während Cassidy scharf in Richtung Fockmast spähte. Der Nebel war tatsächlich dünner — wie so oft östlich vom Golden Gate. Er fluchte leise: Der untere Teil des Fockmastes schälte sich hervor, der obere blieb zum Glück noch verhüllt. Warum, zum Teufel, dauerte das mit dem Lukendeckel nur so lange?

Winter nahm sich Zeit. Kein Geräusch durfte zu hören sein, nicht das geringste Knarren oder Quietschen. Gottlob waren die Scharniere gut geölt. Sie befanden sich ja auf einem britischen Tanker und nicht auf einem dieser liberischen Rosteimer.

Endlich war die Luke ganz geöffnet. Winter ließ die anderen beiden Männer zuerst die Leiter hinabsteigen und folgte ihnen dann. Bevor er den Lukendeckel über sich schloß, spähte er noch einmal durch den Spalt hinaus. Der Nebel war immer noch dicht genug, um den Blick auf den Wellenbrecher und erst recht auf die Brücke zu versperren, doch der obere Teil des Fockmastes trat allmählich hervor, und Winter, angestrengt durch den Spalt spähend, erkannte jetzt deutlich den Ausguck, der, ein Nachtglas vor den Augen, in Richtung Süden blickte.

Sehr langsam zog Winter den Lukendeckel über sich zu.

Während die *Challenger* auf die Alcatraz-Insel zuhielt, die sich bereits auf dem Radarschirm abzeichnete, gab es auf der Kommandobrücke einen erregten Wortwechsel zwischen Mackay und LeCat.

»LeCat, ich denke nicht daran, dieses Schiff in die Nähe von San Francisco zu bringen. Unser Zielhafen ist Oleum — und das liegt bei Richmond auf der Ostseite der Bucht . . .«

»Dann werden wir hier vor Ihren Augen Bennett erschießen.«

Brian Walsh, der Zweite Offizier, schluckte unwillkürlich, als LeCat einem der Wachtposten auf französisch den Befehl gab, Bennett zu holen. Doch LeCat winkte den Mann wieder zurück, als der Kapitän heftig protestierte. »Sie können doch einen Menschen nicht einfach so ermorden. Das wäre bestialisch . . .«

»Sie bringen Bennett um, Mackay, und Sie haben es in der Hand, ihn zu retten. Kommen Sie mit mir in den Navigationsraum . . .«

LeCat ging voraus. Drinnen deutete er auf eine Seekarte, die auf dem Tisch lag. »Zu dieser Stelle werden Sie die *Challenger* bringen — dort, wo sich das Kreuz befindet . . .« Er wies auf eine Markierung, die Winter auf der Seekarte gemacht hatte, ehe er von Bord gegangen war.

»Bevor ich mich damit einverstanden erkläre, will ich wissen, was Sie vorhaben«, sagte Mackay entschlossen.

»Ich möchte möglichst nahe an der Küste sein, um mit den Verantwortlichen per Sprechfunk verhandeln zu können. Wenn man meine Forderungen akzeptiert hat, werden wir an dieser Pier hier an Land gehen. Dort steigen wir in einen Bus, den man uns zur Verfügung stellen wird, und fahren zum Flughafen, wo ein Flugzeug bereitstehen muß, um uns nach Damaskus zu fliegen.«

Klingt sehr überzeugend, dachte LeCat, während er Mackay aufmerksam beobachtete, er scheint es mir abzukaufen. »Jetzt wissen Sie, wie die Sache laufen soll«, fuhr er fort. »Tun Sie also, was ich Ihnen sage. Ich habe nicht die geringste Lust, jemanden zu erschießen — das würde die Lage nur komplizieren.«

»Zu dieser Stelle?« Der Kapitän wies mit ausgestrecktem Zeigefinger auf das Kreuz, auf das der Franzose gedeutet hatte. »Das ist kaum eine halbe Meile von der Küste von San Francisco entfernt.«

»Genau. Werden Sie tun, was ich sage, oder muß ich Bennett auf die Brücke holen lassen? Ich habe keine Zeit zu verlieren, und mit meiner Geduld ist es zu Ende . . .«

Mackay machte wortlos kehrt und ging auf die Brücke zurück, wo er dem Rudergänger persönlich die notwendigen Anweisungen gab. Dann trat er zum zerschmetterten Fenster; die Hände auf dem Rücken verschränkt, blieb er stehen. Sein Blick glitt über das Hauptdeck, über den Laufsteg. Die Nebelschleier hoben sich immer mehr, und schließlich war auch das ferne Vorderdeck zu erkennen.

Bewegunglos verharrend, blickte er sekundenlang in dieselbe Richtung. An die Zimmermannswerkstatt unter dem Vorderdeck dachte er keine Sekunde.

18

Um drei Uhr morgens ging die *Challenger* — die ihre Geschwindigkeit in der Bucht erhöht hatte — eine halbe Meile vom Pier 31 entfernt vor Anker. Auf einen Funkspruch von LeCat hin, er wünsche mit dem Gouverneur von Kalifornien eine Direktverbindung, hatte man in MacGowans Büro ein Sprechfunkgerät installiert. In den Nachbarräumen ließ MacGowan Betten aufstellen, da vorauszusehen war, daß dem Aktionskomitee lange Stunden des Verhandelns und des Wartens bevorstanden. Der Drei-Mann-Trupp auf der *Challenger* schien vorerst in Deckung gegangen zu sein — eine Möglichkeit, mit der Winter ja von vornherein gerechnet hatte.

Beobachter hatten von der Küste aus und von hoch oben auf der Brücke, die San Francisco über die Bucht hinweg mit Oakland verbindet, das ankernde Schiff mit starken Nachtgläsern wie mit einem Raster abgesucht. Nirgends Licht — oder auch nur eine Spur von Bewegung.

»Der dünner gewordene Nebel wird die drei aufgehalten haben«, sagte MacGowan zu General Matthew Lepke vom Presidio. »Einen Angriff auf die Kommandobrücke können sie nur bei dichtem Nebel riskieren. Vom Vorderdeck bis zur Brücke sind's zweihundert Meter. Bevor sie dort wären, hätte man alle Geiseln ermordet — und wahrscheinlich auch sie erschossen ...«

Der fünfundfünfzigjährige General Lepke war ein drahtiger Mann mit einem Vogelgesicht und ruhelosen Augen. Es hieß, daß er bald ins Pentagon berufen werde, fünfzehn anderen Generalen das Nachsehen gebend. »Cassidy wird schon wissen, was er tut«, meinte er. »Das Dumme ist nur, daß er vielleicht bis heute nacht warten muß — also noch einmal sechzehn Stunden —, bevor der Nebel wieder stärker wird. Es wird Ihnen nichts anderes übrigbleiben, als die Verhandlungen mit diesem Terroristenführer LeCat in die Länge zu ziehen ...«

»Wie schön — da wir ziemlich genau wissen, daß er die Geiseln irgendwann sowieso erschießen will«, erwiderte MacGowan.

Wenige Minuten später meldete sich LeCat zum erstenmal über Sprechfunk. Seine Stimme klang selbstsicher und entschlossen. Er wiederholte seine Warnung.

»Falls sich ein Flugzeug, ein Schiff oder ein U-Boot der *Challenger* nähert, werden alle neunundzwanzig Geiseln — auch die Amerikanerin — sofort erschossen ...«

»Was ist mit den Verletzten?« fragte MacGowan. »In einem Ihrer früheren Funksprüche war davon die Rede, Sie hätten neun Verletzte an Bord, darunter auch Miß Cordell ...«

»Es hat noch keine Verletzten gegeben«, schrie der Franzose. »Das war ein Irrtum. Und jetzt keine weiteren Unterbrechungen. Was ich zu sagen habe, sage ich nur einmal ...«

Er erklärte, seine endgültige Forderung werde er noch bekanntgeben. Vorläufig solle man auf dem International Airport von San Francisco eine Boeing 747 mit vollen Treibstofftanks startklar machen. Außerdem sei an der Pier 31 ein Greyhound-Bus mit schwarzgestrichenen Fenstern bereitzustellen. Schließlich: Man habe innerhalb von fünf Stunden auf der Bank of America die Summe von 200 Millionen Dollar zu deponieren. »Wohin Sie das Geld dann bringen, erfahren Sie später«, schloß LeCat.

MacGowan wollte etwas sagen, doch der Franzose schnitt ihm das Wort ab. »Wenn ich etwas von Ihnen will, sag ich es Ihnen. Sie haben jetzt nur zuzuhören. Wenn Sie mich noch einmal unterbrechen, lasse ich den Ersten Offizier Bennett abknallen . . .«

Eine Schrecksekunde folgte. Durch den Lautsprecher hörte man einen Schuß. MacGowan blickte zu Lepke, der neben ihm saß. Die Lippen des Generals waren nur noch ein Strich.

Wieder kam LeCats Stimme über den Lautsprecher: »Das war nur ein Warnschuß – zum Fenster hinaus. Aber die nächste Kugel trifft Bennett . . .«

»Schwein«, sagte MacGowan, nachdem er das Mikrofon abgeschaltet hatte. »Sollte sich Winter geirrt haben? Will LeCat vielleicht doch verhandeln? Klang verdammt überzeugend – die Forderung nach dem Bus und dem Jumbo . . .«

»Ich frage mich«, sagte Lepke grimmig, »wie wohl diese endgültige Forderung aussieht, mit der er noch nicht rausrückt.« Sofort ordnete MacGowan die Bereitstellung des Busses und der Boeing 747 an und zog Erkundigungen wegen des Geldes ein. In diesem Stadium war es wichtig, den Anschein zu erwecken, als ob man auf die Forderungen einging. Nur so konnte, wenn überhaupt, LeCat hingehalten werden, bis der Drei-Mann-Trupp auf dem Tanker Gelegenheit zum Eingreifen fand.

Aber meinte LeCat seine Forderungen wirklich ernst? Hatte Winter sich tatsächlich geirrt?

Winter schob den Lukendeckel langsam hoch, hielt ihn einen winzigen Spalt weit offen und spähte aufs Hauptdeck. Es war drei Uhr früh, und das Schiff hatte gestoppt. Über das Vorderdeck trieben dünne graue Nebelschleier, auf dem Hauptdeck war die Sicht frei. Winters Sehvermögen bei Nacht war ausgezeichnet. Außerdem hatte er, um seine Augen an die Dunkelheit zu gewöhnen, einige Minuten vorher in der Zimmermannswerkstatt das Licht ausgeschaltet.

Deutlich ließ sich der Fockmast ausmachen. Oben auf der runden Plattform bewegte sich jemand. Einen Augenblick lang kehrte der Mann Winter den Rücken. An den Bewegungen meinte Winter André Dupont zu erkennen. Er preßte den kleinen Feldstecher, den er bei sich trug, fest an die Augen und stellte ihn scharf ein. Der Wachtposten hielt etwas Viereckiges in der Hand, wahrscheinlich einen Walkie-Talkie. Cassidy hatte recht gehabt: Zwischen dem Mann auf dem Fockmast und der Brücke gab es eine Verständigungsmöglichkeit.

Winter schloß die Luke, tastete sich im Dunkeln die Leiter hinunter, schaltete das Licht an. Sullivan und Cassidy saßen auf dem Boden, den Rücken gegen ein Schott gelehnt. Fragend sahen sie ihn an.

»Nichts zu machen«, sagte Winter. »Das Deck ist praktisch nebelfrei — und auf dem Fockmast ist immer noch ein Posten. Er hat ein Walkie-Talkie bei sich. Ehe wir vom Vorderdeck runter wären, wüßten sie auf der Brücke Bescheid — und die Geiseln wären geliefert . . .«

»Wo sind wir jetzt?« fragte Sullivan. »Wo liegt das Schiff?«

»Weiß ich nicht. Der Nebel ist noch zu dicht an der Küste. Ich nehme an, LeCat hat das Schiff da stoppen lassen, wo ich gesagt habe — eine halbe Meile vom Pier 31 weg.«

»Verdammt!« Cassidy streckte das rechte Bein aus, das ihm eingeschlafen war. »Sieht ja aus, als ob wir noch Stunden hierbleiben müßten.« Er sah sich im engen Raum um. »Haben Sie nicht gesagt, hier wären die Fluchtgeräte — oder wie Sie das nannten?«

»Waren . . .«

Das Schlauchboot war nicht mehr da. Der Außenbordmotor fehlte. Die Koffer mit den Schwimmanzügen waren auch weg. LeCat hatte also schon für die Flucht vorgesorgt.

Dadurch wurde auch Winters ursprünglicher Plan zunichte: in der Zimmermannswerkstatt zu warten, bis ein paar Terroristen auftauchten, um die Sachen zu holen. Man hätte die Männer unschädlich machen und dann in ihren Kleidern unerkannt in der Dunkelheit über das Hauptdeck zum Brückenaufbau gelangen können. Jetzt hieß es warten, und das zerrte an den Nerven.

LeCat hatte Mackay auf der Brücke der *Challenger* zuhören lassen, wie er über Funk mit MacGowan sprach. Der britische Kapitän und seine Mannschaft sollten das Gefühl haben, daß alles ein gutes Ende nehmen würde. Dann verhielten sie sich bestimmt ruhig. Tatsächlich wirkte Mackay erleichtert, als er die Forderung nach Bereitstellung von Bus und Jumbo hörte.

LeCat registrierte das sehr genau, ließ sich jedoch nichts anmerken. Er warf einen Blick auf seine Armbanduhr und überlegte, wann er sich wieder mit MacGowan in Verbindung setzen sollte: Das Timing war wichtig.

Als das Schiff die Alcatraz-Insel passiert hatte, hatte Dupont ihm gemeldet, daß der Posten auf der Vorpiek verschwunden sei. Sobald sich der Nebel etwas gelichtet hatte, war LeCat zum Vorderdeck geeilt. An der Reling hatte er die Skorpion-Pistole gefunden und daneben eine leere Weinflasche. Er hatte kurz vor sich hingeflucht. Dieses schwachsinnige Schwein war offenbar besoffen gewesen — noch dazu im Dienst — und dann über Bord gegangen. Auf dem Weg zu seiner Kabine, um den Miniatursender mit der ausziehbaren Antenne zu holen, hatte er den Vorfall bereits vergessen. Von nun an würde ihn dieses Gerät überallhin begleiten.

Der nukleare Sprengkörper, der sich jetzt in einem leeren Öltank befand, war mit einem Zeitzünder gekoppelt und mit einem Miniaturempfänger der Art, wie er bei Modellflugzeugen verwendet wird. Der Mechanismus, der den Zeitzünder in Gang setzte, konnte nur vom Empfänger auf ein bestimmtes Funksignal hin ausgelöst werden. Dieses Signal würde aus dem Miniatursender kommen, den LeCat bei sich trug. Nur ein Drehen am Knopf, und — nach Ablauf der vorher eingestellten Zeit — konnte niemand und nichts auf der Welt mehr die Atombombenexplosion verhindern.

Auch im weit entfernten Paris herrschte eine gespannte Atmosphäre. Dort war es elf Uhr früh, und im Elysée-Palast trat das Kabinett zu einer Sondersitzung zusammen. Kurz zuvor hatte Karpis vom FBI, mit Einwilligung Washingtons, telefonisch aus Paris Informationen über einen gewissen Jean Jules LeCat eingeholt. Diese Tatsache und die neuesten Nachrichten genügten, um in den höchsten Regierungskreisen äußerste Nervosität auszulösen.

Zunächst erwogen die Minister den Gedanken, Karpis mitzuteilen, hier müsse ein Irrtum vorliegen, LeCat befinde sich noch im Santé-Gefängnis, der Terrorist auf der *Challenger* bediene sich nur seines Namens. Doch dann gewann französische Logik die Oberhand — die Angelegenheit war viel zu ernst für irgendein Täuschungsmanöver. Dem Protokoll zufolge debattierten die Minister über zwei Stunden und trafen dann eine realistische Entscheidung.

Die Sûreté Nationale ließ Inspektor Karpis einen detaillierten Bericht über LeCats kriminelle Vergangenheit übermitteln, soweit diese bekannt war; über die politische Seite schwieg man sich aus. Als Karpis in San Francisco den Report las, fand er ihn höchst aufschlußreich, aber nicht sonderlich aufregend. Der Mann, mit dem sie es zu tun hatten, war kein gewöhnlicher Verbrecher. Er verfügte über außerordentliche Erfahrungen im Dschungel der Unterwelt, besaß offenbar einiges Geschick als Organisator und hatte einmal in den Vereinigten Staaten gelebt. Der FBI-Mann übersprang einige ›technische‹ Angaben, und so entging ihm im Augenblick auch die Bedeutung eines Details fast ganz am Ende. »... ist außerdem Experte für Fernzündungen von Sprengkörpern durch Funksignale ...«

Als LeCat sich das nächste Mal über Sprechfunk meldete, war es in San Francisco vier Uhr früh. Wiederum warnte er MacGowan davor, ihn zu unterbrechen. »Sie werden dem amerikanischen Vertreter bei den Vereinten Nationen mitteilen, daß er sich für später auf eine Nachricht von Ihnen gefaßt machen soll. Für meine Forderung werde ich Ihnen eine Frist setzen. Falls Sie sie nicht annehmen sollten, werden nach Ablauf der Frist alle Geiseln erschossen ...«

Schon als LeCat anfing, war im Büro des Gouverneurs das gesamte Aktionskomitee versammelt. Gespannt beobachteten die Männer MacGowan, der mit verbissenem Gesicht vor dem Funkgerät saß. Es blieb ihm nichts anderes übrig, als die Belehrungen des französischen Terroristen über sich ergehen zu lassen, der ihm vorschrieb, was er zu tun und zu lassen hatte, und der ihn ständig ermahnte, ihn ja nicht zu unterbrechen.

Trotzdem unterbrach ihn MacGowan. »Wenn Sie die Geiseln jetzt erschießen, haben Sie nach Ablauf der Frist keinen Köder mehr«, sagte er brutal. »Ich habe Ihnen zugehört — und nun hören Sie mir gefälligst zu. Einen Bus werde ich stellen ...«

Bürgermeister Peretti zuckte unwillkürlich zusammen: Das war bestimmt nicht der richtige Weg, die Sache anzugehen, das mußte zur Katastrophe führen. MacGowans Taktik war völlig verkehrt.

Fauchend vor Wut fiel ihm LeCat ins Wort: »Sie sollen nicht reden — Sie sollen sich meine Forderungen anhören . . .«

»Wie gesagt«, unterbrach ihn der Gouverneur erneut, »die Transportmittel für Ihre Flucht stehen bereit. Ob es zu ihrer Benutzung kommt, ist eine andere Frage — das hängt ganz davon ab, ob Ihre Forderung für uns akzeptabel ist. Und jetzt können Sie weitersprechen . . .«

»Ich knalle zwei von den Geiseln ab«, schrie LeCat.

»Dann nehmen wir den Tanker sofort mit Gewalt. Ich verhandle erst mit Ihnen weiter, wenn Sie mir irgendwie einen Beweis dafür liefern, daß sämtliche Geiseln noch am Leben sind — unversehrt am Leben. Falls Ihnen noch an weiteren Verhandlungen mit mir gelegen sein sollte, dann holen Sie Kapitän Mackay an den Apparat . . .«

MacGowans Stimme klang scharf. Perettis Gesicht war kalkweiß. Die übrigen Männer beugten sich mit angespannten Gesichtern auf ihren Stühlen vor. General Lepke hielt seinen Kopf schief wie ein Vogel. Alle starrten gebannt auf den Lautsprecher — sie erwarteten, daß geschossen würde.

Zunächst blieb es still. Dann hörte man ein Knistern und Rauschen, schließlich ein Stimmengewirr. MacGowan saß geduckt da, den Blick unverwandt auf dem Funkgerät, fast als könne er seinen Gegner sehen und versuche nun, seine Gedanken zu erraten. Die Spannung wurde von Sekunde zu Sekunde unerträglicher. Immer noch warteten die Männer auf die Schüsse, so als könnten sie selbst die Opfer sein.

»Hier spricht Kapitän Mackay . . .«

Die Stimme klang fest, völlig beherrscht. Bemerkenswert, wenn man die Umstände bedenkt, fand MacGowan.

»Käpt'n«, fragte er, »sind alle von der Besatzung am Leben, keiner verletzt? Ich will wissen, wie es bei Ihnen auf der *Challenger* aussieht . . .«

»Ja, wir sind alle noch am Leben, keiner verletzt, im Augenblick jedenfalls. Auch unsere Amerikanerin, Miß Betty Cordell.«

»Wir werden alles, was in unserer Macht steht, für Ihre Freilassung und Ihre Sicherheit tun«, sagte MacGowan langsam und mit Bedacht. »Um das zu erreichen, werden wir weiterverhandeln«, fuhr er fort. Er wußte, daß LeCat mithörte. »Aber keinem darf was geschehen, sonst brechen wir die Verhandlungen sofort ab . . .«

Für einen Augenblick herrschte drüben Verwirrung, dann kam ein gequältes Stöhnen durch den Lautsprecher. Die Männer in MacGowans Büro zuckten unwillkürlich zusammen. Schließlich wiederholte LeCat, dem Tanker dürfe sich kein Flugzeug, kein Überwasserschiff und auch kein U-Boot nähern. Dann schaltete er ab.

Die Mitglieder des Aktionskomitees versuchten, ihre verkrampften Muskeln zu entspannen. Die meisten standen auf und gingen ein paar Schritte hin und her.

»Ich finde nicht, daß Sie besonders geschickt vorgegangen sind«, sagte Peretti zu MacGowan.

»Meinen Sie? Ihnen fehlen ganz einfach meine Erfahrungen als Strafverteidiger. Der Mann dort auf der Brücke der *Challenger* ist ein pathologischer Egozentriker. Allmählich kann ich mir ein Bild von ihm machen. Seine Stimme verrät ihn. Zum erstenmal im Leben hat er ein riesiges Publikum — alles, was er sagt oder tut, geht rund um die ganze Welt. Das weiß er, und er genießt es. Sein einziger Trumpf sind die Geiseln, die er in seiner Gewalt hat . . .« MacGowan beugte sich über seinen Schreibtisch. »Diesen Trumpf gibt er nicht aus der Hand — noch nicht. Mit seiner eigentlichen Forderung rückt er nicht raus. Bevor er sie nicht gestellt hat, erschießt er auch niemanden. Ich wette, wir haben noch ein paar Stunden Zeit.«

»Sie wetten um das Leben von neunundzwanzig Menschen«, sagte Peretti scharf. »Was mich angeht, ich bin keine solche Spielernatur.«

General Lepke, der bisher mit abwesendem Blick dagesessen hatte, schien von einem plötzlichen Gedanken durchzuckt. »Sagen Sie, Gouverneur«, fragte er, »hat dieser LeCat schon immer die Bedingung gestellt, daß sich kein U-Boot dem Tanker nähert? Ihre bisherigen Gespräche mit ihm sind doch schriftlich protokolliert. Ich würde diese Aufzeichnungen gern mal sehn. Und auch die Protokolle der Funksprüche.«

»Ist Ihnen etwas aufgefallen?«

»Ja, etwas Sonderbares — vielleicht sogar Erschreckendes.«

Hastig verließ General Lepke den Raum und begab sich in ein anderes Büro, wo er allein war. Um etwas zu unternehmen, blieb ihm nur noch gut eine Stunde; denn kurz nach sieben ging die Sonne auf. Er nahm den Telefonhörer ab. Kurz darauf hatte er die Verbindung mit dem Marinestützpunkt. Dann dauerte es nur wenige Minuten, und die Delphine, die zum Training von San Diego in die Bucht gebracht worden waren, wurden ›in Marsch‹ gesetzt.

Um 6.25 Uhr glitt der Delphin Mac ins Wasser und zog zielbewußt seine Bahn in die Bucht hinaus. Jo, der zweite Delphin, folgte ihm unverzüglich. Beide schwammen etwa drei Meter unter der Wasseroberfläche und hielten auf das einzige Schiff im Umkreis von einer halben Meile zu, auf die *Challenger*. Mac, das Führungstier, tauchte in regelmäßigen Abständen empor, um nach Luft zu schnappen. Er war ein prächtiges Tier und hatte eine starke Zuneigung zu seinem Trainer, dem Marine-Sergeant Grumann, entwickelt. Um diese frühe Stunde herrschte noch Dunkelheit, über der Bucht lag Nebel. Immer schneller näherte sich der Delphin dem vor Anker liegenden Schiff.

An seiner Nase hatte er eine Art Saugnapf, rund wie ein in einen Gummiring gefaßter Kompaß. An diesen Fremdkörper war Mac inzwischen gewöhnt. Sergeant Grumann hatte mit ihm in der letzten Zeit draußen in der Bucht jeden Tag geübt. Mac wußte genau, welche Richtung er nehmen und was er machen mußte. Die Arbeit machte ihm Spaß, noch mehr die Rückkehr, wenn Grumann ihn mit einem Fisch belohnte. Er schwamm mit einer Kraft und Sicherheit, die jeden Weltrekordler mit Neid erfüllt hätte. Vor ihm tauchte der Rumpf des Schiffes auf. Unter Wasser war es nur ein oszillierender Umriß.

Mac verlangsamte sein Tempo. Als er den Schiffsleib erreichte, bewegte er sich kaum noch. Vorsichtig schob er sein Maul vor. Das Magnetfeld im Geigerzähler besorgte den Rest: Plop! — Die Saugscheibe haftete am Schiffsrumpf. Der Delphin blieb noch ein paar Sekunden mit der Nase am Schiffsrumpf kleben. Das Magnetfeld war für eine halbe Minute neutralisiert.

Dann ließ er sich los und kehrte um. Macs Schwanzflosse wischte über die Stahlwand, er glitt vom Tanker weg und schnellte wie ein Torpedo durchs dunkle Wasser. Minuten später, als der zweite Delphin ankam, verschlang er bereits massenweise Fische. Grumann überprüfte den Geigerzähler. Mit unsicherer Hand griff er zum Telefonhörer.

Kurz vor Sonnenaufgang nahm General Lepke Grumanns

Anruf entgegen. Er fragte nur: »Sind Sie absolut sicher?« Dann legte er auf und ging ruhig in MacGowans Büro, wo den Mitgliedern des Aktionskomitees gerade aus einer Küche neben dem Hauptkonferenzraum das Frühstück gebracht wurde. Der Geruch von Speck und Eiern vermischte sich mit dem Aroma des starken Kaffees, doch Lepke spürte keinen Hunger. Als er sich zu MacGowan beugte, sprach er so leise, daß ihn außer dem Gouverneur niemand verstehen konnte. Gleich darauf verließen die beiden Männer den Raum und gingen in das Büro, wo Lepke mit Sergeant Grumann telefoniert hatte. Sie schlossen die Tür hinter sich, und MacGowans Frage war praktisch wortwörtlich dieselbe, die der General dem Sergeant gestellt hatte. »Sind Sie sicher?«

»Der Geigerzähler war positiv. An Bord der *Challenger* befindet sich ein nuklearer Sprengkörper.«

Dieser Donnerstag, der 23. Januar, war für MacGowan ein Alptraum. Er kämpfte verbissen darum, daß die Kontrolle über die Situation nicht seinen Händen entglitt. Von allen Seiten versuchte man, ihn zu beeinflussen und seine Haltung zu ändern. Aus Washington waren zwei Beamte des State Department eingetroffen. Einer von ihnen, ein gewisser George Stark, hager und hohlwangig, bedrängte den Gouverneur dauernd, ›flexibel‹ zu handeln. Man müsse mögliche internationale Verwicklungen berücksichtigen. Sollte es in San Francisco zur Katastrophe kommen, würde Amerika vermutlich von einer araberfeindlichen Welle ergriffen. Und es gebe bereits Gerüchte, nach denen die Goldenen Affen die Öllieferungen an den Westen noch weiter drosseln wollten... Morgens um zehn trafen in aller Heimlichkeit Experten der Atomenergiekommission in der Stadt ein — um das Ausmaß der Gefahr abzuschätzen, die San Francisco durch den nuklearen Sprengkörper an Bord des Tankers drohte.

Operation Apokalypse.

Dr. Reisel kam aus Los Angeles, wo er zusammen mit anderen AEC-Experten an einer Konferenz über die Zukunft von Atomkraftwerken teilgenommen hatte. Er sollte das Team leiten, dessen Aufgabe es war, das Planspiel Operation Apokalypse durchzuspielen. In der Etage unter MacGowans Büro wurde ein Raum freigemacht. Die Experten begannen sofort.

Es waren Fachleute von der US Air Force, vom US Weather Bureau, der Coastguard, der US Navy und, vor allem, Strahlungsspezialisten. Noch während des Fluges von Los Angeles nach San Francisco hatte Dr. Reisel immer wieder betont:

»Gentlemen, wir dürfen auf gar keinen Fall das Ausmaß der Katastrophe unterschätzen. Aufgrund unseres Berichts werden die Behörden bestimmte Vorkehrungen treffen...« Er zögerte einen Augenblick. »Dazu können auch Massenevakuierungen gehören. Verschätzen wir uns in der Größe des Gebiets, das in Mitleidenschaft gezogen werden könnte, wir könnten uns in diesem Land kaum mehr blicken lassen, man würde es uns nie verzeihen. Das Teuflische ist, daß wir bezüglich der Sprengkraft des nuklearen Dings an Bord der *Challenger* auf Vermutungen angewiesen sind. Was mich betrifft, ich habe bereits eine Vermutung — sie geht davon aus, daß man zur Herstellung des Sprengkörpers die fünf Kilogramm Plutonium verwendet haben könnte, die vor zehn Monaten in Morris, Illinois, verschwunden sind...«

Der Hinweis auf diese Tatsache stammte von Karpis vom FBI. Um 7.30 Uhr hatte er mit Washington telefoniert, und eine halbe Stunde später hatte er die gewünschte Auskunft. Seit einem Jahr war nur ein Fall bekannt, bei dem eine größere Menge Plutonium verschwunden war, und zwar vor zehn Monaten in Illinois beim brutalen Überfall auf einen GEC-Sicherheitslaster, bei dem die Gangster einen Behälter mit fünf Kilogramm erbeutet hatten.

In einem Sonderbus jagte das Apokalypse-Team vom Flughafen den Highway 101 entlang. Es wurde von einer Polizeieskorte auf Motorrädern begleitet und von einem Streifenwagen, dessen Sirene auf Daueralarm gestellt war. Peretti teilte der Presse mit, in der Stadt sei ein Spezialteam zur Bekämpfung von Terroristen eingetroffen. Als sie das Transamerica-Gebäude erreichten, zogen sich Dr. Reisel und seine Kollegen sofort in das für sie reservierte Zimmer zurück und begannen ihr makabres Planspiel.

»Algier...«

Um 10.00 Uhr (als das Apokalypse-Team bereits in Klausur war) meldete sich LeCat wieder über Sprechfunk. Seine Stimme klang sehr selbstsicher.

»Was ist mit Algier?« fragte MacGowan, der trotz des kühlen Morgens nur in Hemdsärmeln dasaß.

»Der Jumbo-Jet, der auf dem Flugplatz auf uns wartet, wird uns nach Algier bringen. Sagen Sie das dem Piloten, damit er sich darauf einstellen kann . . .«

Frag das Schwein was, dachte MacGowan. Tu in Gottes Namen so, als ob du ihm glaubst. Allmählich spürte der Gouverneur die Strapazen der durchwachten Nacht. Sein Gesicht war von Müdigkeit gezeichnet. Er räusperte sich. »Wir müssen wissen, was mit den Geiseln wird.«

Aus LeCats Stimme klangen Überraschung und Ungeduld. »Die kommen natürlich mit uns zum Bus am Pier 31 . . .«

»Und später?«

»Wir lassen sie am Flugplatz frei, sobald wir sicher an Bord der Maschine sind — bis auf einen Mann, der mit uns nach Algier fliegt.«

»Und wer ist das?«

»Das erfahren Sie später«, sagte LeCat ungeduldig.

»Informieren Sie jetzt sofort den Flugplatz!«

Er schaltete ab, ehe MacGowan antworten konnte. Der Gouverneur blickte sich im Raum um. Um die Tatsache, daß sich ein nuklearer Sprengkörper an Bord des Tankers befand, möglichst geheimzuhalten, war das Aktionskomitee vorsichtshalber auf sechs Mann verringert worden — MacGowan, Peretti, Karpis, Commissioner Bolan, General Lepke und Stark vom Außenministerium. »Unterschätzen wir unseren Gegner nicht«, warnte der Gouverneur. »Dieser LeCat ist so gerissen — er läßt sich derart genau auf alle Details ein —, daß ich ihm seine Geschichte vermutlich abkaufen würde, wenn ich nichts von dem nuklearen Sprengkörper wüßte.«

»Die sogenannte endgültige Forderung hat er gar nicht mehr erwähnt«, meinte Stark. »Und Sie haben ihn auch nicht danach gefragt . . .«

»Absichtlich. Er hält damit zurück, um uns nervlich zu zermürben. Warum sollte ich wunde Stellen berühren?«

Der Bericht des Apokalypse-Teams war in zwei Stunden fertig. Normalerweise hätte man dafür zwei Tage gebraucht. Doch wenn die Männer aus dem Fenster sahen, überflog ihr Blick die Bucht — dort würde die Nuklearexplosion erfolgen.

Das genügte, um sie mit äußerster Konzentration arbeiten zu lassen.

Mittags ging MacGowan zu ihnen hinunter, um sich ein Bild von der Lage zu machen.

»Der Bericht ist noch nicht in allen Punkten so vollständig, wie ich es gern hätte«, erklärte Dr. Reisel. »Doch ich denke, eine Analyse der möglichen Katastrophe ist besser als ein detaillierter Report, nachdem . . .«

». . . uns das Ding bereits alle in Stücke zerrissen hat«, ergänzte MacGowan den Satz. Die ernsten Gesichter der Experten ließen das Schlimmste erwarten. So erschien es jedenfalls dem Gouverneur.

Reisel deutete auf eine Landkarte auf dem Tisch. »Das ist anschaulicher als lange Erklärungen — sehen Sie den Kreis dort?«

»O Gott . . .« MacGowan faßte sich sofort wieder. »Soll das heißen, daß fast alle Städte im Bereich der Bucht vernichtet würden — Oakland, Richmond, Vallejo, Berkeley, selbst San Mateo?«

»Ich fürchte, ja . . .«

»Dieser Kreis — ist das der von Ihnen berechnete Strahlungsgürtel?«

»Leider nicht.« Dr. Reisel konnte seine Erregung nicht verbergen. »Das ist nur das Gebiet der totalen Zerstörung durch die Detonation . . .«

MacGowan setzte sich auf einen freien Stuhl am Tisch. Der fatalistische Gesichtsausdruck der Männer sprach Bände. »Und San Francisco?« fragte er ruhig.

»Können wir vergessen — gibt's nicht mehr«, sagte von der anderen Seite des Tisches her einer, der wie ein Zwerg aussah und zufrieden den Rauch seiner Pfeife vor sich hinblies. MacGowan mochte seinen Blick nicht. Er fand ihn kalt und überheblich.

»Das ist Francis Hooker«, flüsterte Dr. Reisel dem Gouverneur zu. »Da seine Einschätzung der Lage von der aller anderen abweicht, hat er eine eigene Analyse angefertigt.«

MacGowan musterte sein Gegenüber. Hooker seinerseits betrachtete durch seine randlose Brille den Gouverneur, als wolle er ihm zu verstehen geben, daß er Politiker prinzipiell unaussprechlich komisch fände. MacGowan wußte, daß Hookers Ruf als Wissenschaftler unumstritten war. Er war der einzige gewesen, der Washington vor der Gefahr im San-Clemente-Atomkraftwerk gewarnt hatte — kurz bevor es fast außer Kontrolle geriet.

»Was Ihre Analyse betrifft, Hooker«, sagte der Gouverneur, »Sie beurteilen die Lage also anders als Ihre Kollegen — weil diese Ihrer Meinung nach übertrieben haben?«

»Nein. Sie haben untertrieben — stark untertrieben sogar. Meiner Ansicht nach könnte die Druckwelle auch noch San José zerstören, das viele Kilometer außerhalb des eingezeichneten Kreises liegt . . .«

»Und die Strahlung?«

»Da ist natürlich der Wind ein entscheidender Faktor. Bei normalen Verhältnissen um diese Jahreszeit wäre halb Kalifornien in Gefahr.«

»Dann wissen wir also . . .«

»Ich bin noch nicht fertig«, unterbrach ihn Hooker, der erst richtig in Fahrt zu kommen schien. »Die geographische Lage Mittelkaliforniens ist geeignet, die Katastrophe zu maximieren. Sehen Sie, wir haben hier ein langgestrecktes Tal — das San-Joaquin-Tal — mit verstreuten Siedlungsgebieten, die sich bis hin nach Bakersfield ziehen. Bei entsprechender Windrichtung könnte der Fall-Out durch das Tal getrieben werden wie durch einen Kanal, so daß wir auch Fresno und Bakersfield in unsere Betrachtungen einbeziehen müssen . . .«

»Aber das ist ja noch rund vierhundert Kilometer weg . . .«

»Was sagt das schon? Selbst Los Angeles könnte noch in tödlichen Mengen radioaktiv verseucht werden. Falls der Wind jedoch vom Pazifik herkommen sollte, ist zweifellos sogar Reno in Gefahr«, fuhr Hooker fort. »Salt Lake City allerdings dürfte außerhalb der betroffenen Zone liegen . . .«

»Das sind etwa achthundert Kilometer . . .«

»Zum Glück«, sagte Hooker. »Was die Größe des Sprengkörpers betrifft, so bin ich völlig auf Vermutungen angewiesen. Ich könnte Ihnen mehr sagen, wenn ich wüßte, wer ihn konstruiert hat. Das ist ein entscheidender Faktor.«

»Vielleicht kann ich Ihnen da weiterhelfen«, sagte MacGowan langsam, »selbst wenn es sich letzten Endes auch nur um eine Vermutung handelt. Heute früh hat Karpis vom FBI mit Paris telefoniert, um Informationen über LeCat einzuholen.

Die Regierungskreise dort reagierten wie aufgescheuchte Hühner. Vor einer halben Stunde kam ein Anruf von einem François Messmer. Ein Mann vom französischen Geheimdienst. Aus irgendeinem Grund brachte dieser Messmer schon vor ein paar Tagen LeCat mit dem Verschwinden eines französischen Kernphysikers namens Jean-Philippe Antoine in Verbindung . . .«

»Ich kenne Antoines Arbeit«, sagte Hooker. »Ich bin ihm einmal bei einem AEC-Meeting in Wien begegnet. Ich dachte, er sei tot. Er war ein großer Erfinder. Falls er den Sprengkörper konstruiert hat, müssen wir uns auf das Allerschlimmste gefaßt machen . . .«

Am Donnerstag, dem 23. Januar, um 13.00 Uhr ließ MacGowan die Golden-Gate-Brücke sperren. Um 13.30 folgte die Schließung der Bay-Brücke nach Oakland. Eine halbe Stunde darauf ordnete er einen Fahrstopp für den BART — Bay Area Rapid Transport — auf der unteren Fahrbahn an. Um zwei Uhr nachmittags war die Halbinsel, auf der San Francisco liegt, vom Verkehr abgeschnitten, mit Ausnahme der Straßen, die über Palo Alto und San José und die Küste entlang nach Süden führen.

In der offiziellen Begründung für diese beispiellosen Maßnahmen hieß es, in der Stadt befänden sich Komplizen der Terroristen, die die *Challenger* in ihrer Gewalt hatten. Um diese Erklärung glaubhaft erscheinen zu lassen, kontrollierten Polizeisperren auf den südlichen Straßen den Verkehr und durchsuchten alle ›verdächtigen‹ Fahrzeuge nach den fiktiven Männern.

Die Maßnahmen fanden die einstimmige Billigung des Apokalypse-Teams, also auch des Einzelgängers Hooker. »Wenn der Sprengkörper detoniert«, sagte er, »stürzen beide Brücken ein, gar kein Zweifel. Man stelle sich vor, das geschieht zur Hauptverkehrszeit . . .«

Einig waren sich die Experten ferner darüber, daß auch die anderen fünf Brücken der Bucht die ungeheure Detonationswelle nicht überstehen würden. »Die Explosion wird sämtliche Verbindungen zerstören«, stellte Hooker fest. »Was vom Buchtgebiet dann noch übrigbleibt, ist vom übrigen Land isoliert . . .«

Diese verbissenen Individuen mit ihren Brillen, dachte Mac-Gowan, sprechen schon jetzt von der möglichen Katastrophe wie von einem völlig unausweichlichen Ereignis. Ausgelöst hatte den Stimmungswechsel eine Bemerkung von Karpis. Als man wieder einmal darüber diskutierte, ob nicht vielleicht doch eine Abteilung Marineinfanteristen den Tanker im Sturm nehmen solle, widersprach der FBI-Mann mit Nachdruck.

»Ich bin dagegen«, sagte er. »Laut Bericht aus Paris ist LeCat Experte in der Fernzündung von Sprengkörpern durch Funksignal. Ich möchte wetten, daß der Kerl dort auf der Schiffsbrücke jetzt immer einen Miniatursender bei sich hat. Wenn meine Annahme stimmt, braucht er nur auf einen Knopf zu drücken und . . .« .

Bis jetzt war es MacGowan gelungen, daß über die Existenz des nuklearen Sprengkörpers nur ein kleiner Kreis von Eingeweihten Bescheid wußte. Früher oder später würde jedoch zweifellos etwas nach außen durchsickern. Erfuhr LeCat davon, und man mußte damit rechnen, daß er die Meldungen im Rundfunk verfolgte, dann war nicht auszuschließen, daß er den Sprengkörper sofort hochgehen ließ. Das hing ganz davon ab, wie weit sein Fanatismus ging, und darüber wußte man einfach nichts. Völlig offen war auch die Frage, was geschehen würde, wenn sich die Nachricht unter der Bevölkerung verbreitete.

MacGowan war physisch wie psychisch ein Mann von ungeheurer Widerstandsfähigkeit. Dennoch fühlte er sich, obwohl ihm äußerlich nichts davon anzumerken war, von der Last der Verantwortung mehr und mehr erdrückt. Immer wieder wurde erwogen, den Tanker von Marineinfanteristen stürmen zu lassen, doch jedesmal legte der Gouverneur sein Veto ein. »Wir haben ja bereits ein Drei-Mann-Team an Bord. Sicher, im Augenblick halten sich Winter, Cassidy und Sullivan irgendwo vorn unterm Deck versteckt, aber wenn heute abend Nebel kommt haben sie eine Chance . . .«

»Falls San Francisco heute abend noch steht«, fuhr Peretti auf.

Unaufhörlich debattierten sie darüber, ob die Stadt nicht ganz evakuiert werden sollte. Einstimmig befand das Apokalypse-Team, eine solche Aktion sei umgehend in die Wege zu leiten.

»Wenn wir das tun«, sagte MacGowan, »geht es sofort als Sensationsmeldung über den Funk — und dann weiß LeCat, daß *wir* wissen, was er an Bord hat. Und wer garantiert dann, daß er nicht auf den bewußten Knopf drückt . . .«

Inzwischen hatte man beunruhigende Einzelheiten über LeCat in Erfahrung gebracht. Da man von Winter wußte, daß der Franzose früher sowohl in den Vereinigten Staaten als auch in Kanada gelebt hatte, waren umfassende Nachforschungen angestellt worden. Schließlich kam ein Bericht aus Quebec, dem zufolge eine Frau sich zu erinnern glaubt, der Terrorist habe einmal bei ihr zur Untermiete gewohnt, sein Haß gegen die Amerikaner sei grenzenlos gewesen.

Die Erstürmung des Tankers, die Evakuierung der Stadt — beide Entscheidungen wurden hinausgeschoben. Um drei Uhr nachmittags meldete sich LeCat wieder über Sprechfunk und stellte seine endgültige Forderung.

In der Zimmermannswerkstatt unter dem Vorderdeck der *Challenger* wurde es immer unerträglicher. Seit nunmehr vierzehn Stunden waren die drei Männer dort eingeschlossen, und ihr Proviant bestand lediglich aus Vitamintabletten und einer einzigen Wasserflasche, deren Inhalt zur Neige ging. Mit einer Wartezeit von mehreren Stunden hatten sie gerechnet, nicht jedoch mit einer derart langen Frist. Schon jetzt gingen sie einander gründlich auf die Nerven.

Die Bucht war den ganzen Tag über nie völlig frei von Nebel gewesen, und kein einziges Mal hatte Sonne die dichte Wolkendecke über San Francisco durchbrochen. So bot sich den drei Männern keine Gelegenheit, ihr Versteck zu verlassen und sich der Schiffsbrücke zu nähern. Winter, wiederholt durch den Lukendeckel spähend, konnte nur feststellen, daß auf Vorder- und Hauptdeck die Sicht gut war und daß sich nach wie vor auf dem Fockmast ein Posten mit einem Funksprechgerät befand, der inzwischen zweimal abgelöst worden war.

»Das hier ist schlimmer als ein Schützenloch in Korea«, meinte Cassidy, der in der Hocke versuchte, die Durchblutung der Beine zu beleben. »Früher oder später müssen wir es riskieren — mit einem Schuß den Posten auf dem Fockmast unschädlich zu machen, und dann zur Brücke . . .«

»Wir warten besser die Dunkelheit ab«, sagte Sullivan müde. »Bis dahin sind es ja nur noch zwei Stunden. Noch zwei Stunden . . . O Gott . . .«

Zum Glück hatten sie einen leeren Eimer für ihre Notdurft gefunden. Doch der ätzende Uringeruch drang durch das Stück Segeltuch, mit dem sie ihn zugedeckt hatten, und vermischte sich mit der stickigen Luft. Nur wenn Winter für ein paar Minuten den Deckel der Luke hob, wurde es etwas besser.

Sie waren sich einig, daß sie noch warten mußten. Der Posten auf dem Fockmast hätte ihr Auftauchen sofort der Brücke gemeldet, und die Geiseln wären auf der Stelle erschossen worden. Sie mußten warten, bis es dunkel wurde, bis der Nebel kam. Falls er kam.

»Bis spätestens morgen früh um sechs Uhr muß der amerikanische Vertreter bei den Vereinten Nationen die Erklärung abgeben, daß die amerikanische Regierung sechs Monate lang, das heißt bis zum 23. Juli dieses Jahres, dem Staat Israel keine Waffen liefert, keinen einzigen Panzer, kein Geschütz, kein Flugzeug. Bleibt diese Erklärung aus, werden sämtliche Geiseln an Bord der *Challenger* getötet . . .«

Das war LeCats endgültige Forderung. Es war genau drei Uhr. Seine Stimme klang monoton, als lese er das, was er sagte, vom Blatt ab. In MacGowans Büro herrschte atemlose Stille. Jeder der sechs Männer dort wußte, daß das Ultimatum unannehmbar war. Stark, der Vertreter des Außenministeriums, kritzelte etwas auf einen Zettel, den er MacGowan zuschob. Der Gouverneur wischte das Stück Papier ungelesen beiseite. Zufälligerweise stand darauf dieselbe Frage, die er jetzt stellte.

»Was ist mit dem Geld — mit den 200 Millionen Dollar?«

»Auf diese Forderung verzichten wir. Geld interessiert uns nicht. Steht der Greyhound-Bus bereit?«

»Ja. Am Pier 31 . . .«

»Die Boeing 747?«

»Auf dem San Francisco International Airport . . .«

»Mit vollen Treibstofftanks?«

»LeCat, wenn auch nur eine einzige Geisel erschossen wird, nehmen wir den Tanker sofort mit Gewalt . . .«

»O Gott«, murmelte Peretti mit erstickter Stimme.

»Wenn Sie auch nur eine einzige Geisel erschießen«, wiederholte MacGowan noch einmal, »gebe ich Ihre Forderung nicht weiter . . .«

Durch den Lautsprecher kam das Krachen eines Schusses. Die Männer in MacGowans Büro erstarrten. Der Gouverneur saß mit geballten Fäusten da. General Lepke war der erste, der sich wieder faßte. Ruhig griff er nach dem Hörer des Telefons, über das eine direkte Verbindung mit dem Presidio bestand. Durch das offene Bürofenster kam von weither das Heulen eines Nebelhorns. Karpis warf einen Blick auf seine Armbanduhr. Dann knackte es im Lautsprecher.

»Wenn Sie mir noch einmal drohen«, kreischte LeCat, »muß einer dran glauben.«

Seine unverkennbare Hysterie hatte etwas Erschreckendes. Zum zweiten Male war ihm der Bluff mit dem Schuß gelungen. MacGowans Stimme klang fest und aggressiv. Er gab keinen Millimeter nach.

»Bevor ich irgend etwas unternehme — vor allem bevor ich überhaupt daran denke, Ihre Forderung weiterzugeben —, möchte ich noch einmal mit Käpt'n Mackay sprechen . . .«

»Der Mann, der dran glauben muß«, schrie LeCat, »ist Donald Foley. Er arbeitet als Mechaniker im Maschinenraum und ist aus Newcastle in England. Bestellen Sie das seinen Eltern und seiner Frau . . .«

Es kostete MacGowan Mühe, nicht die Selbstbeherrschung zu verlieren. Seine angespannten Gesichtsmuskeln verrieten, daß es in ihm kochte. Doch gleich hatte er sich wieder gefangen und sagte völlig ruhig: »Ich warte . . .«

»Hier spricht Mackay . . .« Die Stimme klang frisch und ausgeruht. Hatte der Kapitän inzwischen ein paar Stunden geschlafen? fragte MacGowan sich verwundert. »Das war ein Schuß in die Luft. Miß Cordell und alle von meiner Mannschaft sind noch am Leben. Es geht uns gut.« Er sprach hastig, als müsse er jede Sekunde nutzen. »Wir hoffen, daß . . .« Was er hoffte, war nicht mehr zu erfahren.

LeCat unterbrach ihn mitten im Satz: »Schluß!« Der Lautsprecher in MacGowans Büro verstummte.

Seit der Sperrung der Golden-Gate-Brücke machte sich in der Stadt wachsende Unruhe breit. Wer in Marin County wohnte, fand sich damit ab, daß er vorläufig nicht nach Hause konnte. Die Fahrt um die Bucht herum war zu weit, außerdem fehlte es an Benzin. Später war auch die Bay-Brücke geschlossen worden. Die Lahmlegung des BART-Systems hatte sich angeschlossen. Da MacGowan voraussah, was auf ihn zukam, hatte er in einem der Seitenbüros den Verkehrsfachmann Lipsky untergebracht. Als der um 14.30 Uhr dem Gouverneur seinen ersten zusammenfassenden Bericht gab, schien ganz San Francisco in Bewegung zu sein: Wer irgend konnte, schien in Richtung Süden zu fahren.

»Es strömt also nur so aus der Stadt?« sagte MacGowan. »Das hätte ich nicht geglaubt.«

»Noch weniger sollte man glauben, daß es auch in die Stadt strömt . . .«

»*In* die Stadt?«

»Ja, auf den Highways 1 und 101. Eine immer größer werdende Fahrzeugschlange, die nach Norden will — in die Stadt rein. Dafür ist den Leuten offenbar nicht mal ihr letztes Benzin zu schade . . .«

Den ganzen Nachmittag über ging das so. Bald jedoch stellte sich heraus, daß die Mehrzahl der Bürger keine Anstalten traf, die Stadt zu verlassen, und auch nicht gewillt war, sich von der Hysterie anstecken zu lassen. Aber dann begann eine neue Phase: Massenweise drängte man zum Ufer, weil man unbedingt den ›Terroristentanker‹ sehen wollte.

Zusammen mit Bürgermeister Peretti reagierte MacGowan sofort. Über Nob Hill hinweg und die gesamte California Street entlang riegelte ein riesiger Polizeikordon die Stadt vom Meer ab. Streifenwagen bildeten Barrieren. Die Van Ness Avenue wurde gesperrt. Weitere Maßnahmen folgten.

Daraufhin strömten die Massen zu den Hochhäusern. Jedes Gebäude, das mehr als zehn Stockwerke hatte und Ausblick auf die Bucht bot, besaß plötzlich eine magische Anziehungskraft. In den Fahrstühlen drängten sich Männer und Frauen, die zu den oberen Etagen wollten. Am begehrtesten waren natürlich die höchsten Gebäude, deren Fenster auf die Bucht hinausgingen. Sofort ordnete MacGowan an, die Hochhäuser für Fremde zu schließen.

Doch wenn Menschen sich etwas in den Kopf setzen, ist ihre Erfindungsgabe unerschöpflich. Wer es sich leisten konnte, nahm sich ein Hotelzimmer. »Natürlich mit Blick auf die

Bucht . . . so hoch wie möglich.« Immer wieder fand man neue Tricks und Schliche, und die allgemeine Neugier erreichte einen Höhepunkt, als es sich herumsprach, daß die Terroristen ihre letzte Forderung bekanntgegeben hatten; LeCat hatte die Nachrichtenagentur UP per Funk darüber informiert.

Mit jeder Meldung, die ihm auf den Tisch flatterte, wurde MacGowans Gesicht verbissener. Als die Brücken gesperrt worden waren, hatte er gehofft, die Leute würden die Stadt verlassen. Statt dessen strömten jetzt immer größere Massen nach San Francisco herein. Und der Gouverneur wagte es nicht, sie in einem öffentlichen Aufruf zur Änderung ihres Verhaltens aufzufordern. Wenn LeCat in den Rundfunknachrichten davon erfuhr, schöpfte er womöglich Verdacht, und wer weiß — vielleicht drückte er dann auf den Knopf . . .

Weit von San Francisco entfernt, fuhren die britischen Supertanker *York* und *Chester* durch die Meerenge von Hormus. Den Golf von Oman hinter sich lassend, dampften sie in den Persischen Golf und hielten auf die saudiarabische Küste zu. Auf Deck befanden sich noch immer die großen Kisten, die den amerikanischen Spezialisten bei der Auswertung der Fotos Kopfzerbrechen bereitet hatten. Etwas war auffällig an der scheinbar so friedlichen Fahrt der beiden Supertanker: Mit einer Geschwindigkeit von siebzehn Knoten fuhren sie durch die Dunkelheit — ohne Positionslichter.

Etwa eine Stunde, nachdem LeCat seine endgültige Forderung bekanntgegeben hatte, hörte Scheich Gamal Tafak in Baalbek die Meldung in den Nachrichten. Sofort griff er zum Telefonhörer. Er berief sämtliche Ölminister des Nahen Ostens zu einer Sondersitzung der OAPEC (der Organisation der arabischen Erdölländer) ein. Der dramatische Höhepunkt begann.

Am Donnerstag, dem 23. Januar, begann es in San Francisco um 17.10 Uhr zu dunkeln. Um dieselbe Zeit flammten oben am Fockmast der *Challenger* die Lichter auf, die den vorderen Teil des Schiffes beleuchteten. Innerhalb weniger Minuten wurde MacGowan darüber informiert. Er verständigte sofort General Lepke.

»Das bedeutet, daß unser Drei-Mann-Team nur im Falle

dichten Nebels ungesehen zur Kommandobrücke gelangen kann.«

Der Bericht vom Wetteramt gab keinerlei Aufschluß. Einerseits, hieß es, spreche einiges dafür, andererseits auch wieder einiges dagegen, daß es Nebel geben könne. »Und dritterseits?« fragte MacGowan wütend den Beamten, der ihm die Meldung telefonisch übermittelte. »Was für ein Glück, daß Eisenhower euch nicht bei der Invasion mit dabei gehabt hat.«

Der Gouverneur war übler Laune. Im Nebenraum telefonierte Stark mit Washington. Gleich würde er wieder mit einer ganzen Liste neuer Ratschläge zurückkommen, mit denen MacGowan nichts anfangen konnte. Außerdem mußte der Gouverneur nun zum dritten Male mit Major Peter Russel, dem britischen Militärattaché in Washington, konferieren, der sich zu allem Überfluß auch noch im Transamerica-Gebäude einquartiert hatte. Irgend etwas an seinem Verhalten kam MacGowan merkwürdig vor. Daß Russel als Verbindungsmann zum britischen Botschafter in Washington fungierte, war dem Zufall zuzuschreiben, daß er gerade an der Westküste weilte, als die *Challenger* in die Bucht einlief.

»Ich nehme an«, bemerkte der Major, »daß Ihre Taktik darin besteht, die Verhandlungen so lange wie möglich hinauszuziehen, in der Hoffnung, daß sich für Sie vielleicht eine günstige Situation ergibt.«

»Wir tun alles, was wir können, um das Leben der Geiseln zu retten«, erwiderte der Gouverneur.

»Und wir sind Ihnen dafür sehr zu Dank verpflichtet.« Russel schwieg einen Augenblick und sah zu General Lepke hin. »Vermutlich wird es noch Tage dauern — oder könnte es sein, daß uns das Ganze vielleicht schon heute nacht um die Ohren fliegt?«

Uns um die Ohren fliegt? MacGowan ließ sich von seiner Überraschung nichts anmerken. Russel konnte unmöglich wissen, daß sich an Bord des Tankers ein nuklearer Sprengkörper befand. Doch vielleicht war das nur so eine Redensart. Trotzdem konnte sich MacGowan des Gefühls nicht erwehren, daß dem britischen Offizier bei aller Sorge um seine Landsleute auf dem Tanker in der Hauptsache daran gelegen war, daß sich die Verhandlungen noch einige Tage hinzogen.

Um sieben Uhr abends hörte MacGowan, der in den letzten vierundzwanzig Stunden nur hin und wieder einmal ein paar Minuten geschlafen hatte, daß, was er befürchtet hatte, eingetreten war: In der Stadt machte sich das Gerücht breit, an Bord des Tankers, der eine halbe Meile vom Pier 31 entfernt vor Anker lag, befände sich ein nuklearer Sprengkörper.

Alarmiert wurde der Gouverneur durch eine Telefonistin, die sich den langweiligen Nachtdienst damit vertrieb, Gespräche abzuhören. Sie gab vor, einen wichtigen Anruf zu vermitteln (»Er will nur mit dem Gouverneur persönlich sprechen«), und so kam MacGowan an den Apparat.

»Sie müssen nicht denken, daß ich Gespräche abhöre«, erklärte sie, »aber ich habe gerade mitgekriegt . . .«

»Schießen Sie los«, unterbrach sie MacGowan ungeduldig.

»Na ja, das ist so.« Sie stockte unwillkürlich. »Es wird wie verrückt herumtelefoniert, viel mehr als sonst um diese Zeit — und alle sagen, daß auf dem britischen Tanker da draußen in der Bucht eine Atombombe ist . . .«

»Alle?«

»Als ich das zuerst so zufällig mitkriegte, hab' ich noch bei andern Gesprächen ein bißchen mit reingehört.«

MacGowan dankte und kommentierte, es handle sich nur um ein lächerliches Gerücht, weiter nichts. Aber dann stürzte Polizeikommissar Bolan atemlos herein. Aus allen Teilen der Stadt käme eine Sturzflut von Meldungen: Eine Art Massenexodus war in Gang, im Augenblick beschränkte er sich noch auf bestimmte Bezirke, doch griffe er bereits weiter um sich.

Die Massenflucht begann tumultuarisch in den übervölkerten Vierteln von Telegraph Hill, unterhalb des Gipfels, wo Reiche für ihre Häuser mit der weiten Aussicht über die Bucht ein Vermögen bezahlt hatten. Jetzt, mit Aussicht auf den ankernden Tanker, erschien alles als pure Fehlinvestition. Hier verlief die Flucht ruhiger. Die Bewohner verstauten alle greifbaren Wertgegenstände in ihren Autos und fuhren Nob Hill hinauf, zur California Street, an der Barrikaden errichtet worden waren. Man ließ alle durch, aber niemand durfte mehr zurück. Eine Frau, die in der Eile den verkehrten Schmuckkasten — den mit den Imitationen — mitgenommen hatte, schrie hysterisch auf einen Polizeibeamten ein. »Ich muß zurück — in meinem Schlafzimmer liegt ein Vermögen . . .«

»Lady, was nützen Ihnen Ihre Diamanten in der Leichenhalle?« fragte der Polizist.

Es gab auch Leute, die einen kühlen Kopf behielten und die Lage ausnutzten. Ein Tankwagen, der vor der Errichtung der Barrikaden in einer Garage der California Street geparkt hatte, fuhr jetzt die unteren Hänge des Russian Hill entlang. Im Fahrerhaus saßen drei bewaffnete Männer, die nach teuren Autos Ausschau hielten. Sie brauchten nicht lange nach Opfern zu suchen. Ein Mann lud gerade eine antike Vase in seinen Cadillac. Der Fahrer des Tankwagens bremste und steckte den Kopf durch das Fenster. »Brauchen Sie Benzin?«

»Im Tank sind nur noch vier Liter. Aber sicher haben Sie keinen Benzinschlauch . . .«

»Wir haben alles, was wir fürs Geschäft brauchen«, sagte der Fahrer rauh. »Beste Qualität . . .«

»Wieviel verlangen Sie?«

»Zehn Dollar pro Liter. Sie haben von der Atombombe gehört?«

»Na, was glauben Sie, warum ich von hier weg will? Ich geb Ihnen fünf Dollar . . .«

Der Fahrer zog wortlos den Kopf zurück und lockerte geräuschvoll die Bremse. Sofort lief der Mann auf das Fenster zu und schrie: »Warten Sie doch. Zehn ist okay, zehn ist okay . . .«

Was tut man, wenn man vielleicht nur noch ein paar Stunden zu leben hat? Der Versicherungsvertreter Arthur Snyder wußte, daß er keine Chance hatte, die Stadt zu verlassen: Sein Auto stand irgendwo in einer Reparaturwerkstatt. Seine ewig keifende Frau war oben im Schlafzimmer und schrie: »Unternimm doch etwas, du Niete, mach doch endlich was . . .« Er ließ die Haustür hinter sich ins Schloß fallen und ging den Hügel hinunter. Gut, daß Linda, seine Geliebte, in derselben Straße wohnte.

Er drückte auf die Klingel. Linda öffnete vorsichtig die Tür. Sie war noch im Pyjama und Morgenrock, offenbar wollte sie früh ins Bett. »Wer ist da . . .?«

»Ich, Art. Laß mich hinein . . .«

Von der Atombombe schien sie noch nichts gehört zu haben,

sonst hätte sie sicher anders reagiert, verängstigt, hysterisch. Er trat ein und drückte die Tür hinter sich zu. »Art . . .« Verwirrt sah Linda ihn an, als er gleich im Korridor über sie herfiel und sie fast buchstäblich vergewaltigte. Doch ihr erschrockenes Keuchen schlug schnell in Lust um, als er sie gegen die Wand preßte. Arthur Snyder hatte blitzschnell geschaltet. Wenn er ihr etwas von der Atombombe sagte, verdarb das todsicher den Spaß. Also erst ficken, das andere hatte Zeit . . .

Haight-Ashbury und die Western Addition kamen in Bewegung. Haight-Ashbury ist für San Francisco, was das East End für London ist. Hier war die Panik brutaler. Aber es war derselbe Selbsterhaltungstrieb wie auf dem Telegraph Hill, der die Menschen ergriff. Er hatte nur ein anderes Gesicht. Ein überfüllter Greyhound-Bus fand die Straße durch quergestellte Laster versperrt; offenbar war ihnen das Benzin ausgegangen. Der Busfahrer stand auf, öffnete die Tür und sah sich einem Mann gegenüber, der einen 45er Colt in der Hand hielt. »Raus!« Der Fahrer protestierte. Der Mann schoß ihm in den Bauch und sprang dann rasch beiseite, als der Schwerverwundete auf ihn zutorkelte und auf den Gehsteig stürzte. Dann stieg der Bewaffnete ein.

»Wir brauchen den Bus. Also raus mit euch — alle! Wer sich weigert, dem geht's wie dem Fahrer . . .«

Erschrocken drängten die Passagiere zum Ausgang. Unten auf dem Gehsteig wurden sie von einer Gruppe übel aussehender Halbstarker in Empfang genommen, die ein Spalier bildeten. Man riß ihnen das Gepäck und die Armbanduhren weg. »Ja, verdammt noch mal, das geht doch nicht . . .« protestierte ein Mann. Eine Eisenstange krachte auf seinen Schädel. Er schlug lang hin, und noch während er fiel, packte jemand seinen Koffer. Der erschlaffte Körper wurde beiseite gezerrt.

Die Flut der Meldungen riß nicht ab, als das Aktionskomitee wieder in MacGowans Büro tagte. Doch während die anderen sprachen, blieb der Gouverneur diesmal stumm. Er grübelte über die Entscheidung nach, die es zu treffen galt. Ein Stück von ihm entfernt behielt Karpis den Bildschirm des Fernsehers im Auge für den Fall, daß eine wichtige Nachricht kam. Wieder einmal glitten die Kameras über die angestrahlte Boeing 747 auf dem International Airport von San Francisco. »Das ist die Fluchtmaschine . . .« Dann wurde zum Pier 31 umgeschaltet, wo der Greyhound-Bus mit den schwarzgestrichenen Fenstern wartete. »Das ist der Fluchtbus, der für die Terroristen bereitsteht ...« Zum Schluß sah man noch das große Polizeiboot, das am Ende der Pier vertäut war. MacGowan kam es vor wie ein Leichenwagen.

Bereits nach wenigen Minuten hatte er seine Entscheidung getroffen — es gab keine Alternative. San Francisco war eine Stadt im Belagerungszustand. Schon vor Stunden waren alle Schiffe, die den Hafen anlaufen wollten, umdirigiert worden — nach Kanada, nach Seattle, nach Los Angeles. Kein Flugzeug landete mehr in San Francisco. Auf der Ostseite der Bucht hatte man den gesamten Zugverkehr lahmgelegt.

Das Problem war einfach, die Lösung unendlich schwierig. Falls LeCat erführe, daß man über die Existenz des nuklearen Sprengkörpers auf der *Challenger* Bescheid wußte, bestand die Gefahr, daß er sofort auf den Knopf drückte. Manchmal hinkten die Nachrichtensendungen zwar hinter der Aktualität her, außerdem hatte MacGowan inzwischen die lokalen Rundfunk- und Fernsehsender persönlich gebeten, die bewußte Meldung nicht zu bringen. Doch lange ließ sich das nicht verhindern ... Irgendwann griff jemand die Sensation ja doch auf.

»Ich habe entschieden, Gentlemen«, sagte MacGowan plötzlich.

»Es muß gemacht werden.«

»Das könnte eine Panik auslösen«, sagte Peretti.

»Die haben wir bereits. Jede Minute, die wir gewinnen, erhöht die Chance, daß Cassidy und die beiden anderen es vielleicht doch noch schaffen ...« MacGowan ordnete für ganz Mittelkalifornien eine totale Stromsperre an. Die Nachrichtenverbindungen waren lahmgelegt.

Kurz bevor die Bildschirme dunkel wurden, kam eine Reuter-Kurzmeldung durch.

Wie wir soeben erfahren, sind in Rumänien russische Luftlandeeinheiten an Bord ihrer Maschinen gegangen ...

»Die Verhandlungen zwischen LeCat und den amerikanischen Behörden werden scheitern ... es wird heißen, amerikanische Marineinfanteristen hätten versucht, das Schiff zu stürmen ... alle Geiseln werden sterben.«

Äußerungen des Scheichs Gamal Tafak vom 15. Januar auf einem Treffen mit arabischen Terroristenführern.

»Lassen Sie sofort das Boot mit den Marineinfanteristen, das auf die *Challenger* zuhält, umkehren, oder die Geiseln müssen dran glauben! Ich sage Ihnen, MacGowan, ich knalle sie alle ab und schmeiß die Leichen aufs Boot runter ... Hören Sie mich? Hören Sie mich? Hören Sie mich?«

Es war die Stimme eines Rasenden, eines völlig Übergeschnappten, die im Büro des Gouverneurs aus dem Lautsprecher kam. MacGowan lief es, gleich als er LeCat hörte, kalt über den Rücken. Nichts von Verhandlungen, nichts von Forderungen – nur diese rasenden Tobsuchtsausbrüche eines völlig Wahnsinnigen ...

Bei der ersten Erwähnung des Marinebootes ging General Lepke ins Nebenzimmer und griff zum Telefon. Zwar lagen in einem strategisch geschützten Ort, hinter der Alcatraz-Insel, Sturmlandefahrzeuge mit Marineinfanteristen bereit, aber das war außerhalb des Sichtbereichs des Tankers. Sie konnten weder in die Bucht ausgelaufen noch dort gesichtet worden sein. Der General war sichtlich erregt, als er mit dem Presidio sprach und bat, die Sache zu klären. Er werde solange warten.

Als er kaum zwei Minuten später ins Hauptbüro zurückging, hörte er aus dem Lautsprecher das Krachen eines Schusses. LeCat, dieses sadistische Schwein, bluffte zum drittenmal. Das Spiel machte ihm offenbar unbändig Spaß. Lepke wollte etwas sagen, doch MacGowan, den Blick starr auf dem Lautsprecher, gab ihm ein Zeichen zu schweigen.

Eine Stimme kam über den Lautsprecher, fassungslos, niedergeschlagen. Es war Mackay.

»Foley ist erschossen worden ...«

Lepke kritzelte etwas auf einen Schreibblock, den er MacGowan zuschob. Der Gouverneur warf einen kurzen Blick drauf. *Kein Boot der Marineinfanterie hat seinen Standort verlassen. LeCat kann deshalb auch keins gesehen haben.*

Wieder Mackays gebrochene Stimme: »Sie schieben seine Leiche durch das Brückenfenster ... er stürzt hinunter ...« Der Klang der Stimme veränderte sich zu einem erstickten Schrei, Schmerz und Wut zugleich. »Nein! Nein, nicht noch einmal ...« Dann ein Scharren und Stampfen, wie bei einem

Handgemenge, und LeCats Stimme. »Bleiben Sie, wo Sie sind, Bennett... oder wir knallen Mackay ab...« Abermals ein Schuß, direkt am Apparat und eine andere, jüngere Stimme.

»Sie haben Wrigley erschossen... den Steward... diese Schweine. Verdammt, MacGowan, stürmen Sie das Schiff, bevor es zu spät ist...« Ein dumpfes Geräusch, dann ein Stöhnen, die Stimme brach ab. Der Sprecher war offenbar niedergeschlagen worden. Dann krachte es plötzlich Schuß auf Schuß, wie wenn ein ganzes Magazin leergeschossen worden wäre. Lepke kritzelte wieder etwas aufs Papier. *Das Schiff stürmen!* MacGowan schüttelte den Kopf. Zwei Tote, aber noch waren siebenundzwanzig Geiseln am Leben, falls die Salve nicht... LeCat meldete sich wieder.

»Das eben waren nur Warnschüsse. Mackay!«

Jetzt kam wieder Mackays Stimme. Sie klang gefaßter. »Sie haben Foley und Wrigley erschossen. Die anderen Schüsse sind in die Luft gegangen. Siebenundzwanzig von uns leben noch. LeCat sagt, er wird nicht mehr schießen...«

»Vorläufig nicht!« schaltete sich LeCat ein. »Das Boot mit den Marineinfanteristen hat abgedreht. Wenn es nicht zurückkommt, sind die Geiseln sicher. Ich habe Sie gewarnt, MacGowan, ich habe Sie immer wieder gewarnt...«

»Kein Boot hat sich der *Challenger* genähert«, sagte MacGowan mit sehr beherrschter fast monotoner Stimme. Ließ er sich jetzt gehen, so konnte das für den unberechenbaren, wenn nicht unzurechnungsfähigen LeCat der letzte Anstoß sein. »In der ganzen Bucht gibt es jetzt kein einziges Boot. Die Hafenbehörde hat ein generelles Auslaufverbot verhängt.«

»Sie lügen! Sie wollten mich auf die Probe stellen! Hätte ich die Männer nicht erschossen, wäre die *Challenger* von Ihren Marineinfanteristen gestürmt worden! Die beiden Männer hat niemand anderer auf dem Gewissen als Sie...«

MacGowan saß stumm da, mit ausdruckslosem Gesicht, während LeCat weiter vor Wut schäumte. Nein, dachte er, wie die Stimme eines Wahnsinnigen klingt das eigentlich nicht. Aber er ist maßlos. Das ist der Typ eines fanatischen Terroristen, der, wenn es um die Macht geht und er einen Vorteil für sich wittert, vor keiner Brutalität zurückschreckt.

LeCat beruhigte sich überraschend schnell und nahm wieder

Vernunft an. Der Umschwung war so abrupt, daß er etwas Entnervendes hatte.

»Warum sind rund um die Bucht die Lichter ausgegangen?«

»Ein weitreichender Stromausfall . . .«

»Steht der Bus am Pier 31 für uns bereit?«

MacGowan ballte die Fäuste, seine Fingernägel schnitten in die Handflächen. »Schon seit Stunden«, sagte er ruhig.

»Und die Boeing? Auf dem Flughafen?«

»Auch. Wie der Bus . . .«

»Wird in Washington über meine Forderung beraten?«

»Der Präsident hat das Kabinett zu einer Sondersitzung einberufen . . .« Erst mal den Kerl beschwichtigen, überlegte MacGowan, seinem aufgeblähten Ich-Gefühl schmeicheln, ihn ablenken, auf andere Gedanken bringen: noch sind siebenundzwanzig Geiseln, zumindest vorläufig, am Leben.

Ohne ein weiteres Wort schaltete LeCat ab, und gerade das wirkte irgendwie beunruhigend.

In der atemlosen Spannung fiel zunächst keinem der Männer im Büro auf, daß MacGowans Sekretärin hereingekommen war. Sie legte ein Blatt Papier auf den Tisch, den Wetterbericht.

Endlich trat ein, worauf alle gehofft hatten. Der Nebel kam wieder. Am Mile-Rocks-Leuchtturm vorüber (von wo die Meldung durchgegeben wurde) drang er in den Golden Gate Channel vor, kroch unter der Brücke hindurch und breitete sich langsam über der Weite der Bucht aus: zuerst nach Norden hin, die Küste entlang, und dann auch immer weiter nach Süden und Osten auf die Alcatraz-Insel zu, schließlich zu der Stelle, wo die *Challenger* eine halbe Meile vom Pier 31 entfernt vor Anker lag. Bald mußte der Nebel das Schiff erreichen, zuerst das Vorderdeck, der Richtung nach zu urteilen.

Winter, vollends verdreckt und mit starkem Bartansatz, hatte den Lukendeckel einige Zentimeter hochgestemmt, als er den ersten Schuß hörte. Sekunden später glaubte er, einen dumpfen Aufprall zu vernehmen: als sei ein Körper auf das Hauptdeck herabgestürzt. Einbildung, dachte er, doch dann krachte ein zweiter Schuß, dem die Salve folgte. Instinktiv duckte er sich, einen Augenblick lang glaubte er, man feuere auf ihn. Er spürte, wie Cassidy ungeduldig an seinem Bein zerrte.

Der Engländer wartete noch einige Sekunden, schloß die Luke und stieg die Leiter hinunter.

»Noch nicht . . .«

»Was, zum Teufel, geht da vor?« wollte der Amerikaner wissen. »Erschießen die etwa die Geiseln? Verdammt noch mal, es wird Zeit, daß wir etwas unternehmen . . .«

»Noch nicht«, wiederholte Winter. »Auf dem Fockmast sind die Lichter an, der Posten ist noch auf seinem Platz, und es ist noch kein Nebel da . . .«

»Ich bin mit Cassidy einer Meinung«, sagte Sullivan. »Die Sache gefällt mir nicht . . .«

»So, die Sache gefällt Ihnen nicht!« explodierte Winter. »Meinen Sie etwa, mir gefällt sie? Vermutlich haben sie gerade zwei Geiseln erschossen, um MacGowan zu zeigen, wie ernst es ihnen ist. Aber wenn wir den Strich unter die Rechnung machen, dann heißt das immerhin: Siebenundzwanzig Geiseln sind noch am Leben . . .«

»Und die Salve?« fragte Cassidy scharf.

»Ging sicher durchs Fenster in die Luft, es klang viel lauter als die ersten Schüsse. Wir sind nur drei Mann, und wenn wir was unternehmen, muß es auf Anhieb klappen, oder wir sind tot — und die Geiseln auch. Seit über achtzehn Stunden stekken wir jetzt in diesem stinkenden Loch, da können wir es auch noch ein bißchen länger aushalten . . .«

Die Zimmermannswerkstatt hatte sich tatsächlich in ein stinkendes Loch verwandelt. Der ätzende Gestank des Urins vermischte sich mit dem säuerlichen Schweißgeruch. Die drei Männer strotzten vor Schmutz, litten unter dem Durst und waren todmüde. Was immer sie draußen erwarten mochte, schlimmer als diese gottverdammte Jauchegrube konnte es nicht sein.

Etwa fünf Minuten vergingen. Dann sah Winter noch einmal zur Luke hinaus. Als er die Leiter herunterkam, schüttelte er den Kopf, doch Sullivan glaubte, in seinen Zügen eine Veränderung bemerkt zu haben. »Ist etwas los?«

»Warten wir noch ein paar Minuten ab.«

»Komm sofort zurück zur Brücke, André . . .«

Nachdem er den Posten vom Fockmast zurückbeordert hatte, legte LeCat das Funksprechgerät auf den Tisch, der seit einiger

Zeit im Brückenraum stand. Hier nahm der Franzose seine Mahlzeiten ein, hier hielt er sich ständig auf. Seit die *Challenger* in die Bucht eingelaufen war, hatte LeCat so wenig geschlafen wie MacGowan, und wie der Gouverneur wirkte er übernächtig. Er hatte verquollene Tränensäcke, doch die Augen waren hellwach.

In einer Stunde wollte LeCat mit seinen Leuten das Schiff verlassen. Er warf einen Blick auf den Miniatursender, der neben dem Funksprechgerät auf dem Tisch stand. Das war die letzte Aufgabe, die ihm blieb, ehe sie den Tanker verließen: den Schalter zu betätigen, der den Zeitzünder in Gang brachte. Wie Winter und die beiden Männer unter dem Vorderdeck wartete der Franzose darauf, daß dichter Nebel das Schiff umhüllte. In seinem Schutz konnten sie entkommen. Das Schlauchboot mit dem Außenbordmotor stand auf dem Hauptdeck bereit.

Wie LeCat hatten die meisten Terroristen bereits Schwimmanzüge an. Einige der Männer standen auf der Brücke herum, düstere Gestalten im trüben Licht, das vom Kompaßhaus herunterkam. Ansonsten lag die Brücke im Dunkeln. LeCat war zufrieden, sein Plan ging auf. Die Erschießung der beiden Geiseln würde MacGowan mit Sicherheit von einem Angriff abhalten — er mußte auf die übrigen sechsundzwanzig Geiseln Rücksicht nehmen. Sechsundzwanzig waren es, nicht siebenundzwanzig. Nur LeCat wußte, daß Monk — der Mann, den er über Bord gestoßen hatte — tot war.

Die Fahrt zu dem Wasserflugzeug, das in Richardson Bay auf sie wartete, würde eine Viertelstunde dauern. Aber vorher mußte die gesamte Crew in die Tageskajüte gebracht werden. Dort sollte es dann geschehen. LeCat sah sich auf der Brücke um. Mackay stand, die Hände auf dem Rücken, am Fenster und beobachtete, wie sich der Nebel näher heranschob. Bennett, der MacGowan über Sprechfunk zugeschrien hatte, daß Wrigley erschossen worden war, lag noch bewußtlos neben dem Steuerrad.

Als André Dupont, der Posten vom Fockmast, auf die Brücke kam, warf LeCat noch einmal einen vergewissernden Blick auf die Armbanduhr.

Betty Cordell war soweit. Sie hatte sich vorn die Bluse aufgeknöpft und ihre Brüste entblößt. Los, fang an! sagte sie sich! Denk nicht erst darüber nach, sonst tust du es nie. Sie ging zur Kabinentür und begann, an der Klinke zu rütteln. »Kommen Sie! Kommen Sie, bitte schnell! Kommen Sie doch endlich! Um Himmels willen, machen Sie die Tür auf . . .«

Hysterisch, panisch — so mußte ihre Stimme auf den Posten draußen auf dem Gang wirken. Er suchte nach dem Schlüssel und rief etwas auf französisch zurück. Betty Cordell verstand seine Worte nicht, weil ihr eigenes Geschrei, man sollte endlich die Türe öffnen, sie übertönte. Vielleicht glaubte er, in ihrer Kabine sei Feuer ausgebrochen.

Er stieß die Tür auf, die Pistole nachlässig in der Hand. Es war ja nur eine Frau, gut genug für die Küche oder fürs Bett, Angst brauchte er keine vor ihr zu haben. Er trat ein, blieb aber plötzlich stehen und starrte auf ihre nackten Brüste. Im selben Moment schleuderte sie ihm den offenen Pfefferstreuer ins Gesicht, der noch mit den Essensresten auf einem Tablett stand. Er bekam das Pulver in die Augen, schrie auf und ließ die Pistole fallen. Beide Hände gegen die wie Feuer brennenden Augen gepreßt, torkelte er hinaus.

Betty Cordell griff nach der Weinflasche, die LeCat zurückgelassen hatte. Sie hatte nie daran gedacht, sie aufzumachen. Mit ihrem vollen Gewicht war sie eine tödliche Waffe. Die Amerikanerin schlug mit ihrer ganzen Kraft dem Posten die Flasche über den Kopf. Die Wucht des Schlages war so groß, daß die Flasche zersplitterte.

Der Mann stürzte zu Boden. Die Journalistin sah, daß sie ihm den Schädel zerschmettert hatte. Das Blut und der Wein auf seinem Gesicht rannen ineinander. Einen Augenblick stand Betty Cordell bewegungslos da. Sie hatte nur einen Gedanken: ob er sich auch wirklich nicht mehr bewegte. Sie bückte sich und schleifte ihn durch ihre Kabine ins Bad. Dort ließ sie ihn liegen. Dann lief sie zurück und schloß die Kabinentür. Der Entschluß zum Handeln war ihr gekommen, als sie die Schußsalve gehört hatte. Sie durfte keine Zeit mehr verlieren.

Sie knöpfte sich die Bluse zu und schlüpfte in ihre Jacke. Dann zog sie unter dem Bettzeug das Gewehr hervor, das sie bereits zusammengesetzt hatte. Wieder öffnete sie die Kabinentür. Der Gang war leer, der Schlüssel steckte noch von außen in der Tür. Ohne es zu wissen, hatte Betty Cordell sich den günstigsten Augenblick ausgesucht — LeCat hatte gerade die meisten Posten zur Brücke abkommandiert.

Sie zog die Tür hinter sich zu, schloß ab, steckte den Schlüssel ein. Das Armalite-Gewehr in beiden Händen, ging sie langsam den Gang entlang und lauschte. Ihr Ziel war die Brücke. Dort — dessen war sie sich sicher — würde sie LeCat finden.

Winter stand neben der Luke, als die anderen beiden Männer ihm von unten her folgten. Der Nebel war inzwischen sehr dicht. Wie ein dicker Teppich lag er über dem Schiff. Vorsichtig, einer nach dem anderen, kletterten die Männer vom Vorderdeck zum Hauptdeck hinab. Ihre DeLisle-Karabiner waren schußbereit, und Winter hatte sich die Rauchpistole in den Gürtel gesteckt.

Den Laufsteg vermieden sie. Statt dessen hielten sie sich dicht an der Reling der Backbordseite. Das einzige Geräusch in der fast undurchdringlichen Dunkelheit war das Klatschen des Wassers gegen den Rumpf des Tankers. Sie bewegten sich möglichst lautlos. Wenn man schon nichts sah, vielleicht konnte man wenigstens ein paar Geräusche hören, die über die Lage auf der Brücke Aufschluß gaben.

Plötzlich tauchte ein undeutlicher Umriß aus dem Nebel auf. Es war der Ladebaum auf der Backbordseite. Das hieß, daß sie sich bereits in unmittelbarer Nähe der Brücke befanden, die noch von grauen Schwaden verhüllt wurde. Winter wartete, bis Cassidy dicht hinter ihm war, dann hängte er sich den Karabiner über die Schulter und zog die Rauchpistole aus dem Gürtel. Der Nebel wurde jetzt dünner, schien für Augenblicke aufzureißen, und hoch über sich sahen die Männer wie einen Schatten den Brückenaufbau.

Es waren kaum mehr als zehn Meter von ihnen bis zur Brücke, doch diese zehn Meter waren eine Todesfalle. Wenn sich einer der Terroristen da oben jetzt zufällig aus dem Brückenfenster beugte, waren sie bei dem dünner werdenden Nebel geliefert. Man konnte sie abknallen wie die Kaninchen. Und da oben wartete zweifellos nicht bloß *ein* Terrorist. Vermutlich war LeCat selbst dort. Cassidy zupfte Winter am Ärmel und zeigte auf etwas hin. Keine zwei Schritte vom Fuß der Brücke weg lag ein in sich zusammengesackter Körper: Foleys Leiche.

Winter zog die Pistole aus dem Gürtel und zielte bedächtig. Den linken Unterarm als Stütze verwendet, richtete er den Lauf auf das Zentrum der Brücke. Hoch über ihm konnte er sie nur als verschwommenen Umriß erkennen. Sein Schußwinkel war sehr steil. Er erinnerte sich an Cosgrove Manor, wie er bei einer Übung etwa mit demselben Winkel das Dach eines Hauses anvisiert hatte. Doch Cosgrove Manor war viele tausend Kilometer entfernt und lag unendlich lange zurück.

Er zielte sehr ruhig. Dann feuerte er die Pistole ab ... Er hörte das Geschoß oben gegen die Brücke prallen. Schwarze Rauchschwaden stiegen auf und breiteten sich wie ein undurchdringlicher Vorhang vor den Brückenfenstern aus. Cassidy stürzte an Winter vorüber und schoß dreimal in Richtung Brückennock, wo die Köpfe von zwei Männern aufgetaucht waren. Einer von ihnen kippte vornüber und schlug derart vor den Füßen des Amerikaners aufs Deck. Der Colonel wartete mit angelegtem Karabiner. Genau wie er es erwartet hatte, war der zweite dumm genug, sich noch einmal aus dem Fenster zu lehnen. Cassidy drückte ab, und der Mann verschwand, nach hinten fallend, aus seinem Blickfeld.

Alles ging so rasch wie ein Film im Zeitraffertempo. Verwischte Bilder. Sullivan hastete eine Leiter hinauf. Drei von den Brückendecks waren vom Rauch verhüllt. Cassidy verschwand über die Kajütentreppe im trüben Dunst. Immer wieder krachten Schüsse. Durch das Trommelfeuer wurde das Schiff auf furchtbare Weise lebendig.

Winter, der über eine andere Leiter nach oben gelangt war, stieß in einem Gang auf einen Terroristen, der sofort die Hände hob. Trotzdem jagte ihm Winter zwei Kugeln durch die Brust. Er hielt sich strikt an MacGowans Anweisung: »Keine Gefangenen machen. Das würde uns gerade noch fehlen, irgendein Prozeß, wo so ein schmieriger Winkeladvokat über diese Schweinehunde Krokodilstränen vergießt. Alle abknallen ...«

Der Engländer rannte den Gang entlang. Er wollte zur Tageskajüte, wo die meisten Gefangenen waren. Um eine Ecke biegend, gelangte er zum Eingang. Ein Terrorist — Lomel, vermutete Winter — hatte gerade die Tür aufgestoßen. Die unbewaffneten Geiseln waren ihm hilflos ausgeliefert ...

Winter verpaßte ihm zwei aus seiner 45er Pistole. Lomel

wurde zur Seite gerissen und gegen eine Wand geschleudert, dann ging er zu Boden. Winter sprang über ihn weg und lief weiter ...

Betty Cordell bewegte sich so leise und vorsichtig, als spüre sie einem Wild nach, von dem sie nicht genau wußte, wo es sich befand. Sie ließ sich kein Geräusch entgehen. Doch das Schiff wirkte eigentümlich still. Die Gänge waren überall leer. Fast schien es, als hätten Terroristen und Crew den Tanker längst verlassen. Langsam stieg die Amerikanerin die Kajütentreppe hinauf. Sie hatte sich für den längeren Weg entschieden, um von Steuerbord her zur Brücke zu gelangen.

Das Magazin ihrer Armalite .22 hatte zehn Schuß. Die Munition bestand aus Hohlpunktpatronen von großer Durchschlagskraft. In der Jackentasche hatte Betty Cordell noch zwei volle Reservemagazine.

Als sie oben war, kam sie wieder in einen leeren Gang. Wo waren nur die Wachtposten? Hoffentlich rannte sie nicht einem über den Weg, wenn sie am wenigsten darauf gefaßt war. Unwillkürlich umspannten ihre Hände das Gewehr fester. Dann hörte sie Schüsse, in rascher, unregelmäßiger Folge. Sie begann zu laufen ...

Als LeCat auf der Brücke den schwarzen Rauch sah, wußte er sofort, daß Angreifer an Bord waren. »Durch den Rauch schießen!« rief er. »Sperrfeuer direkt nach unten!« Fluchend mußte er erkennen, daß keiner auf ihn hörte. Den Terroristen am Fenster tränten vom Rauch die Augen. Von krampfhaften Hustenanfällen geschüttelt, torkelten sie wie Betrunkene umher. »Idioten!« schrie LeCat. »Durchs Fenster schießen — Sperrfeuer nach unten ...«

Aus dem hinteren Teil des Brückenraums stürzten andere Terroristen herbei und feuerten auf gut Glück durch den Rauch wie LeCat selbst. Inzwischen waren sämtliche Franzosen am Fenster. Sie schossen wie wild durch die Gegend. Der Geruch von Kordit erfüllte die Luft.

Plötzlich fiel LeCat ein, daß auch Mackay da war. Als er sich ruckartig umdrehte, kam der Kapitän auf ihn zu.

Im selben Augenblick betrat Betty Cordell den Raum.

Sie hatte das Gewehr an der Hüfte im Anschlag, so wie es ihr Vater ihr beigebracht hatte. »Im Notfall ist es am besten,

einfach den Lauf waagerecht zu halten und abzudrücken . . .«
Am Fenster sah sie ein halbes Dutzend Terroristen dicht beieinander. Sie sah LeCat. LeCat sah sie.

Der Terroristenführer war wie vor den Kopf gestoßen. Die
Amerikanerin. Mit einem Gewehr. Eine Sekunde lang verließ
ihn sein sonst blitzschnelles Reaktionsvermögen, aber diese
eine Sekunde war entscheidend. Betty Cordell, den Finger am
Abzug, preßte das Gewehr fest gegen ihre Hüfte. Sie zögerte
nicht den Bruchteil einer Sekunde, obwohl es das erstemal in
ihrem Leben war, daß sie auf ein lebendes Ziel schoß. Schuß
auf Schuß, ihr Zeigefinger hörte nicht auf abzudrücken, bis sie
das ganze Magazin leergefeuert hatte . . . Drei Schüsse trafen
LeCat. Vier weitere Terroristen waren auf der Stelle tot. Der
Lauf des Gewehrs hatte sich von allein schräger nach oben gestellt. Einer der Männer war nicht getroffen worden. Er hob
seine Pistole und legte auf Betty Cordell an. Doch da wurde er
von einem ihm entgegenfallenden Körper aus dem Gleichgewicht gebracht. Blitzschnell wechselte die Amerikanerin das
Magazin aus und schoß weiter. Von zwei Kugeln getroffen,
sackte der Terrorist mit der Pistole zusammen.

Ungläubig und erschrocken starrte Mackay auf das Gesicht
der jungen Frau. Es zeigte keinerlei Spuren von Angst oder Nervosität. Sie kniff gegen den beizenden Rauch die Augen zusammen und sah, wie LeCat quer durch den Raum auf den Tisch
zutaumelte, wo der Miniatursender stand. Zweimal drückte
Betty Cordell ab, beide Kugeln trafen LeCat in den Rücken. Sie
wollte weiterschießen, aber das zweite Magazin war leer.

LeCat fiel über den Tisch, seine Hand versuchte, den
Miniatursender zu erreichen.

Fünf Kugeln steckten in seinem Körper, doch es hat schon
Fälle gegeben, wo sich Männer mit noch mehr Metall im Leib
weitergeschleppt haben. Da er sein Schultergelenk nicht mehr
gebrauchen konnte, schob er seine Hand mühselig Zentimeter
um Zentimeter vorwärts. Wie ein Krebs krochen seine Finger
über die Tischplatte. Ein Schwerverwundeter schrie vor
Schmerz. Winter erschien auf der Brücke. Er sah, worauf die
anderen nicht geachtet hatten: LeCats über den Tisch krie-
chende Hand; bereits ganz dicht beim Miniatursender. Der
Engländer wußte, wozu ein solches Gerät dienen konnte, wenn
ihm auch nicht klar war, wozu es hier war.

Er riß das Gewehr hoch und schoß. Zwei Kugeln bohrten sich in den Körper des Terroristen. LeCat bäumte sich auf wie unter einem elektrischen Schlag. Vielleicht war es nur ein Reflex — doch sein Zeigefinger drückte noch auf den Schalter.

Mit zwei Schritten war Winter bei ihm, packte ihn beim Haar und zerrte seinen Kopf hoch. »Wozu der Sender? Für eine Sprengung?« LeCats Augen reagierten noch. Winter schüttelte ihn. »Was für eine Sprengung? Sprechen Sie!« Der Franzose schien das stoppelbärtige und rauchgeschwärzte Gesicht des Engländers nicht zu erkennen. »Sprechen Sie!« wiederholte Winter. »Was zum Teufel, haben Sie getan?«

»Atombombe . . . zehn Minuten . . . San Francisco kaputt.« LeCats Züge verzerrten sich. Über das Gesicht des Sterbenden schien ein zufriedenes Grinsen zu gehen. Dann erstarrten seine Augen, und sein Kopf fiel nach hinten.

Zehn Minuten. Der Zeitzünder lief.

19

»Die Sprechfunkverbindung zur Küste?« Winter blickte fragend zu Mackay. Unter dem Brückenfenster lagen die niedergeschossenen Terroristen. Überall Blut. André Dupont, lang auf den Bauch gestreckt, atmete röchelnd. Niemand achtete auf ihn. Sullivan bemühte sich um Betty Cordell, die plötzlich völlig entkräftet schien. Sacht nahm er ihr das Gewehr aus der Hand.

»Im Navigationsraum«, sagte Mackay und ging voraus.

»Auf MacGowans Befehl steht ein Hubschrauber bereit«, sagte Winter. »Ärzte, Marineinfanteristen, alles was nötig ist. Wußten Sie von der Atombombe? Oder hat LeCat vielleicht nur geblufft?«

Mackay hatte inzwischen das Sprechfunkgerät eingeschaltet. Im Lautsprecher knisterte es. Dann meldete sich eine vertraute Stimme, unverkennbar müde, doch immer noch voll Energie.

»Hier MacGowan . . .«

»Hier Winter. Wir haben das Schiff genommen. LeCat ist tot. Bevor er starb, sagte er etwas von einer Atombombe . . .«

»Ja . . . ja, wir wissen von dem nuklearen Sprengkörper . . .
schon seit Stunden . . . seit vielen Stunden . . .«

»Es ist ihm noch gelungen, den Zeitzünder in Gang zu setzen — mit einem Miniatursender. Wir brauchen ein Experten-
team . . .«

». . . ist schon mit dem Hubschrauber zu Ihnen unterwegs.«
MacGowan machte eine Pause. »Sind Sie sicher mit dem Zeitzünder?«

»Absolut sicher. Ich habe es selbst gesehen.« Winter brach
ab. Aus der Ferne waren die Geräusche eines Hubschraubers
zu hören. »Er sagte was von zehn Minuten, aber ich glaube
ihm das nicht — er hätte länger gebraucht, um sich in Sicherheit zu bringen . . .«

Der Sprecher fragte:

»Wie lange?« MacGowans Stimme klang schroff.

»Nach meiner Schätzung — aber das ist, wie gesagt, eben
nur eine Schätzung — so bis zu zwei Stunden. Ich habe Sie
schon darauf hingewiesen, daß es noch einen zweiten Flucht-
plan gab für den Fall, daß es mit dem Wasserflugzeug nicht
klappte. Dann hätte Walgren LeCat zur Küste bei Stinson-
Beach gebracht. Dort sollte er sich per Funk mit der *Pêcheur* in
Verbindung setzen und auf einen Hubschrauber warten. Zum
Zeitpunkt der nuklearen Explosion wollte er sicher möglichst
weit weg vom Schuß sein. Deshalb tippe ich nach wie vor auf
zwei Stunden . . .«

»Wissen Sie, wo sich der Sprengkörper befindet?«

Winter sagte:

»Nein, das weiß niemand. Es gibt nur eine Chance. Bevor
das Ding in die Luft geht, muß man versuchen, den Tanker so
weit wie möglich auf den Pazifik hinauszubringen . . .«

»Dem steht nichts im Weg. Wir haben für diesen Fall vorgesorgt.« MacGowans Stimme klang ruhiger. »An Bord des Hubschraubers befindet sich Kapitän Bronson, der Mackay ablösen
kann. Wenn's einer schafft, mit dem Schiff, dann er . . .« Mac-
Gowan brach ab, ». . . vorausgesetzt, Sie haben die richtige
Zeit kalkuliert.«

»Garantieren kann ich's nicht«, sagte Winter trocken.
»Doch auf alle Fälle brauchten sie Zeit zum Wegkommen. An-
dererseits — als LeCat das von zehn Minuten sagte, lag er im
Sterben. Und man sagt, daß Sterbende . . .«

»Ja, ich weiß«, murmelte MacGowan. »Am besten, wir hören erst mal auf mit dem Reden — Sie werden genug zu tun haben . . .«

Mackay, inzwischen wieder auf der Brücke, telefonierte bereits mit dem Maschinenraum. Auf LeCats Befehl waren Brady und seine Leute auf ihren Posten geblieben und hatten die Kessel unter Druck gehalten für den Fall, daß der Tanker, aus unvorhergesehenen Gründen, seinen Standort in der Bucht ändern mußte.

Als Winter aus dem Navigationsraum zurückkam, sah Mackay ihn an. »Brady wird alles tun, damit das Schiff so schnell wie möglich unter Volldampf ist.«

»An Bord des Hubschraubers befindet sich auch ein amerikanischer Kapitän«, sagte Winter. »Er soll Sie ablösen, weil MacGowan meint, Sie seien zu erschöpft . . .«

»Niemand wird mich hier ablösen«, knurrte Mackay. »Das ist vielleicht die letzte Fahrt der *Challenger,* und da gebe ich das Kommando nicht aus der Hand. Haben Sie zu MacGowan was von den Bombenexperten gesagt?«

»Ja. Aber sie werden nicht viel machen können. LeCat war ein Experte auf seinem Gebiet. Zweifellos hat er den Sprengkörper genügend abgesichert.«

Winter hörte ein paar französische Wortfetzen und drehte sich um. Er sah, wie Cassidy sich über den verwundeten Terroristen beugte, der jetzt halb aufgerichtet irgend etwas vor sich hinlallte. Cassidy blickte Winter an.

»Ich glaube, er hat uns was zu sagen, aber ich kann kein Französisch . . .«

Winter hockte sich neben Dupont und legte den Arm um seine Schultern. Ruhig sagte er auf französisch: »Schon gut, André, wir bringen Sie an Land. Sie kommen in ein Krankenhaus. Aber was wollten Sie uns sagen?«

Er beugte sich tiefer über Duponts Gesicht, um ihn verstehen zu können. Schließlich sagte er zu Mackay: »Der Sprengkörper ist in einem der leeren Öltanks, und LeCat hat ihn tatsächlich abgesichert — mit Sprengladungen, die bei der geringsten Berührung explodieren. Die Bombenexperten werden das sicher bestätigen — und machtlos sein.«

»Das heißt also«, sagte Cassidy, »daß wir auf einem schwimmenden Vulkan aufs Meer hinaus müssen. Was anderes bleibt uns nicht übrig. Die *Challenger* muß so weit weg von San Francisco wie möglich . . .«

Wenige Minuten später landete der Hubschrauber, und Mackay führte die Bombenexperten sofort zu den leeren Öltanks. Dann kam vom Pier 31 das Polizeiboot und nahm die toten Terroristen an Bord. Auf Winters Vorschlag — es war keine Zeit zu verlieren — wurden die Leichen von der Brücke durchs Fenster aufs Hauptdeck geworfen. Dupont wurde auf einer Bahre in den Hubschrauber gebracht. Er starb noch unterwegs nach San Francisco.

Auch Betty Cordell, die einen Schock erlitten hatte, befand sich an Bord des Helikopters, außerdem die Leichen von Foley und Wrigley und, von einem Marineinfanteristen bewacht, der Funker Kinnaird, der als einziger der Terroristen am Leben geblieben war. Er hatte sich während der Schießerei in der Funkerkabine eingeschlossen und die Tür erst, als alles vorbei war, auf Winters Befehl geöffnet.

Zehn Minuten nachdem sie an Bord gekommen waren, erstattete der Leiter der Bombenexperten, Captain Grisby, Colonel Cassidy Bericht. »Es ist so schlimm, wie es nur sein kann. Wir trauen uns kaum, das Ding anzuhauchen. Der Sprengkörper ist rechteckig, sechzig mal dreißig Zentimeter, und ist durch eine Magnethalterung am Boden des Tanks fest mit dem Schiffsrumpf verbunden. Außerdem hat er noch zwei separate Mechanismen, die auf jede Erschütterung reagieren und die wir nicht neutralisieren können. Schon beim geringsten Versuch, den Sprengkörper vom Schiffsrumpf zu lösen, würde er sofort explodieren. Aber auf der Fahrt zum Meer raus werden wir unsere eigenen Sprengkörper anbringen . . .«

»Ihre was?«

Grisby umriß den Plan, den er sich bereits zurechtgelegt hatte, bevor er an Bord kam. Er hatte ihn aufgrund der Angaben über die technischen Fähigkeiten LeCats entworfen, die in dem Bericht erwähnt wurden, den Karpis aus Paris erhalten hatte. Da der nukleare Sprengkörper nicht entfernt werden konnte, mußte man den Tanker entfernen, das heißt, man mußte ihn so weit wie nur möglich auf den Pazifik hinausbringen und dann versenken, damit der atomare Sprengstoff unter Wasser gezündet werden konnte. Das würde die Strahlungsgefahr für San Francisco und die benachbarten Gebiete wesentlich verringern, und dafür lohnte sich jedes Risiko. Deshalb hatten MacGowan und General Lepke Grisbys Plan sofort zugestimmt.

Der Bombenexperte ließ am Rumpf des Schiffes starke Sprengsätze anbringen. Der Tanker sollte so auseinandergerissen werden, daß der vordere Teil mit der Atombombe zuerst sank, und zwar möglichst schneller als der Rest.

»Wir müssen die Zeitzünder so einstellen, daß wir noch rechtzeitig vom Schiff wegkommen«, sagte Grisby. »Das Dumme an der Sache ist nur, daß dieses nukleare Ding schon bei der Sprengung des Tankers mitexplodieren kann — aber bis dahin warten wir erst mal ab.« Er verließ Cassidy und machte sich mit seinem Team an die Arbeit.

Kapitän Bronson, der eigentlich mit der Absicht an Bord gekommen war, das Kommando über das Schiff zu übernehmen, änderte nach einem Gespräch mit Mackay seine Meinung. »Er ist müde, abgespannt und überreizt«, erklärte er MacGowan über Sprechfunk. »Trotzdem — weil es sich um sein eigenes Schiff handelt, ist er genau der richtige Mann. Und er wird aus seiner Crew das Letzte herausholen, was ich nicht könnte. Aber ich bleibe an Bord, allerdings als Passagier — mit freundlicher Genehmigung von Kapitän Mackay . . .«

Als sich die *Challenger* in Bewegung setzte, brannte auf dem Festland noch immer kein Licht. MacGowan hob die Stromsperre vorerst nicht auf. Überall in den Vereinigten Staaten wurde über Funk und Fernsehen von dem gewaltigen Stromausfall berichtet, der von Yuba City im Norden bis Santa Barbara im Süden und von San Francisco bis zur Grenze von Nevada reichte. Ein Stromausfall dieses Ausmaßes war etwas Ungewöhnliches. Doch man hatte sich in Amerika allmählich an Stromausfälle gewöhnt, und so war es eben nur ein besonders krasser Fall. MacGowans Maßnahme hatte sich als berechtigt erwiesen: Die Nachricht über den nuklearen Sprengkörper war vorläufig nicht weiter durchgesickert.

Nach und nach beschleunigte die *Challenger* ihre Geschwindigkeit. Schon allein dadurch entstand ein zusätzliches, nicht kalkulierbares Risiko, wie Grisby erklärte. Es war unwahrscheinlich, ließ sich aber nicht ausschließen, daß das stärker werdende Vibrieren der Schiffsmaschinen bereits den Sprengkörper zum Explodieren bringen konnte. Andererseits mußte man, so schnell es ging, das offene Meer erreichen. LeCats Zeitzünder lief . . . MacGowans Nervosität wuchs, als sich der Tanker der Golden-Gate-Brücke näherte. Durch Petersen, den amerikanischen Funker, der zusammen mit Kapitän Bronson an Bord gekommen war und Kinnaird ersetzt hatte, wurde er über die Position des Schiffes auf dem laufenden gehalten. Bis zur Brücke waren es nur noch wenige Minuten. Hoffentlich ging alles gut und San Francisco blieb vor der Vernichtung verschont — nicht umsonst hatte sich Gamal Tafak die schönste Stadt Amerikas für seinen Plan ausgesucht.

Bevor die *Challenger* ausgelaufen war, hatte es Mackay der Besatzung freigestellt, das Schiff mit dem Hubschrauber zu verlassen. Alle waren geblieben. Mackays einziger Kommentar war typisch für ihn: »Es ist euer Begräbnis . . .«

Alle zwei Minuten hörte man jetzt das Aufheulen der Schiffssirene. Im dünner gewordenen Nebel sahen die Männer über sich verschwommen die Umrisse der Golden-Gate-Brücke. Bronson, der neben Mackay stand, spürte, wie seine Hände feucht wurden. Verdammt, dachte er, das wäre genau der richtige Augenblick, direkt unter der Brücke . . .

Nicht weit weg von den beiden Kapitänen standen Winter, Sullivan und Bennett. Der Erste Offizier hatte den Kopf bandagiert und war immer noch benommen von dem Schlag, mit dem LeCat ihn zu Boden gestreckt hatte, als Wrigley ermordet wurde. Die Männer auf der Brücke hörten auf die Geräusche der Hubschrauber, die, dicht über dem Schiff fliegend, die *Challenger* auf ihrer Fahrt in den Pazifik hinaus begleiteten. Sie hatten die Aufgabe, die Crew des Tankers später an Bord zu nehmen. Ruhelos wie immer verließ Winter die Brücke und ging durchs Schiff. Es herrschte eine sonderbare Atmosphäre. Schweigend gingen die Matrosen ihrer Arbeit nach. Neugierig sahen sie Winter an — sie wußten von Mackay, welche Rolle er bei der Befreiung gespielt hatte. Doch es war nicht seine Gegenwart, die die Männer verstummen ließ. Es war das Wissen um dieses teuflische Ding an Bord. Das Stampfen der Maschinen schwoll zu einem wilden Hämmern an, dessen Schläge den Schiffsrumpf dort zu treffen schienen, wo der Öltank mit dem nuklearen Sprengkörper lagerte.

Zehn Meilen vom Festland entfernt, gab Mackay den Befehl

zum Verlassen des Schiffes. Petersen, der mit den Hubschraubern in ständiger Verbindung stand, verständigte die Piloten. Die Crew des Tankers sammelte sich auf dem Hauptdeck an der Notlandestelle. Der normale Landeplatz befand sich zu nahe am leeren Öltank.

Mackay und Winter waren noch auf der Brücke. »Gehen Sie, Mr. Winter«, sagte der Kapitän förmlich. »Ich komme nach.«

»Da ich die Verantwortung für das gesamte Unternehmen trage«, sagte Winter kühl, »verlassen wir die Brücke gemeinsam. Ich hab's nicht eilig.«

Unten auf dem Hauptdeck warf Bennett einen Blick auf seine Uhr. »Wieviel Zeit noch?« fragte er Gribsy, den Bombenexperten.

»Weniger als genug, fürchte ich . . .«

Durch den dünnen Nebel schwebte ein Hubschrauber herab und setzte hart auf. Einige der Wartenden kletterten hinein. Jeden Augenblick mußten auch Mackay und Winter kommen. Doch dann ging plötzlich, viel zu früh, eine von den Sprengladungen hoch.

Die Ladung detonierte in einem Seitentank hinter dem Wellenbrecher auf der Steuerbordseite. Ein ohrenbetäubendes Krachen, wie wenn ein D-Zug über das Schiff hinwegraste. Im Deck klaffte ein riesiges, rund gezacktes Loch, und aus dem Loch schoß eine dicke Ölfontäne, die sich in einem flachen Bogen durch den Nebel spannte. Der Luftdruck ergriff den Hubschrauber, schleuderte ihn hin und her, doch die Maschine blieb unbeschädigt. Die Insassen waren starr vor Schreck. Sie glaubten, die Atombombe sei explodiert.

Oben auf der Brücke wurde Mackay hochgerissen und gegen das Kompaßhaus geworfen. Als er wieder aufstand, war er völlig benommen, von seiner Stirn tropfte Blut. Winter, den die Druckwelle knapp verfehlt hatte, packte den halb bewußtlosen Kapitän beim Arm und führte ihn den Gang von der Brücke hinunter. Einmal versuchte Mackay plötzlich, sich zu widersetzen, doch er war zu geschwächt, um ernsthaft Widerstand leisten zu können. Als sie das Hauptdeck erreichten, waren bereits alle an Bord des Hubschraubers gegangen. Bennett wollte auf einmal wieder heraus.

»Bleiben Sie drin«, rief ihm Winter zu. »Ich habe ihn ja . . .« Er kam nur mühsam vorwärts.

Es herrschte ein wahnsinniges Durcheinander. Der Nebel war aufgerissen, vielleicht infolge der Explosion. Überall stank es nach Öl, Öl floß über das Deck, Öl spritzte zischend aus dem zerfetzten Tank. Trotz der Explosion kreisten die Hubschrauber immer noch dicht über dem Schiff und suchten nach Überlebenden. Der Pilot der gelandeten Maschine rief ungeduldig, er wollte endlich abheben.

Durch den Propellerlärm und das ausströmende Öl konnte Winter nichts hören. Er hatte sich zuletzt Mackay auf die Schultern geladen, jetzt erreichte er endlich die Maschine. Als er Mackay hochstemmte, damit ihn die anderen in Empfang nehmen konnten, spürte er einen stechenden Schmerz. Er hatte sich, als er Mackay auf den Schultern schleppte, den Rücken verrenkt. Die anderen zogen den Kapitän nach oben. Winter holte erst einmal tief Luft. Dann hockte er sich auf den Boden und stützte beide Hände aufs Knie. So war der Schmerz leichter zu ertragen. Den Kopf leicht zur Seite wendend, rief er: »Los! Mich kann ein anderer Hubschrauber holen!« Der Pilot verstand ihn zwar nicht, doch er sah, daß Winter mit der Hand nach oben auf den Helikopter zeigte, der gerade am nächsten über dem Schiff kreiste. Und so hob er ab, obwohl Cassidy wild fluchend protestierte.

Als Garfield, der Chef der Küstenwache, der die Hubschrauberaktionen leitete, das Schiff in einer Höhe von dreißig Metern überflog, konnte er Winter deutlich auf dem Deck erkennen. Das Licht auf der Backbordseite der Brücke funktionierte noch. Durch sein Nachtglas beobachtete Garfield, wie ein neuer Hubschrauber zur Landung ansetzte und der Mann auf dem Tanker versuchte, zum Landeplatz hinzuhumpeln. In diesem Augenblick detonierte wieder eine der Sprengladungen. Ein Blitz zuckte durchs Fernglas, geblendet fuhr Garfield zurück, die Maschine begann wild zu schwanken, und der Pilot kämpfte verzweifelt, um nicht die Kontrolle zu verlieren. Als Garfield wieder sehen konnte, war an der Stelle, wo Winter gestanden hatte, nur noch ein riesiges Loch, aus dem Öl quoll. Auch der Rettungshubschrauber war verschwunden.

Sofort ordnete der Chef der Küstenwache die Rückkehr sämtlicher Hubschrauber zum Festland an. Mit Ausnahme seiner eigenen Maschine. Er selbst blieb noch und beobachtete, wie das Heck der *Challenger* in einer brodelnden Masse von schwarzem und öligem Rauch verschwand. Doch der vordere Teil des Schiffes mit dem nuklearen Sprengkörper ragte noch aus dem Wasser. Auf Garfields Befehl mußte der widerstrebende Pilot weiterhin über der *Challenger* kreisen. Dann detonierten drei Sprengladungen gleichzeitig. Die Gewalt der Explosion war so groß, daß Garfield einen Augenblick meinte, es könne sich nur um die Atombombe handeln. Jetzt zögerte er nicht länger und gab das Kommando zum Rückflug. Während sich der Hubschrauber von der *Challenger* entfernte, sah er, wie der vordere Teil des Schiffes unterging. Gleich einem Haifischmaul reckte sich der Bug empor, verharrte und wurde dann in die Tiefe gezogen. Etwas später wurde von dem Seismographen die nukleare Unterwasserexplosion registriert.

Die Wassertiefe, die Richtung des Luftdrucks — hauptsächlich nach Süden hin — und der Nebel verringerten die radioaktive Strahlung, die zum Festland gelangte, auf ein Minimum; doch das Meer war verseucht. Das Öl aus den Tanks der *Challenger* schwemmte bei Carmel-by-the-Sea an den Dünenstrand, der zwischen der Stadt und dem Meer liegt. Ein halbes Jahr lang sah man an den kalifornischen Stränden von San Francisco bis San Diego niemanden außer den weißuniformierten, behelmten Männern mit Geigerzählern. Der weiße Wal, der sonst zur Paarungszeit an diesen Küsten vorbei in Richtung Südkalifornien zieht, wurde fünf Jahre nicht mehr gesichtet.

Am Donnerstag, dem 23. Januar, fünfzehn Minuten vor Sonnenaufgang, dampften die beiden britischen Supertanker *York* und *Chester* nördlich der saudiarabischen Küste entlang. Die Zeltbahnen waren von den großen kistenartigen Gebilden verschwunden — und auch die Rahmengestelle, über die sie gespannt waren. Das Täuschungsmanöver war vorbei. Jetzt sah man, was wirklich los war. Auf der *York* standen einsatzbereit schwere Kampfflugzeuge, die Piloten saßen bereits im Cockpit, auf der *Chester* Sea-King-Helikopter, mit Luftlandetruppen an Bord. Die Decks waren von allen überflüssigen Aufbauten freigeräumt. So bildeten sie natürliche Startbahnen.

Auf der Brücke der *York* stand General Villiers, Chef des Generalstabs, neben Brigadier Harry Gatehouse Befehlshaber der Luftlandetruppen. Es war dunkel. Bis zum Tagesanbruch blieben noch fünfzehn Minuten ...

Alle Militärflugplätze im Gebiet des rumänischen Donaudeltas waren für den Zugang gesperrt. Sowjetische Abhörspezialisten überwachten die Telefongespräche der umliegenden Städte. Schon seit Stunden hielten sich russische Luftlandetruppen in ihren Maschinen einsatzbereit. Das Ziel waren die irakischen Ölfelder von Mosul und Kirkuk in der Nähe von Bagdad. Kettenrauchend wartete der sowjetische Kommandeur in einem Flugplatzgebäude auf den Einsatzbefehl aus Moskau ...

Im britischen Außenministerium glaubte man, die Lage richtig beurteilt zu haben. Seinerzeit hatten die Russen die englisch-französische Militäraktion am Suezkanal ausgenutzt, um den ungarischen Aufstand niederzuschlagen. Sollte es sich aus Sicherheitsgründen für den Westen als notwendig erweisen, die saudiarabischen Ölfelder zu besetzen, dann würden die Russen nicht zögern, den Irak unter ihre Herrschaft zu bringen. Die Macht der Araber wäre gebrochen. Falls es sich als notwendig erweisen sollte ...

Die Meldung jagte um den Erdball: Sämtliche Terroristen getötet, der britische Tanker *Challenger* verläßt die Bucht von San Francisco. In Baalbek wartete Scheich Gamal Tafak erst einmal die Nachrichten auf zwei verschiedenen Sendern ab, ehe er die Meldung glaubte. Sie hatte inzwischen auch Tel Aviv erreicht. Um neun Uhr morgens nahm in Baalbek ein gewisser Albert Meyer gleich nach dem ersten Klingeln den Telefonhörer ab. Er hörte einen Augenblick zu, antwortete: »Verstanden«, und legte wieder auf. »Es kann losgehen«, sagte er dann zu Chaim.

»Vielleicht kommt er gleich heraus ... der Mercedes fährt gerade vor ...«

Chaim lag bereits auf dem Tisch, als Albert das Fenster öffnete und dann rasch beiseite trat, um ihm das Schußfeld freizugeben. Durch das Zielfernrohr sah Chaim die gegenüberliegende Haustür zum Greifen nah; er hatte das Gefühl, sie mit der Hand berühren zu können. Hinten im Zimmer verstaute Albert den elektrischen Kocher in einem Matchsack. Nach ihrem Verschwinden würde nichts mehr daran erinnern, daß die beiden Männer jemals hier gewesen waren.

Der schwarze Mercedes verlangsamte seine Fahrt, wendete

und hielt dann etwa zehn Meter von der Eingangstür entfernt. Chaim wartete, das Gewehr auf dem Sandsack. Den würde man natürlich auch verschwinden lassen.

Die Tür ging auf. Scheich Gamal Tafak trat heraus. In der arabischen Tracht war es fast unmöglich, den saudiarabischen Ölminister wiederzuerkennen. Die Zeitungen brachten immer nur Bilder von ihm in europäischer Kleidung. Doch für Chaim, der dieses Gesicht auf vielen Fotos studiert hatte und es jetzt deutlich im Zielfernrohr sah, gab es keinen Zweifel: Das war Tafak. Der Scheich wollte eben die Stufen herabsteigen, als der Israeli abdrückte.

Das Gesicht des Arabers im Zielfernrohr begann sich zu verzerren. Chaim schoß zum zweitenmal. P-l-op . . . Tafaks Schädel löste sich buchstäblich in seine Bestandteile auf. Er wurde nach hinten gerissen, klatschte gegen die Tür — nur noch eine breiige Masse aus zerfetzten Knochen und Gehirn, Fleisch und Blut. Die obere Hälfte der Tür bedeckte ein schmieriger rötlicher Fleck. Der Körper fiel die Stufen hinunter und rollte auf die Straße. Der Mercedes jagte mit hoher Geschwindigkeit davon. Die Staubwolke, die er aufgewirbelt hatte, legte sich langsam wieder auf die Straße und auf den Toten. Das Jahr des Goldenen Affen war vorbei.

🏛 PAVILLON

Alexandra Ripley
Virginia
Roman
02/147 · nur DM 8,-/€ 4,-

Meisterhaft entfaltet
Alexandra Ripley, die Autorin
des Welterfolges *Scarlett*, hier
ein farbiges Epos von der
Liebe und dem Willen zum
Erfolg: Chess und Nate
machen nach dem Bürger-
krieg ein Vermögen. Doch sie
wollen mehr, viel mehr ...

Gayle Feyrer
Prinz der Kelche
Roman
02/145 · nur DM 8,-/€ 4,-

Colin Forbes
Das Tor zur Hölle
Roman
02/151 · nur DM 6,-/€ 3,-

Roswitha Köhler
**... und plötzlich
war der Anker weg**
Heiterer Roman
02/148 · nur DM 6,-/€ 3,-

Daphne Du Maurier
Die Frauen von Plyn
Roman
02/149 · nur DM 6,-/€ 3,-

Heinz G. Konsalik
**Frauen verstehen mehr
von Liebe**
Roman
02/150 · nur DM 6,-/€ 3,-

Pavillon
Die neuen Taschenbücher